MANCHMAL
SEHE ICH AM
HIMMEL
EINEN END-
LOS WEITEN

Katharina Faber

Manchmal sehe ich am Himmel einen endlos weiten Strand
Roman

bilgerverlag

Ich widme dieses Buch:

DARJA SAVARY: lebt in einer kleinen Stadt im Südwesten Frankreichs, Gründerin und Inhaberin der in Schwierigkeiten geratenen Montadour Cyclo Comp.
ALAIN NOIRET: ist aus Mahan geflohen, einem auf einer Insel versteckten psychiatrischen Gefängnis, lebt bei Darja, die ihn beim Versuch, ihr Auto zu stehlen, ertappt hat.
MATHIAS STARITZ: tot seit bald dreissig Jahren, Student aus Deutschland, Vater von Grégoire, ging nach einer unglücklichen Liebesgeschichte mit Darja während eines Urlaubs in Lacanau im Drogenrausch ins Meer und wurde erst eine Woche später wieder an Land gespült.
VIKTOR ORTLIEB: tot seit über zehn Jahren, Vater von Victoire, Darjas Ehemann, starb bei einem Autounfall auf der A 40 bei Montluel. Darja hatte sein Auto manipuliert, um ihn zurückzuhalten.
RODOLPHE BLANCHARD: tot seit sechs Jahren, Liebhaber von Darja, Lehrer von Grégoire, Liebhaber von Grégoire
GREGOIRE: Sohn von Darja und Mathias, Zeichner
VICTOIRE: Tochter von Darja und Viktor
VIVIANE LESSING: Verlegerin und Besitzerin des Palais de Livre, Freundin von Darja
CARLO LESSING: ihr Ex-Mann
SIMONE JACCOTARD: Buchhalterin und Treuhänderin, Freundin von Darja
LOUIS FERLINGHETTI: Schriftsteller, hat sich ein paar Bücher von Darja schreiben lassen, will jetzt seine Bücher wieder alleine schreiben.
DOKTOR GUERISSON: Arzt in der Poliklinik von Lédoc-Nassau, möchte gerne alle Menschen von ihren Süchten befreien, am liebsten Darja Savary.
PIERRE ORPHELIN: von der Bank beauftragter Berater der Montadour Cyclo Comp.
HERVE: Werkstattchef der Montadour

HERVES FRAU: ist geistig verwirrt, lebt nur noch in der Vergangenheit.
SEVERINE: arbeitet bei der Montadour, lebt allein mit ihrem kleinen Sohn.
GEORGES DELEVRE: Ex-Liebhaber von Darja, Angestellter der Montadour, wird entlassen und versucht sich das Leben zu nehmen.
SONJA DELEVRE: seine Frau
IHR SOHN
HAIJL DJUBER: Angestellter der Montadour, wird entlassen, arbeitet für seinen Bruder, sehr talentierter Maler, kann alle Zeichen lesen, verliert darüber den Verstand.
BASHWA DJUBER: seine Frau, beliefert die Kantine der Montadour, hat mit Haijl zwei Mädchen.
HAIJLS BRUDER: Besitzer eines Baugeschäfts, entdeckt Haijls grosses Talent für die Fassadenmalerei und lässt nach dessen Entwürfen weitermalen, nachdem Haijl erkrankt ist.
FRAU GERLAND: Darjas Haushälterin
MADAME LEAR: Tabakladenbesitzerin, kennt alle Leute, kennt alle Geschichten.
ZOLA: Pfleger in Mahan
MARIE SIMONET: ein von Alain im Überdruss erschlagenes achtzehnjähriges Mädchen
ARISTIDE LANNINE: ein Freund von Marie Simonet
LYDIA LANNINE: Aristides Frau, hat ihn nach einem Selbstmordversuch gepflegt.
DARYLL: ein Freund Grégoires
HANNA STARITZ: Mutter von Mathias, lebt in Norddeutschland.
HAL STARKOWSKI: ein alter Freund von Darja, lebt in New York.
CATHERINE SCHMIDLI-DULAC: alte Freundin von Darja, lebt in Zürich.
ALEX, XAVIER,NADJA: alte Freunde von Darja, waren mit ihr in Lacanau in den Ferien, als Mathias im Meer verschwand.

1

Nach so vielen Jahren vermisse ich dich noch immer und immer wieder, und ich suche dich morgens mit geschlossenen Augen

(Mathias)

Sie sagte dann manchmal, *so ein schönes blondes Erwachen jeden Morgen*, und schon hatten wir wieder Streit

man redet jetzt auch wieder von dir, und sie sagen hinter vorgehaltener Hand, ich hätte dich ermordet, oder dich zumindest in den Tod getrieben, und wenn ich meine Einkäufe mache, schliessen sich ihre Blicke hinter meinem Rücken wie eine Wand. Nur gerade die alte Léar hörte ich leise sagen, als ich ihren Laden verliess, es sei doch nun über zwanzig Jahre her, man solle das alles jetzt vergessen, man solle das jetzt ruhen lassen. Es ist, als hätte die See dich ein zweites Mal an Land gespült, und das Land ist mein Land geworden. Manche wollen jetzt auch wissen, ob ich meine Haare färbe, sie werden keck im Umgang mit mir, sie nehmen sich so allerlei heraus, was sie früher nicht gewagt hätten, fragen, was das für ein Stoff sei an meiner neuen Jacke, was für ein altmodisches Muster, fassen an den Ärmel, drehen ihn hin und her und sagen über mich hinweg, es sei Hahnenfuss, *pied de poule*, als seien wir in den fünfziger Jahren zu Hause, dabei legt sich das Jahrhundert schon auf den Rücken vor dem nächsten und das nächste macht sich jetzt schon wichtig, wie alles was jung und roh ist, wie Alain Noiret, der mit mir in meinem Haus lebt, er sagt von sich, er heisse Alain Noiret, er ist ein Dieb, ich glaube ihm kaum seinen Namen, aber ich glaube ihm alles, was er tut, ich glaube ihm jede seiner Bewegungen, ich vertraue ihm, weil nichts an ihm auf Anteilnahme zielt oder auf Sympathie, weil er gleichgültig ist.
Alain ist gleichgültig und langsam und er redet fast nichts, manchmal presst er sein breites Kinn nach unten gegen den breiten Hals, als sei ihm etwas in der Kehle steckengeblieben, dann verzieht er den Mund und bleckt die künstlichen Zähne aus Metall, mit denen er alle erschreckt. Ich schaue ihm gerne zu, seinem müden geschmeidigen Gang und seinen kleinen Marotten, seinen Waschungen, seinen pedantischen Sortierschleifen durch das ganze Haus, seinem altmodischen Turnprogramm, seinem wachen, unruhigen Schlaf. In allem, was er tut, folgt er einem eigensinnigen Ritual, von dem er nicht abweichen will, unter keinen Umständen – seltsamer

Mensch, an dem sich mein gross gewordener Sohn bis zur Besinnungslosigkeit stört

(Mathias)

an dem sich *mein* gross gewordener Sohn bis zur Besinnungslosigkeit stört, alles falsch hier

abends kocht jetzt meistens Alain, und ich schaue ihm von irgendwoher zu, gestern ist ihm, als er lachen musste, der Wein aus der Nase geschossen und er nannte diesen Wein dann *muskulös,* es sei ein *muskulöser* Wein, der sich so weit nach oben vorwage, ein Sportswein, er lachte sein seltenes lautloses Lachen und hatte den Wein noch im Gesicht verschmiert und auf dem Hemd, und ausgerechnet in diesem Moment kam Grégoire ohne Laut ins Haus, während er sonst einen ungeheuerlichen Lärm veranstaltet, und stand unter der Tür, ein riesiger Schatten, er wollte nichts essen, er rauchte beinahe wortlos eine seiner dicken kurzen Zigarren und trank und schaute ohne Unterlass zu Alain, der irgendwann aufstand und die Teller zusammenstellte, Grégoire rauchte die Zigarre nur bis zur Mitte, dann zequetschte er sie, gab mir einen Kuss und ging. Ich habe ihn manchmal vor Wut geschüttelt, als er klein war, nachts hat er dann zur Versöhnung seine kalten Füsse zwischen meine Beine geschoben, ich habe ihn Grégoire getauft, in der landesüblichen Zerdehnung der Vokale lässt sich fast alles sagen, ein Name, als warte er, er weiss bis heute nicht, wer sein richtiger Vater ist, dass du sein richtiger Vater bist, ich habe die Übel, die er mir bereitet hat, alle vergessen, ich habe dich sehr vermisst, er hat aber dein Gesicht und dein Haar, so ein blondes Erwachen neben ihm vor langer Zeit, wie neben dir vor langer Zeit, er ist jetzt so alt, wie du warst, als du ins Wasser gingst, als du mit den Kleidern, mit deinen bis zur Schulterhöhe erhobenen, nach der Seite ausgestreckten Armen, wie um dem Wasser nicht zu nahe zu kommen, in das heftig bewegte, weiss schäumende Wasser gingst, verzeih, dass ich lache, langsam, ein wenig schwankend, ein Schatten im Schatten verschwindend, darüber der helle Nachthimmel und die reissenden, die jagenden Wolken

(Mathias)

da waren keine reissenden Wolken, das Wasser war braun wie Scheisse und überraschend warm, wo denkst du, dass wir jetzt sind ich sehe nach so langer Zeit deinen Körper vor mir, in der Linie zwischen den Beckenknochen eine winzige undefinierbare Schwäche des Gewebes, gar nicht zu denken, was die Jahre mit deinem Geschlecht angestellt hätten, du starbst zu der Zeit, in der die Haut so straff gespannt ist, dass jede Berührung sehr angenehm schmerzt, es hätte etwas mehr Geduld gebraucht, in so einer Behausung heimisch zu werden, und wenn man dann ganz heimisch ist bei sich in seinem eigenen Leib, beginnt die Haut langsam zu sterben und lockert sich, und so werden die Leute alt, und sind noch für eine Weile eingesperrt in ihre alternden Körper, dann schaut ein kreidiger Mond geduldig auf sie herab und sie fangen an, sich einiges nachzusehen, du aber wolltest ernst sein und jäh und du hast es dahin gebracht und bleibst es für mich auf immer, ein ernster, ein neuer, ein ganz junger Mensch, Mathias Staritz aus Zehlendorf, Sohn der Hanna Staritz, so eine schnell geräumte Wohnung, dein Leben ein kaum betretenes Zimmer, gerade noch die freundliche Kinderstube, wo jetzt wohl deine Mutter auf die wenigen Sachen starrt, auf die kleinen Schiffe und auf die kleinen farbigen Volkswagen und Opel Cynthia

Mein lieber Sohn, mein lieber Mathias, ich neige immer mehr zu den Lehren Rudolf Steiners, während Du Dich auf ganz anderen Wegen in Richtung ganz anderer Ziele bewegst, mein lieber kleiner und grosser Mathias, meinst Du nicht, es sei klüger, zurückzukommen in die Welt des Wissens und der Wissenschaft, statt Deine Zeit zu vergeuden bei jungen vergnügungssüchtigen Reichen, deren Ansprüchen Du ohnehin nie genügen wirst und die Menschen wie Dich erst anerkennen, wenn ihnen der gesellschaftliche Aufstieg gelungen ist, mir ist er nie gelungen und meine ganze Hoffnung richtet sich auf Dich, auf Dein Studium. Spielst Du noch Geige, bewegst Du Dich auch ein wenig oder bist Du schon ganz weit weg von dem, was einst mein kleiner Mathias war, nun, dann wird es so gehen und gehen müssen, in Liebe Deine Mutter, Hanna Staritz, Bleistift auf Karte, Frühsommer 1970, Ansicht von Weimar in den dreissiger Jahren

und die nichts Rechtes weiss und wissen will von mir, der Schreckenssonne über deinem Passionsweg, verzeih, dass ich lache, die reden jetzt immer noch von dir und der unförmigen Spur, die dein vollgesogener Körper im Sand hinterliess, die reden auch viel von mir und wie ich in unserem alten Haus die Läden an den blättrigen Verputz schlage, dass es in die

Strasse knallt wie ein Schuss, wenn nachts alle Lichter brennen und wenn dann so ein später Laut oder ein Gurren zu weit nach draussen dringt, zu den Häusern rechts am Hügel, sagen sie, ich hätte irgendeinem Verlangen nachgegeben, ich hätte jedem Verlangen nachgegeben, statt mich um meine Garage zu kümmern

(Guérisson)

Das wissen wir seit Jahren, dass sie sich von Zeit zu Zeit eine Liebesrolle auf beinahe gewaltsame und sehr künstliche Weise zudiktiert und dann sagen wir hier unten in der Poliklinik, jetzt hat sie wieder ihren hochhackigen Schoss, sie inszeniert sich weiblich, sie hat sich eine Begleitung zugelegt, die ihr nützt oder die ihr schadet, oder einfach eine Begleitung, die überhaupt nicht zu ihr passt, oder wir sagen, ihr ist wieder einmal zumute, sie ist ein mutwilliger Mensch, der keine Rücksichten nimmt, sie trinkt zuviel, sie trinkt manchmal barbarisch und stürzt dann und verletzt sich und fährt mit einem Taxi vor, aus dem ihr jemand heraushilft, dann nähen wir ihre kleinen Wunden und sie verlässt den kleinen grünen Wundraum I schwankend, mit einer gewissen Würde und starren Blicken auf jeden einzelnen, auf unsere grauen Haare, auf unsere Glatzen, aus ihren schrägen Augen, die dysmorphisch weit bis zur Schläfe gehen, ich würde mich ihr gerne mehr widmen, aber mir fehlt die Zeit, ich sähe mich lieber mehr als ihren Arzt denn als ihren Freund, dem sie alles zumutet, ich –

Ich war heute sehr lange im Büro, ich habe die Arbeit von vielen Jahren noch einmal getan mit einem Rechner namens Orphelin, mit diesem Abgesandten der Bank, der anfängt, mir jeden Schritt vorzuschreiben, dann bin ich zerstreut und aufgelöst ausgerechnet zu Annette ins Forever und habe die freundlich argwöhnischen Blicke der Männer dort ausgehalten, am schlimmsten war Delèvre, als wüsste er schon, dass ich ihn entlassen werde, dann bin ich zu Viviane gefahren, habe an die alte, nach heissem lackierten Holz riechende Tür gepoltert und habe weitergetrunken, bis sie mich sanft ins Auto gesetzt hat

(Viviane)

Sie lebt wohl wieder einmal im Gefühl, ihr sei alles erlaubt und sie könne sich alles erlauben, so ein dumpfer kleiner Freiheitsrausch eines schlecht behüteten Kindes, oder sie glaubt, sich so besser über den Abend zu bringen, deshalb trinken wir ja alle ein wenig zuviel, sie hat kein Wort mit mir geredet, nur ein paar Bücher durchgeblättert und methodisch getrunken, wie hat sie diesen Deutschen eigentlich getötet damals, oder hat sie ihn gar nicht getötet, nach aussen hin war ich ganz ruhig, als die alte Léar damit anfing

ich fahre jetzt heim, ich fahre nach Hause. Seltsam grosse Wörter: heim, nach Hause.
Manchmal freut mich das weite Land und manchmal wird mir plötzlich speiübel vor Wut, hier ändert sich über Jahre fast nichts, was meine Freunde aus der Schweiz so lieben, ganz verzückt strecken sie jeweils die Arme aus nach dieser Gegend, eigentlich ein liebenswertes Volk: Wie sie die Armut anderswo lieben, welch grossen Respekt sie im Ausland der Armut bezeugen und wie sie das dann den staunenden Einheimischen erklären, gewisse Vorzüge der Armut rühmen, in das kalte Unverständnis der Einheimischen einer grossen Bescheidenheit das Wort reden

(Viviane)

niemand kann sagen, ob sie überhaupt je jemandem wirklich zugehört hat, ob sie dazu in der Lage ist, sie wirkt immer sehr zerstreut, und kann dann doch wieder eine Kleinigkeit erwähnen, die Jahre zurückliegt, irgendeine Kalamität

ich gehe durch schwierige Zeiten, die Arbeit meines Lebens ist in Gefahr. Ich bin ganz ruhig. *Alles was Räder hat* ist in Gefahr. Wir nannten das so, es war unser Slogan: ALLES WAS RÄDER HAT – MONTADOUR CYCLO COMP., die Garage für Mondour und Umgebung. Ich fahre mit meinem alten Thunderbird, an dem Alain den ganzen Tag putzt und glänzt, wenn ich den Lancia nehme. Orphelin will mich zwingen, acht Leute zu entlassen. Er redet den ganzen Tag auf mich ein. Er will die Fahrschule schliessen, den kleinen Busbetrieb verkaufen, den Motoshop verkaufen, er sagt, *wir müssen,* oder er sagt, *dann könnten wir,* er sagt *wir,* und ich habe zum ersten Mal die Beherrschung verloren, es war ihm peinlich, und ich fasse es nicht, dass mir so ein Würstchen die Luft abdreht, er will mir den Kredit nicht geben, das ist alles, lieber zertrümmert er einen blühenden Betrieb, wir wären nicht die ersten hier unten, aber mir fällt immer etwas ein, mir wird etwas einfallen, oder vielleicht findet Simone doch noch einen Financier für mich, und dann fliegt Orphelin in hohem Bogen aus der Montadour. Ich denke, der Thunderbird macht es auch nicht mehr lange, Hervé ist furchtbar langsam geworden, er braucht für alles Stunden, Orphelin kann ihn nicht riechen, er hat mich im Ernst gefragt, ob ich die Montadour als Witwe übernommen oder schon vorher dort gearbeitet habe, und ich habe ihm gesagt, dass Hervé sie mir vor über zwanzig Jahren verkauft hat, von Viktor habe ich ihm nichts erzählt, von all diesen Schwierigkeiten damals, nichts, aber er wurde plötzlich rot bis unter die Haare und fing gleich wieder an, in seinen Papieren zu kramen. Die Montadour war eine winzige Garage damals mit einer Zapfsäule und ein paar rostigen alten Citroëns darum herum. Jetzt sind wir fünfunddreissig Leute, die letzten Jahre waren schwer, jetzt zieht es wieder an und jetzt stirbt der Alte, und es gibt keinen Kredit mehr ohne diesen Orphelin. Mit dem Alten lief alles ruhig und gelassen, er kam ab und zu selber vorbei, schaute sich den Betrieb an, schaute sich die Bücher an und sagte dann, er sei stolz auf mich. Dann gingen wir essen und er wollte mit mir über Kunst reden, über Politik, über Stalin wollte er reden, über den Kommunismus, und dass der nicht funktionieren könne, aber nie über Geld, und einen Kredit bekam ich immer. Und jetzt sein Nachfolger Orphelin, mit seinem immer angespannten Mund. Irgendwie strafversetzt in die Provinz, jetzt will er zeigen, wie unerbittlich er als Banker ist. Ich habe zuviel getrunken. Das macht den Heimweg so endlos. Der Weg verdoppelt sich, wenn man betrunken ist. Ich habe immer wieder scheussliche Feindseligkeiten überstanden, gut überstanden, und in meinem Kopf liegt längst alles bereit, ein riesiges Archiv, es hat sich sehr viel angesammelt, einzelnes sollte ausgesondert werden, belichtetes Bildergetümmel aus einem einzigen Leben von bald zweiundfünfzig Jahren, ich war bei Orphelin, eigentlich langweilt er mich. Mich erreichen nur noch die stärksten Reize, ich führe Bilder mit mir herum, ich erzeuge sie in unbewachten Momenten mit meinem unbewachten Auge, einem Auge eben, das sich selbst die Bilder schafft, ein schweifendes Auge, ein sehr kostbarer Apparat in meinem Innern, jetzt tut sich die Strasse vor mir auf und öffnet sich Meter für Meter, beinahe ruckweise, wenn ich nach Hause komme, schreibe ich die ausgespuckten Bilder in mein uraltes Notebook und freue mich, wie die Buchstaben auf dem Bildschirm zittern, ich baue ein Museum, ein Mausoleum, und ich brauche diese Sammlung irgendwann für die Geschichten, die ich für Ferlinghetti schreibe, oder vielleicht brauche ich sie auch nicht, gehe nur darin spazieren, gestern sah ich genau auf diesem Teil der Strasse kurz vor der Abzweigung nach Lédoc einen Caspar David Friedrich, ein Bild vor meinen Augen, als hätte er es auf die Windschutzscheibe gemalt: zwei, drei vor Jahren in der Gegend ermordete Autostopper ins zerfallende rote Gemäuer der Kirche von Nassau-Lédoc eingewachsen, und ihre Köpfe vom Wind sanft hin und her bewegt, aus ihren offenen Mündern steigt ab und zu ein heller Gesang, sie singen die Namen all derer, die an ihnen vorbeifahren und ihnen nicht helfen, sie singen mal ernst, mal trällernd, der Wind bewegt ihre Köpfe sehr sanft, und sie rufen einzeln die Namen auf, um ihre Erscheinung flimmert ein milchiges Licht auf der roten Mauer – mich erreichen nur noch die heftigsten Affekte, und von denen wird mir dann übel, ich kann den Spiegel gar nicht halten, ich kann an manchen Tagen den notwendigen Spiegel zu meinem Erhalt nicht mehr aufbringen, ich kann nicht mehr genug trinken, um mich bei Laune zu halten, und ich hätte es mir bis vor ein paar Monaten nicht gegeben, dereinst eine so schwankende und in ihre Teile zerfallende Welt zu bewohnen, nach so vielen vernünftigen Jahren hätte ich nur blöde gelacht bei dieser Vorstellung, dass ich so ungeduldig und masslos trinke. Natürlich werde ich wieder aufhören, Alain trinkt fast nichts, neben Alain kann ich so nicht weitertrinken, weil er fast nichts trinkt. Gestern hat er seine Hand um meine Hand gelegt, als ich mir die Flasche greifen wollte, als er merkte, dass ich wütend wurde, fing er an zu singen, er sang etwas von Dylan in seinem komischen näselnden Amerikanisch, wie er es nennt. Er soll zum Teufel gehen. Ich kenne viele, die getrunken haben, Louis hat auch eine Zeitlang zuviel getrunken, Viviane vor ein paar Jahren, ich habe so viele Leute aus den Augen verloren, beispielsweise Nadja, sie hiess Nadja, ich habe sie seit Jahren nicht gesehen, sie wollte alles wissen über alle Menschen und hat sich so gierig auf alle und jeden gestürzt, dass sie oft böse abgewiesen wurde, und gleich wieder jemand anderen fand und nie aufgab, auch damals in Lacanau hat sie nicht aufgegeben und sich tapfer auf die Seite aller geworfen, ist dann aber später leider in den Gin gefallen, sie hat mir selbst erzählt, der Gin trinke jetzt sie, und ich fand das damals noch sehr komisch, die Vorstellung, dass der Gin sie trank, aber es war ernst, sie kannte nach den schönen Zeiten ihrer grossen Wissbegier bald nur noch dieses unersättliche giftige Schnapsgefühl, wollte jeden Morgen sterben, war jeden Morgen sterbenselend usf., ist ja vielleicht auch wirklich gestorben, an irgendeiner Krankheit oder vielleicht am Ehetod – wenn dann die kleinen und wenn dann die grossen Füsse, das ist mein Bild für die Ehe, die kleineren und die grösseren Füsse, schön beieinander, das ist mein Bild von der Ehe, und dass mir das nie gelungen ist, ich habe das schöne Bild von den Füssen niemals gründlich und eingehend gelebt, und wenn ich so dahinsause auf dieser schmalen alten Strasse, unter Missachtung aller Verkehrsregeln die fahrende Welt abspule, ich muss mit diesem Wagen hochtourig fahren, sonst stirbt er mir ab, also wenn ich so vor mich hin fahre, führen alle Geschichten mit einem Mal zu einem schlechten Ende, und du erscheinst mir, dein im Profil gehaltener Kopf, deine widerliche Eitelkeit, mit der du einem dein makelloses Köpfchen präsentiertest, immer bewegte sich der Kopf ein wenig seitlich zum Betrachter, ein wenig seitlich zu den Wellen, die immer grösser wurden vor dir, bis endlich eine über dich hinwegging und dich nicht mehr freigab

(Mathias)

> Da war keine Welle, ich schwamm lange auf einem Trichter zwischen den Wellen, das Pilzgift hatte mir die Augen gelähmt, ich sah nicht mehr richtig und schwamm hinaus und der Trichter fiel unter mir zusammen, viele Male, ich hörte im Gurgeln und Klatschen dein Lachen

ich fühle mich seit Wochen, als müsste ich alle möglichen Krankheiten am eigenen Leib erfahren, am liebsten die Krankheit der Auszehrung und Ausschweifung, am liebsten die endgültig überschrittene Grenze, niemals aber Zirrhose, wie mir der Guérisson droht, oder sonst etwas Kleinliches und Ängstliches, nicht etwas, was ich gar nicht wage, du fragst ja immer noch

(Mein unbewachtes Auge)

> Vorsicht, das Erzählen ist ihr nur ein Vorwand, mit dem sie sich an ihn richtet, sie sagt dann *O Mathias* oder *Du Lieber*, er soll herschauen, oder sie sagt gar nichts, sie will es sich um jeden Preis einrichten mit ihrer gefrässigen Erinnerung an ihn, und sie will es sich einrichten wie alle, nämlich durch die widerliche Kumpanei des Erzählers mit dem Erzählten: Schaut her, ihr Vergessenen

und Überhörten, ihr Untergegangenen, wie schön wir euch erinnern, ihr Schaubilder und Irrlichter, ihr abgefallenen oder ihr verdorrten Früchtchen, wie wir euch zu- und herrichten, um euch den andern vorsagen zu können, wie wir euch noch im Munde führen – die ganze Scheisse der privaten Dichtung – wer sagt, dass es keine private Dichtung gibt, wen interessiert das – es muss doch eine feste Zuordnung geben. Oder wollen Sie vielleicht behaupten, dass es keine einzelnen gibt und kein Eigentum –

das berühmte Ende der Parabel, ich fühle mich am Ende der Parabel in einer herzlosen Innenwelt, vor allem beim Essen, weil Alain mich beobachtet, wenn ich esse, er schaut mir zu, sein breites schönes Gesicht hängt wie eine weisse Kugel über dem Tisch. Ich sage ihm, *deine Augen sind so schmal vom vielen Zukneifen und jetzt wagst du es plötzlich und glotzt mich an, warum?* Er isst unbeholfen und mit grosser Sorgfalt, er versucht das Kauen zu verbergen und er angelt lange und furchtselig nach jedem Bissen, man sollte einander nicht so auf die Finger starren –

Sie fährt jetzt noch mit dreissig Kilometern in der Stunde, sie schleicht, jeder Radfahrer kann sie überholen. Ein leuchtendroter Transporter versucht verzweifelt, an ihr vorbeizukommen, und sie merkt es nicht einmal, ein solches Bild zeigt viel.
Sie hält sich für zu schnell, sie sagt *Meine Montadour* oder *Meine Kleine* oder *Mein Sohn* –

Ich habe früher oft von einem Unfall geträumt wie andere von ihrer Hochzeit oder einer Liebesnacht oder einer Rettung in letzter Minute – von einem Unfall und dem berühmten, dem magischen Überstürzen der Grossen Bildergalerie in den allerletzten Augenblicken eines Lebens, die Grossfurcht, mich interessiert nur noch, was fällt und fallen soll oder jauchzend! willkürlich in Brüche geht!

Der rote Transporter hat den Thunderbird behutsam überholt, es war schwierig, am Ende fuhr der Thunderbird beinahe zur Hälfte im Strassengraben, Haijl Djuber hat Darja Savary erkannt auf einem ihrer fragilen Heimwege, er zweifelt jetzt nicht mehr, dass die Chefin der Montadour manchmal betrunken herumfährt, einfach irgendwo ihre Kurven dreht, entweder rasend schnell oder viel zu langsam, dass sie eine Trinkerin ist, aber er wird seinem Bruder nichts davon erzählen, er sagt auch, *wir von der Montadour,* er wird den Wagen bei seinem Bruder abgeben und kein Wort verlieren –

Vivianes Wein macht mich krank, er überschwemmt mich und macht mich schwer. Ich werde nicht mehr trinken, ich werde aufhören mit Trinken, so viele Fehler in meinem Leben, so oft das Falsche gemacht, das Falsche gesagt, wenn nur endlich die erlösende Reue käme und ein Gefühl freigäbe, irgendeines, ein heftiges Gefühl, eine Antwort, oder ein ganz junges Vergessen, so wie nur ganz junge Menschen vergessen können, ich nicht mehr, da war links ein bösartiges kurzes Geräusch, als mich der Laster überholte, wie bei einem Schneidbrenner, ich könnte eine ganze Geschichte meiner Einbildungen schreiben, nur das Zeug, das ich ganz kurz empfinde, nur ganz kurz antippe mit dem Gefühl, im Zaum halte, solange ich kann. Manchmal sehe ich aus den Feldern rechts und links aufgeregte Leute laufen, sie laufen, sie hüpfen ganz albern über die Felder und springen auf die Strasse zu, springen aus den Hecken, ich sehe sie, obwohl gar niemand da ist, ganze Meuten, es sind vielleicht ganze Schwärme zukünftiger Generationen, ich sehe es aus dem Augenwinkel beim Dahingleiten, sehe ihre scheusslichen bunten glänzenden Sportjacken – denen gehört dann alles, weil sie leben, und ihre Jacken sind schön, leuchten schön, auch wenn sie scheusslich sind, und die Toten werden sie bewundern, man soll nicht an die Toten denken, manchmal staune ich jetzt noch über die Schönheit dieses Landstrichs, wenn das letzte Licht des Tages über dieser schmalen Strasse, über den Alleebäumen schimmert, die allerletzten Platanen Europas, schönes altes Land, fast schon vergessenes Land, hier ändert sich über Jahre nichts oder fast nichts, die Strasse ist seit hundert Jahren die gleiche schmale, in den Schatten der Bäume gelegte, vergessene Strasse, anderswo haben sie keinen Stein auf dem anderen gelassen, hier unten bleibt es still, ich bin hin- und hergerissen, in irgendeinem schwierigen Moment meines Lebens werde ich an solche Fahrten denken, dann wird ein Bild ins andere übergehen, bis nur noch eines bleibt, das schönste, hellste –

(Guérisson)

Solche Leute glauben ja immer wieder, sie hätten ein Heilmittel parat, ein geheimes, nur auf sie gemünztes Heilmittel, das sie dereinst retten wird, und dann trinken sie und trinken sie und träumen weiter von ihren vagen Mitteln und Tricks und Methoden, und wenn sie dann zu mir in die Klinik kommen, ist es zu spät, und ich muss ihnen sagen, es sei zu spät, ich stelle mich manchmal vor Darja hin und sage es ihr ins Gesicht, ich würde sie gerne in Kur nehmen, gleich hier in der Klinik, nach drei Wochen würde ich sie tagsüber freilassen, letztes Jahr waren wir beinahe soweit, ich würde sie gerne, sehr gerne, wirklich sehr gerne

zu Hause wird Alain auf mich warten, als ich am Morgen ging, hat er die Küche systematisch umgeräumt, alle Kräuter auf den Tisch gebreitet, und darunter eine Zeitung gelegt, wie lange habe ich so etwas nicht gesehen, diese Sorgfalt, mit der er diese Zeitung über den Tisch gebreitet hat, und dann darauf verteilt diese ganze Armee von Heilmitteln, die mir Simone aufgedrängt hat, ich habe letztes Jahr drei Monate lang nur diese komischen Tees getrunken, die mir Simone bereitet hat, und wir haben die schönsten Namen für das Zeug gefunden und Doktor Guérisson damit zum Erröten gebracht, vorher war ich plötzlich kurzatmig und ich hatte Fieber und Guérisson jubilierte und wollte mich gleich im Spital behalten, nur kurz, Guérisson hat sich im stillen über mein Elend gefreut, worauf läuft das hinaus, ich werde meinen schrumpfenden Status verteidigen und ich werde den Doktor Guérisson noch auf irgendein Glatteis führen, ich werde ihn seiner eigenen Lächerlichkeit preisgeben, seinem fanatischen Dienst an der Volksgesundheit, ich muss ihm irgendwann einmal erzählen, wie sehr er alles verachtet, was lebt, einfach lebt, bis er sich vor sich selber hinstellen muss und sich selber sagen, was er mir sagen möchte, mir und den anderen, die sich in seiner Warteambulanz in die Stühle ducken und die er leise verachtet, weil sie mangelhaft sind und mangelhaft leben und dann seine Hilfe brauchen.

Ich weiss nicht, warum ich jetzt an Guérisson denke.

Es gibt sehr viele seltsame Geräusche im Innenraum eines fahrenden Autos, manche nur ganz kurz, ein Fiepen des Steuerrads, ein Knacken der Kupplung, ein Aufstöhnen der Bremsen, wenn man sie noch kaum mit dem Fuss berührt hat, wenn man sich einmal darauf konzentriert, hört man alle

hintereinander, eigentlich bin ich hungrig, Alain kocht, und manchmal kocht er so eigenartig, dass ich es nicht essen kann, aber er möchte, dass ich esse, er lässt es dann einfach lange vor mir stehen und schaut mich an, er scheint mir dann sehr alt, so bekümmert, ein alter Mann, der sich nicht dreinreden lassen will. Er kocht die kleinsten Fische, die er finden kann, oder er kocht die Muscheln mit dem Rindfleisch und den Kartoffeln zusammen, *iss das,* sagt er dann, *es ist leicht, es ist etwas Leichtes, es ist genau das richtige für dich.* Er füttert diesen Körper, den er kennt. Ich möchte heute etwas Schweres essen, ich muss es ihm sagen, etwas, das tagelang ausgehangen oder vorbehandelt oder eingelegt und gewürzt wurde, und dann lange gekocht und mit Sauce übergossen, oder Nudeln mit Trüffeln, oder gebackene Äpfel und Kastanien in einem grossen gebräunten Geflügel, eine fette dunkle Ente, so dass das ganze Gebiss einsackt, durch die Kruste in das sanfte Innere des Fleisches einsackt, durchbricht wie durch dünnes Eis, so würde ich jetzt gerne essen –
Jedesmal wenn ich heimkomme, erschreckt mich das offene Tor zum Garten mit dem verwahrlosten Rondell, um das ein Kiesweg führt, eine letzte Serpentine, da hat mich Victoire früher immer überfallen, das offene Tor nannte sie «Falle», sie sprang plötzlich vor mein Auto und lachte wild über meinen Schrecken, und das ist irgendwo in mir steckengeblieben, Alain steht unter der Türe und schaut fremd zu mir herüber, er kennt jetzt schon, nach ein paar Wochen in meinem Haus, alles, eigentlich alles, mein Leben, es ist nichts Besonderes, ich bin zu Hause oder im Büro oder ich sitze bei meinen alten Freunden oder im Hafen und trinke, und er schiebt sich durchs Haus wie ein ganz und gar Fremder, der aber alles bis ins kleinste kennt und alles weiss, ohne dabei seine Fremdheit abzulegen. Er hat die weisseste Haut, die ich je an einem Menschen gesehen habe, ganz weisse Füsse, das ist seltsam bei so einem jungen Menschen, so weisse Füsse. Ich kenne ihn nicht. Ich habe noch nie so jemanden gekannt. Er schaut gleichmütig vor sich hin oder er schaut gleichmütig zu mir, in mein Gesicht, er sagt, er habe diesen hochmütigen und vollkommen gleichgültigen Gesichtsausdruck im Gefängnis gelernt, wo er die Zudringlichkeiten und die Drohungen, die ständige Drohung, das nächtliche Eindringen fremder Gestalten in seine Zelle, Schindereien aller Art, eben durch diesen undurchschaubaren gleichmütigen Gesichtsausdruck abgewehrt habe. So sagt er es. In kurzen Sätzen, die er mühsam und widerwillig vor sich hin sagt. Jeden Tag zwei, drei Sätze.

Gestern kam er vom Einkaufen und stellte die Taschen ab und dann redete er zu diesen prall gefüllten, in ihrem billigen Plastik zerfliessenden Säcken, er sagte, er merke erst jetzt, dass niemand ihn mehr beachte, dass man ihn überhaupt nicht mehr wahrnehme, wenn er irgendwo auftauche, dann lachte er und zog die Schultern hoch, *ich bin unauffälliger geworden mit den Jahren –*

Ich nehme ihn nicht gerne mit, es ist schwierig, ihn irgendwohin mitzunehmen. Wenn er so schaut, wenn er mit diesem festgefrorenen Ausdruck von Hochmut und Gleichgültigkeit irgendwo auftaucht, mit seinem starren Vorsichherschauen, diesem Grimassieren in der Stille, dieser furchtsamen Gewohnheit, dann fangen die Leute an zu reden, als sei er gar nicht vorhanden, sie reden an ihm vorbei und durch ihn hindurch, er weiss es ja, er hat es gestern den Einkaufstüten erzählt, ich war im Wohnzimmer und bin erst aufgestanden, als ich ihn reden hörte. Ich habe ihn ins Haus geholt, ich dachte, er würde schnell wieder gehen, ich dachte, er würde nach einer Woche wieder gehen, aber er ist geblieben, und jetzt warte ich schon darauf, dass er mich erwartet, so schnell geht das, und ich versuche zu essen, was er mir kocht, so gut es geht, ich lasse ihn in Ruhe, ich frage ihn nicht, warum er meinen alten Lancia stehlen wollte und nicht Orphelins Audi, er würde doch nur irgendeine Lüge vor sich hin nuscheln. Ich rede ja nicht gerne viel. Ich habe nie gerne geredet. Er soll seine kleinen Geheimnisse ruhig für sich behalten. Ich bleibe in letzter Zeit im Auto sitzen, wenn ich angekommen bin. Ich steige nicht sofort aus. Ich schaue das Haus an wie eine Fremde. Der letzte Orkan hat die Bougainvillea in Fetzen gerissen, sie ist mit vielen Blüten auf den Balkon abgestürzt. Ich sollte jetzt aussteigen, er winkt mir aus der Küche zu, er lächelt fast nie

(Alain)

Sie lächelt fast nie, aber wenn sie lächelt, dann ist es, als wache sie endlich auf, als habe sie vorher nur geschlafen oder vor sich hin geträumt, als sei sie erst jetzt da, ich kann sie nur schwer zum Lachen bringen, das konnte ich früher, ich habe alle Frauen zum Lachen gebracht, ich war beliebt bei den Mädchen, ich hatte sie alle auf meiner Seite, immer, es ist nur dieser Druck, diese Angst

er ist ein kleiner Dieb, so wie es tausend andere gibt, er ist ein ungeschickter Dieb, ein ängstlicher Dieb, er hat gezittert und die falschen Kabel rausgerissen und aneinandergehalten und er hatte entsetzliche Angst vor der Polizei, er dachte, ich würde ihn anzeigen. Aber ich habe ihn nur auf den Nebensitz gezwungen und bin ein bisschen mit ihm herumgefahren, ich wollte ihm Angst einjagen, weil ich selber nervös war, als ich diesen Schatten in meinem Auto sah. Ein Schatten in meinem Auto und jetzt sitze ich da und warte, bis er unter der Tür erscheint, bis er auftaucht und mich aus diesem verdammten Auto holt

(Alain)

ich weiss nicht mehr, wie das ist, mit freundlichen Leuten, mit normalen Leuten, sie ist freundlich, sie sagt nicht viel, auch wenn sie getrunken hat, sagt sie nicht viel, aber manchmal wird sie wütend über irgendwas, und dann denke ich, sie wartet nur, bis ich endlich gehe, sie möchte mich loswerden, sie hat keinen Respekt, wenn sie zu mir sagt, *du kleiner dummer Dieb, du ewiger Verlierer, jetzt gefällst du den Frauen noch, aber in ein paar Jahren lässt die Wirkung nach, Alain, in ein paar Jahren wirst du fett, und jedermann,* jedermann werde dann in meiner Gegenwart reden, als ob ich nicht vorhanden sei. Jetzt bleibt sie wieder einfach im Auto sitzen und streicht sich mühsam die Strähnen aus der Stirn –

Von draussen durch das zur Hälfte zugewachsene hohe Küchenfenster gesehen ein Paar an einem langen Tisch im Schein einer Lampe, ein abendliches Ritual, sie teilen sich die Sachen, sie schieben einander alles zu, er ihr die Platten, sie ihm den Wein, er ihr die Kerze, wenn der Himmel sich ganz verdunkelt, sie ihm die Zigaretten, die er umständlich und behutsam aus dem zerknitterten Päckchen klaubt, Küchenbildnis, Bildnis dieses Paars als Paar, dann verlässt sie das Zimmer.
Und sitzt später mit ihrem altmodischen Notebook im hohen kleinen Salon, von dessen Stukkatur jeden Abend ein kleines Blatt oder ein grösseres Stück abfällt und auf dem Parkett zerbröckelt, sie schaut erst in alle Spiegel, bevor sie zu schreiben beginnt, sie wirkt seltsam deplaziert, wenn sie schreibt, sie schreibt nie an einem Tisch, sondern halb ausgestreckt auf einem riesigen alten Ledersofa, sie balanciert sorgfältig das Glas zum Mund, sie trinkt in grossen Schlücken, Alain liegt am Boden über der Zeitung, plötzlich nimmt

er eine Seite und fängt an, seltsame kleine Gebilde zu falten, die aussehen wie kleine Schiffe oder Menschen, sie hält ihren Fuss über seine Zeitung, er schiebt den Fuss sehr sachlich weg, sie sagt etwas, beide lachen kurz. Darja starrt immer wieder durch das Fenster in den dunklen Himmel, in dem sich weisse dicke Wolken türmen, dann in den Spiegel, aber im Spiegel verfolgt sie Alains Bewegungen, die Bewegung seiner Hände, die das Papier blitzschnell falten und trennen.

Es ist noch nicht lange her, da kam jeden zweiten Tag Louis Ferlinghetti und holte eine Diskette, auf die ihm Darja seinen neuen Roman vorgeschrieben hatte, jetzt schreibt sie nicht mehr für ihn, jetzt schreibt Ferlinghetti wieder selbst, manchmal sass er in jenen Jahren frühmorgens schwitzend vor dem Bildschirm und wollte den abseitigen Text lesen, oder es hatte gar keinen neuen Text und er starrte auf den Bildschirm, auf dem die Scheusslichkeiten der letzten Abende standen, und er formte dann mit den Lippen lautlos die Sätze nach, die sie ihm vorgeschrieben hatte, die Bücher wurden ein Erfolg, ein etwas prekärer und schwieriger Erfolg, weil Ferlinghetti den gereizten Journalisten immer wieder erklären musste, wie er zu dieser Prosa käme, nach so schöner, sparsamer früher Lyrik

(Ferlinghetti)

> Es ist nämlich gar nicht wahr, dass es einzelne gibt oder einen guten Geschmack, das hat sie gesagt und sie hat dazu nicht mal gelächelt, nicht einmal diese Mühe hat sie sich gegeben

so war das in jenen Jahren, als Darja Ferlinghettis Bücher schrieb und am Anfang war es für beide wie ein gelungener Scherz mit dem einfältigen Bücherbetrieb, wie eine kleine Wette, aber eine Lüge zog die nächste nach sich und ein Erfolg wieder ganz viele Lügen, und Ferlinghettis jahrelange Verzagtheit verging, fiel ab von ihm, weil sein Leben plötzlich von Fallen umstellt war, er hatte Angst, im Traum zu reden und sich zu verraten, er war nach Jahren der Langeweile das wilde Tier in der Prärie, ein Fehltritt genügte, um alles zu zerstören – so wurde Louis Ferlinghetti ein Held. Er hatte plötzlich viele neue Freunde, manche davon kennt er bis heute nicht, sie sitzen einfach bei ihm herum und geniessen es, bei ihm herumzusitzen und dann zu sagen, dass sie bei ihm herumgesessen sind. Viviane kündigte ihm nicht die Freundschaft, aber sie weigerte sich, sein letztes Buch zu verlegen, sie hatte rote Flecken im Gesicht, als sie es zu Ende gelesen hatte. Sie ging so weit zu sagen, das Buch sei nicht von ihm, das sei von einem andern Ferlinghetti, und das war der schwierigste Moment, als sie ihm das so traurig und angeekelt leise sagte.

Ferlinghetti sitzt in seiner grossen leeren Halle zwischen den vielen gusseisernen Säulen vor einem noch kleineren TV als Darjas und wartet, bis seine Sendung kommt. Er mag niemanden anrufen, eine Freundin aus der Schule hat er weggeschickt.

Er will sich an seinem eigenen Bild auf dem Bildschirm kurieren, er will sehen, dass es nicht mehr geht, dass er lächerlich geworden ist, dass er neu beginnen muss. Er wird es ertragen und er wird es überstehen. Er schaut neidisch auf Schumacher, der schon wieder gewonnen hat und aus seinem Auto steigt und grinst. Aus irgendeinem Grund kann Ferlinghetti keine Sportsendungen mehr anschauen. Das quält ihn. Wenn die Sportler ihre Interviews geben, klopft ihm das Herz bis zum Hals, er hat es Darja erzählt, sie hat sich ausgeschüttet vor Lachen. Und ihm einen Trost ins Ohr gehaucht, man müsse es ja nicht endlos weitertreiben. Man könnte ja wieder selber schreiben. Seitdem lauscht Ferlinghetti in sich hinein. Immer wieder fragt er sich, wie alles angefangen hat, wie er in diese Falle getappt ist, für sein letztes Buch musste er einen regelrechten Verteidigungsfeldzug antreten, es war ein sehr zwiespältiger Erfolg und ausgerechnet die Stellen, die er noch abgemildert hatte, gaben am meisten zu reden, Darjas böse Phantasien waren zu dicht gewirkt und drückten durch, eine Zeitlang kam er jede Woche einmal auf den Bildschirm, er hat aber die Lust dazu verloren. Er wird schon wieder die Entdeckung des Jahres (und des Vorjahres), er wird leer und ein wenig glücklicher dabei und immer verspannter, er schluckt schon über den Filmrechten, er fasst allmählich wieder Mut und will wieder selber schreiben, was unter seinem Namen steht, *ich lege dir das doch nur hin,* hat sie gesagt und ihm die Diskette behutsam hingeschoben, damals, und er ist sehr bald ihren Einflüsterungen erlegen, zwangloses Lispeln und Wispern der Buchstaben im Hausgewand am Küchentisch, in ihrem gastlichen Haus, über die Zartheit brach es dann herein, über die schönen Gefühle, über die schönen Sätze von den armen Kranken und der schönen Macht der Natur, die Flut ihrer aberierenden Phantasien brach über sein mageres Décor, er wollte gestalten, was ihn bewegte, und sie schrieb nur fürchterliche Geschichten, die nach einem heiteren schlaksigen Anfang gleich in absolute Finsternis mündeten, sie machte alles platt und greifbar, was sich Ferlinghetti als dunkles Raunen dachte –

Er springt auf und sucht das gelbe Hemd, das er trug, als er mit Darja ihren Pakt schloss, er zieht es an und legt sich vor den TV, das Hemd knistert festlich auf seiner Haut, er schenkt sich Wein nach, schluckt, atmet, horcht –

(Ferlinghetti)

> Nur mal schauen, was ich gesagt habe, an diesem Nachmittag im Sender in diese arroganten Visagen reingestottert habe, es ist ungeheuerlich, wie feindlich diese Affen sind, wenn man ihren Kodex verletzt, irgendeinen Kodex. Egal. Einfach ganz ruhig zuhören. Woher der Wind weht. Kein einziger Tag ist mir verlorengegangen. Ich habe das alles erlebt. Ich habe es getan. Ich habe es erduldet. Es ist gut so, es ist bald ausgestanden. Darja soll sich einen anderen suchen. Ihre Spässe gehen immer zu weit. Diese Blonde da schaut aus wie Victoire, als sie im März hier war, der gleiche wütende Mund.

Alain schläft tief. Er ist über dem Grand Prix eingenickt. Darja schiebt ihn sanft ein wenig zur Seite und kauert sich vor den TV. Eine blonde Frau redet, sie ähnelt Victoire, die so schnell so gross geworden ist, sie hat gesehen, wie ihre Tochter sehr lange ein Kind blieb, ein fanatisches, in seine Spiele vertieftes, sehr ernstes Kind, und dann plötzlich in ein paar Wochen gross geworden ist. *Das Kind hat sie gelöscht*, hat Simone irgendwann später staunend gesagt, sie hat das Kind irgendwie gelöscht wie durch einen Tastendruck: *delete*, und ist von einem Tag auf den anderen lachend mit einer überfüllten, am Reissverschluss platzenden Adidas-Sporttasche aus dem Haus getänzelt, im Zimmer lief noch das Radio, sie hat es einfach laufen lassen, wie sonst ja auch, wenn sie irgendwohin gegangen war und das Radio weiterlief. Jetzt lässt Alain immer irgendein Gerät laufen, und es ist wieder nie mehr still im Haus, Frau Gerland hat das sofort gemerkt. Nur hat es sie damals bei Victoire nicht so gestört. Victoire kommt nur noch selten nach Hause, wenn sie gar kein Geld mehr hat oder eine Leberentzündung, dann lässt sie sich von Frau Gerland Kartoffelküchlein mit Salbei und Apfelmus kochen, und plötzlich zieht es sie wieder hinaus, irgendwohin, zu irgendwem. Ein neuer Mann bedeutet bei ihr eine völlige Änderung ihres Alltags und ihres Lebens, immer wieder, und sie lernt von Mann zu Mann, ihre Männer sind der einzige Unterricht, den sie annehmen kann, sie langweilt sich schnell, sie ruft nie an, die blonde Frau verschwindet hinter einer Tafel mit den neuesten Börsenkursen. Victoire ist auch wie verschwunden, sie stromert durch Europa, sie beschäftigt sich Tag und Nacht mit ihrem neuen Mann und sie wohnt jetzt meistens bei diesem neuen Mann, sie ist viel unterwegs mit ihm, beim letzten Anruf war sie in Brüssel und erzählte Darja schnell und heiser etwas von einem frühen persischen Dichter, der durch seine Frau an seine Feinde verraten und erstochen wurde, und sie wisse nicht, ob sie schwanger sei –

Abends wäre ich gerne mit ihr. Ganz allein mit ihr hier in diesem Haus, so ein Schwachsinn. Ich bin sicher, dass sie sich nicht wehren kann, sie kann sich gegen niemanden richtig wehren. Sie wird nicht wissen, von wem das Kind ist. Immer wieder mal zerreisst es mich, wenn ich an sie denke, wie leichtsinnig sie ist, sie hat nichts gelernt. Keinen Beruf, nichts. Diese Füsse haben den Boden noch nicht mal berührt, sie schwebt von einem neuen Job und einem neuen Mann und einer neuen Stadt zur nächsten, sie nimmt es leicht, zu leicht, sie ist in Brüssel gelandet, in einem Wohnproblem, in einer schmalen Strasse, dazu die fauligen Linden vor dem Fenster, eine lausige Karte aus Wien in einem halben Jahr, so wird man zum heulenden Wolf, das ist wie ein Durst, der nicht zu löschen ist, ich könnte jetzt Ferlinghetti anrufen, lauschen, wie seine Stimme zittert vor der Sendung, die er zum ersten Mal nicht mehr mit mir anschauen wollte, sondern allein in seinem Palast, ich könnte ihn jetzt anrufen, aber genau das werde ich nicht tun, ich werde niemanden anrufen, ich werde an niemanden denken, nur schauen, was wir beide angerichtet haben und wie uns die Leute auf den Leim gehen. Es ist eigentlich egal, wer was schreibt. Das ist es, was ich sagen will.

Louis Ferlinghetti spricht aus dem TV, er gibt den schlechtrasierten launischen Dichter und die drei Kritiker setzen ihm zu, die Kamera zeigt nah und gross das Zittern des kleinen Papiers in seiner linken Hand, Louis Ferlinghetti muss vor laufenden Kameras sagen, warum er die Frauen so hasse und ob das die Essenz seiner Erfahrung sei, ob sich da vielleicht Bezüge zu der eigenen Lebenswelt, er sitzt im gleissenden Licht, *oder unterliegen Sie hier vielleicht einer Zeitströmung*, eine riesige Fotografie von ihm schwebt über der Gruppe und Ferlinghetti schaut über seinen eigenen Kopf hinweg, mit einem schwer deutbaren Blick, vor seinem fotografischen Monument, das ihn gelassen zeigt und in verhaltener Ruhe, zappelt er *in vivo* und ganz klein und hält sein linkes Fussgelenk mit der rechten Hand umschlungen, das eine Bein über das andere gelegt, *sind Sie Mundstück, Herr Ferlinghetti, sind Sie das Organ der letzten Zuckung*, er windet sich, er sagt, *wir müssen aufhören, soviel zu denken*, und das jüngste der lauernden Gesichter ihm gegenüber verzieht sich vor Ekel, *wir müssen wegkommen von diesen Denkmustern*, und bei *Denkmustern* starrt er an die Decke, und der älteste und mildeste der Kritiker fragt ihn sanft, ob er sich einen Text auf die Decke geschrieben habe, und Ferlinghetti sagt, er hole sich seine Texte tatsächlich direkt aus dem Himmel über ihm, aus den ziehenden Wolken, aus seiner Region, aus der Provinz, und die gereizten Interviewer entspannen sich mit einem Ruck, es kommen noch ein paar der üblichen Fragen zu seinem Namen, und ob er verwandt sei mit dem grossen Ferlinghetti, sie lächeln einander zu, Darja packt der Ekel beim Anblick dieses Lächelns, sie muss den Blick abwenden, ein Ast schlägt ans Fenster, sie schiebt sich ganz nahe an Alain, sie löscht das Licht –

(Mathias)

Wir haben einander zugelächelt, auch wenn wir im Streit waren, mitten im Streit überfiel uns dieses geheime Lächeln, eine stille Übereinkunft, die die andern erboste, auch als ich schon nichts mehr mit dir zu tun haben wollte, als ich dir auswich, überfiel mich manchmal noch dieses Lächeln wie eine qualvolle Maske aus der Erinnerung, es war mir selber ekelhaft.

Louis Ferlinghetti atmet auf, seine Zunge löst sich, er nippt am Glas, auf dem Bildschirm sieht er sich im warmen Schlussapplaus lächeln, und dann fahren die Buchstaben auf dem Bildschirm über sein Gesicht, er ist ein Dichter, bei dem sich die Nachdenklichkeit und die Sensibilität mit kraftvoller Sensualität mischt, so sagt es der milde alte Kritiker, der wichtigste von allen, aber die Musik hat schon eingesetzt, die Namen seiner Peiniger erscheinen auch, aber sie haben verloren, Ferlinghetti streckt sich, trinkt in kleinen Schlücken sein Glas aus und löscht das Licht, es ist überstanden, es war gar nicht so schlimm, er könnte jetzt noch Darja anrufen, aber er wird es nicht tun, er wird sich nicht mehr an sie wenden. Er wird morgen gleich nach dem Unterricht seinen Zitronenbaum umpflanzen, in aller Ruhe, mit der Erde, die ihm Haijl Djuber besorgt.
Am nächsten Morgen weckt ihn ein Anruf von Darja um sechs Uhr, sie flüstert ihm Komplimente zu und flüstert eine Einladung für den Sonntagabend, und er möchte sie fragen, ob dieser seltsame Junge noch bei ihr ist, aber sie unterbricht ihn und flüstert weiter, sie könne nicht laut reden, sonst wache er auf, und sie meint wohl diesen unangenehmen grobschlächtigen Kerl, der jetzt also tatsächlich bei ihr wohnt, bei ihr bleibt und den sie nicht wecken will.

Viviane will von nichts wissen. Die Sendung gestern will sie so schnell wie möglich vergessen, als hätte sie sie nicht gesehen. Sie will nicht über diesen Menschen reden, der jetzt bei Darja wohnt, plötzlich, über Nacht, man muss Darja nur Zeit geben, bis sie es selbst sieht. Bis sie was sieht? Bis sie sieht, dass dieser Junge unerträglich ist. Vivianes Stimme zittert kaum merkbar, sie schluckt, sie will von Ferlinghetti eigentlich nur wissen, ob sie wohl Guérisson mitbringen soll. Darja hat sie um Viertel nach sechs angerufen, sie kennt keine Rücksicht, aber sie hat geflüstert, um diesen Alain nicht zu wecken.

Wenn ich jetzt ein paar Freunde zum Essen einlade, muss ich dreimal einkaufen, bis ich alles beisammen habe, dann schicke ich noch einmal die Gerland und dann fehlt bestimmt immer noch etwas, ich bin umständlich geworden. Alain hat aufgestöhnt, als ich ihm sagte, wer alles kommt, es kommen ja nicht viele, er hat Angst vor den Leuten, vor den Blicken, oder er mag sie nicht, wie sie ihn nicht mögen. Dann hat er gesagt, er werde nicht dasein. Und jetzt ist er doch da, ich habe ihn gefragt, ob er nicht gehen wolle, und er hat mit den Achseln gezuckt und ist sich mit allen zehn Fingern durchs Haar gefahren, und ich habe mich im gleichen Moment sehr geschämt, dass ich ihn das frage, dass ich ihn so etwas frage. Jetzt steht er hinter Viviane am Herd und kaut auf den Lippen herum, er meidet Grégoires Blick, Grégoire drängt sich an Viviane, er hat sie ja schon ganz auf seiner Seite, wir sitzen satt vor unseren leeren Tellern, und ich habe schon wieder zuviel getrunken, niemand will reden oder plötzlich fallen alle einander ins Wort, es ist wie immer, nur dass Alain so fremd bleibt wie damals du, Mathias, ich möchte, dass du Alain siehst, so wie ich ihn sehe, wenn wir alleine sind, ich möchte, dass du ihn mit meinen Augen siehst, und nicht mit den Augen meiner Freunde

(Mathias)

In jenem Sommer, als die Felsen nach einem schweren Sturm mit rostrotem Tang überzogen waren, und wir uns an den Händen fassten und in seltener Vertrautheit, wie unter einem fremden Befehl, immer weiter nach oben kletterten, weil dort der Himmel so leuchtendblau war und sich unsere Gestalten so vorteilhaft gegen dieses wahnwitzige Blau abhoben, da waren wir sehr jung, und Darja sagte etwas sehr Einfältiges, Kindliches, Kleinmädchenhaftes, sie wolle mit meinen Augen sehen, und als ich ihr sagte, dass das kitschig sei und lächerlich, hätte sie mich beinahe vom Stein gerissen und nach unten gestossen, in den Abgrund

ich weiss es und Alain weiss es, nur mit mir allein ist er so schön, wie er eigentlich ist, unter anderen Menschen scheint er mir dumm und stumpf und wie aus einer Flüchtigkeit, aus einer Schludrigkeit heraus einfach dem Ort beigegeben, an dem er sich durch Zufall bewegt, in seinem endlosen bedrückten Schweigen und am schlimmsten, wenn ihn dieses bittere Lächeln in den Mundwinkeln befällt und er fragend in die Gesichter seiner Feinde starrt, wie vorhin, wenn er sich abzufinden beginnt mit seiner Fremdheit überall

(Alain)

Wenn ich mich erinnere, war es immer gleich, ich war immer ein bisschen draussen, irgendwie unpassend, bei meinem Vater, bei den Lehrern, bei den Nachbarn, das ging so, das tönte so durch den ganzen Block, auch als ich noch winzig klein war: *Laurent, ruf den Kleinen zum Essen – der ist doch bei Paul – na meinetwegen – dort geben sie ihm aber nichts zu essen, er muss vor der Türe warten – mein Gott, dann muss er halt vor der Türe warten, wenn sie ihn nur nachher noch für ein Weilchen hineinlassen – willst du ihn nicht holen – nein, wieso, ich denke, er ist bei Paul* – und dann zu meiner kleinen Schwester: *Komm, mein Prinzesschen, komm aus dem Gang, du erkältest dich noch* – jetzt muss ich für diese Leute eine Geschichte erfinden, wo ich herkomme, was ich gemacht habe, eine Geschichte, die sie mir aus der Hand fressen, die reden alle viel, aber sie verstehen nichts vom Leben, die haben nichts gesehen, gar nichts, und ich darf nicht zu freundlich sein mit ihnen

Alain kühl auf Vivianes Frage, wo er aufgewachsen sei: Er sei aufgewachsen mit der schmutzigsten und mindersten Sorte von Brot, wo allerlei mit eingebacken wurde *(Spelzen? das ist ja vorbildlich! davon bleibt man gesund!)*, in der Schule immer ein störender beissender Geruch, und in den Wohntürmen derselbe, eine Mischung aus Urin oder Teer und Benzin oder Knoblauch, mal überwog das Süsse, Faulige, mal das Beissende, *es roch nie so, wie es in guten Häusern riecht, in Häusern wie diesem hier*, seine Stimme bricht, er redet sich in Eifer, ich öffne die Augen nicht, ich bin eingeschlossen, im Schutz meiner geschlossenen Lider, sein Vater habe immer gesagt, aber das hat er mir schon erzählt, *wer den Süden lobt, soll uns hier nicht vergessen, wir leben wie die Tiere, und sie fahren spazieren mit ihren Ferienautos direkt vor unseren Fenstern, die fetten Koffer auf das Dach geschnallt, die wissen alle nicht, wie wir hier leben, sie sehen nur die Sonne und das wunderbare tiefblaue Meer, uns vergessen sie sofort*, ich habe ihn noch nie so lange reden hören, Viviane lässt ihn nicht aus den Augen, er redet und redet, von der Autobahn aus hat man bei ihnen in die Küche schauen können, die Blocks waren umgeben von diesen Hochstrassen, die von weitem wie riesige Achterbahnen aussehen und zwischen den Blocks wuchsen kleine Buschwälder, in denen sich die Pärchen versteckten, manchmal liefen Schafe zwischen den Blocks herum, bei Regen ging oft das Licht aus und im Sommer liefen die Klos über, die weissen Blöcke, durch die die Autobahn in grossen Schlaufen führt, wirken von weitem wie eine Festung, ich sehe alles vor mir, was er erzählt, ja, so sei er aufgewachsen, und Guérisson will wissen, ob er glücklich war als Kind, er lächelt spöttisch, aber er gehorcht, er antwortet: *Wir nannten unser Quartier die weisse Burg, wir verteidigten unser Quartier, wir waren viele, es wimmelte nur so von Kindern, die einen zogen ein, die andern zogen wieder aus, es war am besten, wenn man sich nicht zu fest aneinander gewöhnte, wir hielten zusammen, weil wir da wohnen mussten, ich weiss nicht* – Viviane behauptet, das Quartier zu kennen, Alain schüttelt den Kopf und stockt, er sagt ganz leise, dass die weissen Blocks im Winter manchmal grau schienen, vor allem wenn es regnete, und jetzt lacht Grégoire ganz wild auf, voller Hass, dabei hat Alain nur gesagt, es regne nicht selten in Marseille im Winter, und Viviane seufzt

(Viviane)

Nicht eine einzige Tour in die Umgebung hat dieser Alain Noiret je unternommen, und nichts hat er gesehen, nicht die Stadt selbst und nicht die Umgebung, keine Ahnung von den wunderbaren Bergen, dem Gardaban, dem Mont Aurelin, den Pilon du Roi, er weiss nichts von Sainte-Victoire mit dem Blick über die Olivenbäume aufs Meer und nichts von den zerklüfteten Küsten, an denen das Meer tobt, nichts

Viviane wird immer strenger mit sich und den anderen, ich weiss, was sie jetzt denkt, sie denkt, ich solle die Augen wieder öffnen, sie denkt, ich solle vom Küchensofa wieder aufstehen und mich wieder an den Tisch setzen und dort so kerzengerade sitzen wie sie und den Hals so recken wie sie, sie ist der treuherzigste Mensch, den man sich denken kann.

Nur noch Liegen und Trinken.

Alain hat mir heute, als wir mittags oben lagen, gesagt, er fühle sich oft nicht wohl in diesem Haus, aber er finde die Kraft nicht, dieses Haus zu verlassen und etwas anzufangen mit seinem Leben, er sei ausserstande, mich und dieses Haus zu verlassen, er wolle es für Minuten und sei aber dann nicht imstande, es zu tun, er rauchte und lag quer über meinem Bett und fing mit einemmal an, leise zu singen, als hätte er schlagartig alles vergessen, wovon eben die Rede war, er sang und hatte alles vergessen, oder er wollte alles aufheben, er floh vor dem bösen Nachklang seiner eigenen Sätze in eines seiner Lieder, die er zwischen den Zähnen herauspresst, dann hat er mich gefragt, ob ich ihm nicht ein bisschen Englisch beibringen könne, amerikanisches Englisch, und dazu fing er wieder an, näselnd zu singen, *boy, you've got a prayer in Memphis* –

Wenn ich die Augen öffne, sehe ich den kleinen Doktor Guérisson am Tisch sitzen, neben ihm Viviane und Grégoire, der zu mir blickt, lacht und sein Glas hebt, ich bin auf dem Sofa eingeschlafen und die haben weitergetafelt und eine letzte Käseplatte geleert und Alain hat eine Decke über mich gelegt, mir das Glas und die Zigarette aus der Hand genommen, und Guérisson erzählt sein abendliches Elend in seiner gelblichen Küche im Hochhaus gleich rechts unten am Hügel, er werde heute abend noch in seiner Küche sitzen und trotz des Rotweins bei mir noch einen kleinen Anisschnaps trinken, sagt er und lächelt triumphierend in die Runde, und dabei den Tag überdenken, und dann wird er seine Übungen machen, seine langsamen chinesischen Übungen, er spricht zu allen, aber er schaut zu mir, er will mir etwas beibringen. Ich habe auch schon in seiner Küche gesessen und diesen lauwarmen Anisschnaps getrunken, weil er zu faul war, sich zum Kühlschrank zu schleppen und uns Eis zu holen, und jetzt schaut er zu mir und spricht über die Gefahren körperlicher Verwahrlosung, er spricht über sein Lieblingsthema, nämlich über Sucht und Genuss und über die Heilung der Süchtigen, ihre Bekehrung, ihre Erlösung durch den reinen Genuss, er möchte sie alle zu sich nach oben ziehen, mich auch, mich am liebsten, er dreht und wendet die Worte in seinem kleinen Mund, der sich zu einem Dreieck öffnet, wenn er spricht. Ferlinghetti steht auf, er will nach Hause, Viviane spitzt die Lippen, niemals würde sie gehen, wenn gerade ein anderer auch geht, Ferlinghettis runder weisser Kopf schwebt über mir, jetzt will er doch bleiben, er sagt, er sei zu betrunken, um noch etwas zu tun, und zu nüchtern, um schon nach Hause zu gehen, er sagt, er habe mir das grüne Ledersofa im Salon vor genau zehn Jahren ins Haus gebracht, er küsst mich auf die Augen und auf den Mund, er redet, und ich muss ihn anschauen, dabei fangen mir die Augen an zu tränen, er sagt, das grüne Sofa sei vor dem alten Ziegelbau der Labiche & Company gestanden und er habe es damals an einem sonnigen warmen Herbstmorgen in aller Ruhe auf seinen Pickup aufgeladen und zu mir gefahren und Labiche & Company habe nicht reagiert, und er wolle ein Buch schreiben über den alten Labiche, der als Kollaborateur viele Jahre nach dem Krieg hinten in einem abgelegenen hohen weissen Raum eingesperrt blieb, wohin ihm der Sohn die gefälschten Bilanzen brachte, öffentlich hat sich der Alte nie mehr gezeigt, auch nicht im Park, er hatte mit den deutschen Landsern das Lied von den schwarzrotgoldenen Äuglein gesungen, tscharamm, die Militärkapelle dirigiert, die deutschen Besatzer zu sich eingeladen, und Ferlinghetti will das jetzt alles neu erzählen, er sagt, *dein Sohn ist ein johlender Zeichner, ein Bube, aber sehr begabt, eigentlich ein grobes blödes Vieh, aber sehr begabt* – Grégoire steht hinter ihm und lacht, dann streckt er mir seine riesige Hand entgegen und will mich hochziehen, er will, dass ich aufstehe, aber ich lasse mich fallen. Ferlinghetti kniet neben mir nieder, kichert und flüstert mir etwas ins Ohr, er hat es geschafft, in die Sendung von Prioux eingeladen zu werden, ich brülle es Viviane zu, sie winkt ab, sie will von all dem nichts mehr wissen. Er küsst mich auf die Stirn, dann schwebt er wieder an den Tisch und von dort zu Simone, er denkt, ich sei ahnungslos, er denkt, ich hätte nicht gemerkt, dass er wieder selber schreibt.

Es gibt so wenige Menschen, mit denen man sich nicht im Laufe der Zeit in irgendeine Lüge verheddert.

Dadurch dass ich seit Jahren mit dir rede, so oft und im geheimen mit dir rede und du allmählich Einziger Mensch geworden bist, zu einem Mathias Allerorten, verkläre ich dich, beschönige ich dich und du warst wohl gar nie der, den ich sah, wenn wir damals in diesen milchigen Sommertagen über die Dünen liefen, ich starrte auf die bläulichen Schatten um deine Augen, die sich vertieften, wenn du lange nicht zum Schlafen kamst, und dadurch hattest du den Blick eines finsteren Sehers, wenn du deine Nächte schön dahingebracht hattest, dann wirktest du prophetisch und fanatisch und überirdisch, aber niemals nur einfach unausgeschlafen oder verkatert. Es gab ungeheure Momente für uns beide, nicht wahr, auch solche, in denen wir schweigend nebeneinander herliefen und uns absichtlich nicht berührten, uns genügte das Versprechen, die vage Verheissung, die wir einander servierten, wir waren uns ein nie eingelöstes Versprechen, wir waren uns ähnlich, wir waren eitel, wir fanden uns schön und sagten es nicht, es genügte, schön zu sein, es war Mutwillen, ein Akt jugendlicher Selbstverliebtheit: Zunder und Flamme, vereint in einem einzigen Hauche, schubidubidu, also: mit mir in den Bergen, mit mir im weiten Hemd, mit mir im wütenden Hun-

ger, das habe jetzt ich gesagt, so etwas hättest du gar nicht über die Lippen gebracht, ich altere und du nicht, es gab Minuten, in denen wir uns nicht vorstellen konnten, uns je wieder zu trennen, und gleich darauf der übelste gemeinste Streit, den ich immer gewann.
Ich altere und du nicht und Viktor auch nicht, Viktor hätte sich schwer damit getan, und du wärest hässlich geworden im Alter, du wärest geschrumpft, grau und lautlos jetzt, Viktor wäre ein prächtiger alter Mann geworden, eine majestätische Erscheinung, Madame Léar hat ihn gemocht, sie führt ihn noch heute ständig im Mund, sie erzählt allen Leuten die gleiche Geschichte über mich und Viktor, in ihrem seltsamen Dialekt und der etwas klagenden hohen Stimme, sie sagt:

(Mme Léar)

O ja, ich habe sie gesehen, wie sie totenblass Viktors Auto hinterherrannte, sie stürzte aus dem Haus und raste mit unglaublicher wütender Kraft dem Wagen hinterher durch den Staub, und wie sie schrie und gestikulierte und wie sie sich dann, als sie sah, dass es vergebens war und er längst unten an der Hauptstrasse in die A 40 einbog, wie sie sich dann in einer taumelnden Bewegung um die eigene Achse drehte und mit den Händen über das Gesicht fuhr, als müsste sie sich von einem Schleier befreien, ich dachte, sie habe sich gegen sein Weggehen gewehrt, sie habe ihn halten wollen aus Liebe, nach seinem grässlichen Unfall war ich mir nicht mehr sicher, sie hatte ihn vielleicht doch warnen wollen, etwas war mit seinen Kabeln nicht in Ordnung, der Wagen soll gelodert haben wie aus dem Nichts, die Flammen seien aus der Motorhaube geschossen und gleichzeitig habe auch das Dach gebrannt und lichterloh der mächtige Kofferraum, so haben es die Leute erzählt, die ihn sahen

sie sagt, ich sei dem Wagen hinterhergerannt und habe mit den Armen herumgefuchtelt, das ist eine lächerliche Behauptung, ich habe durch die Eingangstür ihres Ladens gesehen, wie sie mit einer stummen flehenden Bewegung ihrer Arme versucht hat, mich nachzuäffen, wie eine unglücklich Liebende aus einem flimmernden Stummfilm, so sei ich stehengeblieben, habe sie dazu den Leuten erzählt, als Viktor mir davongefahren sei, wie zu einer Statue erstarrt sei ich dann in der Mitte des Hofs stehengeblieben usw. usf. Alain hat es mir erzählt, er war dort. Dann bringt sie die Leute, die noch so dies und das fragen oder sagen wollen, plötzlich und mit einer schroffen

Wendung des Kopfes zum Schweigen und sagt barsch, das sei doch jetzt alles schon so lange her und müsse vergessen werden, es sei an der Zeit, alles was geschehen sei oder vielleicht auch nicht geschehen sei, zu vergessen, und sie duldet dann keine weiteren Fragen mehr und überhört alle Einwände, die alte Léar möchte die einzige sein, die befugt ist, über mich zu reden und über mich das Urteil zu fällen, sie duldet nicht, dass andere mich im Munde führen, sie will die einzige sein, die über mich spricht und sprechen kann und etwas zu erzählen weiss von mir, das ist ihre Weise, mich zu lieben. Die alten Gefühle hängen an ihr wie lose Fäden, die alte Zuneigung, der alte Hass, der alte Neid, das alte Staunen. Nichts wird mehr allzu heftig empfunden, aber dargestellt wird alles mit der Heftigkeit von früher, mit den Bewegungen von früher, an manchen Tagen trägt die alte Léar ja noch immer farbige Schleifen im gelblich weissen Haar oder prächtige Spangen und Klammern aus Elfenbein und Jade, und immer ist sie ganz ausserordentlich sorgfältig gekleidet in kleingemusterte Jerseyblusen über knapp geschnittenen waghalsigen Hosen, in Lackslippers steht sie in ihrem winzigen Laden, in dem sie ständig aufräumt und einräumt und wegräumt, und dazu erzählt sie mit ihrer etwas jammerigen hohen Stimme ihre Geschichten über Land und Leute – der armen Simone hat sie kürzlich erzählt, Guérisson sei schuld an meinem schlechten Zustand, schuld an meiner Blässe, schuld an meinem Zittern, dabei zittere ich gar nicht, sie sagt dann allen Leuten, der Doktor Guérisson sei nicht imstande, mich zu behandeln, die Vergangenheit habe sich boshaft in meine Gegenwart gedrängt und da brauche es wohl ganz andere Ärzte als den kleinen Guérisson, der es doch sicher nicht wage, Hand an mich zu legen, was das auch immer heissen soll, sie sagt, *er untersucht sie nicht, er wagt es nicht, Hand an sie zu legen, er riecht nicht einmal den Atem, oder er wagt nicht, ihr zu sagen, dass sie zuviel trinkt, das traut er sich gar nicht*

(Guérisson)

Wenn sie am Samstagmorgen bei einem meiner unangekündigten handstreichartigen Besuche in der Küche an den Kühlschrank gelehnt mir beide Hände entgegenstreckt, mit dieser falschen tückischen Alertheit, um das Zittern ihrer Hände zu überspielen, dann nehme ich diese so verlogen und hilflos dargebotenen Hände und halte sie vor mich hin, halte ihr beide Hände einfach fest und bleibe dabei im grösstmöglichen Abstand zu ihrer hohen schwankenden Gestalt: um ihr ungehindert in die Augen blicken zu können, von wo sie mich dann wegschwemmt wie einen Partikel, sie hat keine Ahnung, wie offenkundig ihr Verfall ist, sie glaubt sich zu verbergen, und ich bin wohl der einzige, der in diesen Abgrund schaut

ich bin wieder aufgestanden unter Guérissons schweren Blicken, nach und nach drängen sich alle hierher, obwohl es viel zuwenig Platz hat und sie die Stühle aus der Küche holen müssen. Es ist wahnsinnig laut, es tönt, als seien alle verrückt geworden. Es ist schön, wenn alle da sind, auch wenn ich gar nicht zuhöre, Alain rumort in der Küche. Was für eine Fremdheit zwischen uns in solchen Momenten. Es gibt auch andere. Ich kann von hier aus über die kleine Bucht sehen und auf die andere Seite mit den dunklen Wäldern am Horizont und den Dünen, und alles ist in dieses Erweckungslicht getaucht, in dieses indirekte Licht, das aus tausend verstreuten Quellen kommt und keine Richtung hat und wie ein Dunst über der kleinen Stadt liegt, als sei sie beschienen, von einer vagabundierenden Hand in eine Sehnsuchtslandschaft verwandelt, es ist eigentlich ganz banal, hier habe ich die Kinder grossgezogen, ihnen morgens die Milch erwärmt und mit Honig versetzt, ich habe mich ja immer nach dem gesehnt, was man als bürgerliches Leben bezeichnet, so abgründig falsch auf die Ruhe abzielend, jetzt habe ich gleich Guérisson am Hals, ich habe fast ganz aufgehört, ihn so zu mögen wie ich ihn früher mochte. Er geht auf mich zu und starrt mich an, er will eine *Ars amandi* auf mich schreiben, damit ich nicht im La Gaffelière ertrinke, er steht jetzt vor mir und ich richte mich auf, eigentlich gefällt ihm sein Leben nicht, und er hat eine gewaltige Mehrheit im Rücken, der Doktor Guérisson weiss die Mehrheit hinter sich, wenn er abends unzufrieden und gierig seinen lauwarmen Anisschnaps trinkt, den er mit lauwarmem Wasser streckt! Viviane legt ihre Hand auf meinen Arm, fährt mit ihrem Zeigefinger meine Augenbrauen entlang, das verstärkt nur meinen Wunsch, mich wegzudenken und dann von dort aus mit ihr zu reden, ich werde sie beraten, wie ihr begabtester Autor aus der Krise zu holen sei, es sei nun wohl aus mit ihm und zu Ende, sagt sie leise und traurig und meint wohl auch mich, und ihr Blick durchkämmt mich vom Scheitel bis zur Sohle, und dann fängt sie plötzlich an, von früher zu erzählen, als die Kinder noch klein waren, immer wenn sie Grégoire hier sieht, erinnert sie sich an damals, als wir noch zu dritt waren, ich und Victoire und Grégoire, in diesem Haus, ich hatte ein ruhiges sicheres Gefühl für mein Leben, für das was ich wollte und brauchte nach all diesem Chaos, sie erzählt und erzählt, wir sitzen am Fenster und Grégoire wirft um ein Haar unsern kleinen Tisch um

(Blanchard)

Wo immer dieser Junge in ein Zimmer kommt, bin ich bei ihm, denn ich liebe ihn mehr als alle anderen, er wird nie alleine sein, er atmet mich ein und er atmet mich aus, er schaut mir ins Auge, und ich fahre ihm durchs Haar, ich bin Staub, ich bin jetzt Staub

oder bilde ich mir das nur ein, ist es nur im nachhinein so still und gelassen um mich herum gewesen in dieser Zeit, und in Wahrheit war es doch anders, ich eigentlich immer nervös und abends immer ganz und gar entleert und ausgekübelt von meinen Abschlüssen und Verkäufen, vom vielen Gerede, vom Feilschen der Anwälte und Berater, vom Formelnsagen, diesem Strom von Worten, der noch das nüchternste Geschäft begleitet, weil man den Ritualen Genüge tun muss, da gibt es ganze Satzreihen, die man einander in Varianten deklamiert, um zu einem Ende zu kommen, und was sonst noch dazu gehört, die gewaltigen Mengen an Essen und Trinken, die vielen kleinen Kaffees und freundschaftlichen Telefonate, gegenseitige Anfeuerungen, Kampfsätze, verständiges Fragen nach dem Rest der Familie, der ganze grosse Aufwand fürs blanke Überleben, zehntausend Worte für die Pacht eines Areals direkt an der Ausfahrt der A 3, so war das, am Abend dann der Wunsch zu schweigen, während irgendeine Hand mir sanft Wirbel für Wirbel den Rücken entlangstreicht. Wie schmal Alain unter all diesen Leuten wirkt.
Alle schauen ihm auf die Hände, es gibt kaum einen Flecken Haut ohne eine Narbe, eine Verfärbung oder andere Spuren früherer Verletzungen, es gibt keinen Nagel, der gerade und normal gewachsen ist und nicht an einem Ende verkrümmt oder zu einer gelblichen Platte verformt, der Nagel des rechten kleinen Fingers ist ganz verkümmert: eine winzige, schief ins wuchernde Fleisch verwachsene krallenartige Verhornung, Spuren eines namenlosen Handwerks –

Guérisson hebt die Brauen, sein haarloser Kopf schimmert hell vor dem nachtschwarzen Fenster, er wippt mit dem Fuss und behauptet, Viviane habe ihm ihre Kollektion der Neuen Poesie zu einem Sonderpreis versprochen, und warum eigentlich ihr Liebling, der ausserordentliche Ferlinghetti, in dieser Kollektion nicht vertreten sei, wo doch seine Prosa so ausserordentlich dicht und melodiös, er sagt *melodiös*, sei, und Ferlinghetti läuft mit einem Glas in der Hand durch alle Zimmer und schärft allen das Datum seiner Sendung ein, seine letzte, wie er betont, und als alle lachen, sagt er, seine letzte in diesem Jahr, er wirft jedem ein paar Sätze hin und schaut beim Reden schon zum nächsten, er ist frenetisch guter Laune, Ferlinghettis frühe Prosa orientiert sich heimlich an den gigantischen Plänen des einsamen Musil, ich habe ihm das einmal auf den Kopf zugesagt und er ist dunkelrot angelaufen, und wir haben dann noch sehr gelacht an jenem Abend, über seinen lähmenden Ehrgeiz gelacht, über sein pedantisches, unverständiges Nach-Schreiben

(Ferlinghetti)

> Sie kann einem unheimlich werden, wenn man zu ihr ins Zimmer kommt und sie sich einem in einer Weise zuwendet, als sei es das erste Mal, als empfange sie einen Fremden, als kenne man sich nicht schon seit vielen Jahren. Es verschlägt mir den Atem, wenn sie sich so lauernd aufrichtet und dann auf einen zuschleicht. Sie ist seltsam geworden und sehr zerbrechlich, ich bin gar nie auf die Idee gekommen, mit ihr zu schlafen

Ferlinghetti hat einen alten Freund mitgebracht, einen vergrämten Wäschereibesitzer und Kunstfreund, der alle Leute immer gleich fragt, was sie arbeiten, und dann ohne weiter darauf einzugehen von sich erzählt, von seiner Wäscherei und wie leicht das Leben sei, wenn man sich mit seiner Arbeit zurechtfände, und dass die Arbeit das wertvollste sei, und dass keine Arbeit niedrig und keine Arbeit hoch zu bewerten sei, sondern dass aller Arbeit der gleiche hohe Wert zuzumessen sei, auch der einfachsten, unschönsten – Ferlinghetti und ich tauschen den restlichen Vorrat an Verschwörerblicken, uns bleibt nicht mehr viel Zeit, irgendwann werden wir anfangen, aufeinander zu schiessen

(Ferlinghetti)

> sie hat sich jetzt über Jahre hin zum Schlechten verändert, nach aussen sieht man nichts, aber ihr Blick wird immer unruhiger und ihr Lachen immer ärmer,

immer kürzer, immer härter, sie lacht in der Verzweiflung, ihre Zeit läuft ab und meine Zeit kommt erst noch, meine grosse Zeit, meine Zeit ohne Darja

Ferlinghetti hat mich ebenso in der Hand wie ich ihn

(Ferlinghetti)

natürlich verachtet Darja mich ein bisschen, sie hält sich wohl noch immer für sehr stark und zerfällt dabei vor den Augen der Welt. Der Kerl, der die Platten füllt und bringt und holt, ist widerlich, man muss sich nur einmal seine Hände anschauen, ich habe zu Viviane gesagt, *man muss sich nur einmal diese Hände anschauen,* sie braucht ihn wohl nur, um ihre Freunde zu kränken, um uns zu verstören, um uns aufzuschrecken, also sie missbraucht ihn, sie wirft ihn uns vor die Füsse, dabei sind wir nur verwirrt und traurig, wenn wir die beiden sehen, und sie macht auch daraus einen Triumph für sich

sie sollen denken, was sie wollen, sie werden sich an ihn gewöhnen, jetzt erzählt Guérisson zum hundertsten Mal, wieso es mit der schönen Argentinierin, Suza, für die Simone sogar schon eine Wohnung gefunden hatte, nichts geworden ist, nämlich weil diese schöne, *nicht mehr ganz junge Frau,* wie Guérisson betont, sich vollkommen charakterlos aufgeführt habe und ihm nach der ersten leidenschaftlichen Nacht auf ihrer kleinen Yacht einen einträglichen Handel mit Lidocain-Ampullen vorgeschlagen hat, was ihn verstörte, was ihn abstiess, bis zum physischen Ekel abstiess, und er schüttelt seinen kleinen kahlen runden Kopf, um den Ekel, der ihn erfasst hat, bildlich darzustellen

(Alain)

Dieser kleine Arzt, er heisst Guérisson, ist schon zweimal einfach so vorbeigekommen, abends irgendwann, wenn wir schon oben waren und Darja schon ein bisschen betrunken, und ich habe ihn weggeschickt, einfach weggeschickt, ein Winzling, der immer nur den Kopf schüttelt, wenn er mich sieht, und beim Reden den Mund zu einem Dreieck aufmacht, der hätte Mahan nicht überlebt, wir hatten einen Arzt dort, sie haben ihn in die Küche geschickt

Guérisson putzt aufgeregt seine Brille, die sich verbogen hat, dabei schaut er zu mir herüber

(Alain)

er hätte Mahan nicht überlebt, weil solche Leute nicht einmal die Schule wirklich überleben, wie sollen sie dann Mahan überleben, solche Leute werden überall nur ausgelacht, aber hier hören ihm alle zu, er kann erzählen, was er will, in Mahan hätte ihm am Ende nur noch Zola zugehört, Zola hatte etwas übrig für solche Typen, die andern hat er zerrissen, mich auch, mich hat er auch zerrissen

Grégoire hängt an Doktor Guérisson, er liebt ihn aufrichtig, weil der junge Guérisson früher oft auch noch nachts von der Poliklinik heraufkam und nach ihm schaute, wenn er krank war, und er war oft krank, und Guérissons Erscheinung unter der Türe war schon die Heilung aller Leiden, der junge Doktor Guérisson mit rötlichblonden kurzen wolligen Härchen und gesenktem Kopf vor dem weissen Fenster. Er verweigerte alle Zutraulichkeiten, er war sehr streng, und der kleine Grégoire war wie berückt von seinem Kommen, wie verzaubert. Jetzt legt er seinen Arm um ihn, nimmt ihm die Brille weg und putzt sie mit seinem Hemd, er schiebt den alten Guérisson vor sich her oder neben sich her und drückt ihn auf einen Stuhl, er redet von Pilzen, von Alkaloiden, *jetzt da die Pflicht erloschen ist und die an das Kind getragene Fürsorge, bleibt nur noch die reine Liebe,* sagte er, als Grégoire auszog und mit verzerrtem Gesicht seine Bananenschachteln einräumte und dann mit Getöse die Treppe hinunterrumpeln liess

(Guérisson)

Und ich habe auch versucht, unserer lieben Simone zu erklären, wie mir graut vor diesem modernen/modernden Instantsex aus der Rolle, aus der Schachtel genommen und übers Auge gestreift, ich meine diese Leichtfertigkeit unter den Leuten, jungen wie alten, Simone hat mich nur angestaunt und vergessen, ihr Lächeln zu lächeln

und gebe Gott, dass einmal jemand eine reine Liebe schafft, so wie er sie sich für mich und meinen Sohn und alle andern kranken Leute in seiner gelben Küche denkt, wenn er Mohnkuchen isst und die Krümel seinen Katzen verfüttert, er blickt unter dem schweren Arm Grégoires zu mir herüber, er ist ein unentschlossener Anhänger der Abstinenz, er wartet auf eine grosse Bewegung, der er sich anschliessen könnte, er würde dann ganz vorne stehen und die Triage vornehmen, uns aussortieren und keinen verschonen, die Raucher nach rechts, die Trinker in die Mitte, die Pillenschlucker alle nach hinten, hinaus aufs Land in die kräftigen Hände gelernter Pfleger

(Guérisson)

das sind ja alles Menschen, die sich wertlos machen und sich selbst beschädigen! Schauen Sie jetzt Darja an, schauen Sie, wie mühsam sie sich bewegt, wie schlaff sie sich auf ihr Sofa plumpsen lässt, wie der Kopf an das Polster prallt, als sei sie eine Puppe

wie aber, sagtest du damals, wie willst du leben, wenn du nur immerzu in etwas versinkst, in Shelley, in Sherry, in irgendeinen Kokon, du suchst dir jeden Vorwand, um zu verschwinden...
wenn die Toten alles wissen, dann weisst du ja längst, Mathias, dass dies der Augenblick war, in dem ich mich entschloss, dir zuvorzukommen, ich hatte das Gefühl, schneller sein zu müssen, und ich war schneller, ich hatte begriffen, dass das eigentlich eine Feindschaft war zwischen uns, und du hast diese Feindschaft nicht angenommen, du wolltest mich um den Finger wickeln und du wolltest mich erziehen, und ich empfinde kein Bedauern, dich getötet zu haben, aber ich sehne mich nach dir –

Jetzt ist auch noch Simone zu mir aufs Sofa gekommen und hält mir die Hand und erzählt dem Wäschereibesitzer von den Erfolgen ihrer Tochter, die früher ganze Nachmittage reglos auf unserer Steintreppe sass und auf die Bucht hinunterstarrte und nach meiner Hand schnappte, wenn ich in der grössten Eile an ihr vorbeiwollte, und die diese Hand dann lange nicht mehr losliess, jetzt ist Simone gekommen, die davon nichts weiss, und ihre dunkle Stimme mischt sich mit dem Ruf einer Möwe, die irgendwo im Garten eine Not hat, meine geschäftlichen Probleme, meine gesunden Vorfahren, die Haut meiner Kinder, alles kann man hier aufsagen, es kreist nur wieder jeder um sich selbst, Guérisson zwinkert mir jetzt zu und Grégoire lacht sein kindlichstes Lachen

(Mathias)

Das kann man sich nur schwer vorstellen, dass einer zugrunde geht am Lachen durchs offene Fenster fliegen dicke braune Falter, der Wind ist schon sehr kalt und auf Vernichtung angelegt, in den seltenen Minuten absoluter Stille meint man bei offenem Fenster das Meer rauschen zu hören, aber es ist die Strasse, die sie auf weissen Stelzen die Felsen entlanggelegt haben und die auch dann vielstimmig rauscht, wenn kaum ein Wagen auf ihr fährt, die Strasse tönt, sie rauscht, auf ihr passieren die ungeheuerlichsten Unfälle, sie ist viel zu gross und kaum benutzt, aber sie erzeugt mit ihrer einzigen, sanft geführten und langgezogenen Linkskurve mehr Tote im Jahr als jede andere Strasse hier in der Gegend, alles regionaler industrieller gewerblicher Fleiss und ahnungslos, niemand hat sie so gigantisch, so nackt auf Stelzen und weiss schimmernd wie ein Kristall gewollt, sie ist wie von selbst so gross geworden trotz aller Proteste und trotz aller Sabotage an der Baustelle, auf den Plänen sah sie harmlos aus und jetzt holt sie sich ihre Toten unter den jungen Leuten, die abends noch schnell nach Monterland wollen, weil dort mehr los ist als anderswo, ich habe die Kinder gebeten, die Umfahrung über Laury zu nehmen, aber sie haben mich nur ausgelacht, *ich kann Ihnen meine Unterschrift nicht geben,* habe ich damals laut zu dem dürren Kerl gesagt, der mit den Unterschriftenbogen durch die Strassen lief, *ich bin Geschäftsfrau,* und während ich es ihm erklärte, habe ich schnell und schwer lesbar meinen Namen unter den Protest gesetzt und in den siegestrunkenen, sich schnell eintrübenden Blick des Männleins gesagt: *Ich bin die Besitzerin der Montadour Cyclo Comp., ich will meine Kunden nicht verärgern, meine Kunden wollen diese Strasse, meine Kunden würden mir eine Unterschrift sehr verübeln,* worauf er mir den Bogen entriss und die Unterschrift anstarrte und als er den Blick hob, war ich schon auf der anderen Seite der Strasse, und ein kalter Wind hob seinen dünnen braunen Mantel, der ihn kreiselförmig wie ein Reifrock umgab, er starrte nun an sich herab und hielt den mit meiner Unterschrift vergifteten Bogen weit von sich, als lese er ihn noch einmal gründlich durch, und als ich mich umdrehte, sah ich ihn lachen, jetzt hallt die Gegend in den Nächten vom Gesang dieser einsamen Strasse wider, und das Männlein ist Leiter der Schule für Technologie in Bordeaux und lief mir dort letzte Woche mit offenen Armen entgegen und ich erkannte ihn wieder, wir lachten und er fragte, ob Alain mein Sohn sei, und ich nickte und Alain schüttelte den Kopf, das war ihm nicht angenehm, jetzt kommen die Gedanken schnell, aber ich kann nicht mehr aufstehen, schade, dass ich mich kaum mehr bewegen kann

(Viviane)

Jemand muss es ihr sagen, muss ihr sagen, dass sie zuviel trinkt, dass sie zuviel getrunken hat, ihr Kopf fällt nach hinten, gleich kommt dieser widerliche Kerl und fasst sie von hinten unters Kinn und hält ihren Kopf und lässt seine verkrüppelten Finger um ihre Lippen wandern

Dieses poetische Werk existiert nur in Abschriften, sagt Ferlinghetti, *ein Triumph des Geistes über die rohe blöde Gewalt, wir hätten wohl auch mit Inkunablen geheizt an ihrer Stelle, wir hätten jedes Stück Stoff so verbraucht, ich denke, wir sind die schwächste Generation, die je gelebt hat, wirklich*

Alain hat sich endlich zu Darja gesetzt, sie legt ihren Kopf in seinen Schoss, der Wäschereibesitzer hat über Simones herben Geschichten aus dem wahren Leben leuchtendrote Backen bekommen, er lauscht Simones pedantisch genauer Darstellung einer Sitzung des Elternrats in Mondour vor fünfzehn Jahren, wenn Simone übermütig wird und über ihrer eigenen Geschichte laut lacht und nicht mehr weiterreden kann, dann wendet er sich suchend um und schaut zu Darja hinüber, sieht sie mit geschlossenen Augen in Alains Schoss liegen, dann zieht er mit einer kleinen Geste des Bedauerns die Schultern hoch, Alain presst seinen Arm um Darja, die immer schwerer wird, seine Hände sind feucht, er beugt sich tief zu ihr

(Alain)

Ein blaues Licht wird sich drehen und der Geruch von Strasse und Sommer sich vermischen und der Asphalt wird schwarz sein vor Nässe und noch schwärzer von unserem Blut, denn ich werde nicht allein sterben, ich werde noch ein paar von diesen Affen mitnehmen, von diesen Affen, die mich anstarren – wenn ich ihren Kopf halte und mit den Fingern um ihre Lippen fahre, kommen mir die komischsten Ideen, zum Beispiel, dass ich sterben muss und wie das sein wird, wenn ich sterbe

bei Simone ist selten etwas leise, sie sieht, dass jemand nichts mehr im Glas hat, und fängt gleich an, laut zu reden: *Sie Ärmster, Sie haben gar nichts mehr zu trinken und niemand nimmt sich Ihrer an,* ich sagte ja damals in Lacanau auch zu Mathias: *Du Ärmster, du hast noch gar nichts zu trinken bekommen und niemand nimmt sich deiner an,* das war unser erster Satz, am allerersten Abend, als er seinen Plastikkoffer unter das Telefontischchen geschoben hatte, als wollte er gleich wieder gehen, und still, mit leicht offenem Mund die Veranda abschritt und den Ozean anstarrte, wir bedeuteten einander zu schweigen und folgten ihm mit unseren Blicken, wie er stumm, aber ohne jede Scheu, in wachsender Aufgeregtheit das Haus und die Umgebung abschritt mit langen ausholenden Schritten, wir lehnten schlapp an den Wänden und folgten ihm nur mit unseren Blicken, aber Nadja ist irgendwann aufgestanden und hat sich ihm genähert, sie stellte ihn vor, nannte seinen Namen, lobte seinen Namen, behauptete, er sei selten, erklärte ihre flüchtige Bekanntschaft mit ihm, sie hätten sich schon in der Mensa getroffen, behauptete sie und ihre Stimme war mit einemmal überraschend hoch, höher als sonst, ihre Haare flatterten sehr malerisch im aufkommenden Wind, aber er war an ihr vorbei in die Küche gegangen, und als er von dort zurückkam, stützte er die Hände in die Hüfte und nickte, als hätten wir alle eine Prüfung bestanden, und blieb so stehen: Da hat es mich gepackt, *begrüssen wir uns doch erst einmal*, sagte ich und küsste ihn auf die Wangen, Alex und Xavier wollten sitzen bleiben und nur freundlich nicken und ihre grossmäuligen Ideen weiter zausen, die sie daran hinderten, am Morgen die Brötchen zu holen, ich zwang sie, ihr Gespräch zu unterbrechen und Mathias Staritz formell mit Handschlag zu begrüssen, was allen furchtbar peinlich war, ich inszenierte es aus reinem Übermut und sah seinen Blick das erste Mal brechen unter dieser freundlichen Prozedur

(Mathias)

> Es roch nach Holz, nach Tang, nach heissen Kiefernadeln, der Himmel war milchig weit und der Strand scheinbar endlos, ich war überwältigt von der Gegend und von euch, von diesem Haus, ich war sehr jung, ich verstand auch vieles nicht, euren Dialekt –

dieser Kaugummi hat einen merkwürdigen Namen, er heisst etwas wie *Bring mich weg, nimm mich weg* auf arabisch, er wird in Marokko produziert, die Kinder haben ihn mir vor Jahren gebracht, er schmeckt nach Zimt und Koriander, er hilft gegen die Lust, jetzt noch mehr zu trinken, einfach weiterzutrinken, ich muss ihn kauen, ohne dass man es sieht, und das Zimmer beginnt sich langsam zu drehen, Giorgio, so nennt sich der Wäschereibesitzer, hat einen Platz für sich auf dem hohen Stuhl vor dem Fenster gefunden und kaum hat er sich gesetzt und sich freundlich ins Gespräch von Grégoire und Guérisson gemischt, steht Grégoire gereizt auf und läuft in die Küche, Viviane hat sich zu Alain und mir gesetzt, sie betrachtet mich wortlos, mit einem grauen sorgenvollen Blick aus ihrem grauen sorgenvollen Auge und kaut an einer Mango und um endlich eine Stelle zu finden, die nicht fault, dreht sie die Frucht ein ums andere Mal mit ihren kurzen kräftigen Fingern, tropft haltlos und ohne hinzusehen auf eine Serviette, die knitternd und durchnässt den goldfarbenen Seidenrock freigibt, ich höre sie Grégoire fragen, ob ich denn immer noch so böse trinke, und ich höre Grégoire verlegen lachen und dann weiterreden, er redet nur Blödsinn – *Loris beispielsweise sagt, dass eine Zunge im Mund des anderen niemals wieder gefunden wird, wenn sie einmal den oberen Kranz der Zähne passiert und in den offenen Schlund – beispielsweise Luchse, indische Ferkel, aber –*

ganz nah um mich herum ist Totenstille. Als sähe ich durch eine gläserne Wand auf meine alten Freunde, die sich in meinem Haus noch einmal treffen, als sei ich schon längst nicht mehr da, ich schlinge mir Alains Arm wie eine Schärpe um den Leib, er grinst, gibt nach, fällt beinahe vornüber, wenn er sich schnell oder heftig bewegt, schnellen böse Blicke zu ihm und traurige auf mich. Das ist ein Halt. Feindschaft belebt mich. Erfrischt mich.
Alain trinkt keinen Tropfen Wein, nur Bier aus der Dose, während er mit mir allein immer Wein trinkt, er isst direkt von den Platten oder von irgendwelchen Tellern, die noch in der Küche stehen, während er mit mir allein beim Essen die absonderlichste Sorgfalt an den Tag legt, die pedantischsten Zeremonien vollführt, um ein Stück Fisch zu filetieren, er spricht mit keinem und sie sprechen nicht mit ihm

(Viviane)

Das Paar: seltsamer Anblick: ein einziger Leib mit zwei Köpfen. Das ist ein Paar. Jedes Paar bietet einen seltsamen Anblick. Zwei gegen den Rest der Welt, ineinander verschränkt oder ganz lose einander zugehörig, niemand kann dem entkommen, man muss sich paaren, die Gesichter wechseln oft rasend schnell, je mehr Paarungen gelingen, um so mehr hält das Paar als Paar an der Paarung fest, oder ist es vielleicht nicht so? Darja benutzt ihre Paarungen, um ihre Freunde zu quälen, die sie lieben und die sich um sie sorgen. Darja findet uns lächerlich, sie lebt nur zeitweise mit uns. Dann vergisst sie uns wieder. Sie vergisst mich, sie vergisst Simone, sie vergisst Ferlinghetti, sie vergisst ihr Leben, alles, die Bücher, die wir zusammen gelesen haben, die nächtlichen Gespräche über so vieles, die Fahrten übers Land, die Tage im Palais de Livre, ich kann noch immer nicht verstehen, wie sie all das vergessen und sich in den Schoss dieses Buben legen kann.

Wo sie doch auch in meinem Schoss gelegen hat.

Alles vergessen. Grotesk. Wohl auch toxisch. Toxische Vergesslichkeit. Rotwein, Haschisch, immer, immer muss etwas dasein.

Als ich sie das erste Mal sah, waren ihre Pupillen riesig, und ich dachte, ihre Augen seien schwarz, am nächsten Morgen waren sie wieder blau, da wusste ich gleich Bescheid, dazu das Zeug, das immer bei ihr herumlag, damals hat sie noch geschrieben, kurze ekelhafte Prosa, wie sie ganz junge Menschen schreiben, wenn sie einem ihre Düsternis vorführen wollen, alles ganz schlechte Sachen, zum Glück hat sie vor Jahren damit aufgehört, und wohl auch alles vergessen, die Garage war ihr dann alles, die Garage hat ihr Spass gemacht, sie hat diese Garage hochgebracht und jetzt bringt sie diese Garage nieder oder was, sie sagt, dieser Orphelin sei ein Teufel, aber sie legt sich bedenkenlos in die Arme dieses Viehs

Vivianes Blicke. Ihre Abscheu, ihre Wut, ich sauge all diese Blicke ein, die sie gegen mich und Alain richtet, wer gibt ihr das Recht, uns so anzuschauen, sie soll bei ihren Büchern bleiben und uns in Ruhe lassen. Sie liest, was ihr unter die Finger kommt, sie verkündet einmal das Verschwinden des Autors, ein andermal die Geburt des Autors aus dem Geiste der Beliebigkeit und wieder ein anderes Mal den Verlust der Trennung zwischen Subjekt und Objekt in der Dichtung, was Gott sei Dank sonst niemanden stört, am wenigsten mich, aber sie hat nie gemerkt, dass ich es bin, die Louis Ferlinghettis erzählerische Prosa schreibt, ganz gemeines und dummes Zeug, das sie beunruhigt und wehrlos macht, und das sie nur sehr widerwillig verlegt hat und dann hat sie Ferlinghetti nicht mehr verlegt, in ihrer Vorstellung sind wir zwei ganz und gar getrennte Wesen, Louis Ferlinghetti und ich, der Dichter und die Garagistin, wir leben in verschiedenen Welten, aber was heisst das schon. Sie ist sehr blind. Sie kennt keine gemeine Neugier. Immer wieder denke ich, sie kommt mir auf die Schliche, wenn sie mich in meinem Zimmer besucht, wo die Manuskripte offen in den durchsichtigen leuchtendfarbigen Mappen im Gestell liegen, sie schaut einfach darüber hinweg, sie käme nie auf die Idee

(Viviane)

wir sind früher tagelang übers Land gefahren, mit den schlafenden Kindern im Fond und immer wieder an den Lac de Trèves, an den sanften Hügeln vorbei und dann jedesmal als Überraschung der blinkende kleine See inmitten endloser sich wiegender duftender Gräser, das war schön, wenn wir uns küssten, fragten die Kinder, ob wir Schwestern seien, mir war das peinlich, aber Darja hat das natürlich gefallen – vergessen

Viviane ist eine Altersschönheit, so wie sie eine Jugendschönheit war, sie hat ein fliessendes ungestörtes Profil, die kurze Nase unter der flachen weissen Stirn, der breite Mund, der immer zu lächeln scheint, die hellen Augen, umgeben von kleinen Falten und mit dem Ausdruck freudigen Staunens, sie staunt freudig alles an, oder sie verdüstert sich im gleichen Mass, mit schweren Lidern, alles immer etwas überzeichnet, aber ohne Absicht, es malt sich alles klar auf ihrem Gesicht, jedes Gefühl, schade, dass ich immer so lächerliche Sachen denken muss, wenn ich trinke, ich denke immer so dummes Zeugs, wir waren uns einmal sehr nahe, jetzt trennt uns ihr Hass auf Alain, dieser Hass, den sie anbringen kann wie einen Hieb, ein kleines Heben der Brauen, ein kleines Zucken der Achseln, eine Wendung des Kopfes, sie hat ein ganzes Arsenal von gegen ihn gerichteten Bewegungen

(Alain)

Alles hier eine einzige grosse gegen mich gerichtete Bewegung, alle hier sind gegen mich, so wie ich hier sitze mit Darjas Kopf in meinem Schoss, als hätte ich ihr den Wein eingefüllt mit einem Trichter und gegen ihren Willen, dabei ist das jeden Abend so, der Raum hier wimmelt nur so von Leuten, die gegen mich sind und die hundert Jahre in die Schule gegangen sind, alle hier sind hundert Jahre in die Schule gegangen und jetzt reden sie diese Sprache gegen mich, Darja hat fast nichts gegessen, sie isst immer weniger, und sie trinkt wie ein Teufel, und ich sitze hier fest, ich sitze hier fest wie mit einem Kind in meinem Schoss

Später noch lange die Stimme Guérissons vor der Haustüre, er will sich noch heute abend zu einem kühnen Schritt entschliessen, denn diese Frau ist krank, sie bleibt liegen, sie bleibt jetzt schamlos liegen wie eine Trinkerin, die das Leben liegend über sich ergehen lässt und ohne Teilnahme bleibt am eigenen Untergang, *Darjas Leben wird weitergehen ohne Darja*, und Viviane lacht und weiss nicht so recht, der aufgeregte Mann soll sich täuschen, dergleichen Leute dürfen nicht recht behalten und wenn sie recht haben, dann ist auch das wieder ein guter Grund zum Trinken, sie lacht, sie weiss: Er stellt sich wippend vor sie hin und wieder und wieder überkommt ihn jäh der Ärger, einen Kopf kleiner zu sein als sie, er möchte gerne etwas an ihr prüfen, *und am Ende gehen alle Tage ineinander über und sind nicht mehr unterscheidbar*, so oder ähnlich, sagt er, so oder ähnlich, und es sei unerträglich, sie an der Seite dieses unangenehmen krankhaft blassen Schönlings, dieses saftlosen Buben zu sehen und sich vorzustellen, was diese beiden zueinanderführe und beieinanderhalte, sich das einmal vorzustellen. Vivianes Lachen hallt ihm böse nach, wenn er im sanften blauen Licht der Nacht hinabsteigt zu seinem Wohnhaus

(Guérisson)

Auf die Gefahr hin, dass Sie mich für einen Pedanten halten, weil ich mich wiederhole, wir kennen das, wir sagen dann, ihr ist wieder einmal zumute, sie ist ein mutwilliger Mensch, der keine Rücksichten nimmt, sie trinkt zuviel, ich würde mich ihr gerne mehr widmen, aber mir fehlt die Zeit, ich sähe mich lieber mehr als ihren Arzt denn als ihren Freund, dem sie alles zumutet, ich –

Ein Tag gleicht dem andern, Darja geht ins Büro, manchmal etwas später als sonst, sie kommt nach Hause, sie kommt immer früher nach Hause, manchmal schon gegen Mittag und dann trinkt sie und sie essen eine Kleinigkeit und sie gehen nach oben. Sie halten es nicht lange in der Küche aus oder im Salon, sie gehen nach oben.

Sie erzählen sich nicht viel, Alain fragt wenig, er weiss jetzt, dass sie einmal mit Viktor verheiratet war, dass sie zwei Kinder hat, dass Viktor mit seinem

Auto verunglückt ist, von der Beerdigung hat sie ihm erzählt, als er in der Badewanne lag und rauchte, er hat die ganze Zeit gelacht, während ihr alles wieder so schwer und drückend vorkam wie damals, an Viktors Beerdigung hat sein Vater sie am Arm geführt, sie gingen dicht beieinander, und der Wind hat ihm ihren Schleier vors Gesicht geblasen, es sah aus, als sei der Schleier für sie beide gemacht, der kleine Grégoire hat seinen Kopf unter den Rock der Mutter gebohrt, höchst fragwürdig und als Metapher viel zu grob, aber was schert das die Kinder, wenn sie traurig sind, sie hat sich eine kurze Zeit einlullen lassen von der Fürsorglichkeit von Viktors grosser Familie, die sich dann aber immer mehr von ihr abgewandt hat, sie fallengelassen hat, nur noch den beklagenswerten Sohn und das verdorbene Mädchen zu sich hinüberziehen wollte, bis auch das nicht mehr wichtig war, ein grosses gut genährtes Exemplar von Familie mit glänzendem Fell über straff gespannter Muskulatur, seit Jahrhunderten reiche Ernten, Häuser in allen grösseren Städten des Landes, Restaurants – sie hatte lange Angst, Viktor würde ihr die Kinder wegnehmen, als sie nach Mondour gekommen war, er hatte es ihr angedroht und nach seinem Tod hatte sie diese Angst immer noch, lange, sie liess die Kinder nie ohne Begleitung in die Schule und sie holte sie immer ab, sie hatte die Drohung seiner Mutter noch im Ohr, all die Drohungen der Jahre vorher – sie liess die Kleinen nicht aus den Augen, sie waren die ersten Menschen, die sie um keinen Preis verlieren wollte, sie behandelte sie wie eine grosse Schwester, manchmal laut und dann wieder zärtlich, sie spornte sie an, sie nahm sie hoch, sie fuhr sie im Seitenwagen ihrer alten Dnjepr aus –

(Viktor)

Nein, nein! Ganz anders! Wahrheit: Die Kinder waren verwahrlost! Ich habe diese Kinder geliebt, ich habe Grégoire geliebt, wie einen eigenen Sohn! Sie hat sie nie richtig angezogen! Entweder fehlte oben etwas oder sie hatten nur eine Strumpfhose an! Mund ganz verschmiert! Fläschchen in der Hand! Die Hand am Geschlecht! Nase nicht geputzt! Seltsamer ununterbrochener Strom aus diesen winzigen Nasen! Irgendwie traurig! Trauriger Ausdruck! Trauriges Heimkommen! Die Kleine hat noch lange überall hingepisst, wo es ihr gerade kam! Hat dann Zetermordio geschrien und eine Komödie gespielt! Bei Mutter auf dem Arm jeder Strafe entgangen! Wie eine Löwin, eine kranke Löwin, Darja damals wie eine vollkommen kranke Löwin, mit ihrer Brut! Alles, alles! Sie hat alles von mir bekommen! Sie hat alles genommen! Mir wird nie jemand zuhören! Nur Darja! Alles Darja! Immer alles Darja und ich nichts! Ödes dummes Leben, ödes dummes Lügen!

ich denke immer wieder an diese Beerdigung, an einzelne Momente dieser Beerdigung von Viktor, an die kalten empörten Blicke, als die kleine Victoire mit ihrem jauchzend hochgerissenen Röckchen den Ortliebs zeigen wollte, dass sie keine Windeln mehr hatte, und die lange schwarze Reihe der versammelten Sippe entlanglief und auf ihre neuen Umstände verwies, auf dieses kleine Wunder hinzeigte und hindeutete. Ich sehe die Ortliebs, diese Bande, wie sie zusammenhielten wie eine bedrohte Herde und das kleine Kind anstarrten, Victoire, die plötzlich stehenblieb, eine forschend strenge Grimasse schnitt und wieder den Rock hob, dann die Strumpfhose nach unten zog und in tief gebückter Haltung staunend und empört zuschaute, wie ihr der Urin aus dem rosa geblümten Slip die Schenkel hinunterlief, dabei hatte ihr Gehabe etwas Gravitätisches. Dann hob sie ihren vor Zorn dunkel verfärbten Kopf und brüllte die alte Ortlieb an, die kopfschüttelnd, mit zusammengebissenen Zähnen auf das Kind blickte, das ihr seine Fäuste entgegenhielt und in einer wütenden halben Drehung zusammensank und weinte, bis ich bei ihr war und sie auf den Arm nahm, und sie ihren verschwitzten Kopf an meinen Hals drückte und noch lange weiterpisste, über meinen Arm und das Kleid, und die Schuhe mit ihrem warmen Wasser füllte unter den Blicken unserer Feinde –
Vorher hatte sie noch, zuerst leise und nachdenklich, dann immer lauter und heftiger *Muss i denn, muss i denn zum Helele hinaus, Helele hinaus* gesungen und war aber schnell verstummt, als die ersten die Köpfe drehten, sie kannte keine Ablehnung und erschrak schon über einem lauten Wort, aber der alte Ortlieb blieb stur an unserer Seite und straffte ein ums andere Mal seinen alten Rücken, um das Zittern zu überspielen, das ihn überfiel und das er nur unterdrücken konnte, indem er die Muskeln anspannte und sich in die Brust warf, die Muskeln unter seinem glänzenden Fell in Anspannung hielt, er hatte Wimpern wie eine orientalische Schönheit und weiche sanfte Bewegungen, rudernd ausufernd, er kannte fast kein Unglück, bis zu jenem Tag, als er seinen Sohn auf der A 40 bei Montluel verlor –

Alle meine Erinnerungen werden von einer Kraft durchsetzt, durchtränkt, einer Kraft von hinten, *vis a tergo*, alle meine Erinnerungen sind die Erinnerungen einer Frau, die einmal zwei Kinder hatte, aber längst nicht immer zwei Kinder hatte, die selbst einmal Kind war, und jung, und alles mögliche, auch die Erinnerungen an früher sind die einer Frau, die einmal zwei Kinder hatte, diese Kraft ist ein Unheil, sie plustert sich auf, Jahrtausende der Heuchelei?

(Viktor)

> Nie Socken! Nie ein geputztes Maul! Nie die kleinste Ermahnung! Nur Küsschen und Weinen, und wieder! Es hat mir das Herz zerrissen! Wenn sie aus ihren Ecken kamen! Eines schmutziger als das andere! Und sich an mich warfen! Mir die Hände entgegenhielten! Ihre dreckigen Hände! Nie sauber! Keine Hoffnung! Nur Tod und Obstruktion! Schwierige Sprache das! Unsere Sprache: falsch!

Manchmal wird es mir zuviel, wenn ich Alain etwas erzähle, all diese Schwierigkeiten von früher, manchmal bin ich froh, wenn er mir den angefangenen Satz von den Lippen küsst oder mir das Essen hinstellt.

Frau Gerland ist aus den Ferien zurück. Sie nimmt das Haus wieder in Besitz, obwohl ich ihr gesagt habe, sie müsse nur noch zweimal in der Woche kommen, sie kommt fast jeden Tag, und Alain geht jetzt immer öfter aus, irgendwohin. Ich weiss nicht, ob er lange bei mir bleiben wird, ich denke, er wird bald weiterziehen. Er ist ruhiger geworden.
Das grosse Geheimnis: ob einer glücklich sei oder nicht.
Es ist ganz still, ich höre den Regen auf die Blätter fallen und dann langsam von den Blättern tropfen, Alain scheint ganz aus dem Haus verschwunden, dabei ist er nur in einem anderen Zimmer, aber wenn er einen Raum verlässt, dann ist es, als habe er das Haus verlassen, so wenig gehört er hierher.

Manchmal geht sie nachmittags immer noch wie erschlagen von den nächtlichen Trinkereien durch die Stadt und tappt unbeholfen durch die Läden, sie ist uneins mit der Welt, sie ist unheilbar allem entfremdet wie Hal Starkowski ihr bei seinem letzten Besuch nach einem Gang durch die Montadour leise und traurig gesagt hat, aus einer Vagantin voller Unruhe und Spannung habe sie selbst eine etwas platte wohlhabende Garagistin gemacht, eine mittelmässige Alltagserscheinung mit dem Wunsch nach einem mittelmässigen Alltag, und daran werde sie scheitern, denn man könne sein Bündel nicht einfach abwerfen, wie er meinte, und er schreibt ihr das einmal im Monat in einem gereizten Brief auf dünnem Papier und mit riesigen blauen Buchstaben, und sie schlägt dann meist umgehend zurück mit nervösen Spötteleien und zynischen Angriffen auf seine arme und verkannte Poetenexistenz in seiner winzigen stillen Wohnung im tosenden New York, jetzt denkt sie an ihn, unwillkürlich und verwirrt, und vergleicht seine Vorwürfe mit den Vorhaltungen von Mathias, die er vor bald dreissig Jahren auf der winzigen Veranda in Lacanau an sie herangeredet hatte, und während sie sich plagt mit den quälenden Erinnerungen, instinktiv und ohne Argumente, findet sie die passende Grussformel nicht, sie sagt das Falsche, sie verirrt sich in der Einordnung der Tageszeiten und dem allgemeinen täglichen Reden, manchmal steigen ihr ohne jedes Vorgefühl die Tränen hoch oder sie wird rasend ungeduldig über einer Kleinigkeit, alle fünf Minuten summt ihr kleines Telefon, sie stellt es ab, sie bewegt die Lippen, ohne zu sprechen –

Es wäre schön, einmal in Ruhe über alles zu reden, verzeih, dass ich lache, dabei laufen mir die Tränen über das Gesicht, wenn ich meinen Wagen absperre und sinnlos hinaufsteige die vielen kleinen Treppen bis zum Scheitelpunkt der Rue Massini, nur ein paar Schritte bis zu deinem letzten Zimmer von damals, wo du zwei Wochen lang auf mich gewartet hast, Tag und Nacht, und dieser eine späte Nachmittag in diesem Zimmer war unsere beste Zeit, das Beste, was wir hatten –

Frau Gerland hat seufzend alle Frotteetücher eingesammelt und gewaschen, sie starrt auf die prallen Papiertaschen, die ihr Darja auf den Tisch gestellt hat, sie hört schon wieder diesen eigenartigen, gepressten Ton vom oberen Stock, aber sie glaubt nur, was sie sieht. Von den oberen Stufen der Treppe kann sie unbeobachtet in Darjas grosses leeres Zimmer sehen, in den Spiegel, in dem das Paar sich sanft und langsam paart, sehr störend und stossend am hellen Mittag, sehr störend: Darjas seitlich vom Bett gerutschter Körper, sehr störend das leuchtende Weiss von Alains Haut, überaus störend Alains nach hinten gebeugter Kopf, sein verzerrter Mund, und Frau Gerland seufzt tief und es schwingt eine leise Befriedigung in diesem Seufzen mit, dass sich nämlich ihre Vorahnungen bestätigt haben und auch die Gewissheit, dass dies der gefürchtete Anfang vom unabsehbaren Ende ist, und sie reisst sich los und läuft mit kleinen eifrigen Schritten die Treppe wieder nach unten zu den Orangen, zum Fenchel, zum Lauch, sie atmet heftig durch die Nase aus, sie denkt nicht daran, wie laut sie ist in ihrer Empörung und stillen Wut

(Frau Gerland)

> Wie laut ich bin in meiner Empörung und stillen Wut, wie laut, weil bei der kommt es gar nicht mehr darauf an, ob es einzelne gibt oder nicht oder einen guten Geschmack, was sage ich, dieses Haus hier hat solche Zeiten gesehen und andere, die anderen waren immer die besseren, wenn Ordnung war und die Savary im Büro und nüchtern und die Kinder in der Schule, so wie man leben soll, so wie alle leben und leben sollen, es darf keine Ausnahmen geben, es gibt keine

jetzt ist Darja plötzlich sehr übel geworden über dem Schatten der Gerland und dem Knarren der Treppe und Alain will kein Ende finden, weil er weiss, dass ihm am Ende doch etwas sehr Schönes gelingt, und mit dem ist er zufrieden, und Darja möchte sich fallen lassen, wäre da nicht dieses leise Störende, eben die Gerland vielleicht, oder einfach das Knarren der Treppe, nämlich eine träumerische Entfremdung zwischen ihnen, eine zu glatte Raschheit der Bewegungen, die sie benommen macht, die man noch nie in einem Film gesehen hat, dabei ist sonst alles wie in den Filmen, wenn sich das Paar als Paar im Paarungsakt feiert, sie fallen auseinander, sie lauschen auf jedes Geräusch –

Ich habe Georges Delèvre geopfert, ich muss ihn entlassen, aber ich werde versuchen, ihn bei der Ragaffe unterzubringen. Sie werden mir sagen, er sei zu alt. Er ist alt geworden, der ganze Stolz ist weg, sein Triumph, sein Aufbegehren. Er hat etwas Nachlässiges bekommen, er hat einen nachlässigen Gang bekommen, der nicht zu ihm passt. Er hält den Kopf immer ein bisschen zur Seite geneigt. Sein kleiner Sohn macht ihm keine Freude mehr. Seine schöne Frau auch nicht. Seine schöne neue Frau, die nichts weiss von uns beiden. Nichts macht ihm mehr Freude. Er schleppt sich durch seine Tage. Ab und zu trifft mich sein brennender Blick. Er donnert mit dem Werkzeugwagen durch den Gang und starrt zu mir herüber, öffnet den Mund, läuft mit offenem Mund an mir vorbei. Vergräbt sich dann für den Rest des Tages.

Und damals du im Triumph zu meiner Freundin Nadja: *Warum vergräbt sie sich so, warum gräbt sie sich so ein*, dabei warst du es, Mathias, der langsam und planvoll von allem und allen ausgeschlossen wurde, so wie ich die Leute eben um den Finger wickle, und wie du noch lange ahnungslos die papierdünne Holztüre zu deinem Zimmer offenstehen liessest, in der Hoffnung, einer von uns käme vor dem Zubettgehen noch schnell zu dir, und würde ein paar ruhige Worte mit dir reden, ein paar freundliche beiläufige Sätze in deine zunehmende Aufgeregtheit sagen, und ohne dieses furchtbare Lachen, das dir immer öfter entgegenschlug, wenn du nach unten auf die Veranda kamst, womöglich mit einem Buch unter dem Arm, womöglich mit *Siddhartha* (endloses Gelächter)

(Mathias)

> Ich habe das nie gelesen, ich habe das nie mit mir herumgetragen, ich habe versucht, eine Geschichte von Julian Herbst zu lesen, und kam nicht weiter, kam nicht vorwärts im kahlen Dickicht dieser Sprache, die so weit weg war von mir und dann auch wieder zu nahe, ich habe immer nur Julian Herbst gelesen

ich brauchte die andern nur kurzzuschliessen, und schon prusteten alle los, Alex mit Nadja, Xavier mit mir und dir, Alex mit mir, ich habe sie an mich angeschlossen, sie haben es gar nicht gemerkt, *es ist eine Frage der Strömung*, sagtest du einmal zu mir, als wir alleine waren, *wenn wir mit den andern zusammensitzen, dann geht es gegen mich wie in Wellen, und ich habe das Gefühl, du seist das, die diese Wellen gegen mich in Gang bringt, aber ich will dich nicht kränken* – in deinem Zimmer hast du dann lange Briefe nach Hause geschrieben und deiner Mutter von mir erzählt, von einer kranken jungen Frau geschrieben, die ihren *weissen mageren Leib*! nicht eine Minute der Sonne aussetze und wahrscheinlich nicht einmal richtig schwimmen könne, so selten wage sie sich ins Wasser, sie sei, so hast du damals deiner Mutter geschrieben, so krank und einsam, dass man sich ihr nur mit äusserster Vorsicht nähern dürfe, sonst zerbreche sie, ich habe die Briefe für dich zur Post gebracht, ich habe sie im heissen Wasserdampf geöffnet und gelesen. Als ich es dir erzählte, hast du dich ohne ein Wort zu sagen von mir abgewandt und dich in die Dünen erbrochen, der Speichel lief dir in langen Fäden aus den Mundwinkeln, dein Gesicht war verzerrt, du hast dir den Mund mit dem eiskalten Salzwasser gespült und warst nachher nass bis zu den Hosen. Du fandest auch das krank und nichts weiter als krank, damit warst du der Gesunde und hattest eine Genesung gar nie nötig gehabt

(Mathias)

hätte eine Genesung gar nie nötig gehabt, ich war jung und stark, mir hat es nur den Atem verschlagen

du wolltest das Störende an mir immer wieder mal mit ein paar Sätzen entfernen und dich dann mit dem ansehnlichen Rest von mir vergnügen

(Mathias)

mir hat es den Atem verschlagen über diesem Holzhaus auf Pfählen, das einsam zwischen den Dünen lag, und über dem nahen Ozean, über dem milchigen Dunst, über deinem Lauern und deiner Schönheit und über der Schönheit dieses Hauses, das war für mich alles eins

deine Heiler- oder Heilungswünsche wurden empfindlich gestört durch deine profane Geilheit, darin warst du wie Guérisson, sehr entgegenkommend, sehr stürmisch, bei aller Überheblichkeit, du hast dir den Mund mit dem kalten Salzwasser gespült und dann in der Hocke verharrend lange den Wolken nachgeschaut, ganz atemlos und versunken, der Wind riss dir die Haare nach hinten, da hast du mir zum ersten Mal sehr gut gefallen und ich habe dich vorsichtig geküsst.

Dann liefen wir weiter, als sei nichts geschehen, Arm in Arm, mein rechtes Bein gelegentlich zwischen deine Beine gedrückt, ein humpelndes verklumptes geiles blödes junges Paar.

Sonja Delèvre hat sich eine kleine Einkaufsliste gemacht, farbige Buchstaben auf der Rückseite alter Quittungen, nur das Dringendste, und nur weil sie nicht zu Hause bleiben will bei Georges, der seit dem frühen Morgen blicklos in den TV starrt und sich nicht mehr rührt, wenn er pinkeln muss, rennt er, um nichts zu verpassen, er wartet auf einen Anruf von der Ragaffe, er kann das Wort Ragaffe nicht aussprechen, ohne den Kopf zu schütteln. Sonja hat einen Zebrastoff gesehen bei Presco und eine Jacke für den Kleinen, sie schürzt die Lippen und schätzt die Preise ab, in ihrer Grösse hat es nichts, ihr kleiner Sohn schaut an der Mutter hoch, bis zu den Hüften reicht er seiner Mutter und die neue Jacke aus achtzig Prozent Azetat und Baumwolle knistert, ihm ist, als trage diese Jacke ihn, als hebe sie ihn sanft und schiebe ihn die vielen Wege, die er heute an der Seite seiner Mutter gehen muss, zum Markt, zu Presco, wo auch alles zu teuer ist, zu Teleservice, seine Mutter sitzt ihm wie ein Mikrophon im Ohr und flüstert ihm ein, sie redet von gewissen Frauen, die sich nicht bescheiden können, und dass das Leben so nicht gelingen kann, wie es die andern führen, der Junge nickt knapp in seinem knisternden Azetat, er ist makellos glücklich, er tänzelt um Madame Delèvre herum, er will jetzt von Misslingen gar nichts hören, er trägt ein kleines Paket unter dem Arm, er hat seinem Vater Bonbons gekauft und er hat darauf bestanden, dass die Kioskfrau sie in leuchtendblaues Reklamepapier einpackt und mit einer gelben Masche schmückt
(Instead of a kiss) –

Alain kommt zerzaust durch die Verandatüre in die Küche, wenn ich nur wüsste, wie er seine Tage verbringt, er läuft einfach herum und schiebt sich durch die Strassen, ich frage nicht

(Alain)

Sie will gar nicht wissen, wo ich war, das gefällt mir. Ich schaue die alten Leute an, die am frühen Nachmittag in einem einzigen, beinahe ununterbrochenen Zug vom Hospiz in die Stadt marschieren, einzeln oder in kleinen Gruppen, ich finde es schön, wie sie sich langsam und würdevoll bewegen, stoisch langsam bewegen, ich werde auch einmal so ruhig herumspazieren und keine Angst mehr haben, und dann habe ich heute einen kleinen Jungen gesehen, der hatte ein Paket unter dem Arm und stolperte neben seiner Mutter her, manchmal hüpfte er drei, vier Schritte ganz schnell, um mit ihr Schritt zu halten, um neben ihr zu bleiben, ganz steif und ungeschickt, als er mich sah, starrte er mich zuerst an und schaute dann schnell weg, da kam wieder diese Angst, es könnte mich jemand erkennen, wissen, wer ich bin –

Georges Delèvre sitzt im kalten Wechsellicht, das der Bildschirm auf ihn wirft, ein Kandidat der Show antwortet auf die Frage, ob es mit der Ökonomie jetzt wohl wieder aufwärtsgehe, mit einem herzhaften *Aber ja*, das Publikum applaudiert begeistert, die Kamera fährt näher, Georges seufzt, er wartet auf den Anruf der Ragaffe, es ist fünf oder sechs, und sie werden nicht mehr anrufen, Darja hat ihm das Blaue vom Himmel versprochen, und die rufen nicht mal an, er ist nicht einmal mehr eine Absage wert, er geht langsam in die Küche und stellt ein paar Joghurts auf den Tisch und legt die entsprechende Zahl der Löffel daneben, durch das Küchenfenster kann er auf die alte Villa der Savary blicken, dort brennt überall das Licht und alle Vorhänge sind geschlossen, schattenhaft erkennt er manchmal so etwas wie eine Prozession durch die Zimmer, eine Gestalt folgt einer andern ganz dicht, Körper an Körper, in einen Raum, er hält den Atem an, unten auf der Strasse läuft sein Sohn mit gesenktem Kopf neben Sonja her, der er versprochen hat, das Abendessen vorzubereiten, er sucht Brot und Senf, Sonjas Stimme ist jetzt bis hier oben zu hören, der Kleine nur dumpf und leise, er fängt an, Peperoni und Zuckerhut und Tomaten in winzige Würfel zu schneiden, er hört die beiden näher kommen und stellt schnell das Radio an, irgendein Lied, das gibt eine gemütliche Stimmung, wenn man heimkommt, das Lied heisst *This is a song instead of a kiss*, es gibt keine besonders gute Stimmung, aber immerhin besser als nur das Geräusch des schneidenden Messers –

Als Darja zum ersten Mal in seinen Armen lag zwischen zwei riesigen Rollwagen in der Werkstatt, erschrak er, weil sie am ganzen Leib zitterte und sich das Zittern gegen seinen Willen auf ihn übertrug, dabei hatte sie noch Sekunden zuvor vor Spott gesprüht –

Es ging nicht lange gut und es war nicht lange schön und immer nur für die wenigen Augenblicke draussen oder in einem leeren Bus oder in der Werkstatt, er wurde Stück für Stück wieder auf seinen Overall zurückgestuft, in die Villa hatte Darja ihn ohnehin nie mitgenommen, sie wollte alles nur viehisch und schnell, seinen Händen wich sie aus, sie drehte den Kopf immer weg, wenn er sie streicheln wollte, dabei aber so zärtlich mit ihrem Sohn, eine Herzüberschüttung und Erweichung nach der andern, eine grosse Geheimnistuerei um den Jungen, der störrisch war und stumm, wie jetzt manchmal auch seiner, der beim Eintreten ein kleines blaues Paket wortlos auf den Tisch legt und ihm nicht in die Augen schaut, während Sonja mit einem kühlen Blick auf den unordentlichen Tisch das Radio leiser stellt und ihn fragt, was er denn die ganze Zeit gemacht habe.

Es ist noch Tag und Darja schlägt die Decke zurück, Alain liegt mit angezogenen Beinen neben ihr, seine Haut glänzt vor Schweiss, sie hat an diesem Sonntag bis in den späten Nachmittag hinein geschlafen. Nichts weiter.
Früher hatte sie die Zeit mehr bei sich und gab nichts davon her, jede Minute gehörte ihr, sie hat sich mit niemandem beraten, sie hat niemanden gefragt, jetzt umfasst der Überblick nur noch wenige Tage oder manchmal auch nur Stunden, dann liegt sie wehrlos, von der rabiaten Erinnerung heimgesucht, irgendwo und starrt auf die weissen Wände, oder sie schläft, sie hat als Kontrolleinheit nur noch kleine Zeitabschnitte, Schnipsel zur Verfügung:

vor einer Stunde, das weiss sie noch, vor ein paar Wochen, in ein paar Tagen, sie hat jetzt angefangen, irgendwann am Tag, wenn sie nicht unbedingt ins Büro muss, einer bis jetzt nicht gekannten Müdigkeit nachzugeben und zu schlafen, und Alain ist ihr heimlich in diesen Abgrund gefolgt und hat sich neben sie niederfallen lassen, ohne sie zu berühren, und liegt verkrümmt in der allerkindlichsten Weise unter der verschwitzten Decke, die sie hochreisst, als vermute sie noch etwas anderes darunter, bis vor wenigen Wochen hat sie tagsüber kaum geschlafen, sie war in der Küche, noch bevor irgend jemand anderer im Haus auch nur einen Schritt aus dem Bett gemacht hatte, sie war wach die halbe Nacht und dann wieder vor Sonnenaufgang, sie hat bis vor wenigen Wochen den Schlaf tief verachtet, sie hat gesagt, es sei ihr egal, was irgendwelche Dichter über den Schlaf geschrieben haben, in Wahrheit sei man Aas, wenn man schlafe, nahe der Verwesung –

Alain ist mit einem schrillen hohen Schrei hochgeschreckt, er hat für einen Moment geglaubt, Darja sei wahnsinnig geworden, sie sass mit fleckig-roten Wangen rittlings über ihm und bleckte die Zähne und lachte dann, er hat seine blutende Hand noch im Schlaf zurückgerissen und hält sie sich jetzt ganz nah vor die Augen, der Abdruck ihrer Zähne schimmert blaurot und dazwischen rieselt das Blut in einer kleinen gezackten Spur zwischen Daumen und Handteller und tropft ihm auf die Brust. Geweckt hat ihn ein stechender tiefer Schmerz und sein stossweises schrilles Gebrüll, und er hat noch immer nicht begriffen, was sie so lachen lässt, und dass sie böse lacht und nicht lustig ist, dass sie im Gegenteil in massloser Gereiztheit über seinem Schlummer gebrütet hat, in ohnmächtigem Zorn über ihre totale Verlorenheit in den scheinbar endlos falschen Räumen einer falschen Zeit. Sie hat nach seiner falschen Hand gegriffen und gesehen, dass es die falsche Hand war und die falschen, im Schlaf blöde ergebenen Wangen, sie hat mit einemmal gemerkt, wie eine entwürdigende Gier nach irgendeiner Nähe sie beherrscht, und musste lachen. Und um dieses Lachen abzuwürgen, das weh tat bis ins Geschlecht, hatte sie zugebissen und gleich wieder gelacht, über sein ehrliches Entsetzen in seinem auf immer falschen Gesicht, und weil ihm das alles entgangen ist, hat er für einen kurzen Moment das Gefühl, sie habe den Verstand verloren und sei wahnsinnig geworden nach Art der Leute in Mahan, noch als sie ihm die Hand mit einer braunen Flüssigkeit desinfizierte und dann mit Gaze sauber verband, war er unfähig, etwas zu

sagen oder eine Wut zu empfinden, er hat immer noch Angst, sie sei gar nicht mehr ansprechbar.
Vielleicht will sie ihn einfach loswerden, weghaben.
Er sollte gehen.

Jetzt lacht sie, und er packt sie grob an ihren schmalen Schultern und drückt sie, ohne den Blick von ihr zu wenden, ins Kissen, sie starrt ihn an und seufzt, und Alain lehnt sich zurück, sein hämmernder Herzschlag beruhigt sich, aber er zittert, Darja hat ihre Zähne in seine *tabatière* geschlagen, in den weichen, nachgiebigen Teil zwischen Daumen und Zeigefinger.
Er sollte gehen. Sie lacht wieder, hält ihm die Hand.
Aber wohin, nach drei Jahren in dieser Anstalt, und ohne zu wissen, ob sie seine Flucht schon gemeldet haben.
Die wenigsten Leute wissen, dass auf der Ile de Mahan ein Gefängnis ist, eigentlich mehrere Häuser, durch Gänge miteinander verbunden, und dass die Männer dort mit allen möglichen Medikamenten behandelt werden, dass beinahe allen immer übel ist von den Medikamenten, die man ihnen spritzt und ihnen ins Essen gibt, und dass sie umhergehen, manchmal trippeln, wie Greise, in weissen Anstaltskleidern, die man ihnen erst erlässt, wenn sie ins Gefängnis entlassen werden.
Alain fragt, wie spät es ist, er will nur ihre Stimme hören, hören, was los ist mit ihr, sie antwortet nicht.

(Alain)

> Ich habe ihr nichts erzählt von mir, ich sage nur so Scheinsätze über mich, was den Frauen so gefällt, was sie gerne hören, manchmal will sie etwas von mir wissen, aber noch während ich überlege, fängt sie von etwas anderem an. Sie ist nicht die Frau, mit der man im Dunkeln redet, sie ist nicht wie Marie Simonet

Ich wollte ihm nicht weh tun, ich bin selber erschrocken.
Alain hält die Augen geschlossen und bewegt die Lippen ohne einen Laut, er hat mir seine verbundene Hand auf die Brust gelegt, und ich murmle meine Entschuldigungen an sein taubes Ohr und muss noch immer aufpassen, dass mir das Lachen nicht wiederkommt, er schlängelt sich, er drängt sich an mich, ich habe gestern vom Fenster meines Büros aus in den men-

schenleeren Hof gestarrt und dabei zwei Männer gesehen, die sich auf dem niedrigen Dach der alten Scheune zwischen den Pavillons liebten, einander mit Zärtlichkeiten überschütteten und dann nebeneinander auf dem Rücken in der Sonne lagen und ein Bier teilten und noch lange plauderten, Orphelin hob seinen Blick erst, als sie schon wieder nebeneinanderlagen, Hand in Hand, er fand es ungeheuerlich, diesen tierhaften Trieb so ungeniert auszuleben, und er fand es typisch und sagte so allerlei, aber ich habe mir immer gewünscht, mit einem Menschen lange im Dunkeln, im Liegen zu sprechen, die allerzärtlichste Vertrautheit allein im Wechselklang der Stimmen, so ein biederes abgewetztes Bild uralter Vertrautheit –

Guérisson hat angerufen und mich verlangt, er behauptet, Georges Delèvre habe versucht, sich zu töten, er klang ganz aufgekratzt: *Störe ich Sie, ich hoffe, ich störe Sie nicht*, weiter: *Wussten Sie, dass Georges Delèvre versucht hat, Rattengift zu trinken, wir werden ihn durchbringen, soviel ist klar, Doktor Dijab behandelt ihn, er macht das ausgezeichnet –*

Als wir damals zum ersten Mal unten in der Garage übereinander herfielen, mitten in einem normalen Gespräch um die Nachlieferung von Treloptandichtungen übereinander herfielen, wortlos, wie auf einen Befehl, hat Georges gezittert wie Espenlaub, dabei war er kurz davor noch frech und grossmäulig und wusste alles besser, sein grosses Gesicht blank und leer und wie unter einer Drohung, jede Berührung schien mir absurd bei soviel Empfindung, er wollte gar nichts wissen von der tierischen Vereinfachung, die ich mir wünschte, ich hatte mir einen Plan gemacht, ich hatte den Überblick verloren, wir haben es immer wieder mal versucht, immer verzweifelter versucht –

Frau Gerland liebt die Menschen, wenn sie krank und blass in ihren Kissen liegen, sobald jemand von einer Krankheit niedergeworfen wird, will die Gerland sich über ihn beugen und ihm etwas Liebes tun, aber nicht mehr bei ihrem kranken Mann, den schon seit Jahren ein Leberleiden zu Hause bleiben lässt, aber sie kann keine echten Zeichen von Krankheit an ihm entdecken, nur unflätige Ansprüche und ein sehr phlegmatisches Wesen, und sie besucht weit herum jeden noch so flüchtigen Bekannten, wenn er im Spital liegt, unten in Lédoc-Nassau, und bringt ihre üppigen Kuchen mit für die ganze Abteilung, die Gerland spaziert dann in fröhliche Farben gekleidet auf ihren energischen flachen Schuhen, nach links und rechts grüssend durch das kleine Spital und freut sich am stillen Ernst in den Gesichtern, an den gedämpften Stimmen, an allem, was andere so fürchten an den Krankenhäusern, zu Unrecht fürchten, wie die Gerland findet, weil ja die Krankheit nicht selten einen besonders schönen Ausdruck in ein Gesicht zaubert und die gewöhnlichsten Züge der gewöhnlichsten Menschen überhöht, und daran freut sie sich, andere nicht. Sie hat sogar den sterbenden Rodolphe Blanchard besuchen wollen, *der so tief gefallen war wie nur selten einer vor ihm*, nur war sie zu spät gekommen und sie hatten schon das Tuch über ihn gezogen und die Savary hockte bewegungslos mit dem Rücken zur Scheibe über ihm wie ein schwarzer Vogel, sie hatte das Tuch über dem bläulichen Gesicht des Toten bis zum Hals zurückgeschlagen, sass und starrte und versperrte der Gerland die Sicht. Jetzt versperrt ihr Haijl Djuber die Sicht, er steht gross und mächtig und sehr verlegen ein Nastuch zerknüllend vor dem Bett und versperrt ihr die Sicht auf den armen Delèvre –

Sévérine von der Mietwagen-Abteilung hat Delèvres Sohn zu sich in die Wohnung genommen, zuerst sass er dort starr und weinte leise, während unten die Ambulanz ihr blaues Drehlicht über den Hof gleiten liess und ihr kleiner Sohn vom Bett aus schlaftrunken auf den grösseren Jungen starrte und wissen wollte, wie lange der noch so weinen müsse, Sévérine wusste es auch nicht, sie streichelte ihn mechanisch, aber er stiess ihre Hand weg und weinte weiter, weinte die halbe Nacht mit verzerrtem offenen Mund, bis der Schlaf ihn übermannte, jetzt ist er ruhig und drückt sich mit dem Rücken an Sévérine, sie essen Frau Gerlands Baumkuchen und singen im Halbdunkel vor dem TV alles mit, was die Playback-Show an diesem Nachmittag bringt, jedes Lied, und gleich zweimal, aus einer einzigen grossen Bewegung: *This is a song instead of a touch for all of you who ache so much*, und dann noch eines und sie trinken dazu heisse Schokolade, Sévérine ist begeistert, sie packt den kleinen Delèvre und dreht ihn zu sich und schaut in sein verschwitztes Gesicht und fragt ihn ganz im Ernst, ob er am Sylvesterball das

Karaoke zusammen mit ihr bestreiten wolle, mit diesem letzten Lied, allerdings sei seine Aussprache noch nicht gut, und er nickt, dann gibt es Eierlikör, bis endlich Sonja Delèvre aus dem Spital zurückkommt und dann doch einen Schluck mittrinkt und erzählt, wie ruhig Georges in seinen Kissen liegt, als sei nichts geschehen, und wie verträumt er sie angestarrt hat –

Es ist Jahre her. Wir trafen uns heimlich, irgendwo, wir hatten unsere Plätze, und er war manchmal so nervös, dass er kein Wort rausbrachte. Ich sagte, *Georges, sag doch etwas, Reden beruhigt*, ich drückte seinen schweren Arm so fest ich konnte, da beruhigte er sich ein wenig, *beschreibe doch einfach diesen Himmel über dem Hügelzug im Westen*, da musste er lachen, und jetzt sage ich, *Georges, was ist los, haben die von der Ragaffe nicht angerufen*, und er lacht jetzt wirklich ein bisschen, nur mit den Augen, nicht mit dem Mund, den Mund hält er offen, er hat Schmerzen, ich hätte mich kein Yota verändert, sagt er, ich verspräche immer noch, was ich nicht halten könne, die Ragaffe hat abgesagt, er schnaubt durch die Nase und spuckt in die Schale, die er schnell wieder wegräumt, er zieht sich am Haken hoch und richtet sich auf, seine Haare liegen flach am Hinterkopf und fallen ihm vorne wie eine Fontäne ins Gesicht, seine Augen schwimmen in Tränen, er hätte sich mit Orphelin besser stellen sollen, er hätte ihm antworten sollen und nicht feindselig schweigen und den Kopf wegdrehen, ich kann ihm das jetzt nicht sagen, ich werde ihm das nie sagen können, er hätte eine Stelle bei der Ragaffe haben können, wenn er sich mit Orphelin verstanden hätte. Mit Orphelin, der immer schnell religiös wird und Sachen sagt wie, *es sind nicht wir, die das verlangen, es ist die Zeit, die es verlangt.* Seine Liste ist lang. Neben Delèvre und Djuber auch Hervé, Sévérine, viele, viele.

Er hat wirklich Rattengift getrunken, wenig, nur ein paar Spritzer, Sonja hat ihn erwischt und ihm die Flasche aus der Hand geschlagen. Er kann nicht schlucken, er spuckt die eigene Spucke aus, weil er nicht schlucken kann

(Delèvre)

Sich erinnern: Ich war einmal ein starker Kerl, ich war so etwas wie eine Berühmtheit hier unten, früher, alle Frauen wollten mich, mich kannte jeder, und jetzt bin ich ein Nichts, und Darja schämt sich hier an meinem Bett, sie schämt sich, sie kann sich wohl selber gar nicht mehr vorstellen, wie verrückt sie war nach mir. Ich weiss nicht, was ich ihr sagen soll, sie tut, als wisse sie von gar nichts, dabei kennt sie die Leute von der Ragaffe, sie hat mir irgend etwas vorgelogen, weil sie weiss, dass Orphelin jetzt das Sagen hat, er ist der Chef, sie sagt nur noch, was er will

Er sinkt in die Kissen zurück, wenn er die Augen schliesst, schiessen die Tränen durch die Wimpern, eine nach der andern. Ich sage ihm ins Ohr: *Irgendeine Lösung wird sich finden*, ich sage ihm, *du hast doch einen kleinen Sohn, der auf dich wartet, du hast Sonja*, ich rede einfach weiter, *weißt du noch, wie ich dir immer beschrieben habe, was ich sehe, wenn die Aufregung zu gross wurde damals, vor Jahren* – etwas über die Landschaft oder das Meer, ich sage ihm jetzt ins Ohr, was vor den Fenstern liegt, *hör mir jetzt zu, noch dunkler vor dem Dunkel der Wolken die drei Zedern auf der Höhe des Maritime und dahinter, lieber Georges, geht alles ins undurchschaubar Schwarze, ins formlose Dickicht bis zum Horizont der bleiernen See*, und bei *bleierne See* hat sich meine Stimme überschlagen, da hat er scheu und widerwillig den Kopf gedreht und versucht, mich freundschaftlich auf die Stirn zu küssen, Louis Ferlinghetti kommt auf Zehenspitzen ins Zimmer und wedelt mit einem sehr wilden Strauss, einem seiner zusammengestohlenen Sträusse, er fängt gleich an zu reden, er legt die Blumen einfach aufs Bett, auf Georges' Beine, ich kann gehen, ich drücke Georges die Hand, er schaut mich kaum an

(Delèvre)

Ferlinghetti kommt nicht wegen mir, ich bin ihm vollkommen gleichgültig, er will alles über die siebziger Jahre wissen, wie das war hier unten, über diese Zeit, für einen Roman, wie er sagt, und er sagt: *Damals waren Sie doch ein grosses Tier, damals kannte Sie jeder hier, Delèvre, damals waren Sie doch jemand*

Ich komme manchmal mit den Leuten nicht zurecht, es passiert mir in den Werkstätten, im Verkaufsbüro, dass sie mich grüssen und ich mich von ihrem Gruss nicht rechtzeitig angesprochen fühle und sehr verzögert reagiere, ich sehe dann das platte Staunen auf ihren Gesichtern, auch sage ich gerne Sachen wie: *Ich habe mein ganzes Leben mit Zahlen verbracht*, wenn sie lachen, füge ich hinzu: *Mehr oder weniger*, aber jetzt kann ich nichts dergleichen mehr sagen, keine leichtfertigen Sachen mehr sagen, jetzt muss ich die Sätze zuerst abhören, bevor ich sie ausspreche, das verwirrt mich, dann hört bei mir der Mund auf zu reden, nichts pariert mehr, nichts will sich fügen, ich verlange die Zahlen, Kopf an Kopf mit Orphelin vor dem Bildschirm, ich fast immer im Mantel, Ferlinghetti holt mich manchmal ab und läuft dann mit mir durch die Werkstatt und schämt sich, wenn er von den Arbeitern auf die gleiche Weise begrüsst wird wie ich, mit jener Mischung aus Spott und Respekt, den sie sich hier für ihre Patrons ausgedacht haben, nur die Tunesier glühen vor Höflichkeit und Hass, sie hatten sich einmal sicher gefühlt bei mir und jetzt entlasse ich einen nach dem andern, Orphelin schwitzt und friert unter dem Schweiss, der ihm in feuchten Rinnsalen wie Insekten den Rücken hinabkriecht

(Orphelin)

Es sind nicht wir, die das verlangen, es ist die Zeit, die es verlangt, auf meiner Liste steht auch Darja Savary.

Darja hat sich nach einem trüben Vormittag mit Orphelin zu Ferlinghetti an den Strand geflüchtet, die Brandung dröhnt, sie sitzen beieinander in einer kleinen Mulde und essen Brote, die weisse Gischt spritzt bis zu ihnen. Ferlinghetti fürchtet sich vor seinem nächsten Auftritt im dritten Kanal bei dem bösen Zwerg Prioux, der ihn hasst, der ihn schon mehrfach öffentlich verrissen und verdammt hat. Er fürchtet alle Fragen von Prioux, er möchte aussteigen. Er isst hastig, beinahe ohne zu kauen, Darja trinkt sein Bier und hört ihm nicht zu, sie hält den Kopf seitwärts geneigt, als horche sie auf einen seltenen Ton in der Brandung, die alles überdeckt. Das Kreischen der Lachmöwen scheint sehr fern, dabei schiessen sie direkt über ihren Köpfen wie helle Pfeile durch graue turmhohe Wolkenberge. Der Wind trägt jedes

Geräusch sofort weg, jedes Wort. Ferlinghetti macht kurze Sätze, er will auch sein neues Buch in kurzen Sätzen schreiben, in einer makellosen metaphernfreien Prosa. Er hat nur ein Bier mitgebracht, Darja lächelt ihn sanft an und zerdrückt die Dose, sie fürchtet sich auch, vor dem Nachmittag mit Orphelin, sie fürchtet Orphelins Pläne. Am Ende schweigen sie, jeder für sich über seiner Sorge, und schauen den Möwen nach, so sind sie schon oft hier unten gesessen, und Ferlinghetti wagt es wieder nicht zu fragen, wie lange Alain denn bei ihr wohnen werde, nach einer Stunde schweigender Eintracht trennen sie sich und Darja fährt gleich nach Hause, zu Alain, es zieht sie mit aller Macht zu ihm.

(Alain)

Ich habe sie geweckt, ich habe lange gebraucht, um sie zu wecken, ich habe ihr heissen süssen Kaffee gebracht, den sie löffelte, ich habe ihr unten die Sandwiches gemacht und als ich oben war, hat sie schon wieder geschlafen, ich habe sie wieder geweckt, sie hat sich geschämt. Beim Gehen hat sie sich die Tüte mit den Sandwiches geschnappt und hat mich flüchtig auf die Stirn geküsst, so wie sie ihren Sohn küsst, da habe ich sie am Arm zurückgezogen und mir einen kleinen Dank für die Sandwiches geholt. Ich habe Salzfisch, Tomaten und Knoblauch und Öl auf das geröstete Brot gelegt, sie bedankt sich nie für etwas, sie schnappt es sich und läuft weg, ins Büro, an den Strand, zum Hafen, zu irgendwelchen Leuten

Alain versteht mich nicht, wenn ich ihm abends erzähle, was mich bewegt, wenn ich durch die Montadour laufe. Er rührt in einer Suppe und lacht und nickt, nickt blödsinnig. Ich sage, alles ist schon uralt, wenn es zu mir kommt, dann schnalzt er mit der Zunge und zeigt auf sich. Wenn Tapie im TV redet, schnalzt er mit der Zunge und kichert. Wenn Grégoire schnell auf ein Glas vorbeikommt, verzieht er sich sofort. Auch bei Viviane und Simone. Niemand mag ihn und er mag auch niemanden. Am liebsten bewegt er sich in der Küche, er sitzt selten, er bewegt sich immer, er fühlt sich am wohlsten in der Küche, im Wohnzimmer friert er. Oben friert er. Manchmal legt er sich in einem der Kinderzimmer ganz still auf ein Bett und schaut sich um, träumt

(Alain)

sie hat mich in die Küche geschoben, diesen Moment vergesse ich nie, ich dachte, jetzt ist alles umsonst, jetzt kommen sie dich holen – und sie hat gesagt, ich solle warten, ich dachte, sie rufe die Polizei, ich war wie gelähmt in dieser hellen grossen Küche und wartete und wartete, bis sie endlich wiederkam, sie hatte sich umgezogen und holte Wein aus dem Kühlschrank, sie schwenkte die Flasche gegen mich mit einem künstlich fragenden Ausdruck und ich nickte und dann tranken wir, sie hat mir gezeigt, wie kaltblütig sie ist, sie wollte mir das zeigen, Zola hat mich gewarnt

man soll nach vorne schauen, nicht immer in der Vergangenheit kramen, aber ich hatte so ein wunderbar helles Gefühl hier unten, am Anfang, das hole ich manchmal gerne wieder hervor, ich hatte ein seltsam gehobenes Lebensgefühl, als ich hier unten mit der Montadour anfing und dann das Haus kaufte, eine dauernde Freude über den ganzen Tag und in den Nächten, in denen ich arbeitete oder im Haus war und gar nichts von dem tat, was ich mir vorgenommen hatte, nichts reparierte und nichts malte, und nur die Schönheit der fast leeren Zimmer bewunderte, mit den Kindern durch die Zimmer ging, eine Polonaise durchs Haus, zuvorderst die Kleine, dann Grégoire, dann ich, immer wieder.
Ich hatte meine Traurigkeit ganz abgelegt. Habe die Traurigkeit der frühen Jahre begraben und mich, wie man so sagt, ins Leben gestürzt und halte jetzt wieder Einzug in mein altes Reich. Ich hoffe damit niemandem ähnlich zu sein. Es soll einmal wieder alles einzigartig werden, das wäre der schönste Trost, einmal alles abzulegen und wieder ein erstes Mal mit einem ganz fremden Menschen an einem gänzlich unbekannten Platz zu sitzen, in einer neuen Welt, in dem allerfrischesten Licht einer anderen Sonne, ein erstes Mal zu erfahren, wie es ist, sich zu fürchten oder sich zu schämen, überhaupt alles noch einmal ein erstes und einziges Mal, einen Aufbau, einen Abbau, einen hoffnungslosen Klassenstandpunkt, ein erstes Gericht: irgendein Geflügel, sanft gebräunt, einen allerersten Liebesakt in dumpfer und ohnmächtiger Betäubung

(Alain)

jetzt räume ich schon wieder die Sachen weg, die sie auf dem Tisch verstreut, wenn sie kommt, das Telefon, die Schlüssel, die Tabakbrösel aus ihren angefangenen zerknitterten Zigarettenpäckchen, es macht mich verrückt, wie sie alles liegenlässt, bevor sie trinkt, will ich, dass sie etwas isst, ich hab ihr eine

Suppe gemacht, aus Sellerie und Karotten, und nachher die kleinen Fische, es kommt mir vor, als wäre gar kein Tag zwischen diesen Sandwiches heute morgen und der Suppe jetzt, ich trage weg und ich räume auf und ich stelle wieder hin, und dann hole ich sie mir nach oben, manchmal trage ich sie nach oben, wie eine Braut, ich habe den ganzen Tag geschlafen, ich war müde von der Nacht, ich tappe von einer Falle zur andern, Zola hat mich gewarnt

heute mittag das jähe Auffliegen der Reiher über unserm Strand, der mir in Wahrheit schon zum Hals heraushängt, mit all den Worten, die ich dort schon gesagt habe, und all diesen Bewegungen, die ich dort schon getan habe, heute und früher, jahrelang, immer wieder, ein seltsamer Überdruss an allem, eine tiefe Ungeduld gegenüber den alten Zeichen. Zeichen wie Wetter, wie Stimmung, wie Farben

(Alain)

in der Suppe hat sie nur gerührt und mich dazu mit diesem Blick von unten durch die Haarsträhnen angestarrt, wie eine Irre, sie kann sich aufführen wie eine Irre. Sie kann sich aufführen wie Nikita in *Nikita*, Zola hätte gesagt, *zum an die Wand Schlagen*

oder mit dem Zeigefinger über das schlafende Gesicht meines kleinen Mädchens fahren, den Brauen entlang, über die winzige Nase, den offenen Lippen entlang zu den Ohren und den Schläfen entlang zurück zur Stirn und dort ihren Namen schreiben, ich altere stürmisch, mit Viktor wurde ich jeden Tag ein Stück jünger, bis ich, zum Kind geworden, ein Kind an seiner Seite, endlich floh, es war eine Flucht, als wir hier unten frühmorgens über das flache weite Land dem Ozean entgegenfuhren, kam aus dem Radio Dutronc, *Paris s'éveille*, und in das Lied mischten sich die schlaftrunkenen Stimmen der Kinder und das Kreischen des Winds, der am Verdeck riss, es war unglaublich schön

(Alain)

die Frauen, mit denen ich zusammen war, bis das mit Marie Simonet passierte, waren ganz anders als Darja, ganz anders, sie hatten Regeln, sie zogen Arm in Arm an uns vorbei und taten, als brauchten sie uns gar nicht, als brauchten sie uns nur, um über uns zu kichern. Sie hielten sich an Regeln. Wenn einer von uns ihnen ein Zeichen gab, dann kamen sie mit oder eben nicht. Sie standen auf oder sie blieben sitzen, sie gingen weiter oder sie blieben stehen. Dann erst waren sie allein mit ihrem Jungen, und sie wollten immer sehr schnell Ringe kaufen, unten am Strand in La Bayoud. Der Strand der Seufzer. Man musste mit ihnen dorthin fahren, und zwei gleiche Ringe an einem der Stände neben dem Parkplatz kaufen, dann erst kamen sie mit hinter die riesigen Steine am äussersten Teil des Strandes, zu den Höhlen des Bayoud, und die in den obersten Höhlen direkt über dem Meer fühlten sich wie Könige, sie mussten ihre Mädchen oft an den Armen nach oben ziehen und die kreischten schon, wenn sie mit den Füssen noch auf den Steinquadern standen

mir ist manchmal, als geschähe dies alles nur noch um deinetwillen und nur in deinem Namen, als hätte ich überhaupt nur um deinetwillen und nur in deinem Namen dieses Leben begonnen und zu seinem schwebenden Ende geführt, als hätte ich seit deinem Tod nichts anderes getan, als dich schweigend in mir wachsen zu lassen, und als erteiltest du über dein uraltes Totsein hinaus die Befehle, die mein Leben formen, und als handelte ich noch immer im Widerspruch zu deinen stummen Ordern, ausschliesslich bezogen auf dich und das, was du dir gewünscht und erhofft hast, als wir unter einem ungeheuren Himmel diesen Sohn machten, der dir so ähnlich scheint und der doch so anders ist, als du es warst, so derb und um sich schlagend

(Alain)

ich würde ihr gerne einmal La Bayoud zeigen. Die Höhle, in der ich mit Anne und all den andern Mädchen war. Das würde ihr gefallen, aber so wie sie ist, würden wir es auf den Steinen machen, halb in der Brandung, und die andern könnten uns dann von der Höhle aus sehen, und ich würde das nicht wollen, aber sie. Darja, das ist Nikita, das ist die Nikita aus diesem Film, wenn sie alt ist. Ich weiss nicht mehr, wie dieser Film heisst. Keine Regeln. Kein Verlass. Vor dem TV hat sie den Mund offen, als sähe sie das alles zum ersten Mal, dabei ist sie alt.

Es ist plötzlich wieder kalt geworden und die See hat alle Farbe verloren und liegt metallisch schimmernd unter den Wolkentürmen, es regnet immer wieder, die Sonne bleibt wie in einem Schleier gefangen und nur die Abende sind schön, die Stadt leuchtet dann im roten Licht, das durch die Wolken dringt und alles näher rückt und unwirklich macht.
Darja hat sich auf dem Bett eingerichtet, sie sitzt und sichtet die liegengebliebenen Briefe der letzten Wochen, ihre alten Freunde geben nicht auf und schreiben weiter gegen ihr Schweigen an, Hal Starkowski schreibt jetzt mit grossen Buchstaben auf Packpapier, ein Brief wie ein Bild, und er beginnt mit einem Fluch, *was um Himmels willen soll ich dir schreiben, wenn du nicht einmal auf meine Mails antwortest*, der Schnee mache für ihn diese Stadt noch schlimmer, New York ruiniere die Reste seiner Gesundheit, dazwischen hat er ein paar Skizzen mit Ausblicken aus seinem Fenster gezeichnet, seine Frau komme mit ihrer Übersetzung nicht voran, weil sie ihren vom Krebs zerfressenen Leib alle paar Minuten umbetten muss, und er wisse manchmal nicht mehr ein und aus, ihm fehle ganz einfach das Geld, er hat ein paar Dollarnoten um den Text gemalt, ihm fehle das Geld, um ihr den Alltag leichter zu machen, seine Schrift ist noch immer schön und klar, Darja starrt verzückt auf das riesige braune Briefbild und legt es neben das Lager, Catherine Schmidli-Dulac schreibt auf Büttenpapier, sie habe es aufgegeben zu telefonieren, sie wolle nun all diese oberflächlichen Dinge ganz aus ihrem Leben bannen, sie schreibe jetzt nur noch ordentliche Briefe, und Victoire sei auf eine halbe Stunde bei ihr in Zollikon gewesen, wie immer unangemeldet, und sie mache einen erschöpften Eindruck –

Als sie noch ganz klein war, hat sich Victoire manchmal den noch gefüllten Teller über den Kopf gestülpt wie einen Hut und dann zuerst gelacht, nahe am Weinen gelacht, und erst wenn die andern mitlachten, begonnen zu weinen, warum fällt mir das jetzt ein.
Unten knallt es wie aus Gewehren.
Grégoire hat alle Türen aufgerissen und dann wieder zugeschlagen, weil er mich unten nicht fand, in der Küche ist er gegen den Tisch gestossen, im Gang gegen die Kommode, dann ist er die Treppe hochgestürmt wie in Stiefeln und beinahe mit dem Kopf voran durch meine halboffene Zimmertüre gebrochen, man könnte meinen, er sei aufgebracht, oder verzweifelt, aber er ist in der aufgeräumtesten Stimmung und will Hals Brief sehen und mir ein

paar seiner Zeichnungen zeigen und er will mit mir Ferlinghettis TV-Auftritt anschauen und dazu etwas Kleines trinken, er will wissen, warum ich so blass bin, er hört mir gar nicht zu, er merkt gar nicht, wie dröhnend seine Auftritte sind, wie absonderlich und abstossend. Wenn ich es ihm sage, lächelt er duldsam, wenn er Alain im Korridor sieht, steht er auf und schliesst die Türe. Ich räume das Bett frei, Grégoire setzt sich neben mich und spielt mit den Kissen herum, im TV Ferlinghetti, diesmal sehr zerrüttet, er verfolgt wie betäubt die mächtige Schlaufe, die der grosse Prioux mit seinem Zeigefinger in die Luft zeichnet.
Niemand kann voraussagen, wann Ferlinghetti sich preisgibt, seine Nervenkraft nimmt ab, der nervige lustige Louis wird brüchig, er nähert sich seiner eigenen kleinen Klimax, vielleicht brüllt er einmal plötzlich los, wenn ihn wieder jemand angreift, für ein Buch, das gar nicht er geschrieben hat.
Das Buch, das ich angefangen habe, will er gar nicht mehr haben, er will nicht mehr für dieses letzte Buch einstehen, von mir aus wäre es das letzte, es steht ja nicht viel Neues darin, nur die Geschichte eines müden Dichters, der sich seine Bücher von einer bösen Frau vorschreiben lässt, die seinen Namen braucht, die seine Sprache führt und seinen Kopf, sie braucht noch mehr, sie braucht einen ganzen ausgewachsenen Menschen, auf dem sie schreiben kann. Ich habe irgendwann die Lust verloren, und er nicht weniger. Das Spiel haben wir auf jeden Fall gewonnen.
Prioux befragt ihn freundlich, aber gerade diese Freundlichkeit lähmt Ferlinghetti, er hat sich auf einen Streit eingestellt, er braucht sehr lange für seine Antworten, Grégoire kratzt seinen Dreitagebart und verzieht das Gesicht, er weiss nichts von unserem Spiel.

Warum haben Sie kein Pseudonym, hat mich Louis einmal ganz am Anfang gefragt, als ihm nach der ersten Euphorie die ersten Zweifel kamen, ich habe nicht geantwortet, ich habe ihn so lange aus meinen berühmten Augen angesehen, bis er sich ergab und abwinkte, als sei seine von ihm so ernst und dringlich gemeinte Frage eine völlig belanglose, Frucht einer unbedachten Bewegung des Gemüts, jetzt aber darf Ferlinghetti neben dem sagenhaften Alain Prioux in einem Studiosessel ruhen, der sich bei der kleinsten Bewegung zu drehen beginnt und er muss lauter sprechen als sonst, um gegen die Musik anzukommen, die plötzlich viel zu laut in das Gespräch tönt, weil Prioux die Elektrocombo mit der *Suite für Oboe und Anstand* von Paula Reisig zu früh hat einblenden lassen und jetzt so tut, als gehöre es sich so, der grosse Prioux weiss, dass diese Art Musik einen Kontext braucht, nämlich ihn und seine Dichter, und dadurch wird die einsame Paula Reisig weit herum bekannt, das Publikum wird ihre Suite als quälende Störung empfinden und diese Störung im Gedächtnis behalten, die Musik wird leise, Prioux fragt ihn, weshalb seine letzten Bücher so auf Skandal ausgerichtet seien, ob er das für eine literarische Qualität halte, und Ferlinghetti sagt mit einem kleinen Lächeln: *Ich schreibe auf lebende Wesen*, oder nach einer Weile: *Die wahren Helden unserer Zeit haben das Terrain von Sprache und Papier längst verlassen*, Prioux nickt tückisch, fragt, ob er sich einsam fühle, und Ferlinghetti gibt ihm recht, *wir sind natürlich wenige und uns wenigen bleibt ein riesiges unentdecktes Land*, und Prioux spricht ganz nah in die Kamera, die neue Dichtung unseres Landes sei scheinbar in Bewegung auf das Gewöhnliche hin, in Wahrheit aber o*szillierend zwischen allen Polen, die die menschliche Existenz aufheben und zugleich vollenden*, Louis Ferlinghetti hat das Husten lange unterdrückt und platzt jetzt in die letzten, kaum noch hörbaren verirrten Takte der Musik und in die letzten Worte von Prioux, so dass alles eins wird, der röchelnde Hustenstoss, das elegische Timbre von Alain Prioux, der dazu sanft Ferlinghettis Arm ergreift, und die ächzenden Geräusche der Suite

(Ferlinghetti)

Ich hätte sagen müssen: *Korrigieren Sie doch meine Sprache, wenn Sie das können!* So etwas hätte ich sagen müssen: *Versuchen Sie doch einmal, meine Sprache zu korrigieren, nicht meine Inhalte* – ich hätte

armer Ferlinghetti, wir sind zu weit gegangen in dem, was wir dir unterlegt haben, ich bin zu weit gegangen, du lebst schon zu lange unter der Wirkung unseres Kontrakts und deiner Scham. Jahrelang den Kopf hingehalten für Bücher, die noch schlechter waren als das, was du hättest schreiben können, jahrelang den Kopf hingehalten, um nicht ins Schweigen zurückzufallen, nach einem ersten kleinen Erfolg

(Ferlinghetti)

natürlich ist Darja schuld, aber auch irgendwie nicht. Es springt sie so etwas aberwitzig Böses an, wenn sie unter Menschen ist, etwa die Versuchung, sie vor sich herlaufen zu lassen und ihre Schritte dann so lange zu korrigieren, bis sie straucheln, so ein kleiner verspielter Zug um die Lippen, wie soll man sagen

Ferlinghetti macht keine gute Figur und das ist vielleicht sehr klug, man wird ihn für seinen hilflosen Zorn und für seine Sprachlosigkeit lieben

(Ferlinghetti)

bis vor kurzem «im Anstand», d.h. wörtlich übersetzt «auf der Lauer», hat dann aber doch sehr jäh gewechselt vom Angriff zum übereilten Rückzug, wenn man an ihren Umgang mit Orphelin denkt, wenn man an die letzten Wochen denkt, das ist ja alles vorbei und vorüber

Grégoire bleibt nicht allzulange, sie geht mit ihm bis zur Türe, schaut ihm zu, wie er mit seiner schweren Maschine auf dem Kies ums Rondell schleudert, und geht dann leise wie eine Katze in die Küche, um Wein zu holen. Sie findet Alain nicht, sie trinkt alleine auf der Treppe vor der Küche, sie trinkt und trinkt, ein Glas nach dem anderen. Irgendwann umfasst Alain sie von hinten, sie erschrickt nicht einmal, er trägt sie nach oben, sie hat die Augen geschlossen, aber sie lächelt, sie riecht nach Wein, sie legt ihr Gesicht an seinen Hals, an dem sich die blauen Adern vor Anstrengung blähen.

Wie sanft er sein kann, ich habe nur selten so eine Sanftheit erlebt, in unseren ersten Nächten waren wir behutsam und lauernd, das erste Mal hatten wir beide wirklich Angst voreinander, er vor mir und ich vor ihm, keiner wollte sich dem andern zu sehr zeigen, und so haben wir uns das erste Mal mit einem Vorsatz geliebt, sehr beherrscht sind wir übereinander hergefallen, jede Bewegung schon im Ansatz gedämpft, sehr angestrengt in der Beobachtung, jeder hat dem anderen auf die Finger geschaut, auf den Mund, er roch nach Tang und Öl, er war mit einer Schicht von Salz überzogen, eine Beute aus dem Meer, mir gehen solche Sachen durch den Kopf, ausgerechnet jetzt, wo er so einen wunderbaren Anfang vom Fussende her begonnen hat, ich werde nichts mehr trinken, er rutscht mir auf seiner Zunge entgegen, er belauert mich, meine schwankende Welt, er belagert mich, während ich unten die Türen im Wind schlagen höre –

Es ist nicht so, dass wir uns abkapseln, wie Simone behauptet, wir versuchen immer wieder, unter die Leute zu gehen, aber es ist schwierig, weil ich abends so müde bin, und es ist schwierig mit Viviane, sie ist absorbiert von ihrer Arbeit und immer ein bisschen beleidigt wegen Alain. Alain hat meine alte BMW repariert und wir sind mit ihr herumgefahren, und dann am Samstag relativ spät am Abend nach Morrey zu Vivianes «Fest der Bücher» in den alten Markthallen. Sie redet seit Wochen von diesem Fest, ich habe ihr letzte Woche noch zugeschaut, wie sie abends im trüben Licht einen ganzen Tross von Handwerkern in Atem hielt und in dem langen Zementbau von einer Ecke in die andere jagte mit ihren ausgefallenen Wünschen für die Beleuchtung, die ihr keiner ausreden konnte. Sie hat die Hallen sehr schön gemacht, überall glitzerte und glänzte es, alle möglichen Kleinverlage hatten kleine Stände und dort lagen die absonderlichsten und prächtigsten Buchausgaben, die ich je gesehen habe, solche mit metallenen Deckeln, gross und schwer wie alte Bibeln, kleine Bände aus dickem pergamentähnlichen Papier, dann wieder ganz billige, winzige Broschüren von Klassikerausgaben aus Vivianes Edition, aufklappbare Kinderbücher, so gross wie die Kinder selbst, und alles in ein helles warmes sprühendes Licht getaucht. Die winzigen Stände vor den Hallen waren am meisten besucht, die Leute waren euphorisch und aufgekratzt wie an einer Kirchweih, es roch nach allen möglichen Gerichten, nach Rauch, nach Fisch, nach Pisse und frischer Farbe, aber mir war von Anfang an nicht wohl, ich hatte plötzlich Angst, Orphelin dort zu treffen, seine Frau lese so gerne und wünsche sich schon lange, mich und Viviane kennenzulernen. Ich hatte plötzlich Angst, Grégoire zu treffen mit seiner Bande von lustigen Idioten, fremd und immer fremder, ich hatte plötzlich vor allem Angst, ich wollte, dass mich jemand hält –

(Alain)

Plötzlich war sie in Tränen. Ich habe sie noch nie weinen gesehen. Kaum waren wir vom Motorrad gestiegen, lief ihr das Wasser aus den Augen, und sie schniefte den Rotz wieder hoch und tat, als ob nichts wäre. Ich gab ihr ein Taschentuch, ich schaute sie an. Sie tat, als ob nichts wäre, wischte sich das Gesicht ab und putzte sich die Nase. Ich weiss nicht, warum sie geweint hat

dann tranken wir am Stand von Carlo Lessing ganz schnell zwei eiskalte Gläser von seinem Dutache und gleich ging es mir besser. Carlo war aufgekratzt, er ist stolz auf seine Viviane und er versuchte diesen Stolz herunterzuspielen und zu tun, als ob nichts wäre, aber es blitzte aus seinen unruhigen kleinen Augen, er war der einzige, der Alain einen freundlichen Blick gab an diesem Abend. Wir gingen nicht in die kleine Halle, sondern zuerst zu den Comics in das winzige hellblaue Zelt, wo Grégoire mit seiner Bande zwischen den künstlichen Palmen stand und mich mit seiner Umarmung beinahe erdrückte, er hatte wieder seine Felljacke an und paffte nervös eine kleine Zigarre und sah aus wie ein Versuch zu einem Wikinger, nicht wie ein Wikinger, wie ein Versuch, ich flüsterte es ihm ins Ohr, er fand das sehr erheiternd und hob mich hoch. Ich sah die ersten kleinen Fältchen in seinem verschwitzten Kindergesicht. Alain wurde sofort ungeduldig, er wandte sich ab und schob sich zurück durch die Leute und lief aus dem Zelt, alle starrten ihm nach, aber niemand sagte etwas, ich wartete eine kleine Weile möglichst ohne mich zu bewegen, weil mir die Tränen wieder hochstiegen und trank dann Grégoires Southern Comfort in einem Zug aus, dann erst konnte ich weitergehen. Das Blut fing an zu kochen, wie immer wenn der Rausch anfängt, dann schiesst mir das Glück durch die Adern. An der riesigen Bar in der Fischhalle, die sie mit rotem Samt und riesigen weissen Kerzen gegen den durchdringenden Fischgeruch gerüstet haben, so dass der Fischgeruch ganz selbstverständlich wie ein fernes eigentümliches Aroma des langen silbernen Tresens schien, zugleich überwältigend und ganz unwirklich, sah ich Alain stehen, dort, an einem Ende des Tresens, und er lächelte mich zum ersten Mal an, und am anderen Ende des Tresens standen die andern, Guérisson, Ferlinghetti, Simone, ihr Mann, ein wogender Haufen feindlicher Freunde, alle waren dort, Viviane mit dunkelroten Flecken im Gesicht und einem abscheulichen langen weissen Kleid

(Viviane)

> Quatsch, ich war einmal schön, ich war einmal wirklich schön, im Gegensatz zu Simone, die immer nur süss war und ergeben, und im Gegensatz zu Darja, die wohl immer ausgesehen hat wie ein streunendes Haustier, das man mit einem Schälchen Milch am immergleichen Ort gut handzahm machen kann, ich lege Wert darauf, ich war eine Schönheit

und dieses gebrochen weisse, auffällige, schmale enge Kleid trotzte ihrer Erscheinung etwas Ernstes, Würdiges ab, etwas Mächtiges, Helles, Falsches, obwohl sie aufgelöst war wie ein ganz junger Mensch, und sie schaute mir erst lange entgegen, folgte dann meinem Blick und entdeckte Alain auf der anderen Seite

(Viviane)

> Quatsch: Wie geht es dir denn jetzt zu Hause mit deinen Kindern und diesem Mann und deinem prächtigen in Pracht zerfallenden Haus, stell dir vor, aus uns wäre ein Paar geworden, das jeder kennt und grüsst, und wir würden wie alle Paare beim Nachhausekommen über die andern lachen und noch etwas, Darja: Deine Kinder sind nicht das geworden, was wir uns dachten

Alain saugte an einem doppelten Scotch, den sie mit süssen Kirschen und Strohhalm servierten, er gab mir einen Schluck, er rückte mir den Halm akkurat in den Mund und dann gingen mit einem Mal alle Lichter aus und das Publikum raunte. Eine okzitanische Gruppe sang okzitanische Lieder auf okzitanisch, die Sängerin war sehr jung und sehr mager, hatte hüftlange Haare und dünne lange Hände und eine sehr hohe Stimme, sie trug einen weiten langen braunen Rock und darüber ein schlichtes blaues Hemd ohne Kragen, sehr erschreckend, und all die jungen Leute in der grossen Halle sangen zunächst zögernd, dann immer bewegter mit und drehten sich im Stolz der Provinz, und dichte Wolken von Gras und andern Kräutern hingen im Raum

(Viviane)

> es ist unerträglich, wie sie sich von diesem unangenehmen Menschen den Strohhalm in den Mund schieben lässt, es ist unerträglich, wie akkurat er ihr den Halm zwischen die Zähne schiebt, wie akkurat sie nach ihm schnappt, wie akkurat das abschnurrt zwischen ihnen, wenn man sie einmal so geliebt hat wie ich, ist es unerträglich, ihr getrübter Blick, das schlaffe Lächeln, die Langsamkeit ihrer Bewegungen, ihr schräg zu ihm hingeneigter Kopf, dieses Scheissglück

nach dem dritten Scotch stieg ein sehr alter Mann mit einer blauen Mütze auf das Podium, wandte sich um und hielt unter donnerndem Applaus einen schmalen Band in die Luft: okzitanische Gedichte über die okzitanische Landschaft in okzitanischer Sprache gegen die Barbarei der Zentrale, die alles unterdrücken will, was okzitanisch ist, er brauchte gar nicht vorzulesen, sein Gesicht glühte vor Glück, und das Publikum wollte nicht aufhören zu klatschen, so begeisternd war diese einzige Bewegung seines schmalen Bändchens, er hielt es ihnen wieder und wieder entgegen, und sie klatschten wieder und wieder, am Ende rhythmisch in Salven, Alain zitterte unter seiner Jacke und starrte nur noch vor sich hin, bis wir endlich wieder draussen waren und weg von den roten schwitzenden Gesichtern und dann zwischen den Hallen hin- und herspazierten, was schön war wegen der Stimmung über dem Land, den riesigen rosa Wolkentürmen im sich kaum verdunkelnden Eisgrau des Himmels, das ist hier unten der Trost der Natur für verregnete Tage

(Viviane)

> ich sage dir jetzt etwas über diesen Jungen: Als er hier ankam, hatte er sehr kurze Haare, auffallend kurze, lieblos geschnittene Haare, und jetzt führt er eine Pracht spazieren, eine Haarpracht, schwarze üppige Locken über seinem kranken weissen Gesicht, aus dem die metallenen Zähne blitzen, wenn er die Lippen öffnet, und ich frage mich, was wir noch alles sehen und erleben müssen mit dir

wir tranken noch lange weiter unter den Blicken der Leute, die mich kennen, und das sind viele, und die mich grüssten und Alain ungeniert begafften und kein Auge von ihm lassen konnten, er merkt es nicht so sehr wie ich, er ist jung, ihm entgeht alles, was ihn nicht erschreckt, er ist sehr schön, er gefällt mir sehr, er gefällt mir immer besser

(Alain)

> Man weiss nicht, warum sie weinen, man weiss nicht, warum sie wollen, dass man bleibt, und man weiss nicht, warum sie wollen, dass man geht.

Am Ende war ich wieder betrunken, nicht sehr, aber ein bisschen, und Alain musste heimfahren, und heute trinke ich schon wieder, es ist unglaublich, wie schnell man sich daran gewöhnt, Alain räumt unten auf, ich weiss nicht mal, ob er mir mein Trinken verübelt, ich bin ihm ja nichts schuldig, ich habe verdammt noch mal meine Arbeit gemacht, ich habe bis zum letzten Jahr die Montadour aufgebaut und jetzt reisst Orphelin sie mir weg, ich denke da an die Übernahme der Schulbusse und der St.-Croix-Bordeaux-Strecke, ich denke an den Kauf der zweiten Halle und wie das alles in meine Hände kam, und als ich mit den Herren von der Bank aus der Chambre de Commerce kam, sagte einer von denen, *das wird Unruhe geben, wenn Sie sich hier so breitmachen –*

Darja steht mit vor der Brust verschränkten Armen auf dem kleinen von Bougainvillea überwachsenen Balkon über dem Hauseingang und schaut in den Sommer, sie schwankt, sie ist sehr betrunken, mehr als sonst, sie blickt auf die Stadt und das Meer, wie sie es früher getan hat, wenn sie im Licht eines späten Nachmittags auf die Kinder gewartet hat oder auf Simone oder sehr spät in der Nacht auf irgendeinen Freund oder Liebhaber, auf irgendeinen Menschen, der womöglich zu Fuss das lange steile, von schütteren Agaven gesäumte Strassenstück, das zu ihrem Haus führt, hinter sich brachte in kalter Angst oder Vorfreude, es geschah ja allerlei, und das Meer, von dem sie immer sagt, es sei bleiern und gleichgültig, zieht sich zu einem einzigen Punkt zusammen und drängt zu ihr, in ihr Auge, das Meer kommt aus der Ferne auf sie zu, sie sagt es, sie sagt es laut vor sich hin und winkt ab mit einem zerlesenen Manuskript, mit ihrem *business plan* aus eigener Hand, winkt dem Meer gereizt ab, bevor sie zu Boden geht, sie fragt sich, ob das vielleicht ihr Traum war: einem Menschen ganz und gar zu gehören und keinen Blick mehr zu wenden von ihm – was soll sie jetzt tun, wenn das Meer sich den Berg hinaufschiebt zu ihr, sie muss ein deutliches Zeichen geben, sie wird keine von Alains Zigaretten mehr rauchen –
Alain findet sie so bei Einbruch der Nacht, von ferne sichtbar als undeutliches Bündel hinter dem Blatt-und-Blüten-Gewirr des kleinen Balkons, er trägt sie ins Bett, schon wieder muss er sie tragen wie eine Tote, er legt ihr das Papier auf die Brust, er geht langsam nach unten, um eine Suppe zu kochen, er geht schnell, um in eine normale Stimmung zu kommen, in eine gleichgültige normale Stimmung, noch auf der Treppe zündet er sich eine Zigarette an, und während er das Gemüse putzt, bemüht er sich, nicht an

die beiden Frauen zu denken, nicht an die, die jetzt mit dem Gesicht eines Kindes oben in ihrem Bett schläft und nicht an die, deren steife kalte Hände gekreuzt auf ihrer Brust liegen, und deren Mund sich nicht mehr schliessen lässt. Alain lässt das Messer fallen und setzt sich an den Tisch, er schaut von irgendwo auf sich herab, er sieht sich, eingesperrt in einem schlechten Traum, in dem winzigen Zimmer sitzen, in dem er mit Bruder und kleiner Schwester geschlafen hatte, bis der Bruder starb, in einem regnerischen Sommer innert weniger Tage an einem Fieber starb, ohne dass jemand den Arzt gerufen hätte, weil dieser Junge so still war, so still und reglos in seiner Krankheit, und niemand merkte, wie rasch er verfiel, und sein kleiner verkrümmter Leichnam wurde in einen Sarg aus Zedernholz gelegt und weggefahren, am späten Nachmittag dieses Tages kletterte die kleine Schwester, die allen vorgezogen wurde, zu ihm aufs Bett, sie schauten gemeinsam in den grossen Spiegel über der Kommode und sahen fassungslos, mit welcher Gewalt ihr Bruder nun fehlte und fortan immer fehlen würde, die Kleine schnitt eine Grimasse, dabei schien es, als rutschten ihr die Augen den Schläfen entlang nach unten, er fasste sie mit beiden Händen um den Hals, so blieben sie eine Weile reglos nebeneinander und starrten in den Spiegel, bis die Kleine zu zittern begann, und er verstärkte den Druck seiner Hände für einen Augenblick und liess sie sofort sinken, als seine Schwester zu schreien begann wie noch nie, und der Vater stürzte ins Zimmer und schlug ihn blindlings, bis er sich nicht mehr bewegte.

(Alains Vater)

Ich hätte dich totschlagen sollen, dann wäre uns dieses Elend erspart geblieben. Dann könnten wir jetzt leben wie normale Leute, und müssten nicht geduckt durch die Korridore schleichen und uns schämen. Du warst nie etwas anderes als reine Scheisse, auch wenn du dir Seife ins Haar gestrichen und überall Seife hingeschmiert hast und vor mir zurückgewichen bist, weil ich rieche wie ein Mann.

Ich weiss nicht mehr, wie lange ich geschlafen habe. Die Zeiten lösen sich auf. Ich weiss nicht, wieviel Uhr es ist. Schade: dieses Erwachen jetzt im Halbdunkel meines schönen Zimmers, in das die Lichter der Hochhäuser ringsum leuchten, und Alain so vereinzelt und trotzig in der Küche unten, er macht niemals richtigen Lärm, die Geräusche scheinen wie verzögert von ihm auszugehen, wenn er mit Platten und Pfannen hantiert, als schäme er sich zu kochen, dabei ist es ja er, der immerzu auf irgendwelchen Mahlzeiten beharrt und damit Oberhand hat über mich, nämlich, wenn ich die Mahlzeiten nicht mehr schaffe, dann gewinnt er an Terrain und überzieht die Küche mit seiner eigenen Ordnung der Dinge, er stellt mir alles um. Als er damals mein Auto stehlen wollte und im Licht seiner Taschenlampe an den Drähten arbeitete, da erschien er mir wie einer, dem nie etwas Entscheidendes gelingt, wie einer, der immer den richtigen Moment verpasst, und ich habe mir das Lachen verbissen und ihn grob angeraunzt, und er wagte nicht, sich zu bewegen, seine Augen glitzerten vor Angst, er hatte die Taschenlampe in den Mund geschoben und arbeitete mit beiden Händen, ich konnte mich ihm bis an die offene Türe nähern, ohne dass er etwas merkte, weil ich schleichen kann wie eine Katze, mir weichen die Steine aus, alles gibt sanft und leise nach unter meinem Tritt, ich sagte ihm, er solle sich auf den andern Sitz setzen, dann stieg ich ein und fuhr nach Hause, so schnell, dass es ihn gegen die Scheiben schleuderte, so schnell, als brächte ich ihn stracks zur Gendarmerie

(Alain)

Sie kann schleichen wie eine Katze. Sie muss mich schon von weitem gesehen haben. Durch das halboffene Fenster nahm sie mir, ohne ein Wort zu sagen, die Taschenlampe aus dem Mund. Ich war wie gelähmt, ich dachte an Mahan, ich wollte leben. Sie fuhr wie der Teufel, einmal flogen wir beinahe durch die Scheibe, weil sie für einen fetten Hasen bremste, sie fragte, ob ich gerne Hase esse, ich dachte, sie fährt mich gleich zur Polizei, mir war schlecht und ich hatte plötzlich einen Steifen, und sie folgte meinem Blick und sah es auch und fragte nochmals, ob ich gerne Hase esse, Kaninchen, ich weiss es nicht mehr

er wagte nicht einen Satz, er atmete schwer und blickte aus dem Fenster, er kam, ohne ein Wort zu sagen, mit ins Haus, er hatte nichts bei sich, er kam so wie er war und sass dann am Tisch und trank den Wein sehr rasch in grossen Schlücken, auf eine sehr einnehmende Weise, er hielt das Glas vor sich hin, schaute der Farbe zu, wie sie blitzte im Licht und leerte dann das Glas mit grossen Schlücken, das gefiel mir sehr, er stellte das Glas ab, richtete sich auf und schaute mir zum ersten Mal wirklich in die Augen, traurig und voller Verlangen

(Viktor)

Sie war immer haltlos! Ein völlig haltloser Mensch! Von einem Moment zum andern schlägt die Stimmung um! Es gibt kein reines Gefühl bei ihr! Und noch etwas: Alles ist sexuell! Alles zielt zwischen die Beine! So war sie immer! Und dazu auch traurig! Sehr oft sehr traurig! Auf eine begehrliche und unappetitliche Weise traurig!

und sass dann schweigend in der Küche, lag dann schweigend neben mir, als ich ihn gegen Morgen fragte, wohin er denn jetzt gehen wolle, ich glaubte fest daran, mir den einsamsten Menschen aller Kontinente ins Haus geholt zu haben, einen auf beinahe feierliche Weise einsamen Menschen, und ich glaube ihm jede Bewegung, ich kann mich noch heute nicht satt sehen an seinen Metallzähnen, die aus den halboffenen Lippen blitzen und für die er sich schämt, es aber nicht zugibt, sondern behauptet, stolz darauf zu sein – Schade, dieses allmähliche, endgültige Erwachen, denn wenn ich jetzt nicht nach unten gehe, bringt er mir die Suppe nach oben ans schwankende Bett, bis sich die Kranke langsam aufrichtet und aus den Decken schält und mit lose umgehängtem Morgenrock in den Kissen ihr Essen mühsam Löffel für Löffel in den wachsenden Brechreiz hineinzwingt, den Teller in der Hand, ein Auge auf ihren Erlöser (Beschenker) gerichtet, lasch oder lasziv, so war es gestern, so darf es heute nicht mehr werden, ich muss nach unten –

Alain und ich kommen nicht zur Ruhe, daher diese vertrackte Fremdheit zwischendurch, sie lassen uns nicht in Ruhe. Tagsüber Orphelin und jetzt Viviane, *es ist so widerlich*, sagt Viviane, die einfach bei uns hereingeplatzt ist, und Alain ist sofort aus dem Zimmer, *ganz und gar abstossend, deine Blicke zu ihm hinauf, ganz und gar haltlos und unterwürfig, du hast dich selbst bis zur Unkenntlichkeit entstellt mit deiner Körpersucht, du hast dein halbes Leben vertan mit deinen halbpatzigen Liebesversuchen, fällt dir wenig-*

stens noch ein einziger Vorname ein, oder ein besonderes Merkmal, eigentlich waren doch alle gleich oder zumindest ähnlich, und wie sie in den letzten Wochen gelitten habe unter dem abstossenden Empfang dieses verschlagenen Jungen, der am Ende jeden Abends nach oben schleiche, um mich zu bespringen –

Dann ist sie wieder gegangen, wahrscheinlich zu Grégoire gefahren, und Alain ist nicht mehr aufgetaucht, ich möchte ihm etwas sagen, ich würde jetzt gerne mit ihm reden und diese Anfeindung von ihm nehmen, diese Schmach, diese Unerwünschtheit, ich würde ihm sagen, das ist es ja wohl, was du meinst, wenn du sagst, du seist das gewohnt, du wurdest immer auf irgendeine Art und Weise weggestossen, ausgeschlossen, ferngehalten, schon in der ersten Stunde, bei deiner Geburt hat sich die Hebamme verkrochen, sie rauchte im Ausguss, weil sie den Geruch schlecht ertrug, der von dir und deinen Hüllen ausging, deine Mutter schrie ganz allein und ohne Hoffnung auf Hilfe in einer gekachelten Hölle, als du kamst, das Fruchtwasser grün, du als lebloses Bündel zwischen ihren hochgebundenen Beinen, der Geruch einer schweren Entzündung über euch beiden, trennend über alle Massen, zwischen dir und deiner Mutter ein Gebirge aus Tüchern, Mull und Binden, oben die Mutter, der sie dann sagten, es grenze an ein Wunder, ich habe das alles durch dich erfahren und bilde mir ein, schon damals in deinem Leben gewesen zu sein, so inbrünstig meine Vorstellung: mein reglos beobachtendes, mein unbewachtes Auge über deinen allerersten Stunden. *Wenn ich will, kann ich alles sehen, was geschieht und geschah*, sagte ich als Kind in die lachende Runde, *es geht durch mich hindurch, es hinterlässt keine Spuren.* Auch: Wie du etwa vor einer ganz bestimmten Wohnung immer wieder lange gewartet hast, man möge dich hineinlassen, dabei ein unbestimmtes Würgegefühl im Hals, und nach der Geburt: *Wie soll er denn heissen*, fragte die Hebamme, als sie deine Mutter badete und dabei die Infektion noch tiefer verschleppte, *Alain*, sagte deine Mutter, die gar nicht mehr sprechen wollte, es nur tat, weil sie fürchtete, man würde sie sonst ein zweites Mal mit diesen Schmerzen, die wieder stärker wurden, über Stunden alleine brüllen lassen, *und nichts weiter*? fragte die Hebamme, *nichts*, sagte deine Mutter, *er braucht nur einen Namen* – aber du lügst jetzt und behauptest, dein Name sei Alain Philippe Christopher Noiret –

Viviane ist nach ihrem Überfall weggefahren wie ein beleidigter Teenager, mit quietschenden Reifen, sie masst sich allerhand Rechte an, die sie gar nie hatte, die gar niemand haben kann, sie platzt herein und erwartet, dass ich hochgeschlossen dasitze und mit Alain den Strukturalismus diskutiere, sie hat alles vergessen, hat vergessen, wie sie mir damals nach ihrem grossen Streit mit Carlo den Kopf auf die Knie gelegt und lallend und betrunken so dies und das geredet hat, wie sie später Briefe geschrieben und mit Siegellack versiegelt hat, *lösch mit deinen Händen diese unglücklichen Geschichten aus, die mich stören, die Geschichte mit Carlo beispielsweise, und mach sie mir weg, fick mir das alles weg,* so oder ähnlich, das hat sie alles vergessen, und Alain hat sich verkrochen, ich möchte wissen, ob mein Kopf jetzt wackelt, oder ob es die Augen sind –

So vergehen ganze Tage, Wochen. Immer wieder mal ein schwerer Rausch, dann trägt Alain sie auf den Armen die Treppe hoch und achtet sorgsam darauf, ihren Kopf nicht irgendwo anzuschlagen, immer wieder bleibt er stehen und prüft die Lage des Kopfes und das nächste Stück Weg, die nächste Wand, das Geländer, bis er sie ins Bett legt und ihr das Haar nach hinten streicht und auf sie niederblickt, sich eine Zigarette anzündet und nachdenklich auf sie niederblickt, am nächsten Tag geht sie um sieben Uhr stark parfümiert ins Büro. Man kann so ganz gut leben. Orphelin durchkämmt den ganzen Betrieb. Es gibt bald keine noch so kleine Notiz mehr, die an ihm vorbeikommt, er scheint sich hier auf Dauer zu installieren. Hervé wird trotzig, er bläst die Lippen auf, wenn er Orphelin sieht, er pfeift ohne einen Laut, sein grosser kahler brauner Kopf wird dunkelrot

(Hervé)

Ich wüsste gerne, auf wen man hören muss. Wir können nicht mehr in Ruhe arbeiten. Plötzlich finde ich die Agenda nicht, dann finde ich die Auftragsbücher nicht, dann pfuscht wieder jemand in die Bestellungen hinein, dann ziehen sie überall Kabel ein für die neuen Computer und laufen uns zwischen den Beinen herum und verdienen gut dabei. Darja überlässt alles diesem arroganten Kerl und plötzlich brüllt sie mich an, wenn ich es so gemacht habe, wie es dieser Kerl will, und sie will es aber ganz anders. Ich wüsste gerne, an wen man sich halten soll. So etwas hatten wir hier noch nie. Noch gar nie in diesen dreiundzwanzig Jahren.

An den Abenden fahre ich ganz langsam nach Hause, vorbei an Louis Ferlinghettis uralter kleiner Fabrik, in der er sich die ganze obere Etage zu einem einzigen riesigen Zimmer ausgebaut hat, vorbei am Palais de Livre mit den riesigen Glasfenstern, vorbei an Simones verwildertem üppigen Garten, aus dem die Lupinen leuchten, an allen vorbei, mit denen ich Jahre geteilt habe, in einer sonderbaren Abgeschiedenheit, jede Zelle freut sich auf Alains Zunge. Ich schaue viel mehr TV als früher, der muss zusammen mit dem Radio ununterbrochen laufen, dazu reden wir und essen wir, oder wir trinken und halten uns an den Händen, oder wir fallen übereinander her, Alain duldet niemals Stille um sich, auch nicht im Garten, es muss immer eine Stimme ertönen von jemandem, der nicht da ist

(Alain)

Das war am Anfang die grösste Schwierigkeit in Mahan, das grösste Leiden, dass man alleine war und doch nie für sich und nie ohne Angst, nachts in der Zelle die undeutlichen Stimmen und man wusste nicht, von wem sie kamen, und wer da schon wieder was vorbereitet, es waren nämlich nicht alle in ihre Zellen gesperrt, ein paar von Zolas Lieblingen liefen auch nachts frei herum und ein paar konnten in alle Zellen, ich hatte nur TV und Radio, ich war manchmal halb verrückt vor Angst, ich habe mich einmal bei Zola beklagt, ganz am Anfang, es seien drei Typen in der Zelle gewesen und hätten mir gedroht, und er hat ganz erstaunt die Brauen gehoben und den Kopf in den Nacken gelegt, ich kannte seine Sprache damals noch nicht, ich dachte, er würde mir helfen, dabei hat er sich lustig gemacht über mich, er wusste alles, er wollte es so oder irgendeine Musik. Alain ist nicht sehr wählerisch. Manchmal kommt ein Lied und er lacht los, er sagt, *du kannst dir die Lieder nicht aussuchen, die aus dem Radio kommen in diesem oder jenem Moment deines Lebens*, und wenn ich ein Gerät abstelle, so eilt er mit sonderbar kurzen beflissenen Schritten zu ihm und stellt es mit dem gleichen sonderbar beflissenen eilfertigen Ausdruck wieder an, als wolle er einen peinlichen Fehler von mir in aller Eile und ohne Vorwurf korrigieren. Es darf keine Stille sein. Auch tief in der Nacht kämpft er weiter um seine Töne, nur mit Mühe kann ich ihn davon abhalten, die ganze Nacht den TV sehr nahe vor dem Bett laufen zu lassen, ich werde fast verrückt dabei –

(Alain)

sie merkt gar nicht, wenn nachts der TV läuft, sie mag es. Vielleicht schämt sie sich auch, weil sie so laut ist beim Ficken, sie macht einen Riesenlärm, und wir tanzen vor dem laufenden Bildschirm auf und ab wie unter Strom, und immer wieder fällt einer von uns auf die Fernbedienung. Gestern wurde es plötzlich so laut, weil ich den Fuss nicht wegnehmen konnte, dass sie von drüben geschrien haben, irgend etwas rübergeschrien. Die Fenster sind immer offen, die Läden fast immer zu, die Vorhänge bauschen sich, wir vögeln wie im Film. Wir machen einen Film. Wenn ich alleine bin und sie weg ist, schaue ich mir diesen Film wieder an. Wenn sie wieder da ist, bringe ich es nicht fertig zu gehen. Dann will ich nur noch bei ihr sein, das ist krank. Ich kann mich nicht losreissen von ihr, sie hat mich verhext. Jede Zelle von mir ist verhext

er will mir nicht sagen, wie alt er ist, er lacht mich nur aus.
Er will nicht hören auf die Welt. Er hört nur in sich hinein, er lauscht sich selber nach, und die Welt soll einen Teppich aus Lauten liefern, damit er nicht gestört wird durch eine Ansprache. Dazu schleicht er, meistens barfuss, seine Füsse sind schon ein bisschen braun, die Sohlen natürlich schwarz, und er schleicht wie eine Katze durchs Haus, macht so dies und das, alles sehr leise, und lässt die Geräte den Lärm machen. Er spricht auch sehr leise, manchmal verstehe ich ihn fast nicht, dann lächelt er mich glücklich an, als sei es ein besonderes Verdienst, so undeutlich zu reden, dass einen niemand versteht. Wenn er lächelt und sein Gesicht noch breiter wird, wirkt er sehr jung und sorglos.
Es gibt Stunden, wo wir uns nicht trennen, immer beieinanderliegen, keine

Sekunde ohne Berührung, bis man ganz matt ist vor Überdruss und nur noch nach dem anderen schnappt, ihn am liebsten weg hätte. Wir sehen immer weniger Leute, ich geh gerade noch zur Arbeit, ich sehe fast niemanden mehr. Ich bin wie eingeschweisst in ihn, wir bringen uns fast nicht mehr auseinander, ich bringe ihn nicht mehr weg von mir, sein Singsang, sein unterdrücktes Seufzen –

Grégoire ruft immer wieder an und setzt mir zu und ruft gleich wieder an und will so dies und das, ein Buch aus seinem Zimmer, eine alte Zeitschrift, Nichtigkeiten – wir wurden zerstört durch Blanchard, und jetzt will dieses Kind nach Jahren alles wieder aus einer verblichenen Kindheit zurück und will mir jeden Abend von seiner Arbeit erzählen, als gäbe es mich gar nicht, als gäbe es Alain nicht, er will mit mir über die Zeit reden und wie man sie zeichnen kann, jeden Abend will er mit mir plaudern, im Hintergrund höre ich Leute reden, die lässt er sitzen, um mich anzurufen.

Alain zwingt mich, Milch zu trinken. Kalte Milch, heisse Milch mit Honig, Tee mit Milch, den Kaffee so mit Milch versetzt, dass er hellbraun ist, wie für ein Kind. Ich hätte zu dünne Knochen, sagt er, ich sei zu leicht, darin ist er wie Viktor, der brachte mir immer Kalziumtabletten, weil er fand, meine Knochen seien schwach

(Viktor)

Natürlich! Bei ihr ist alles ein Problem! Sogar die Knochen! Dabei war sie schon immer so dünn! So hat sie schon immer eine Schonungsbedürftigkeit vorgetäuscht! Alle wollen sie schonen, sie umsorgen! Weil sie so unendlich zart scheint! Man soll sich nur nicht täuschen lassen! Sie ist nicht zart! Sie vergisst nur manchmal zu essen über ihrer Raub-und-Mordlust! Sie wälzt sich lieber durch alle Betten, als ruhig und vernünftig in einem Restaurant angenehm zu essen! Man kann gar nicht essen mit ihr! Wer mit ihr essen will, ist schon verloren! Wer schlafen will, ist schon verloren! Wer Ordnung will, ist schon bald tot!

ich träume jetzt fast immer von Lacanau und unserer Zeit dort unten, als du ankamst mit deinem ärmlichen Gepäck und deiner unschuldigen Anmassung. Du warst sehr aufgeregt und fragtest, wo denn all die Leute schliefen, und Nadja legte ihren Arm um dich, als wir lachten, und du lachtest zögernd mit, du lachtest noch immer so ein Gemütlichkeitslachen, als wir dir dein Zimmer zeigten, wir standen alle unter der Türe und ums Fussende des schmalen Betts, als du dein knappes Gepäck mit der Sorgfalt der Armen, ich kann es nicht anders nennen, in den Schrank räumtest, wie oft habe ich an diesen Augenblick gedacht und dass alles gut hätte werden können, was auch immer das heissen mag, und dass nichts von dem, was dann später geschah, notwendigerweise so war, wie es wurde unter unseren Händen, du hattest winzige Alurollen mit rotem Haschisch eingepackt und Xavier hat dazu genickt, als du sie ihm zeigtest, du hieltest ein paar Rollen hoch und Xavier nickte zufrieden, er lächelte dich freundlich an, als du dann am Ende nur noch glasig und vollkommen verlassen vor dich hin starrtest, hat Xavier dir den Rest gestohlen, er brachte es zu mir ins Zimmer und hechelte wie ein Hund, Alex und Xavier haben das Parterre längst verlassen und wohnen jetzt luftig im Loft und ficken Kissen oder was, die Frauen sind ihnen nämlich weggelaufen oder sie sind ihnen weggelaufen und sie ficken jetzt die Kissen, nein, ich meine, sie haben jetzt neue Frauen, die besser zu ihnen passen als die alten, ich habe das im Schlaf gesagt und Alain küsst mich sehr hastig, sehr heftig, er versiegelt meinen Mund, er will nichts wissen, er schämt sich, dabei frage ich mich doch nur, was ficken die jetzt, diese mehrjährigen Herren im Gewande des Erfolgs, also im stahlharten Wettergeschehen dort oben, wo sie jetzt sind und wo sie für immer bleiben, ganz gleich was geschieht – worin sind sie dir überlegen, worin waren sie dir überlegen, warum leben sie noch und du nicht mehr, das habe ich eigentlich gefragt und das möchte ich wissen –

(Alex)

So kann man nicht reden über uns. Wir sind nicht ein Paar. Wir sind verschiedene. Wir haben gelebt. Jeden Tag, wie Darja auch. Jeder für sich. Lacanau hat uns auseinandergerissen, danach blieb jeder für sich zurück. Und jeder hatte das Gefühl, die anderen gingen ohne ihn weiter.

und die Antwort ist, sie haben nie etwas gebraucht, Alex und Xavier haben nie wirklich etwas nötig gehabt, sie haben nur von allem gekostet, und das sagen sie doch auch, wenn man sie reden hört, sie hätten von allem immer nur gekostet, ohne je etwas wirklich zu brauchen oder daran zu scheitern, so haben sie gelebt, mit Frau und Kindern, die Autoschlüssel locker schwingend, ganze Tage ohne eine einzige echte Empfindung, aber immer auf der richtigen Seite der Konvention, aller Konventionen, irgendwann sind sie dann wie von selbst sehr gepflegt gealtert. Und während Alex von Xavier sagt, er halte sich gut, sagt Xavier von Alex, er müsse langsam aufpassen, er wiederhole sich im Leben wie im Reden in einer unzuträglichen Weise, das werde ihm auch beruflich Schwierigkeiten bereiten, das werde ihm am Ende noch einen Strich durch die Rechnung machen, wenn er nämlich darauf hoffe, und Hoffen sei ja seine ganze Stärke, in ein paar Jahren Nachfolger seines Onkels zu werden und also selbst oberster Häuptling des Konzerns, so werde sich diese seine Hoffnung wohl zerschlagen, wenn er nicht einen neuen Wind, einen neuen Impuls in sich wecke und eine andere Stimmung als eben nur diese des Wartens um sich verbreite, ich habe die beiden schon lange nicht mehr gesehen, das sind Leute, die alles überstehen, alles.

Ich sollte mich wieder mal bei Simone blicken lassen, sie wirkt zunehmend verärgert auf dem Beantworter, von Mal zu Mal wird die Message kürzer und die Stimme höher.

Wir waren früher an den Sonntagen oft bei Simone, eine Zeitlang fast immer, in ihrem winzigen wilden Garten oder in der Unordnung drinnen, wo jeder jeden anstiess und immer viel zu viele Leute den ganzen Tag kochten und assen und die Kinder alles durften, bis sie erschöpft irgendwo einschliefen, am Ende jedes für sich, Victoire am liebsten alleine im oberen Korridor, eine Decke über den Kopf gezogen. Eine Zeitlang war ich an den Sonntagen bei Blanchard, die Kinder waren dann alleine bei Simone, die sie überschüttete mit allem, aus Gram über mich und Blanchard

(Blanchard)

Immer wieder ruft sie mich bei meinem Namen. Aber niemand wird mich verstehen, wenn sie mich erzählt. Man wird immer von den Falschen erzählt. Sie hat mich aus meinem zurückgezogenen Dasein gerissen. Sie hat mir das Haus abgekauft und mich dann täglich um Rat gebeten, zuerst wegen dem Haus, dann wegen dem Garten, dann wegen Grégoire und am Ende hat sie mich auf eine unglaublich provokative und obszöne Weise angegriffen und

Grégoire ist einmal heimlich abgehauen aus Simones sommerlichem sonntäglichen Trubel und ist mir mit dem Fahrrad gefolgt. Als Rudolphe Blanchard mir den schon lange versprochenen türkischen Kaffee auf das kleine Messingtischchen stellte und dabei Anstalten machte, mich schwer atmend und sehr umständlich zu umarmen, schrie es vor dem Fenster, *meine Schwester ist krank und meine Mutter trinkt den gleichen Kaffee wie bei Simone, aber aus einer andern, grünen Tasse*, so dass der arme Blanchard in hellem Entsetzen von mir abliess und den Tisch samt Kaffee auf seine fauchende Siamkatze stiess, *meine Tochter ist wirklich krank, müssen Sie wissen*, sagte ich in die nachfolgende Stille, *sie hat die Wilden Blattern und ist bei Simone zu Hause, was er mit «gleichen Kaffee» meint, weiss ich nicht, Kinder leiden unter tausend Ängsten*, sagte ich und Rudolphe Blanchard zeigte mir kurz seinen gewaltigen Hintern, während er am Boden die Katze tröstete, *man weiss nie, was sie wirklich bewegt, sie sind ein Mysterium und in der Abfolge ihrer chaotischen Impulse nicht erklärbar und schwer verstehbar*. Ich höre mich noch jetzt gegen seinen Hintern anreden, ich war gereizt und erschrocken. *Gewiss*, sagte Rudolphe Blanchard, *aber warum bringen Sie Ihr Söhnchen mit, wenn wir uns treffen – ich habe ihn nicht mitgebracht, sagte ich, er ist mir nachgelaufen, er ist mir durch die halbe Stadt nachgelaufen oder vielleicht nachgefahren auf seinem Rad, oder Simone hat ihn geschickt*, dann stand Blanchard wieder gross und erhaben und ein bisschen schwammig vor mir und tupfte sich die Stirn mit einem Seidentuch: *Und der Kaffee*, sagte er und sein Kopf schwebte plötzlich wieder ganz nah vor meinem Gesicht, *was ist mit dem Kaffee*, da war auch schon mit einem schweren Seufzer seine Mamma zurückgekommen und die Romanze fand dann später statt, zu Füssen der heiligen Madonna von Cervellino, die er persönlich aus der Kirche von San Cervellino gestohlen hatte, und seine Mamma half vorerst, das Tischchen wieder aufzustellen und die Katze zu pflegen, und Grégoire sass, nachdem er sich zuerst im Garten versteckt hatte, artig in einem Sessel und starrte mich wortlos an, tränenüberströmt, ich rede von der *vis a tergo*, das ist die Kraft von hinten, und wie sie treibt, wenn wir vergessen – so dumpf und empfindsam wie alle Söhne, und was sie dann erzählen, was sie dann irgendwelchen Leuten erzählen, die man selbst gar nicht kennt, manchmal denke ich daran, wenn ich an Rudolphe und Grégoire und die ersten Phasen unserer Verfinsterung denke

(Blanchard)

wenn man sie in die Arme nahm, wollte sie gleich mehr, sie schnappte nach dem Mund, fasste einem zwischen die Beine, riss an den Kleidern, biss. Sie hat mich oft richtig gebissen, sehr kindisch, sehr unschön. Sie war unverschämt, unverfroren, schamlos. Sie war sehr schön. Sie kann noch heute meinen Namen nicht richtig schreiben: Rodolphe. Immer sagte sie Ru-, Rudolphe. Jetzt schreibt sie Rudolphe. Das ist falsch. Ich heisse Rodolphe. Sie hat immer behauptet, ich wolle meine deutschen Wurzeln verleugnen und heisse eigentlich Rudolf. Sie hätte meine Mamma fragen können. Es hat sie gar nie wirklich interessiert. Also: ich, Rodolphe, tot seit sechs Jahren

ich wollte nach Lacanau nichts anderes als Ruhe, ich wollte nach dem Tod von Mathias ein ganz ruhiges Leben, ich wollte die mächtigste aller Gewohnheiten, die Gewohnheit selbst, so ein Traum von Wohnen, Wohl und Wohllaut, und bis zu dem Augenblick, in dem ich Alain fand, zahlte ich einen hohen Preis für jede Art von Schutz

(Blanchard)

was ihr zuträglich sei, was ihr bekomme, sie erleichtere, sie tröste: Sie hat sich Menschen und Tiere, Landschaften und Städte, Musik und Mäntel zugeführt wie Arzneien, ich habe einmal geschrien, wollen Sie mich melken oder was, Entschuldigung

vor allem das Geld, ich hatte immer Probleme mit dem Geld, weil ich mehr ausgab als hereinkam und weil ich mir darüber keine Sorgen machte, ich musste mich gewaltig anstrengen, um davon wegzukommen, und als ich dann eines Tages anfing zu rechnen, so wie sie wollen, dass man rechnet, da konnte ich es besser als alle andern und es hat mir Spass gemacht, ich war eine Geldmaschine, ich habe viel verdient und viel wieder ausgespuckt, es ist viel durch mich hindurch und von mir weg und zu mir hin, und das hat mich beflügelt

(Blanchard)

sehr schmerzhaft, diese Plattheit, dieses dumme leere Gerede, diese Angeberei, dieser stumpfe Blick in eine Vergangenheit, die so nie war, wie sie sie erzählt, sie hat ja die Worte gar nicht mehr, mit denen sie sagen könnte, wie es war, ich habe genau das immer befürchtet, dass sie einmal wirklich die werden könnte, die sie spielt

mir kamen immer neue Ideen, so wie den meisten andern Leuten ja auch ständig neue Ideen kommen, aber ich führte sie aus, ich setzte alles um, wenn ich eine neue Idee hatte, rief ich Orphelins Vorgänger an und dann machten wir uns daran, die letzte war die Sommerbuslinie Mondour-St.Anne, das hat uns viel Geld eingebracht, die Klosterfrauen von St.Anne hatten sich zunächst wie wild gegen einen privaten Parkplatz vor ihren Mauern gewehrt, dann wollten sie daran verdienen und riefen mich an, und was war naheliegender, als eine kleine Buslinie einzurichten mit einer kleinen Erfrischungsstation, an der die Nonnen mit fliegendem Schleier Bier und Cola ausschenkten, mit der Zeit wurde es ein kleines Restaurant unter freiem Himmel, in dem nach sehr umständlichen und altmodischen Rezepten die wunderbarsten Gerichte zubereitet wurden, ich bot ihnen Hilfe beim Bau einer provisorischen Baracke, in der verkaufen sie jetzt Devotionalien und selbstverfasste Gedichtbüchlein, und sie halten einmal im Jahr eine Messe für mich, und so waren am Ende alle zufrieden, die Gelder flossen, die Romane, Blanchard hat sie gehasst, er wusste aber nichts, er begann sich gegen Ferlinghetti zu wenden

(Blanchard)

...entdecken Sie uns ein reisserisches Bild der Gewalt, dem niemand wehr- und aussichtsloser ausgesetzt ist als Sie selbst, ich wage diese Behauptung, ohne Sie persönlich zu kennen, Sie sind willfährig, lieber Louis Ferlinghetti, jeder noch so beschämenden Strömung unserer Moden und Stimmungen in einem Masse ausgeliefert und anheimgegeben, die einen empört und elend zurücklässt, auch ist die angebliche und so oft gerühmte «Kraft» Ihrer «Erzählweise» nichts als das hohle Echo scheinbar reflektierter, im Grunde aber übernommener und in

dumpfem Eifer weitergegebener pseudomaskuliner Signale der übelsten Art, die wir für ausgestorben hielten, die wir in unserer Naivität und Verschlafenheit gänzlich überwunden glaubten... – (Signale der übelsten Art, ein offener Brief an Louis Ferlinghetti, *Lettre*, Nr. 23, S.44 ff.)

Mit Rudolphe konnte ich auf eine andere Weise denken und handeln und reden als sonst, er erlöste mich von einem Übel und tat mir ein anderes an. Er hat mir die Routine ausgetrieben, bald hatte ich das Gefühl, ich könne nichts und ich sei nichts, ich könne nicht einmal küssen oder ein Buch richtig halten oder in der Küche eine Mahlzeit zubereiten, so hat er mich aus allem herausgerissen, hat mich beleidigt und heruntergeputzt und wieder ermutigt und bestärkt, so dass ich in diesem Wechselbad allmählich empfindlich wurde bis zur Hysterie, als sei mir die Haut abgezogen, er mischte sich in alles ein und kam mir oft gefährlich nahe –

Dabei hat alles eigentlich harmlos angefangen, für Darja und für Rodolphe, vollkommen harmlos und gewöhnlich.

Als Rodolphe Blanchard an einem nasskalten unfreundlichen Novembertag vor vielen Jahren den Blick von seinem Buch hob und aus dem Wohnzimmerfenster starrte und eine Bewegung auf dem Kiesweg mitbekam, so rasch, dass er nicht erkennen konnte, ob es ein Mann oder eine Frau war, was da hell und im Wind flatternd auf die Haustüre zukam, ahnte er, dass dies der Käufer war oder die Käuferin, und er begann sich mit einemmal zu fürchten vor der gewaltigen Änderung, die sein Leben durch diese Person erfahren sollte. Er hatte ein Inserat aufgegeben, um sein Elternhaus zu verkaufen. Er konnte sich die Angst und Aufregung nur ungenügend erklären, in die er durch diese Erscheinung geriet, das Haus, in dem er aufgewachsen war, würde in fremde Hände kommen, das war alles, aber dieser Unbekannte, Frau oder Mann, würde ihm mehr antun, mehr zumuten und ihn tiefer verwirren als ein gewöhnlicher Käufer dieses Hauses, das er und seine Mutter schon lange nicht mehr bewohnten. Er suchte, noch während er sich erhob, den wahren Grund seiner übermächtigen Erregtheit, er hatte lange erwogen, das alte Haus seiner Mutter alleine zu überlassen, aber er sah schnell, dass sie ohne ihn nicht leben wollte. So nahm er sie schon nach ein paar Wochen wieder zu sich und hörte ihr Tippeln, treppauf, treppab, während draussen die Autos vorbeirauschten und ihren Staub auf den pedantischen Garten legten, auf allen Blättern von Buchsrabatten und Eibenhecke lag klebriger weisser Staub. Der helle Schatten, der sich ihm jetzt näherte, würde seinen Frieden stören, und er stiess die Bücher im abgründigsten Erschrecken von sich, als es an der Türe klingelte, und fasste sich nur mühsam, zog hastig eine andere Jacke an und öffnete die Türe zaghafter als beabsichtigt und sah eine grosse schlanke Frau mit einem Blick, der alles verschlang, was sich ihm bot, und als Blanchard viele Jahre später sehr mühsam starb, war es dieser Blick aus den Augen dieser Frau, der ihn lodernd und böse und traurig in einem hinübergeleitete und den er noch auf sich fühlte, als die Ärztin behauptete, es sei nun zu Ende, er habe es überstanden, dies sei das Schrecklichste, was sie in ihren Jahren an dieser Klinik je zu sehen bekommen habe.

(Grégoire)

Bei dir liegen überall unbrauchbare Stifte herum, seit Blanchard nicht mehr durchs Haus geht, wenn man schnell etwas aufschreiben will, findet man keinen Stift, der funktioniert, ich habe ihn manchmal gehasst und halte mich noch heute bereit für einen überraschenden Besuch, für seine hochgezogenen Brauen

Blanchard starrte Darja an, die sich ihm entgegenneigte, als sei er kleiner als sie, dabei war er grösser, und die ihn lange wortlos musterte, bevor sie ihn nach dem Haus fragte und ihm sagte, sie wolle es kaufen. Sie hatte es noch gar nicht gesehen. Sie hatte nur das Inserat gelesen. Er wusste sofort, dass sie es kaufen würde, vielmehr, dass er es ihr geben würde. Er hatte das im selben Moment entschieden, als er sie hereinbat und sie dann verlegen und betreten im Entree standen und sich umständlich für den nächsten Tag verabredeten, er holte sogar seine riesige Agenda, und sie standen noch ein Weilchen herum und versuchten gequält, möglichst rasch wieder voneinander wegzukommen.
Am nächsten Tag trafen sie sich beim Haus, das leer und verwahrlost war, sie fuhr in einer Staubwolke viel zu schnell um das kleine Rondell, stieg

dann aus und schaute, liess die Kinder aus dem Wagen, die sogleich herumtobten wie junge Tiere, Hunde oder Pferde, und kam dann mit langen Schritten auf ihn zu. Sie blieben wieder einen kurzen Moment wortlos voreinander stehen, er erklärte ihr alles möglichst knapp, sie nickte, schwieg, schwieg auch, als er ihr vorführte, wie das ganze Haus erzitterte und seufzte, wenn man die uralte Heizung in Betrieb nahm, betrachtete freundlich und kalt die klaffenden Risse in den Wänden, die abgelösten Tapeten und die kaputten Fensterrahmen, durch die der Wind blies, und ihm war, als hätte sie das Haus bereits in Besitz genommen, als warte sie nur noch auf die Formalitäten der Übergabe und als könnte diese Frau mit ihrer leisen Stimme alles mögliche erwerben ohne einen Sou in der Tasche. Plötzlich fragte sie nach dem Preis, und als er ihn nannte, fand sie ihn zu hoch, viel zu hoch, nickte aber und bat ihn um die Unterlagen.
Und als er am übernächsten Tag einen Besuch in ihrer Wohnung in einem Neubau beim Hafen machte, erschrak er sehr über die Armseligkeit dieser Wohnung

(Blanchard)

Meine erste Freundin, meine allererste, meine einzige Freundin. Denken Sie nur, sie war meine erste Freundin. Ich hatte natürlich schon irgendwelche Mädchen gehabt, als ich jung war, aber ich war nur mit ihnen, weil ich nicht auffallen wollte, weil ich sein wollte wie die anderen, und ich konnte fast nicht mit ihnen sprechen, mir war übel in ihrer Gegenwart, die meisten haben mich entsetzlich geekelt, es waren ganz dumme Dinger, ganz bösartige, dumme, abstossende normale Mädchen, für die ich nicht der Hengst sein konnte, den sie wollten, den sie erdulden wollten, nicht eine einzige Freundin konnte ich finden, als ich noch jung war und entschlossen, mich und meine Neigungen zu verbergen. Ich war schon weit über vierzig Jahre, als ich endlich Darja traf. Die schönste Frau, die ich je gesehen habe, eine eigentümliche Erscheinung, das Gesicht damals noch jung und undeutlich, alle Kraft lag in der Silhouette, wie soll ich es sagen. Sie besass fast nichts, sie hatte keinen Schrank, sie hatte alles in Gestellen, wie sie die grossen, billigen Warenhäuser haben, überall in der Wohnung und später im Haus waren solche Gestelle, mit grünen Metallrahmen und rohen Spanplatten, mich packte ein Weh, ein Schrecken, eine ungeheure Fremdheit, es roch wie in einer Werkstatt, und sie lief zwischen diesen halbleeren Gestellen, an denen die Kleinen sich hochhangelten, umher wie durch die Säulenreihen eines Palasts sie erzählte ihm, während sie Schinken kaute, sie habe die alte Garage von Mondour gekauft, und er begriff, dass sie sehr wenig Geld hatte. Auch im Haus stellte sie nur die allernotwendigsten Möbel der allereinfachsten Art in die Zimmer und glitt kühl und hoheitsvoll jahrelang an diesem Mangel vorüber.

Er empfing widerwillig noch andere Bewerber. Er führte sie gleichgültig durch die Räume, folgte den sich eintrübenden Blicken, mit denen sie die verwahrlosten Zimmer ins Auge fassten, und schenkte denen, die nach einem Rundgang hartnäckig und begeistert auf einem Kauf beharrten, einen mitleidigen traurigen Blick, die Zahl der Bewerber sei halt sehr gross, die Entscheidung falle nicht leicht, es werde wohl die Kaufsumme den Ausschlag geben.

Darja zahlte ein paar Jahre lang eine winzige monatliche Abzahlung, die er ihr dann aber ganz erliess, längst bevor auch nur ein Bruchteil des Preises beglichen war.

Er wollte ihr gleich beistehen, überall helfen, er machte sich zuerst an den Garten, der sie überhaupt nicht interessierte, und er stritt sich ganz ernsthaft und von gleich zu gleich mit der kleinen Victoire, die diesen Garten, jeden Garten, als ihr eigenes Revier sah und überall Löcher grub und bemalte Zeitungsfetzen darin versteckte.

(Victoire)

> Ich bin durch den Garten mit meiner kleinen Schaufel. An wichtigen Stellen habe ich meine Briefe vergraben. Es waren Briefe für alle möglichen Schutzgeister. Aus einem der Briefe wuchs eine Rose so gross wie ein erwachsener Mann, eine riesige Rose. Das war, weil ich den Brief bei Vollmond vergraben hatte. An einer andern Stelle brach die Erde auf und Dampf stieg aus dem Spalt, allerdings konnte nur ich den Dampf sehen und manchmal auch Mamma, wenn wir alleine waren. Ich habe jahrelang Briefe in der Erde vergraben, eine Zeitlang auch alle Bilder, die ich gemalt hatte. Sie lobten sie, aber ich habe sie vergraben.

Rodolphe Blanchard lebte mit seiner Mutter, genauso alt wie das Jahrhundert, wie sie mit aufflammendem Stolz und schmalem Lächeln bemerkte, und von der er nur einmal versucht hatte sich zu trennen. Er sprach nie über seinen Vater, genausowenig sprach die Mutter über ihn, sie taten, als hätte es ihn gar nie gegeben. Die alte Blanchard war eine winzige zarte, in kühne Farben gekleidete Erscheinung, fast immer heiter und lächelnd, und von einer umständlichen altmodischen Höflichkeit, die keine Unterschiede zwischen den Menschen machte und mit der sie auch Kinder nach ihren Wünschen fragte, als seien es Erwachsene, dabei war sie nicht umgänglich im üblichen Sinne, denn sie sprach kaum und verschloss sich jeder normalen Konversation durch einen freundlich schwimmenden Blick in unendliche Weiten. Es schien, als ob sie vieles nicht wusste, als ob vieles ihr unbekannt und unbedeutend blieb, sie mochte aber die Leute, sie liess alle mit der gleichen freundlichen Indifferenz neben dem eigenen träumerischen Sinnen dahingehen. Sie las kaum, sie schaute stundenlang alte Serien auf TV5, sie ging wenig aus und sie schrieb mit einem alten Shaeffer aus weiss-goldenem Perlmutt Briefe, von denen manche auch an Personen gerichtet waren, die schon lange nicht mehr lebten, dennoch brachte sie Blanchard zur Post und nach ein paar Wochen kamen diese Briefe wieder zurück ins Haus, und Rodolphe legte sie in eine metallene Schachtel, die er in der Verwirrung nach ihrem Tod anzuzünden versuchte, wie Simone erzählt hat

(Blanchard)

> Das ist eine verzerrende Darstellung, ich habe nicht versucht, Metall zu verbrennen, aber ich fand Norma an einem strahlenden Sommernachmittag schräg auf ihr Bett geworfen, mit aufgelöstem Haar, eine Hand lag lose neben ihrem lieben uralten Gesicht, die andere Hand hatte sie auf den Mund gelegt, als hätte sie sich selbst zum Schweigen bringen wollen. Ich drehte mich um, ging in mein Büro und suchte nach der Schachtel mit den Briefen, auf dem Balkon habe ich die Briefe dann angezündet, lange bevor mir eingefallen ist, irgend jemanden anzurufen und zu sagen, dass Norma tot war, ich sass in der Hocke auf dem Balkon und das Papier qualmte

Norma Blanchard rauchte filterlose Zigaretten, die sie persönlich bei der alten Léar holte, jeden Dienstag um sechzehn Uhr, und sie hielt auf aus der Mode gekommenen Mahlzeiten, einem zweiten Frühstück um elf Uhr, einem Mittagessen um drei Uhr, einem Tee irgendwann am Nachmittag, bei dem sie Sherry trank, und einer Abendmahlzeit nicht vor neun Uhr, wobei sie fast nichts zu sich nahm, sondern freundlich schweigend zu jeder aufgetragenen Platte nickte und ihren schweren Roten trank. Dazu schlürfte sie manchmal, was irritierend war, sie schlürfte laut und schaute einem für Sekunden ins Gesicht. Sie trug immer einen Hut, wenn sie das Haus verliess, und dazu immer Handschuhe, zu Hause hatte sie oft einen Turban an, der dicht an ihre mit einem einzigen Strich gezogenen Augenbrauen anschloss und ihr einen fragenden und etwas blöden Ausdruck verlieh. Sie bewegte sich schnell, sie tippelte, dazu kam das leise Klirren ihres üppigen Schmucks, der Ohrringe, die an die Halskette stiessen, und der schweren dicken Armreife, die sie nach und nach alle Darja schenkte. Sie fasste Darja lange an den Händen und liess diese sanft auf und ab tanzen und nannte sie auf polnisch *Töchterchen*, und nach Jahren erfuhr Darja, dass sie aus Krakau stammte, und noch später, dass sie lange in Algier gelebt, und noch später und nach sehr viel Rotwein, dass sie dort einen deutschen Berufsoffizier kennengelernt hatte, worauf Norma wieder in ihr freundliches Schweigen verfiel. Darja war hingerissen von Norma und von ihren wählerischen Lebensgewohnheiten und ihrem gelassen träumerischen Umgang mit aller Welt, den Sohn mochte sie zunächst nicht besonders, ein verstörender Stammler in teurem Tuch über einem fleischigen mächtigen Körper, beinahe kahl, mit schweren bläulichen Lidern über furchtsamen Augen und einem unentschlossenen weichen Mund

(Victoire)

Blanchard war sehr fies, sehr gemein, er hat immer wieder versucht, mir den Garten zu nehmen. Er hat versucht, die Verstecke zu finden. Er hat zwei Kröten getötet, die bei mir untergeschlüpft waren. Er hat mir alle Eier gestohlen, die ich zum Ausbrüten hatte. Ich war der Liebling der Saison, aber er war stärker. Er hatte noch mehr Parfüm am Hals als Mamma, und die hatte schon zuviel. Einmal kam seine Mutter mit, die war eine Hexe. Ich habe sie gemalt. Sie hatte einen roten breiten Mund aus künstlichem Gummi, sie war angezogen wie eine Hexe, in Gold und Pech. Aus ihrem Mund kamen grüne Fäden, die sich im Wind bewegten. Geschworen: winzige grüne Fäden, wie Algen. An ihren Fingern hatte sie kleine Totenköpfe, die in der Dunkelheit leuchteten. Mamma war weg und Frau Gerland krank. Ich wollte schnell bei ihr schreiben lernen, um einen Brief zu schreiben, aber sie konnte auch nicht schreiben. Blanchards Mutter konnte nicht schreiben. Sie schenkte uns Bonbons, die noch süsser waren als Jellyblooms. Sie liess mich alles machen. Sie sass einfach auf einem Stuhl und hexte vor sich hin. Keine Ahnung. Sie konnte nicht reden, die Zunge war ihr abgefault. Ich liege jetzt nur noch auf Hotelbetten herum und zeichne, ich habe schon sechs Skizzenbücher voll, die werde ich Grégoire zeigen. Ich möchte nichts anderes mehr tun. Irgend etwas machen und es vergraben, wie früher. Damals war es schön, alles, das Leben

Blanchard hatte mit feierlichem Ernst beschlossen, Darja zu seiner Freundin zu machen, zu seiner ersten wirklichen Freundin, zu einem sehr nahen Menschen, viel näher als die strenge Viviane, die er einmal in der Woche zu einer beherrschten Mahlzeit traf, aber sie war unvollständig, sie war unmöglich. Er musste ihr alles Grobe und Dumpfe austreiben, und er musste sie alles lehren, was sie noch nicht beherrschte: Billard, Crêpes, Breton, die frühen Gesänge des Argentiniers Lavardelli, er wollte systematisch zu Werke gehen, aber er verlor sich und sagte dann plötzlich komische Sachen, er sagte in der Küche beim Zerklopfen der Eier: *Sie sind die erste und einzige Frau in meinem Leben*, und sie antwortete mit einem lauten haltlosen Gelächter, bei dem ihr der Speichel fontänenartig aus dem offenen Mund schoss, da habe einmal ein weisshäutiger Herr seine Eier für sie und nur für sie zerklopft und diesen Schlund gedenke sie nun zu decken, und er starrte ohnmächtig in das blaue Gas, ohne die Pfanne zu verrücken:
Was meinte sie mit «Schlund»? Und was meinte sie mit «decken»? Was war das für eine Art, in einer Fontäne in die Pfanne und über den Lauch zu spucken?

(Blanchard)

Ich war ein ganzes Leben lang Lehrer. Zunächst an sehr renommierten Schulen, dann an kleineren Instituten auf dem Land und zuletzt habe ich mich hierher in den äussersten Südwesten zurückgezogen, um allen Feindseligkeiten und Intrigen zu entgehen. Ich war der Privatlehrer der ganzen Region. Ich hatte Wartelisten, die ich mir mit Veronika Kahlmann teilte, dann mit einer zweiten Frau, aber alle wollten zu mir. Ich hatte viel anzubieten, ich habe mich ganz weitergegeben an meine Schüler, ohne mich zu schonen. Den meisten war nur daran gelegen, das nächste Jahr irgendwie zu überstehen, aber ich wollte ihnen viel mehr beibringen, als einfach mitzuhalten bei der Herde, ich wollte nicht nur dem kalten Ehrgeiz ihrer reichen Eltern folgen, die aus ihnen die trüben kraftlosen Gestalten gemacht hatten, die sie anfangs waren. Ich kannte alle Listen, um dem langweiligen, öden, stumpfsinnigen Leben meiner Schüler eine Schönheit abzutrotzen, die keiner mehr vergessen sollte, ich tat alles, um den Niedrigkeiten eines gewöhnlichen Alltags eine helle starke Essenz zu verleihen, die aus einem mörderischen Sonntag ein halbes Leben voller Gerüche und Geheimnisse machte, ich konnte aus einem gelangweilten Geschöpf ein leuchtendes ungeduldiges Interesse locken, ich habe aus den einfachsten Verrichtungen des Alltags ein Fest gemacht und das war es, was sie zu mir zog, weit über den normalen Unterricht hinaus. Wenn sie länger blieben, bereitete ich ihnen ein kleines Abendessen, *so leicht, wie ich einen Schal um meinen Hals drapiere*, und dann schauten wir uns einen Film an auf meiner grossen Leinwand, sie kamen zuerst als Privatschüler und widerwillig und fanden mich einen komischen Kauz, dann kamen sie öfter und begannen sich zu interessieren, sie lasen die *Georgica* und Kerouac, sie lasen *Howl*, sie brachten ihre Platten mit, ich gab ihnen kein Opium, kein Heroin, nichts dergleichen, manchmal rauchten wir oder tranken einen leichten St. Beuve, wir gingen an die Ligne mit weissen Tischtüchern und Geschirr, ich sehe Alphonse in seiner grosskarierten Jacke, Grégoire in seinem Lederzeug läuft ohne Stiefel einfach ins Wasser

O ja, ich erkenne auch Luc Savarin, Marcel de la Motte, André Devinal, Alain de Biasi, Frédéric Barèche, Marco Goldin, Jean Duchet, und vor allem meinen Sohn, du hast über unsere Freundschaft einen Kübel mit Jauche geschüttet, du hast dir alles zum Geschenk gemacht, meine Einsamkeit, meine Erschöpfung, meine Hingabe und zuletzt meinen Sohn

(Blanchard)

sie brachten mir Fische, ich bereitete sie über dem Feuer, wir assen sie auf der Sandbank neben dem grünen Fluss, oder an den Sonntagen das selbstgemachte Brot unter den Steinfiguren im Miniversailles meines winzigen Gartens, die weisse Tischdecke über den Steintisch gebreitet, die knirschenden Schritte im Kies, wir assen in unsere Mäntel gehüllt zwischen den streng abgezirkelten Rasenrabatten vor dem kleinen Springbrunnen, am Anfang grunzten und schnaubten sie bei jedem Bissen, aber nach und nach hörten sie damit auf, einer nach dem anderen, dann lernten sie allmählich zu reden, auch die Mädchen, die sich nichts mehr gefallen liessen, wenn sie eine Zeitlang bei mir gewesen waren, die sich nicht mehr unterbrechen liessen und nicht mehr zum Schweigen bringen, aber wenn ich sie dann irgendwann vor der Métronome traf oder bei der Garoupe, grüssten sie mich nur knapp und grunzten wieder in ihrem Bubenslang und Mädchenslang, aber bei mir zu Hause lernten sie sich zu fassen, sie lernten sich mitzuteilen, sie wurden gewandt, geschmeidig, ihre Eltern riefen mich an und lobten mich, manchmal auch zu einer Zeit, als gerade einer ihrer Söhne sachte aus dem Zimmer ging und ich ihm eine Kusshand nachschickte, ich war ja auch dankbar, ergeben, ich war diesen Jungen zutiefst ergeben, ich habe sie nicht missbraucht, sie waren die Wärter meiner Einsamkeit, und ich habe sie reichlich entschädigt mit einem ungeheuren Aufwand

ich habe nie daran gedacht, ihn anzuzeigen, ich wollte ihn töten, ich wollte, dass er durch mich ums Leben kommt, ich habe ihm einen zur Schlinge geknüpften Strick an die Haustüre gehängt, immer wieder, er hatte kurz zuvor Norma verloren und dann mich, alles

(Blanchard)

bei mir spielte Grégoire den überlegenen, rohen Gesellen, zu Hause hat er dann stundenlang geweint, so hat es Darja erfahren, und sie rief mich an und sagte nur sehr leise, sehr deutlich meinen Namen, und ich wartete, zuerst erstaunt, dann voll böser Ahnung, was sie mir sagen wollte, aber sie sagte nichts, sie wiederholte nur meinen Namen, sie wusste gar nicht, was sie mir hatte sagen wollen, oder sie war so zornig, dass sie keinen Satz mehr zuwege brachte, oder sie war entschlossen, mich auf diese Weise merken zu lassen, dass ich auf ihrer Liste stand, dass sie mich von nun an nicht mehr als Freund betrachtete, sondern als Feind, als einen, den man zur Strecke bringen musste, und so hat sie eine Kampagne gegen mich angezettelt, eine zunächst leise Verschwörung der ganzen Stadt, bis sie mich endlich soweit hatten, dass ich Hand an mich legte, sie wartete einfach, bis ich es endlich tat, auf die scheusslichste Weise tat, denn ich war nicht geschaffen für das, ich war nicht begabt für eine so grosse und böse Tat, ich hatte keine Begabung für die Gewalt, höchstens zu ihrer Erduldung, und als ich dann im Spital noch einmal erwachte, war ihr Gesicht über meinem, so nah, wie Grégoires Gesicht gewesen war, und diesmal war sie nicht nur zornig, ich las in ihren Augen weniger Triumph als Trauer und Müdigkeit und ich begriff beim Anblick dieser Müdigkeit das Desaster, das ich angerichtet hatte, in der masslosen Ausdehnung meiner kleinen Welt, bald wurde mir leichter, ich sah mich von oben starr im weissen Bett liegen und ich sah, dass Darja meine Hand erst losliess, als die Ärztin mir sachte das Laken über den Kopf zog.

Dein Rutolf, tot seit sechs Jahren

Sie fährt wieder einmal ziellos über Land, sie will noch nicht gleich nach Hause, wo Alain auf sie wartet, sie wundert sich, sonst fährt sie immer gleich zu ihm, rauf ins Zimmer, aber heute will sie noch ein bisschen fahren und alles vergessen, sie war den ganzen Vormittag im Büro und dann endlos lange in der Werkstatt mit Orphelin, der sich langweilte und nervös den Mund verzog, wenn Hervé langsam und mühsam seine Klagen vorbrachte, mit dieser Unterbesetzung könne man nicht mehr vernünftig arbeiten, und die Kunden wanderten ab und es seien zuwenig Leute da, und Orphelin zuckte die Achseln, und als Hervé ihn darauf drohend ansah, zuckte er sie gleich nochmals und lächelte zu Darja hinüber, und der alte Hervé brüllte, riss ihm die Agenda aus der Hand und fuchtelte mit den schwarzen Fingern über den falschen Zeilen, jemand habe ihm erzählt, sie wollten die ganze Werkstatt schliessen, und bald sei es soweit, die Hälfte der Kunden sei schon vergrault, weil er mit drei Leuten weniger sein Pensum nicht schaffe, er sagte *Pensum* und riss die Augenbrauen hoch, Orphelin sagte nichts, er blickte über den kleinen Mann hinweg und wartete einfach ab, bis der ihm die Agenda zurückgab und leise sagte, er wisse einfach nicht mehr, wie er es anpacken solle. Die anderen arbeiteten zum Schein weiter, aber alle starrten in die gläserne Kabine, wo Darja auf dem Schreibtisch sitzend mit kleinen Pupillen zu Orphelin und dann zu Hervé und dann wieder zu Orphelin hinaufstarrte, ohne sich zu regen, als folge sie einem Match, eine solche Ruhe hatte man hier noch gar nie an ihr gesehen, die Alte war krank, da gab es keinen Zweifel, zu sehr hergenommen von dem Affen, der im Forever manchmal schweigend sein Bier trank und niemandem ins Gesicht sah –

Dann nach Wochen wieder ein Abend allein mit Viviane, alles vollkommen misslungen, sie haben nur gestritten, Darja lehnt blass und zerstreut in ihrem Stuhl und Viviane läuft vom Tisch zum Fenster und wieder zurück zum Tisch und findet keine Ruhe und das macht die Stimmung in der winzigen Küche so bedrohlich: *Du hast jedes Mass verloren, es hat angefangen mit dem Auszug von Grégoire und erst recht, seit Victoire gegangen ist, dein Leben ist nur noch nach aussen hin einigermassen im Lot, zusammengehalten durch deinen Betrieb, der jetzt aber auch zu bröckeln beginnt, ich will die Zahlen gar nicht sehen, ich ahne alles, du handelst fahrig und verlässt dich auf Orphelin, der keinen guten Ruf hat, du verprellst die besten Kunden und suchst dir neue, du rufst dir die Gewerkschaft auf den Hals, bald werden sie deinen Laden besetzen und die ausstehenden Gelder zurückfordern, um die Orphelin sie betrügen will, jedenfalls wird so geredet, du schreibst, ich weiss, dass du schreibst, wahrscheinlich Gedichte, du tätest aber besser daran, die Montadour zu retten, ob es dir passt oder nicht, Ferlinghetti hat mir erzählt, dass du schon sehr lange schreibst und dass du dir einen Spass daraus machst, mich nichts davon wissen zu lassen...*
Es gibt ja Menschen, die mit einemmal alles zerstören wollen, was sie über ein ganzes Leben lang erhalten hat, sie zelebrieren dann eine künstliche Auflösung ihrer Existenz, sie wüten gegen alles Gelungene, sie langweilen sich
Viviane kennt das –

Hier spricht die bürgerliche Vernunft, sie wendet sich gegen alle und jeden

Manche Leute langweilen sich in ihrem beschaulichen Leben, das sie sich so sorgsam eingerichtet haben, und wollen dann in Büchern oder in Filmen zuschauen, wie andere einander die Bäuche aufschlitzen und dann vielleicht noch lebend verzehren, was übrig ist, Viviane redet und redet, ein Stück Asche fällt auf ihren braunen weiten Pullover –
Was sie uns im TV vorspielen, das Niederbrennen und Niedertrampeln, der mächtige stumme Hass auf die Würde aller gelebten Tage, der Drang, den lodernden Häusern einen Schrei abzupressen, die Getreidefelder zu verminen und auf die Bauern zu schiessen, die als lebende Fackeln vor die Mündungen der Gewehre laufen – so haben wir es doch gesehen, immer wieder –, und das kommt jetzt über dich wie über andere auch, weil dir deine Händlerexistenz

zu fad geworden ist, wie den anderen ja auch, weil euch zu eurem Leben nichts mehr einfällt, seit Tausenden von Jahren, bitte, mach die Augen wieder auf –

Ach Viviane, ich soll an niemanden denken, wenn du bei mir bist, nur an uns, aber ein deutscher Dichter, den du sehr magst, entlief seinem Dichterstübchen, und ich weiss nicht, ob ich es dir erzählen soll, ich denke nicht, ich denke, es macht dich nur noch wütender, weil es einer von denen ist, die du magst, also dieser Dichter reiste mit dem deutschen Truppenkontingent in ein verwüstetes Land in Afrika, und als sie mit dem Helikopter über den vom Krieg versehrten Dörfern schwebten, empfand sich dieser deutsche Nachkriegsdichter selbst zum ersten Mal als wahr und vorhanden, er beugte sich tief nach vorne und brüllte den Winkenden zu, *ich kann alles für euch tun, ich kann euch töten*, und sie jubelten zurück, weil sie nichts verstanden und glaubten, er verspreche ihnen Nahrung und Rettung, und sie hielten ihm ihre Kinder entgegen, und als der Helikopter abdrehte, ohne ein einziges Paket oder eine einzige Botschaft abzuwerfen, blieben sie zum Standbild erstarrt, die Hände gegen das Licht über den Augen: Der Dichter sah sie in ihrer fassungslosen Enttäuschung und hatte seinen ersten echten und für einmal nicht vorgetäuschten Orgasmus, er hat es dann allen in der Zeitung erzählt, und er bekam dafür viel Lob, wollen wir uns einmal darüber unterhalten, ein nächstes Mal kommst du mir nicht so leicht davon.

Es regnet über Tage oder es ist drückend heiss.
Hervé ist immer öfter vor den Tränen, wenn ich ihn sehe. Orphelin will ihm noch eine kleine Chance geben, so hat er sich ausgedrückt mit einem Blick auf Hervés zitternden Hände und einem zweiten Blick auf seinen Bauch. Ohnmächtiger Hass in allen Blicken, wenn wir durch die Montadour gehen. Ohnmächtige Scham, ich solle doch wenigstens, so meinte Orphelin, mein privates Vermögen retten, das Erbe, wie er es nennt, für meine Kinder, ich rutsche aus meinen Kleidern, ich rutsche aus meinem Leben, es gibt noch einen, der mich halten kann, das ist Alain und unsere Gewohnheit, die täglich stärker wird, wir sind unzertrennlich geworden, nichts kann uns mehr

trennen, jeden Tag erfinden wir uns etwas Neues, wir haben fast nicht geschlafen, wir sind von einem Zimmer ins nächste, wir haben alle Zimmer besudelt, zum Frühstück hat er mir Schokoladebirnen gemacht, weil ich ihm von den grotesken nächtlichen Gelagen mit Victoire erzählt habe, und er ist dann noch wie ein Wurm durchs Autofenster gedrungen, um mich zu küssen, als ich ging, und zu liebkosen, er lief lange lachend neben dem Auto her und gab dann dem Heck einen lauten Klaps, er machte Faxen, bis ich ihn nicht mehr sah, er rief mir etwas hinterher, *pass auf, pass auf deine Beine auf,* kaum ist es geschehen, ist es ja schon irgendwie Erinnerung und macht mich schwer, ich kann auch keine Zypressen mehr sehen und keine Korkeichen, keinen Olivenbaum und keine Pinie und keine Feuerakazie und kein Seegras und keinen Sand mehr, kein Holz mehr, vielleicht halte ich das Meer gerade noch aus, wenn es still hält und sich nicht produziert mit Schaum und Gischt und all dem Blödsinn, ich bin in einer Ferlinghettilaune, in einer Ferlinghettischen Verfassung, in einer mutlosen kraftlosen gereizten Stimmung, ich kann jetzt nicht zu Alain zurück. Es hat keinen Platz mehr bei mir für den einfachsten Lebensvollzug, mir ist, als hätte ich alles schon zu oft getan, zu oft gesehen, zu oft gedacht, ich esse fast nicht mehr aus Überdruss, ich empfinde Überdruss an allem bis zur Raserei, das Wort Überdruss ist zu schwach für das, was mit mir geschieht, ich sollte vielleicht sagen Ekel, aber das Wort Ekel ist zu schmal, es zielt auf eine verfälschte Sinnlichkeit, das Wort Langeweile ist zu behaglich, es bezeichnet nicht mich, und das Wort, das ich suche, tötet einen ganzen Menschen ganz. Tötet einen ganzen Betrieb ganz. Ein Stillstand der Empfindung, weiter nichts, jetzt stehe ich vor Ferlinghettis Haus. Wahrscheinlich schaut er auf mich herab, schaut mit seinen tief in den blauen Höhlen liegenden unruhigen Augen auf mich herab, seufzt, kratzt sich an der Brust, denkt darüber nach, was er mir sagen soll, erbost sich leise über die verdriessliche Art, in der ich sein Haus anstarre

(Ferlinghetti)

Ich werde ihr von der schönen Flämin erzählen, das wird ihr gefallen, von einem Moment zum anderen kippt dann ihre Stimmung, von einer Sekunde zur andern ändert sich die Linie ihres Mundes, verschiebt sich das ganze Gesicht

die weisslackierte Türe mit der eingelassenen rotblauen Plexiglasscheibe, in deren Inneren sich ein Rad immerzu dreht und hypnotisch wirkt, wenn man lange genug darauf starrt – das abgeblätterte, verwaschene Blaurosa der alten Fabrik habe ich einmal sehr gemocht, mehr Erinnerung an eine Farbe als Farbe selbst, so wie Norma mehr Erinnerung war als lebendige Gestalt, jetzt ärgert es mich wie alles andere auch, es ist mir alles ärgerlich, das eine wie das andere. Gleich werde ich klingeln und dann kommt das Tonband mit den immer um Tage oder Wochen veralteten amerikanischen Nachrichten, das man hört, wenn jemand klingelt – Ferlinghetti erträgt das Gewöhnliche nicht, deshalb ist bei ihm alles möglichst ungewöhnlich und überraschend, bizarr oder schrill, früher mochte ich auch das, weil es mich aus meinem klaglosen Funktionieren riss, weil es mich erfrischte, weil es mich lustig werden liess in der absurden Starre meiner Existenz, die ich mir viel weiter gedacht hatte, als sie dann in Wirklichkeit war und blieb, in Wahrheit habe ich einfältig gelebt und schlicht und viel zu wenig abgesondert, aber das geht jedem so, und keiner kennt seine Gründe, und es ödet mich jetzt an zu sehen, wie Louis Haken schlagend vor allem flieht, was er als gemein und allgemein erkannt hat, und ich habe ja alle meine Klagen schon oft von ihm gehört und ich habe Tage und Nächte damit zugebracht, sie ihm auszureden, jetzt ist es an ihm, mir sein Gejammer auszureden. Ich seh ihn oben leuchtendgrün durch die Scheiben blitzen, er sagt, er brauche kräftige Farben gegen seine Neigung zum Trübsinn, er sagt, man müsse mit der eigenen Erscheinung spielen, oder er sagt, er wolle sein Altern ironisieren, weil er eben gerne etwas ironisiert, er sagt immer, *ich habe das nur so gesagt, weil ich es ironisieren möchte*, er möchte sich immer gleich lossagen von allem. Ironisch heisst eigentlich eisern, ich übersetze es aus dem Englischen, *iron* heisst eisern, Ironie ist der Harnisch gegen alles, was einem zu nahe kommen oder zu Weinkrämpfen treiben oder auf Jahre hinaus verstören könnte, und Ferlinghetti kämpft gegen die Gefahren seiner übermässigen Empfindung mit Ironie, das hat ihn schon viel Zeit gekostet, aber es hat ihn auch wieder auf die Beine gebracht, so dass er wieder Maispoularden braten und seine Mädchen empfangen kann, und neue Bücher schreiben inmitten duftender Sträusse, die er sich für die Maispoularden schenken lässt, er sagt immer, *bringt Blumen mit oder seid selber Blumen – ich will in Blumen sitzen*, und so bringen ihm alle Blumen und Sträusse, mit denen er sein kunstvoll erhöhtes Bett umstellt, so dass er sich niederlegen kann wie eine Diva und mit einem letzten Blick die Beute des Tages streifen

(Ferlinghetti)

ich verfolge die Bewegung der Pflanzen, die sich nicht jedem erschliessen, die sich nur wenigen erschliessen, sie weiss gar nicht, wie verräterisch ihr Spott über Blumen ist, und sie hat mich schon immer ganz falsch geschildert, sie hat mich schon immer in ein jämmerliches Licht gestellt, wahrscheinlich kommt ihre ganze Wut auf mich daher, dass ich ihr ähnlich bin, sehr viel ähnlicher, als ihr lieb ist

er reisst die Türe auf, küsst mich auf die Stirn und schiebt mich frech die Eisentreppe hoch, die bei jedem Schritt zittert und dröhnt, in seine Wohnhalle, er redet in einem fort und hält mir ein dünnes Manuskript unter die Nase, das müsse ich lesen, es sei von einem Freund in Irland, und es habe ihn zerrissen über der Schönheit dieses Buches, solches wolle er auch schreiben, solches sei so schön wie die Klagen aus Österreich, wo man schon lange so schreibe, da es den einzelnen dort wie auch bei uns schon länger gar nicht mehr gebe, und der einzelne als Objekt einer Beschreibung also undenkbar sei, er wird mir alles noch genauer erklären. Ich trinke einen sehr modernen sauren italienischen Weissen, den ihm Grégoire sehr günstig verschafft hat und den ich mir mit Eis ein wenig erleichtere. Ferlinghetti verfolgt, wie ich das Eis aus der Folie schäle und es Stück um Stück ins Glas fallen lasse, er schmollt, um nicht lachen zu müssen. Vor den riesigen viergeteilten Fenstern saust der Himmel vorbei, der schnelle Zug der Wolken macht mich schwindlig. Ferlinghetti spricht, ohne mich anzuschauen, er scheint vorbereitet auf meinen Besuch, er redet, als habe er mich erwartet, um mir diesen Autor aufzusagen, um mit mir ein für allemal aufzuräumen.
Nachts kann man hier bei offenem Fenster die Brandung hören, nur hier, in keinem der Nachbarhäuser sonst, dort hört man nichts.
Ferlinghetti legt seinen runden Kopf in den Nacken:
Wenn einer, so sagt er, *wenn also einer mit seiner rechten unerfahrenen Hand und ganz ohne Gesicht seine Linke mit sorgfältig geführten, aber ungeübten Hieben einer Axt langsam Stück für Stück vom immer heftiger blutenden Armstumpf trenne – Jubel – und wenn wir das dann zu einem offenen Ende bringen – Jubel – und er diese abgeschnittene Hand dann – ja, wohin denn eigentlich lege, ach, wir denken uns das gerne aus –*
solches wolle er schreiben oder nichts mehr, sagt Ferlinghetti und stampft

mit seinem nackten Fuss klatschend auf den Granit, er sagt: *Namen wie Nummern oder Kürzel, oder gar keine Namen mehr*, das kenne ich von Hervés Geschichten, *ich hole den Wagen heute abend bei Ihnen ab oder gar nicht mehr*, der alte Hervé ist immun dagegen, er lächelt, fasst sich zwischen die Beine und nickt nachdenklich und schaut, bis der andere aufgibt und wieder geht, Hervé kann sehr heilsam sein, der Gedanke an Hervé, Ferlinghettis schmale weisse Hand legt diesen Packen vor mich auf den Tisch, auf einer Seite steht: *Einzelne Tiere sprangen verängstigt über das Gatter, andere schnürten wie Füchse ins Unterholz, die meisten wälzten sich mit Schaum vor dem Maul wie tolle Buchstaben über die Seite*, solches wolle er auch schreiben, und ob ich überhaupt realisiere, was da vor sich gehe, in ihm wie in der Welt? er wolle ein Lebensgefühl schreiben, ein Lebensgefühl niederschreiben, das uns von den früheren Menschen trenne, das uns sondere von allen Empfindungen und Geschehnissen einer früheren Welt, denn wir seien heute viel bemerkenswerter in der Vielfalt unserer Möglichkeiten als unsere Vorfahren, und Wüste sei nicht mehr Wüste und Berg sei nicht mehr Berg, es sei im Grunde heute alles reine Transkription. Ich wüsste gerne, weshalb er einen derart üblen Wein ausschenkt. Weil er von Grégoire ist? Weil er kein Geld hat? Weil er keine Zeit mehr verlieren will mit den Kleinigkeiten des Alltags, nur noch Wüste und Berg? und wilde Fahrten unter den zerrissenen Rocksaum einer neuen Generation – ? Dabei aber präzises Wohnen, alles ist abgestimmt auf Lockung und Repräsentation: Die ausgeschwemmten Sandsteinböden der alten Fabrik hat er da und dort aufgerissen und mit Erde gefüllt und regelrecht bepflanzt, die Palmen muss er jährlich ersetzen, er stiehlt sie systematisch in der immer gleichen Gärtnerei, der monströse Herdkorpus mit der monströsen Abzugshaube ist mit Hibiskus und Oleander umstellt, und das wächst tapfer unter den Kochdämpfen heran, Ferlinghetti hat soviel Besuch wie nur immer möglich, und alle verwundern sich über das eigenartige Licht, das durch die winzig unterteilten milchig verfärbten riesigen Fenster in den weiten hohen Raum fällt und wie in Schwaden die Gegenstände verfliessen lässt, abends leuchten sakrale, fackelähnliche Öllampen, die manchmal unter Zischen und Qualmen und Schwefelgeruch verlöschen, und die er dann mit aller Sorgfalt wieder in Betrieb setzen muss, während die anderen hustend die Fenster aufreissen. Ferlinghetti ist sehr sorgfältig, sehr behutsam, er überlässt nichts dem Zufall, schon gar nichts Äusserliches, und ich erinnere mich gut, dass mich das einmal

besänftigt hat, ähnlich wie die Sorgfalt von Rudolphe mich besänftigt hat, und dass mir früher jede Art von Sorgfalt eine Erleichterung war, heute ist mir dieser schöne Raum ganz schal und jede Sorgfalt absurd. Alain räumt seine Habseligkeiten in streng geschichtenen Reihen um sein Bett. Das eine oder andere versorgt er in dem Seesack, den ich ihm geschenkt habe. Er ist nicht sorgfältig, er wagt nur nichts.
Wir trinken unsern Wein zwischen den schmalen Säulen der rostig leuchtenden Eisenstützen am langen Eichentisch, auf dem er angeblich schon eine ganze Sau ausgenommen hat, mit seinem Freund, dem blödsinnigen Metzger Cameron

(Ferlinghetti)

> schade, dass sie nie zuhört, sie hört nie zu, Cameron war früher enorm verliebt in sie, jetzt will er nichts mehr davon wissen, aber er fragt doch immer nach ihr und wie es ihr gehe – manche Leute sind ihr einfach gleichgültig, sie vergisst sie, und sie könnten vor ihrer Türe sterben und sie würde es gar nicht sehen, daher ihre Spottlust, reine Vergesslichkeit

als ich ihn zum ersten Mal bei Viviane sah, sass Ferlinghetti still in einer Ecke und starrte vor sich hin, so sehr, dass ich glaubte, er schiele, seine kurzen Haare standen ihm in allen Richtungen vom runden Kopf ab, und er war weiss wie eine Wand, er sei in einer fürchterlichen Krise, sagte Viviane, er sei als Person und als Dichter in einer schweren Krise, und sie riss die Augen auf und schlug sie gleich wieder nieder

(Ferlinghetti)

> aber wo sind die, die ihr etwas bedeuten, Victoire ist weg, Rodolphe ist tot, Viviane hat sich zurückgezogen, Hal kann nicht mehr reisen – das macht sie so unaufmerksam, so in alle Winde zerstreut, manchmal sitzt sie neben mir und ich habe Heimweh nach ihrer alten Gestalt, nach ihrer alten Art und Weise

Ich fange jetzt wieder an, sagt Ferlinghetti, *ich fange wieder an und kündige dir unsern Vertrag*, die Phase der Depression sei abgeschlossen, die Phasen der Regression seien abgeschlossen, die sieben mageren Jahre vorbei, und plötzlich müssen wir beide lachen. Lauernde Stimmung, bedrohliche Stimmung, einer belauscht den andern. Er stellt mit einem tiefen Blick Grissini vor mich hin und eingelegte Tomaten. Ich soll essen. Überall mästen sie mich. Ich frage ihn, warum er so sehr gelacht habe, und er sagt, *du hörst mir ja gar nicht zu*, er will jetzt noch etwas anderes erzählen, er erwartet morgen früh den Besuch einer seiner Schülerinnen, einer Flämin, die in den Staaten aufgewachsen ist und jetzt französisch lernen möchte, bis vor ein paar Tagen hat er sie gar nicht bemerkt, sie war in einer anderen Klasse bei einem anderen Lehrer, jetzt hat er sie entdeckt, er füllt mir das Glas wieder und redet sich in einen grossen Eifer, er sagt, *eine grosse junge Frau, mit einem erschrocken staunenden Gesicht, das wird am Morgen sein so gegen elf, da sitze ich nackt im Bett und schreibe auf meiner kleinen Maschine, ich weiss gar nicht, was ich dann schreiben soll, ich schreibe dann einfach zehnmal oder zwanzigmal hintereinander «ich liebe dich», ich starre über meine runde Brille, die Haare stehen mir zu Berge, ich danke Gott für meine vielen Haare, ich bin nicht rasiert, ich bin wild wie mein Brusthaar oder Aufzug, nenn es, wie du willst, ich tippe also: «ich liebe dich» – das ist lächerlich, weil im Rhythmus viel zu kurz und redundant, aber sie findet meine Hermes Baby süss, sie will dann auch gleich ganz wild sein und wirft sich übers Bett, das gar kein Bett ist, sondern eine Matratze aus Japan auf einem Rost aus Reisstroh, und sie wirft sich, höre, sie wirft sich in ihrem ingeniösen Mantel über diese Matratze, und ich ziehe die Beine vielleicht zu schnell an und dann schlägt sie ein wenig mit dem Kinn auf die Maschine, rappelt sich wieder auf und geht und knallt die Türen oder sie lässt sich gar nichts anmerken, weil die Passion es nicht erlaubt, dass man sich als entfachte Frau das Kinn reibt, du weisst das, dir brauche ich das nicht zu erklären, sie lässt sich nichts anmerken, weil ich ihr wichtig bin, weil ich ihr etwas bedeute, sie schnieft und tastet mit der Zunge nach den Zähnen, um die sie bei aller Leidenschaft besorgt ist, später, wenn ich dann wie alle meine Freunde mit dem Arsch den Kühlschrank entlangrutsche, was erzähle ich dir da, du kennst das und du erzählst es doch nur bei jeder unpassenden Gelegenheit weiter, deshalb nenne ich nie Namen, und dann wird mich der Nacken schmerzen, das Kreuz, aber mehr noch der Nacken, aber diese jungen Dinger geben nicht nach, dieses Dingsda, was sie fasziniert, also ich denke dann, wenn ich noch im Bett liege, an diesen Moment, von dem wir noch so weit entfernt sind, und dann reisse ich das Blatt aus der Maschine, ohne ein Lächeln, ohne die Andeutung eines Lächelns, aber mit böse funkelnden Augen, und halte ihr das Blatt hin und schaue dann ins Leere* – Ferlinghetti zeigt mir, wie er dann ins Leere starrt, und er wird ganz bleich dabei, *das ist einfach, man muss nur die Vergeblichkeit allen Tuns und Lassens bedenken, ein Haschen nach Wind, ich halte ihr also das Blatt ganz dicht vors Gesicht, sie übersteht es schaudernd oder sie übersieht es schnaubend und nähert sich meinem Gesicht, ich werfe den Kopf zurück und halte das Blatt hoch, sie liest es und verliert plötzlich die Lust an diesem Theater, ihre grossen wimpernlosen Augen verlieren allen Glanz und werden leer, und jetzt taste ich, ohne den Kopf zu wenden, nach meinem Whisky, den ich schon am frühen Morgen neben das Bett gestellt habe, so dass ich ihn blindlings finden kann, aber auch nicht zu nahe, damit er ja nicht umkippt wie bei Männern, die morgens noch keinen Whisky trinken, und ich trinke mit kurzen harten habituellen Trinkerschlücken, eigentlich ja lieber Annas Pfirsichsirup so früh am Tag, aber das wäre wohl mein Ende, Pfirsichsirup oder Ananassaft bringen jede Leidenschaft zum Erlöschen, wenn eine flachsblond und rosig, flämisch und nach Maiglöcklein duftend auf deinem Bett liegt und es sich gerade zu überlegen anfängt, und sie will keinen, der krachend in einen Apfel beisst, da bin ich mir sicher, sie ist nämlich selber sehr gesund und hat sich die Hände vor den Mund geschlagen und gekichert, als ich sie zum Aperitif eingeladen habe, auf elf Uhr vormittags, um diese Zeit trinkt sie wohl sonst ihr drittes Glas fettfreie Milch, also will sie lieber ein wenig teilhaben an einem Untergang, an einer Verfehlung, an einer Sittenwidrigkeit, meinst du nicht, ich bin gefährdet, ich bin gefährdet und eine süsse Gefahr,* vor Anstrengung sind ihm kleine rote Äderchen in den Augen gewachsen, er schwitzt an der Nase, *ich will, dass sie, noch während sie nun das Blatt liest und anfängt mit den Lippen diese idiotischen Worte nachzubilden, dass sie also noch lesend mit der linken Hand nach meiner Rechten greift und diese sanft, unendlich sanft vom Glas löst, vom gefährlichen bösen Glas, und sich an die Lippen oder sonstwohin führt,* Ferlinghetti macht vor, wie das aussehen wird, er spitzt die Lippen und schaut auf eine imaginäre Hand, die ihm langsam näher kommt, *sie ist Studentin, sie hat Zeit, also lässt sie sich Zeit, ich reisse mich von ihr los, schaue ihr tief in die Augen,* er schaut mir in die Augen, so haben wir schon früher halbe Tage durchgequatscht, *und zünde mir, wieder ohne den Kopf zu wenden, eine Zigarette an, verstehst du, ich blase ihr den Rauch ins Gesicht und ziehe ihn tief in die Lungen, meine wunderbare Brust wölbt sich,* seine Brust wölbt sich, *und ich schnaube den Dreck wieder durch die Nase hinaus, als Drache, natürlich als sterbender Drache, sie wendet sich zum Hibiskus, blickt dann wieder in meine Augen, die sich verschatten, wie ich das mache, o*

mein Gott, ich verschatte sie einfach, ich weiss doch noch, wie das geht, ich lasse mich in die Kissen fallen und seufze, aber ich lasse nicht zu, dass sie die Decke wegzieht, aus dieser Perspektive habe ich einen kleinen Ansatz zum Bauch und daran bist du schuld, Darja, altes Kind, du hast mir diese verdammte Fresserei beigebracht, und bleibst selbst klapperdürr dabei, während sich bei mir die Silhouette unaufhaltsam verschiebt von jung zu alt, ich habe die Decke also fest unter meinem Hintern festgeklemmt, so dass sie nur seitlich einen Vorstoss unternehmen könnte, aber sie denkt nicht daran, sie leuchtet vor meinem Gesicht und will noch lange in meinen Augen die Spuren der Finsternis ausmachen, aber natürlich wird sich das alles ganz anders abspielen, geh jetzt nicht weg, es ist etwas im Gange gegen dich, nicht nur von meiner Seite, ich weiss nicht, wie ich es dir sagen soll, ich mag dich sehr, ich kenne niemand Lustigeren als dich, er sagt tatsächlich, er kenne niemand Lustigeren als mich, er zersäbelt die Luft mit seinem Geschwätz und er findet, ich trinke zuviel, und er fürchtet, dass die Montadour kippe, dass ich die Kontrolle verliere, dass ich einen Beistand brauche, er sagt, *man wird dir etwas sagen, man wird dir sagen: Suchen Sie sich rechtzeitig einen Beistand, der verhindert, dass man Sie am Ende noch einsperrt wegen irgendwelcher Unregelmässigkeiten, und der etwas versteht von Finanzen,*
am besten einen der vielen frühpensionierten Manager der Region, der nicht nur segeln und Golf spielen will
mit einem sehr üppigen Selbstbewusstsein
und Autorität gegenüber den Behörden
wogegen mein gekrümmter Schwanz beinahe auf den Eiern schläft, er blickt erstaunt nach unten auf sein Geschlecht, dann zu mir, *in so einer Situation fragst du dich nicht mehr, was du schreiben sollst, du hältst einfach die Decke fest, wenn sie dich herausholt, mit einem kurzen Griff zwischen die Beine,* er klemmt ganz schnell eine Hand zwischen seine Oberschenkel und kichert, er ödet mich an, *und wenn sich dann dein Berater Orphelin in stiller Wonne über so ein wehrloses Leben beugt, über einen so wehrlosen Betrieb, der jetzt dann bald ihm gehört, ach liebe Darja*
die Einzelheiten dabei sind immer sehr seltsam
er empfiehlt mir ernsthaft, mir einen Beistand zu suchen, um ihn gegen Orphelin einzusetzen, wahrscheinlich denkt er an Gabriel Sandmann, ich habe auch schon an Gabriel Sandmann gedacht, aber er ist zu alt und zu krank, für Ferlinghetti ist die Montadour nur eine von vielen abscheulichen

Arten, Geld zu verdienen, er redet lieber von den jungen Frauen, die einmal einen Dichter lecken wollen, er würzt es mit Ironie, er kotzt mich an, und ich brauche ihn doch, ich brauche ihn auf eine schwer erklärbare Weise, ich habe ihn gebraucht, um auf ihn meine Geschichten zu schreiben, aber dass man jemanden braucht, heisst ja nicht, dass der einem helfen kann, ich bin umgeben von Leuten, die nichts wagen mit mir und mich von oben bis unten vollreden, und ich wage selbst auch nichts mehr, ich schreibe es meinem Zustand zu, meinem durch Erinnern und Vergessen und Trinken und wieder Trinken ausufernden, aus der Balance geratenen Zustand, ich bin irgendwo angekommen, ich sehe mich an diesem Tisch sitzen und lachend Ferlinghetti zuhören, das hat mir früher sehr gefallen, jetzt warte ich ungeduldig, bis er zu einem Ende kommt, aber er hat noch nicht begriffen, wie weit weg ich schon bin von allem, was früher war, oder von fast allem, wie sehr ich mich verändere, er hat die obersten Knöpfe von seinem leuchtendgrünen Hemd geöffnet und kratzt sich und träumt: *Und endlich liegt sie dann halb auf mir, halb neben mir, noch immer im Mantel, und es stellen sich viele neue Probleme, ich muss jetzt sehr schnell und unverhofft agieren, ihr sanft den Mantel von der Schulter streifen, sie dann ein wenig drehen, ihr ganz verwegen und behutsam und ohne ein Widerwort die Adjektive, die sie jetzt sagen will, und das Hemd vom Leib zerren, dann wieder blödsinnig langsam: die Strümpfe, den Slip, der Kundige führt ihn sich zum Munde – führt sich ja überhaupt alles zum Munde und isst aber nichts auf dabei, und eine halbe Stunde brauchen, bis sie nackt ist, und erfahren, was sie denkt, sie denkt erfahren, sie denkt nichts, sie braucht den Augenblick, sie handelt durchaus vernünftig, ich muss mich darauf gefasst machen, dass sie eine ganz vernünftige Person ist, mit der Sehnsucht der Vernünftigen begabt, ich denke, du weißt, wie ich das meine, sie erwartet trotz dieser Vernunft von mir sehr viel, so eine absolute, aber erfahrene Hingabe, eine Gefälligkeit nach der andern, sie führt meine Hand, meinen Kopf, meinen Mund, ich weiss, du fürchtest um den mittleren Hibiskus, weil er Läuse hat und ich ihn trocken halte und nur gelegentlich mit einer braunen Jauche aus Brennesseln und Wacholder übergiesse, weil niemand diesen Geruch in einer Wohnung erträgt, und das hier ist eine Wohnung, aber er wird überleben, die Flachsblonde beschäftigt mich schon jetzt, das war früher anders, ihr Schamhaar muss hell sein, wie ich es noch nie bei einer Frau gesehen habe, und enorm kurz, als habe sie es getrimmt, in sonderbar ordentliche Wellen gelegt, ich habe es längst sachte zerteilt und lasse es zwischen mei-*

nen Fingern neu wachsen wie neues Fleisch und neues Haar, ich lasse sie wissen, dass ich auch andere Bewegungen kenne, gefährliche Manöver, die die Beherrschung rauben und die man nie vergisst, da sehe ich ein überraschendes Leuchten in ihren offenen wasserhellen Augen, Ferlinghetti krümmt sich, aber nur, um sich eine Zigarette anzuzünden, *aber ich weiss, was sie von mir will, oder ich glaube zu wissen, was sie von mir will, und es gab ja Zeiten, da wusste ich immer, was sie von mir wollen,* die Zigarette fällt ihm auf die Beine, er reisst sie schnell weg und zündet sie wieder an, *sie will ein aufgeregtes Stück Dichter im Mund, ich sage ihr das, ich sage ihr das sehr direkt und grob und sehe, wie ihr breiter Mund sich verzieht, sie richtet sich auf und lässt sich dann ganz plump vornüber fallen und bleibt so liegen, ihre Schultern zucken, sie liegt mit angezogenen Beinen auf der Decke und erst allmählich höre, erkenne ich, dass sie lacht,* er lacht jetzt selber und ist fast nicht mehr zu verstehen, aus irgendeinem Grund mag ich nicht lachen und kämpfe um meinen Ernst, *hemmungslos in die Kissen lacht, der ganze schöne, etwas schlaffe Körper erzittert unter Lachstössen, als besorge es ihr ein unsichtbares Tier, ich bin mit einemmal nicht mehr zu Hause in meiner Zeit, in meinem Leben, ich weiss nicht mehr, wie man es tut, ich fürchte mich, ich will gar nicht, dass sie hierherkommt, wenn sie mich sowieso nur auslachen will, die sind so arrogant, diese jungen Dinger, die monatelang einen Sprachkurs nehmen hier unten und dann nach Wochen und Monaten immer noch gar nichts sagen können, sie sind arrogant und kalt, und ich will mit diesen Frauen nichts mehr zu tun haben, erinnerst du dich, wie du mir das einmal sagtest, wir hatten Pomme getrunken und die* Cerovi *fertiggestellt, das Manuskript lag vor uns, und du hast damit gespielt und es angefasst mit den äussersten Spitzen deiner Finger, mit einem sonderbaren Ekel hast du es zu mir herübergeschoben, nachdem du es ja geschrieben hattest, hier, an diesem Tisch, ich war unsicher und hatte Angst vor diesem Spiel, wie du es nanntest, und vor Prioux und vor Viviane, eigentlich vor allen, und dann sagtest du diesen Satz, und daran werde ich denken, morgen, wenn dieses flämische Wesen mich von einer Ecke des Zimmers in die andere hetzt und über den Tisch und den Sessel, ins Bad usw., «mach dir keine Gedanken», sagtest du damals, «es ist einfach eine Stimme, die spricht, und diese Stimme trägt deinen Namen und du verkörperst diese Stimme und so spielt sich das ab» – und daran werde ich morgen denken, wenn dieses Wesen den Kopf auf seine Unterarme legt und lacht, was für eine Enttäuschung, aber ich gebe nicht so schnell auf, ich werde sie mit grösst-*

möglicher Behutsamkeit auf den Rücken drehen usw. und sie dann mit grösstmöglicher Brutalität traktieren usw., und sie wird immer wieder von Lachstössen geschüttelt meine immer kleiner werdenden Wünsche pflegen, so wie sie es gelernt hat usw. usf., er lacht jetzt Tränen, *ich erfülle inzwischen alle meine Schriften und tue, was du für mich beschrieben hast, weil mir nichts anderes mehr übrigbleibt*

Der Tag war sonnig und klar, jetzt ballen sich die Wolken und ziehen rot durchschienen schnell vorbei, Darja ist aufgestanden, sie geht mit dem Glas in der Hand, schon leise schwankend, auf und ab, den Oberkörper ein wenig vorgeneigt, als horche sie auf etwas, auf ein Geräusch oder auf eine Stimme, sie sollte längst zu Hause sein, Alain erwartet sie, sie wollten essen gehen: Über dem Cap de Fergusse gibt es ein Restaurant, das Alain noch nicht kennt, aber Ferlinghetti ist noch nicht zu Ende, er muss noch etwas anfügen, er will sie nicht gehen lassen, er verstellt ihr den Weg, stellt sich dicht vor ihr auf: *Aber du bleibst da und schaust mit deinem kühlen Schwesternauge auf diesen kranken Bruder Louis Ferlinghetti, ich fühle mich wie ein Bruder von dir, du kannst dich gar nicht losreissen von meiner verpfuschten Existenz, von meiner durch dich verpfuschten und durch dich viel zu sehr bevölkerten Existenz, und du kannst dir gar nicht vorstellen, dass andere zu dir kommen und auch nichts anderes tun als zuschauen, wie du langsam scheiterst und fällst*

Darja hat sich in den einzigen bequemen Sessel geworfen, der gelbbraun und riesig im Raum steht, als hätte ihn jemand hier vergessen, und Louis Ferlinghetti hat sich auf die Lehne gesetzt und ihr den Arm um die Schulter gelegt, er legt seinen Kopf an ihren Kopf und redet noch ein bisschen über die Frauen und dass sie kalt seien und dass er sie gerne schnell wieder draussen hätte mit ihrer Kälte danach, und dass er noch keine gefunden habe, die nicht irgendwann angefangen habe, merkwürdiges Zeug zu reden, danach, wenn man sich nicht dauernd um sie bemühe, wenn man sich nicht ununterbrochen mit ihnen beschäftige, *oder sie rauchen oder sie wollen trinken oder sie fahren einfach mit dem Finger eine Linie an der Wand entlang, kratzen am Verputz und wollen telefonieren, fragen irgend etwas, wollen sich waschen, sie wollen sich waschen und halten sich beim Laufen womöglich die Hand ans Geschlecht, es gibt nichts Kälteres als so eine Frau, die sich umdreht und Ausschau hält nach etwas Brauchbarem für diesen Moment, sie wollen etwas überspielen oder sie wollen kein Ende nehmen und sie halten dich fest oder sie laufen gleich weg, jedenfalls wissen sie auch nicht, wie man dem entkommt, ich glaube nicht, dass diese schöne helle Flämische mir morgen entkommt, und ich habe mich vorbereitet, sie dissertiert über Grotowski, mir wird etwas einfallen, ich werde sagen: Grotowski war zeit seines Lebens unendlich einsam, er fühlte sich nur wohl im Klang der eigenen Stimme – ich werde aus Grotowski eine Tangogeschichte machen, dabei hat er den Tango gehasst, aber ich weiss nicht, wie weit ich gehen kann, Frauen und Männer sind auf ewig getrennt, meinst du nicht?*

Ich erzähle Alain ein bisschen, während wir zum Trelock fahren, Alain mag Ferlinghetti, ich kann ihn zum Lachen bringen, wenn ich von seiner Wohnung erzähle, von seiner Liebe zu allen Pflanzen, zu den Frauen – aber ich kann ihm den Abschied nicht erzählen, wie Louis plötzlich aufsprang und mich in den Arm nahm und sagte, er habe vom ersten Moment an beschlossen, mich heute nicht einfach so weiterfahren und nach Hause gehen zu lassen, er wolle mich nicht gehen lassen, nicht jetzt und nicht zu diesem windigen Kerl, der bei mir zu Hause auf mich warte wie ein Feind. Das kann ich Alain nicht erzählen. Er presste mich so heftig an seine grüne Schulter, dass mir schwarz wurde, und als ich mich befreit hatte und, noch immer in seinen Armen, ein wenig von ihm wegrückte, sah ich, dass er weinte. Ganz dicht aufeinander liefen die Tränen über sein Gesicht, dicke runde Tränen, zuerst langsam, dann immer schneller, und sie liefen ihm alle in den Mund, er schluckte und schluckte wieder und verzog die Lippen und riss mich wieder an sein grünes Hemd. So standen wir lange und umarmten uns ganz innig. Er ist wohl sehr müde und ein wenig ratlos und am Ende mit seinen dürftigen Mädchengeschichten, er bräuchte eine Frau, die sein verfahrenes Leben allein durch ihre Gegenwart heilen könnte, eine sehr altmodische Vorstellung, dass einer den andern heilen kann, aber mir gefällt sie, und ich sagte ihm das, aber er hörte nicht auf, mich durch seinen Tränenvorhang anzustarren und mir mit mühsam beherrschter Stimme alles mögliche vorzuschlagen, ein Essen mit ihm, ein Essen mit ihm und Viviane, ein Essen mit ihm und, wenn's denn sein müsse, diesem stummen Kerl, ein Essen hier, ein Essen irgendwo, und ich brauchte lange, bis ich von ihm loskam und in den Wagen steigen konnte. Er stand mit verschränkten Armen vor der Türe und schaute mir nach, ohne zu winken, reglos, schon wieder in Tränen, das alles kann ich Alain natürlich nicht erzählen

(Ferlinghetti)

> Ihr Anblick hat mir weh getan, ihr in ein Nichts verbohrter Blick, ihre Abwendung, ihre Absage, und wie die Kleider lottern, früher waren wir erreichbar füreinander, wenn sie sich versteigen wollte oder ich, und wenn sie komische Pläne hatte oder ich, komische Freunde, mit ein paar Sätzen hier oder am Strand oder bei ihr in der Küche konnten wir einander wieder geraderichten, früher konnten wir einander in Gebrauch nehmen, jetzt sind wir beide zu schwach geworden, aber meine Zeit wird kommen, und dann werde ich sie wieder erreichen, mit meinem ganzen Leben

ich wollte unbedingt ins Trelock über dem Cap de Fergusse, und jetzt finde ich es nur mit Mühe, wir sind wohl viermal daran vorbeigefahren, Alain wird ungeduldig, sie schreiben *Trelock – eine Art zu leben!* – das ist übertrieben, nur weil sie ein u-förmiges Restaurant mit Bullaugen zwischen den Fenstern in den alten Bunker dort geschlagen haben. Beim ersten Mal ist es verwirrend, man muss das Auto auf einem kleinen Platz neben der Düne abstellen und dann zu Fuss gehen, sie haben den Eingang direkt in den Fels unter dem Beton geschlagen und eine Art Bunkertor unten an eine steile Eisentreppe gebaut, die von einem schmalen Weg nach unten führt, man muss also zuerst den schmalen Weg den Felsen entlang und hat dabei das Gefühl, man laufe geradewegs in die Brandung, und dann plötzlich führt der Weg nach links, eine steile eiserne Treppe hinunter, in den Fels, man wird aus seinen Gewohnheiten gerissen, wenn man hier essen will, man bekommt zuerst eine Portion Wind und Wetter. Als wir die Autotüren öffneten, schlug uns der Wind peitschend entgegen und die See, die man von hier aus noch nicht sieht, brandete von unten an den einsamen kleinen erhöhten Platz, auf dem nur wenige andere Autos standen, Alain stand unschlüssig neben mir, die Hände tief in den Taschen vergraben, vom Restaurant war nichts zu sehen, nur ein kleiner in die Steine geschlagener Wegweiser zeigte die Richtung, und es gibt Leute, die kehren auf diesem winzigen Platz wieder um und fahren irgendwohin in die Stadt, nachdem sie zuvor vielleicht tagelang versucht hatten, einen Tisch im Trelock zu bekommen. Ich schloss den Wagen ab und holte noch Zigaretten aus dem Kofferraum, da stand Alain plötzlich ganz dicht hinter mir, eine ungeheure Wucht

(Alain)

> Sie ist ängstlich, sie ist lauernd ängstlich, sie vertraut mir nicht, immer wieder erschrickt sie vor mir, ich habe mich schon sehr an sie gewöhnt, an ihr Erschrecken, sie war traurig, als sie nach Hause kam, also sind wir essen gegangen, das ist normal, ich tröste sie, so gut ich kann, ich werde sie bald verlassen und sie weiss das und es macht sie traurig. Sie wehrt sich nicht, sie wird sich nicht wehren, sie weiss, dass es aussichtslos ist. Sie will mir ihre Wege zeigen, ihre Orte, das ist normal

wir bewegten uns langsam gegen den Wind, jeder für sich. Alle Geräusche wurden verschluckt vom tosenden Lärm der See und des Winds, wir gingen stumm hintereinander auf dem schmalen Weg, zunächst durch Sand, dann über den Fels, und starrten in den dunklen, schattenhaft zerfahrenen Hintergrund von Strandkiefern und Wacholderbüschen.
Böse Zeichen des Alters, wenn eine wie ich auf die Vegetation zugeht, wenn eine wie ich bewegt ist durch den blossen Anblick des Meeres oder des Himmels, jedes tapfere im Wind geneigte Seegras weint dann seine Zähre an meiner Statt oder wie soll das enden

(Alain)

> sie sagt, sie habe die Natur gründlich satt, aber sie bleibt vor jedem Grasstengel stehen und fasst ihn an und dreht ihn zwischen den Fingern, als sähe sie alles ein erstes oder ein letztes Mal, und dann zuckt sie die Schultern und starrt auf die See und geht nur langsam wieder weiter, als hätte sie nicht unbedingt hierherkommen wollen mit mir

wir standen dann plötzlich und viel schneller als in meiner Erinnerung vor dieser steilen Treppe hinab in den Fels. Alain gab mir die Hand, da erst löste sich unsere Beklemmung, wir dürfen einander nicht loslassen, nicht für einen Moment, das ist es. Alain ging voran und blieb vor der eisernen, von Rost überwachsenen Türe stehen und sagte, das sei wohl ein Restaurant für sehr junge und sehr gesunde und sehr reiche Leute, und lachte, bis auf unser Klingeln ein schöner weissblonder Afrikaner im Frack uns öffnete und uns in einem dunklen, mit drei Glühbirnen schlecht beleuchteten Gang die Mäntel abnahm. Alain starrte auf den eleganten Mann und verhedderte sich im Ärmel, das Lächeln war erstorben und er hatte gleich wieder diesen stumpfen Ausdruck in seinem bedrückten Kindergesicht

(Alain)

sie sagt manchmal, *du kleiner dummer Dieb, du ewiger Verlierer, du Kind und Gauner,* aber sie will doch nicht, dass ich gehe

wohin auch immer ich mit Alain komme, gleich richten sich alle Blicke wie Geschosse auf uns, er starrt dann so gleichgültig wie möglich zurück und beisst sich auf die Lippen, so kamen wir auch diesmal in den hohen kahlen Raum, der sich jäh vor einem öffnet, wenn man den dunklen feuchten Gang abgeschritten ist, wenn man endlich an das Ende dieses schmalen hohen schwach beleuchteten Kanals gelangt ist, mit einem Gefühl, als sei man Stunden unter Tage gewesen. Vor uns kreischte eine junge Amerikanerin, die mit ihrem schon sehr gebeugten und zittrigen Begleiter den Gang entlangtorkelte, ganz begeistert, als sie im Speisesaal angekommen war, das sei besser als jedes *rebirthing,* sagte sie ganz aufgelöst dem ersten Kellner, auf den sie traf, und der nickte freundlich, und ein alter Apotheker aus Surpoix soll vor ein paar Wochen hier einen Herzinfarkt erlitten haben, als er durch diesen Gang gehen musste, es hat ihn allzusehr bewegt, vielleicht weil das Licht aus den Glühbirnen nur schwach und nach oben leuchtet und damit den Weg selbst noch dunkler erscheinen lässt, Initiation oder letzte Krankheit – und wenn man dann endlich in den hellen grossen Saal tritt, kommen einem die Kellner wie Engel vor und man möchte sich ihnen gleich in die Arme werfen und in Zungen reden, aber ihre Formen sind so vollendet, dass man sich seines Übermuts gleich wieder schämt und nicht sagen kann, was einem auf der Zunge lag, und Alain schämt sich sowieso immer, wenn er irgendwo hereinkommt, und beisst sich auf die Lippen und das Haar hängt ihm in Schwaden ins Gesicht, er streicht es mit der Hand zurück, die Hand zittert, sogar das Haar zittert unter der gewaltigen Anspannung des Lebens, ich denke, er kommt nirgendwo gerne an und er geht niemals und von nirgendwo gerne weg

(Alain)

oh, ich habe jahrelang von diesem Moment der Flucht geträumt, und plötzlich war er da, und alles war viel leichter, als ich es mir vorgestellt hatte, viel leichter, ganz leicht

er isst am liebsten ungestört und ganz ohne Begleitung, seine Silberzähne blitzen zwischen den halbgeöffneten Lippen, die handgeschriebene Speisekarte im Riesenformat raschelt in seinen grossen, narbenübersäten Händen, ich erkläre ihm die Speisefolge, die Abend für Abend für alle die gleiche ist und ohne die Möglichkeit einer Wahl, für heute die Essenz von Steinbutt auf einer Topinamburmousse, danach ein kleiner Salat aus Wachteleiern und Chicorée mit schmalsten Streifen von grillierten Krebsen, Alain bleckt die Zähne, er schüttelt den Kopf.
Die Dame neben uns wird unruhig, weil wir die Karte laut und zögernd lesen wie Kinder und weil wir nach jedem Wort laut auflachen, dazu wandert Alains berühmte Linke mein berühmtes Bein entlang, wir werden unser Werk auf der Toilette vollenden, nach dem kleinen Zwischengang mit den in Nudeln eingebackenen Steinpilzen, zu denen uns der Sommelier mit seiner läppischen Riesenkette samt kleinem silbernen Trinkgefäss, das er zwischen Daumen und Zeigefinger einklemmt und vor die Brust hält, einen viel zu deutlichen Wein empfiehlt, einen Burgunder, der satt und schwer alles zudeckt, *wir sind eine Wolke im Nichts,* steht über dem nächsten Gericht, das stammt von einem einheimischen Dichter, der die Schönheit dieses Landstrichs mit groben Worten beschrieben hat und dabei unsterblich wurde, er heisst Vosne Romanée und ist unvergessen, aber hier will niemand die Landschaft sehen, wir sind eingesperrt, um zu essen, und alle Fenster sind riesige Bullaugen und gehen auf die See, die unter uns an die Felsen schlägt und freundlich glitzert, mit den Lichtern der Boote zu uns hereinschimmert

(Alain)

sehr leicht, ich hatte ja jahrelang von diesem Augenblick geträumt, und plötzlich war alles sehr leicht, gegen sieben Uhr kam wie immer am Donnerstag das kleine weisse Schiff, die Sedan, und wurde entladen, und Zola setzte sich wie immer mit seinen Papieren auf eine Kiste und scheuchte die Häftlinge herum und schwätzte mit dem Steuermann. Wir sollten an diesem Tag die Rabatten neu bepflanzen und ich war seit sechs Uhr auf und fuhr mit den Setzlingen auf dem Schubkarren durch den alten Park. Immer hin und her. Zola sagte nichts, als er mich sah, er war sehr guter Laune, er schniefte die ganze Zeit durch die Nase, er beachtete mich nicht, und ich bewegte mich, als sei ich nicht da. Ich war an der Arbeit und ich lief hin und her, aber ich tat es so, als sei ich nicht da oder dort, sondern immer eigentlich woanders, so lernt man das in Mahan oder man geht zugrunde. Ich hielt Abstand von der Anlegestelle, solange Zola beim Schiff war, aber ich bewegte mich so, dass er sehen konnte, was ich tat. Irgendwann stand er auf, nahm die beiden kleinen Plastiksäcke und lief mit den Säcken in der Hand auf den Pavillon II zu, und der Steuermann spazierte neben ihm her, sie redeten und sie lachten. Der Wind riss ihnen die Haare nach hinten und fuhr ihnen unter die Kleider und blähte sie auf, und sie sahen von weitem aus wie zwei aufgeblasene Puppen. Ich hatte die beiden oft beneidet, wenn sie so nebeneinander herliefen und sich unterhielten, sie waren freie Menschen, sie waren zu jeder Zeit frei, ihnen war alles erlaubt, und uns gar nichts mehr

Sie werden alles vergessen, heisst ein anderer von Trelock auf alle Plakatwände geschriebener Satz, oder vielleicht auch: *Sie werden alles um sich herum vergessen,* und: *Eine Art zu leben – Trelock,* ich erzähle Alain von meiner Kampagne, damals als ich den Taxibetrieb dazugekauft hatte, ich hatte die Kampagne mit Marc Bernstein entworfen, ich hatte ein Plakat, und darauf war eine junge erschöpfte Frau, die sich an einen makellosen Schreibtisch lehnt und mit den Fingern einer Hand die Augen bedeckt, und darunter stand: *Warum eigentlich kein Taxi heute abend, Frau Doktor?,* es war ziemlich läppisch, es war einfältig und peinlich, aber es funktionierte, dann noch ein anderes mit einem lustigen alten Mann in der falschen Ambiance eines Weinkellers am Degustierpult: N*ur Ihre schlimmsten Konkurrenten wollen, dass Sie heute noch selber nach Hause fahren,* und wieder unsere Nummer und dann noch eines mit zwei ganz jungen, sehr prächtig aufgemachten Mädchen vor einem Hauseingang: *Und wer bringt sie nach Hause – wir sie zu Ihnen oder er sie zu sich?* – da hat es Proteste gehagelt, aber es funktionierte –

...spielt diese für unsere Zeit typische und notabene sehr erfolgreiche Kampagne nicht nur mit dem immer zwanghafteren Überlegenheitsgefühl der sterbenden Mittelklasse wie auch mit den lächerlichsten Klischees überbesorgter und wohlhabender Eltern, die es verpasst haben, ein Vertrauensverhältnis zu ihren

Kindern aufzubauen...
Anne-Sophie Ribaud, in: *agir et réagir*, April 1987

Die einfachsten Dinge muss man so tun, als täte man etwas ganz Besonderes, sage ich zu Alain und sehe, wie seine Stimmung sich bei meinem Geplapper allmählich erhellt, *und dann ruft man seine Kunden auf, mit einem dieses Besondere zu teilen, und am Ende wird kaum einer mehr etwas wagen, was nicht in einer Kampagne schon einmal erwähnt wurde, was nicht schon in aller Munde ist,* er lächelt entrückt, ich habe ihn für einmal getröstet

(Alain)

als sie weg waren, nahm ich die zwei riesigen Postsäcke, die ich mit Zeitungen gefüllt hatte und ging einfach zum Steg. Ich fragte den Kapitän, wo sie hingehörten, und er sagte, ich solle sie einfach hinlegen. Er trank aus einem Alubecher. Ich verabschiedete mich, so wie man es in Mahan macht, ein bisschen unterwürfig, aber nicht zu sehr, und er war zufrieden, er nickte mir zu und ging nach oben. Ich lief über den Steg bis zum ersten Beet, und tat so, als ob ich am Boden etwas suchte, kehrte dann um und lief zum Schiff, als hätte ich dort etwas liegenlassen. Ich versteckte mich unten im Laderaum. Ich hörte noch einmal draussen Zolas Stimme, er klang betrunken. Ich schlich ganz nach hinten, in ein kleines Abteil mit Gestellen an der Wand. Überall standen Kartonschachteln mit der Aufschrift «Mahan». Sie hatten sie einfach dagelassen. Es war ganz still, der Kapitän trank oben weiter, ich hörte das Klirren der Flaschen

jeder fällt auf seine Weise darauf herein, die Rattenfänger sind die Hohepriester und sie können ihr Amt nur erfüllen, wenn sie auf eine schamlose Weise an die eigenen Lügen glauben, so wie Marc Bernstein an seine Lügen glaubt, ehrlich und glühend, wie ich ja auch. Alain hält den Kopf ein wenig zur rechten Schulter geneigt, ich weiss nicht, woran er jetzt denkt in seiner stillen Erheiterung, sein breites Gesicht zerfliesst vor Wohlgefallen, und sie reichen einem ganz selbstverständlich Löffel zu einer Suppe, die man gar nicht bestellt hat und die nicht auf der Karte stand und zu der mir der Kellner einen Gruss aus der Küche zuraunt, wahrscheinlich von Skipiarski, der hier untergeschlüpft ist, Alain lacht tonlos und zeigt ganz ungeniert seine silbernen Vorderzähne, wirft dann aber gleich darauf einen schnellen Blick zur Seite und zuckt mit den Lidern, auf der Kommandantur in Marseille haben sie ihm vor vielen Jahren die Vorderzähne eingeschlagen, wegen einer unbedachten Äusserung, wie er mir erzählt hat, am Boden dann eine Lache Blut, das als dünnes Rinnsal in leicht wellenartigem Verlauf dem grünen Linolboden des Korridors entlang bis zum Klo tropfte, sein verheultes Gesicht vor dem Spiegel, den Mund sperrangelweit offen, *ich bin nichts mehr, ich lebe nicht mehr gerne* – er hat es mir erzählt und ist dabei weit von mir abgerückt, hat mir keine Berührung mehr erlaubt und die Nacht in Grégoires altem Zimmer verbracht, während ich mich verzehrte

(Alain)

ich wagte kaum zu atmen, die Decken, unter denen ich mich verkrochen hatte, stanken entsetzlich, die Büchsen in den Gestellen zitterten bei jeder Welle, und als das Schiff endlich mit einem Ruck ablegte, kamen die Kanister neben mir ins Rutschen. Einmal warf es mich gegen etwas Weiches, ich hatte die Decken über mich gezogen und sah nichts, und ich dachte, das sei das Ende, gleich reisst mir Zola die Decken weg und dann wird er mich totschlagen. Aber das Weiche war ein lose geschnürtes Pack Lederjacken, die aufeinandergestapelt hinter mir lagen. Ich nahm eine davon und zog sie über die Anstaltsjacke. Es war kein richtiger Sturm. Vor La Rochelle war die See wieder ruhig, und ich konnte die Treppe hoch und abspringen, ohne dass sie etwas merkten. Das Land war ein heller Streifen, in ein blassgoldenes Licht getaucht, es schien mir unwahrscheinlich schön. Als ich untertauchte und das Wasser über mir zusammenschlug, blieb mir beinahe das Herz stehen, so kalt war die See

Alain hat angefangen, mit dem Löffel nachdenklich und zerstreut in der Sauce zu rühren und zu panschen und den zarten Salm in kleinste Teilchen zu tranchieren, und dann stopfte er sich mit einemmal ganz viel davon mit einem einzigen gefährlich überladenen Löffel, aus dem seitlich die Sauce in langen Rinnsalen zurück in den Teller spritzte, in den Mund, fing einen entsetzten Blick des Kellners auf, verschluckte sich, wurde sehr rot und prustete die Salmpartikel in einer einzigen gewaltigen Anstrengung über den Tisch zu mir herüber und wohl auch ein wenig zu der lieben Nachbarin, die es jetzt endgültig aufgegeben hat mit uns, sie rückte angewidert auf ihrem Stuhl herum und starrte uns böse an, sie wusste nicht, wie sie uns ihr Missfallen drastisch genug zur Mitteilung bringen konnte, auf eine gepflegte Weise, und fuhr sich mit den Händen durchs Geäst ihrer plombierten Haare, ich warf ihr einen langen fragenden Blick zu, unter dem sie die Lider senkte, und dabei wischte ich möglichst beiläufig Alains Salm aus meinem blauen Hemd.

Und legte meine Hand zwischen den Gläserreihen hindurch in seine, die wie eine Kunsthand reglos neben dem Teller lag

(Alain)

also wir haben zu Hause ganz anders gegessen, wir haben nämlich so gegessen, dass mein Vater meiner Mutter einen langen Blick zugeworfen hat, meist hatte er den Löffel schon in der Hand, oder das Brot und er drückte es mit den Fingern ganz flach, er warf ihr diesen langen Blick zu, mit dem er sie zum Schweigen brachte, und sie schaute ruhig und freundlich zurück und gab diesen Blick dann an uns Kinder weiter, meist stand sie noch, mit irgendeiner Schüssel in der Hand oder mit schaumigen Gummihandschuhen, weil sie noch schnell etwas abwaschen wollte, bevor sie sich zu Tisch setzte, oder sie stand, um den Tisch zu überschauen, als seien da ganz viele Sachen darauf und als hätte sie möglicherweise irgend etwas vergessen, dabei war unser Tisch denkbar bescheiden, es stand fast gar nichts darauf, zuerst kam die Pasta, dann der Fisch, kleine, in Essig eingelegte oder einfach ganz gebratene Sardinen, wir fuhren mit den Gabeln darauf los und rissen den Fisch auseinander, noch bevor er auf unserem Teller war, meine Mutter hatte den Schalk in den Augen, auch wenn sie wütend oder verzweifelt war, glaubten wir, sie lächle oder sie unterdrücke ein Lächeln, ich weiss nicht, wie sie ihr Leben ausgehalten hat, sie tat, als sei es normal, in unsere Wohnung kam fast kein Licht von aussen, fast kein Geld von aussen, ich rede gegen eine Wand, dabei hat sie mich doch gefragt

schwer zu sagen, ob er, der doch überall so schnell bereit ist, sich zu schämen, mit Absicht im Fisch herumgepanscht hat, ob er es extra mit einem schönen Vorsatz gemacht hat, in einem seiner jähen Anfälle, so wie er manchmal *He* oder *Du* hinter mir herruft, und meine gereizten Bemerkungen darüber dann kalt und ohne Zeichen irgendeines Empfindens an sich hinabrinnen lässt. Zwei Kellner stürzten sich auf uns und fingen an, sich an unserem Tisch zu betätigen, wie es nur gut ausgebildete, entschlossene Kellner können, die dann in den entscheidenden Momenten den Tisch überfallen und wissen, was es alles wegzuwischen, zurechtzurücken, wegzustellen, abzuräumen und neu zu verteilen gilt, besonders bei schwierigen Gästen, und als schwierige Gäste oder möglicherweise unerzogene Gäste, als Aufrührer hatten sie uns gleich erkannt und durchschaut, von Anfang an, schon bei unserem Eintreten in den Saal.

Dann tippte Alain mit dem Fischmesser an sein Glas und machte eine spöttische Bemerkung über den Wein, darauf erschien der Sommelier mit einem ganz jugendlichen aufgeregten Gehilfen, und wir waren eingekreist, sie hatten hübsche blaue Schürzchen, Bistrotschürzchen

(Alain)

> ich komme nicht mehr weg von Mahan, auch wenn mir die Flucht gelungen ist, die Flucht war leicht, sehr leicht sogar, an den Tischen in Mahan sassen zuerst vier Insassen und ein Pfleger, dann waren es plötzlich fünfzehn auf einen Pfleger, weil sie sparen mussten, und es gab scheussliche Szenen, die von der Abteilung H schmierten den andern das Essen ins Gesicht und die Pfleger schauten zu und grinsten, manche kamen tatsächlich in diesen Jacken für Tobsüchtige, die man in alten Filmen sieht, und mussten gefüttert werden, manche spuckten das Essen wieder aus oder sie spuckten die Tabletten wieder aus oder den Tee und wurden dafür geschlagen, sie bekamen einen Klaps auf das Maul und einem lief immer wieder das Blut in einem kleinen Rinnsal aus den Mundwinkeln, während er klagend die in ihn hineingeschobenen Kartoffeln mit fast geschlossenen Kiefern zermalmte und hinunterwürgte, er konnte gar nicht mehr anders essen als so, er wurde vom immergleichen Pfleger gefüttert und angefeuert und gelobt und geschlagen und ass nichts, wenn dieser Pfleger seine Freiwoche hatte, ass erst wieder, wenn dieser Pfleger sich zu ihm setzte und ihn fütterte. Ich muss etwas sagen, ich muss jetzt irgend etwas sagen, nichts von Mahan, ich muss ihr sagen, wie leicht einem plötzlich alles werden kann, ihr Blick geht zur Decke, sie sucht mich schon an der Decke

ins Trelock wäre ich nie gegangen mit dir, Mathias, und ich messe jetzt noch jede noch so kleine Unternehmung an der Frage, ob es mit dir auch möglich gewesen wäre, es ist wie ein Spiel, meist ist die Antwort langweilig, meist muss ich passen, weil mit dir sehr wenig möglich war, du hast vieles ganz einfach nicht getan aus irgendeiner Überzeugung oder aus simpler Scheu, du warst schüchtern und unbeeindruckbar zugleich, du hast dich geweigert, Austern zu essen, weil sie noch leben, wenn man sie herunterschluckt, du hast verlegen gelächelt und mit deinem schrecklichen Akzent und ohne zu verstehen ein Kuttelgericht bestellt und es gehorsam bis auf einen kleinen Rest hinuntergewürgt unter unserem idiotischen Lachen, in das du hineingelächelt hast wie die Leute in einen verzerrten Spiegel lächeln, in vager Hoffnung auf Nachsicht für ihre entstellte Erscheinung, vielleicht auch aus purer Verlegenheit: Dieses Lächeln ist auf deinem glatten Gesicht erstarrt zu einer bitteren Grimasse, die als Maske bei einem anderen, gewöhnlicheren genausogut einen Wutausbruch hätte einleiten können, du hast dieses Lächeln quasi auf dir getragen, immer nachhaltiger unter unserem Lachen gelächelt, bis wir uns voller Ekel von dir abwandten und dich wegschickten, wie habe ich dich gehasst, und warum denke ich ausgerechnet jetzt an diese alten Geschichten, jetzt teilen wir uns diesen Raum, so feierlich, wie du mich jetzt bis ins kleinste meines Lebens verfolgst und bei mir bist, mit deinem Anspruch auf Rache, Sühne, Ende allen Gelächters usw.

(Mathias)

Sie sassen in ihren Korbstühlen und starrten mich an aus ihren winzigen nadelkopfgrossen Pupillen, die in der glitzernden Iris herumschwammen wie Punkte auf bewegter See, und sagten mir, ich solle mich verpissen, jetzt, sofort, ich solle mein Zimmer räumen und verschwinden, ich ging gar nicht näher zu ihnen hin, ich ging ins Haus und packte meine Sachen zusammen, so schnell ich konnte, als ich das Haus wieder verliess, sassen alle noch genauso dort wie zuvor, ausser ihr, ich drehte mich um und sah sie bewegungslos am offenen Fenster im oberen Stock stehen, ich konnte in meiner Beschämung nicht anders, als zu ihr hinaufzuwinken, was wieder ein endloses Gelächter auslöste, dann lief ich mit meinem Koffer lange die Strasse entlang, bis mich eine Autofahrerin anhielt, ich nahm ein Zimmer an der Rue Massini, um wenigstens in ihrer Nähe zu sein, sie hatte schweigend dabeigesessen und war in einer ausholenden Bewegung mit ihren langen Fingern ihre Beine entlanggefahren, als müsste sie mich von sich abstreifen, und es war klar, dass sie der Motor war, dass sie die anderen systematisch gegen mich aufgebracht hatte, aber ich konnte sie nicht verlassen, es schien mir schlimmer als der Tod, also nahm ich das Zimmer und sperrte mich dort ein und wartete Tag und Nacht auf ihr Klopfen, ich lag auf dem Bett, unfähig mich zu bewegen, unfähig zu vergessen, mein Name war mir eine Last, ich wollte ihn nur noch aus ihrem Mund hören

die feierlich aufgetragene Speisefolge im Trelock ist reine Arbeit, sie bringen einen Thunfisch, roh natürlich, ein assimiliertes Sushi auf halbgarem Gemüse mit einer hellen leichten Sabayon, die Sorgfalt hier liegt mir nicht mehr, sie wird mir zur Last, ich würde mich lieber etwas zwangloser ernähren, ich weiss aber nicht, wie das aussehen könnte, so ein direktes Pflücken der Beeren vom Busch?
Das ist mir entfallen, sonst wären wir jetzt nicht hier.
Noch beschwerlicher als das Essen ist das Reden über das Essen, an den meisten Tischen im Trelock wird über das Essen geredet, werden die Gerichte verglichen mit andern Gerichten, die man früher einmal woanders in weitaus raffinierterer Manier oder gleich gut oder auch bedeutend schlechter schon gegessen hat oder selbst zuzubereiten weiss, denn es ist ja nicht so, dass man den Leuten für einen gewöhnlichen Fisch einfach sehr viel Geld aus der Tasche zieht, sondern man erhöht durch einen gewöhnlichen Fisch den Wert des Geldes, durch eine Essveranstaltung dieser Art wird man jenen zugehörig, die wissen, dass die rohe Kraft des Geldes gebändigt und gemildert werden muss durch eine Kundigkeit in den Dingen des Lebens, sie nennen das dann irgendwie, sie staunen über die Präzision, mit der das Fleisch des Tieres auf den Punkt gebracht wurde, und sie beraten sich, noch während sie das Fleisch dieses Kadavers verzehren, auf welche Weise das zu geschehen habe, während die Köche in der Küche damit beschäftigt sind, weitere gewöhnliche oder seltene Tiere aus allen Kontinenten in der gleichen unnachahmlichen Weise für weitere ausgewählte Teilhaber und Verzehrer zuzubereiten, die dann glücklich sind, dass sie nicht so essen wie die gewöhnlichen Leute, nicht und niemals mehr den Frass der gewöhnlichen Leute mit ihren üblen Gewohnheiten, ihrer Ahnungslosigkeit, ihren mühsam abgezählten Batzen, ihrer beschämenden Gier – an den Tischen wird leise gesprochen und jeder darf sich selbstverständlich etwas ganz eigenes dazu denken, dass er einen Tintenfisch oder einen Alligator oder eine junge Kuh der Arbeit seiner Kanalisation übergibt, man hat am Ende das Gefühl von Arbeit, wenn man hier isst, man seufzt zwischen den Gängen, schaut zu den anderen Tischen, nämlich wie dort die Arbeit vorangeht, blickt dem Gegenüber, dann dem Kellner gerade ins Gesicht, wenn man den Teller leergegessen und erledigt hat und auf den nächsten Arbeitsgang wartet, auf einen nächsten Arbeitsgang wartet, es ist eine Essfabrik, Gäste und Köche und Kellner versehen feierlich und angestrengt ihren Ess-

dienst, je komplizierter die Gerichte desto seltener lacht jemand laut, ich sitze wieder einmal falsch, aber Alain ist glücklich

(Alain)

Ich kam an einen kleinen Sandstrand, der zu einem Restaurant gehört, ich hörte jemanden von weitem laut lachen. Ich kroch auf den Sand und blieb gekrümmt liegen wie ein toter Wurm. Die Kellner kamen gerade zur Arbeit, es waren alles Araber mit weissen weiten Hemden, sie waren es, die gelacht hatten. Als sie mich am Strand liegen und frieren sahen, brachten sie mir Tee und trockene Kleider. Ich erklärte ihnen mit den Händen, ich sei mit einem Boot gekentert, und sie nickten und lachten wieder. Einer gab mir Geld. Ein anderer brachte Schuhe. Dann konnte ich gehen, sie mussten zur Arbeit, sie fragten nichts. Ein paar Tage ging es gut, ich ging immer weiter Richtung Süden, ich schlief am Tag und bewegte mich nur nachts, jetzt sitze ich hier fest

Sie macht eine fahrige Bewegung und kaut auf der Gabel herum, er soll jetzt etwas von seiner Kindheit erzählen. Er weiss nichts, was sie freuen könnte, er hat viel Fussball gespielt auf der riesigen Wiese direkt neben der Rue Madeleine 40, in jenem Geviert, wo sie später das Kaufhaus hinbauten, und er ist in seiner Erinnerung viel auf der kleinen Mauer über der Rue Nascarin gesessen, mit baumelnden Beinen, neben sich die Freunde, und hatte den Geruch von Urin und Benzindämpfen in der Nase, der von den Unterständen der Obdachlosen zu ihnen heraufdrang, er sass viel herum, auf irgendwelchen Mauern oder Bänken und ganz durchdrungen von einer kleinen glitzrigen Boshaftigkeit, die er jemandem antun wollte, wenn dann ein paar Mädchen an ihnen vorüberschlenderten, johlten sie wie auf ein lautloses Kommando los und jaulten ihren Übermut diesen Mädchen nach, schrien, *Fotzen, braucht ihr was von uns,* worauf die Mädchen sich schämten und zu rennen begannen und manchmal sogar die Hände vors Gesicht schlugen und die Kleinsten mit sich zerrten, die an den zerrenden Armen zu weinen anfingen und sich nach ihnen umdrehten und nicht weiterwollten, während die grossen Mädchen unerbittlich weiterzogen, und sie untereinander im Triumph ihren Gruss tauschten, ein Schlag für einen Sieg, manchmal liessen sie sie auch passieren, manchmal sangen sie ihnen ein Lied, und dann boten sie, feilschten laut um die Schönste, waren plötzlich missmutig, schlugen und traten irgendeinen und gingen dann nach Hause, jeder für sich, was

sollte er nun mit dieser Zeit anfangen, sie hatten die Serien gesehen, den grossen Quiz am Samstag, die Kriegsfilme auf TV7, sie hatten an Winterabenden durch die Fenster im Hinterhof ins U7 gelinst, vorne trainierten sie an den Geräten und hinten wurden sie *verwöhnt*, einer sagte das immer, man werde dort *verwöhnt*, und er hatte es selbst einmal für ein paar Sekunden erhaschen können, die Bilder hatten sich ihm unauslöschlich eingeprägt, was es hiess, *verwöhnt* zu werden, und dass es merkwürdig aussah, wie eines der Mädchen sich an einem Schwanz über einem haarigen weissen Bauch festbiss und saugte, und wie der Mann sich dabei wie unter Krämpfen wand, und sich dann plötzlich wie zur Rache auf das Mädchen warf, die sich noch schnell den Mund abwischte, bevor sie unterlag, dann wurde er weggescheucht vom Chef des U7, der ihn an den Haaren durch den verspiegelten Gang schleifte und vor die Türe stiess, der Chef des U7 spielte manchmal Fussball mit ihnen und lud den einen oder andern zu sich ein und schenkte ihm Geld, Schmuck und Kleider, er war nett oder er war zornig, er lächelte einen an oder er drohte, und sie verehrten ihn wie einen Heiligen, weil er ihnen Geld lieh oder sie von Zeit zu Zeit auf seinem Motorboot mitfahren liess, und weil er reich war und jede Woche mit einem ganz neuen Mädchen seinen Club kontrollierte, und wenn er aus seinem roten Lancia stieg und die Hosen mit einer kurzen Bewegung hinunterschüttelte, verstummten sie, und er musterte sie aus seinen glasigen klugen Augen, die tief in sein gebräuntes fettes Gesicht eingelassen waren, alles in diesem Viertel geschah unter dem wachsamen Blick dieses grossen Mannes, der seine Mädchen an Weihnachten mit Lametta schmückte, und ihnen an Silvester lange Schnüre mit Knallkörpern an die Knie band, vor denen sie dann kreischend wegrannten, der Chef des U7 war ein Idol.
Sie will mehr wissen, also muss er versuchen, zu essen und zu reden, beides gleichzeitig. Die Kellner werfen einander Blicke zu, warum? Haben sie ihn erkannt? Wird er jetzt doch gesucht?
Sie hat ihre Hand auf sein Bein gelegt.
Das wichtigste war der Fussball, das Treffen auf der Wiese, die Ordnung und der Streit, sie hatten nie sehr lange Fussball gespielt, vielleicht zwanzig Minuten am Stück, dann waren sie nass vor Schweiss und hatten sich schon ziemlich weh getan und jeder hatte so seine Wut, die Regeln wurden immer gröber gebrochen, nur wenn die sanften Sozialarbeiter des Quartiers ein Match gegen ein anderes Quartier organisierten und nachher mit ihnen

am überwucherten Rand des Platzes kleine Fische auf Fussabstreifern grillierten, spielten sie das Spiel zu Ende und legten sich dann ins gelbe Gras und starrten in den beleuchteten nächtlichen Himmel und fanden es schön, so zu liegen und in den Himmel zu schauen, dann sanken sie wieder zurück in die müden TV-Abende, die sich bis tief in die Nacht hinzogen und langweilig waren, keinen einzigen dieser Filme würde er wieder erkennen.
Sie zerrt an einer Haarsträhne und zieht sie zum Mund, sie versucht die Spitzen zu kauen, der Kellner wartet höflich, den Teller mit der silbernen Gastrohaube in der Hand –

Ich kann nicht mehr ins Trelock. Das Trelock ist unmöglich geworden für mich.

Als die gespickten Turteltauben auf honiggesüssten, sehr mitgenommenen, schon etwas geschrumpelten Datteln vor uns hingestellt wurden und der älteste, schönste Kellner betonte, es seien dies gespickte, mit Speck und Kardamon gespickte Turteltauben auf mit Honig gesüssten Datteln aus Jericho, lachten wir wie auf ein lautloses Kommando schrill und viel zu laut los, für uns selbst überraschend laut, und wir hörten auch im gleichen Moment wieder auf, als nämlich die Blicke sich in unserem Rücken allzu deutlich feindselig schlossen, als atme man gegen eine Wand

(Mathias)

Gegen einen Wall aus dunkelstem Wasser, jetzt weisst du, wie das ist

jetzt bestellen wir die dritte Flasche Wein und sind endlich beim dunkelsten, schwersten angekommen, wir schauen vergnügt in die erstarrte Runde, die durch unser gleichmütiges Zurückschauen wieder in Bewegung kommt und gerne zurückkehrt zur beschränkten Eigenwelt und Eigenwerbung, hier preist sich jeder einem anderen an, wir blinzeln uns zu, Alain stöhnt leise auf unter der Wohltat meiner rechten Hand und fegt mit der Linken die kleinen, zu Hauben geschnitzten Rübchen und die zu Kronen geschnitzten Kohlrabis, die auf den zusammengebundenen Beinchen der Tauben sitzen, gierig mit der Gabel weg und isst mit den Fingern: Ich werde ihn nicht mehr nach seiner Vergangenheit fragen.

Alain greift nach ihrem Arm, sie packt seine Hand und hält sie sich unter das Kinn und schwankt ein bisschen hin und her –

Eine kleine Werkstatt, so sagt es zumindest Orphelin, kann heute nur noch überleben, wenn sie kleine Sachen macht, Ölwechsel, Auspuff wechseln, defekte Bremsklötze wechseln, das dafür im 24-Stunden-Dienst und mit mässig entlöhnten ungelernten Hilfsarbeitern, die grossen schwierigen Reparaturen überlässt man wenigen grossen Werkstätten, Orphelin will solche Kleingaragen in der Umgebung und bis weit in den Norden hinauf eröffnen und uns damit gleich selbst das Wasser abgraben oder was? Und alles was bei uns in der Folge geschieht, alles entzweit die Leute und bringt sie gegeneinander auf, und so wird es sein, und das zu sehen, das so spät zu erkennen, heisst irgendwie altern, heisst nachgeben, heisst:
den Kopf hinlegen mit dem Gesicht nach unten in den weichen tröstenden Grund, der sich über uns schliesst, heisst:
endlich bin ich Schatten geworden und Augenweide –

Ihr Kopf sinkt langsam nach unten und legt sich sanft auf das Wildschweinragout, Alain hebt ihr mit beiden Händen das Gesicht aus dem Fleisch, er weckt sie mit vor Entsetzen weit aufgerissenen Augen, was sie erschreckt, sie fängt gleich an zu reden, er muss aufstehen, um ihr das Gesicht mit der Serviette zu putzen, er wagt jetzt keinen Blick mehr in die Schar der Tafelnden um sie herum, die Scham würgt ihn, er möchte sie aufs Maul schlagen, aus dem es plappert, er bückt sich und küsst sie auf den Mund, Skipiarski hat es gesehen und wird es später Viviane erzählen, er wird sagen, Alain habe ihre Lippen für eine kleine Ewigkeit *versiegelt* mit einem Kuss, und Viviane wird das Gesicht abwenden –

(Viviane)

> Weil ihr euch nichts zu sagen habt, verkommt ihr zu einer elenden abendlichen Augenweide für das elende Pack im Trelock, wie kannst du es wagen, so zu leben, nach allem, was du gesehen hast, du widerst mich an. Ich werde Skipiarski nie verzeihen, dass er euch zusammen gesehen hat.

Er hat mich zum ersten Mal sehr zärtlich geküsst, ohne auf die anderen zu achten, ich muss ganz kurz eingeschlafen sein. Jetzt überfällt mich die

Müdigkeit von einer Sekunde zur anderen, wenn ich getrunken habe. Wenn ich vielleicht ein wenig zu viel getrunken habe. Ich sollte wieder leben wie früher. Wir fuhren damals immer mit dem gleichen Bus nach Mouton zu einer Lehrerin, die Grégoires Leseschwäche kurieren sollte, ich dachte mir die Fahrt mit dem Bus irgendwie wertvoll, so vernebelt war mein Verstand, ich dachte, mit der immergleichen Mutter im immergleichen Bus zur immergleichen Stunde am gleichen Wochentag, im Winter wie im Sommer, zu allen Witterungen und Jahreszeiten, das müsste ihn erlösen aus seiner wortkargen Verhärtung und Absonderung, die vom ersten Schultag an über ihn gekommen war, und so liefen wir jeden Donnerstag um zwei, während die Kleine bei Simone im Büro war, immer wieder den gleichen schmalen, mit Kunststeinplatten belegten Weg durch die trostlosen Höfe der Métronome, von der schon damals niemand mehr wusste, was und ob überhaupt noch produziert werden sollte, und wo man in die riesigen Hallen schauen konnte, in denen eine kleine Schar von Arbeitern so etwas wie eine Restproduktion vortäuschte, immer derselbe Weg, jeden Donnerstag um zwei zu der berühmten Veronika Kahlmann, die eigentlich die Kinder der Immigranten vor dem zunehmenden Analphabetentum bewahren wollte, sie hatte ihre Arbeit an einem renommierten College in der Hauptstadt gekündigt und sich hier in die Provinz zurückgezogen, sie hatte eine neue Methode ersonnen, eine bald überall besprochene und gerühmte Methode, den Kindern das Lesen und Schreiben beizubringen, und lehnte alle Einladungen der berühmtesten Institutionen ab, ihre Methode dort zu praktizieren, und blieb in ihrem winzigen Häuschen und durchschaute mich sofort, weil ich so unkompliziert wie möglich bei ihr hereinspazierte mit meinem vertrotzten Sohn, sie wollte nur die Kinder der Armen und der Marginalisierten und nahm Grégoire doch als Schüler, weil ich ihr die junge ledige Mutter so unabweisbar darstellen konnte, und gegen diese Fassade der unbeschwerten jugendlichen Armut in Jeans und Bikerjacke und struppigem Haar hatte sie kein Argument, obwohl keine der von ihr favorisierten Mütter mit so einer Jacke und solchen ausgebleichten Hosen vor ihr erschienen wäre, sondern stets so gepflegt wie möglich, mit gebändigtem Haar, wie vor jeder Institution, um dann von jeder Institution noch weiter an den Rand gedrängt und gegängelt zu werden, und beschämt einen neuen Anlauf zu nehmen für ihre Kinder, mit neu gebändigtem Haar und Zweiteilern, die sie vor der Misere retten sollten – also durchschaute sie mich sofort, nämlich im selben

Moment, in dem sie sich bereitwillig und hochherzig täuschen liess, mich an ihren Pult winkte und lange auf den Jungen schaute, während ich ununterbrochen redete, ein wirres Lamento über unsere Zweisprachigkeit, über sein Verstummen, seine bösen Streiche, die Unmöglichkeit, die Zeichen und Signale der Buchstaben zu verstehen, mit schweren Bewegungen erhob sie sich, während ich weiterschwatzte, und schob ihre gedrungene Gestalt vor das Fenster, sie suchte mit den Augen den Hof ab, dann wandte sie sich um und musterte wieder Grégoire, der sich hinter mich gestellt hatte und über meine Schulter forschend zu ihr hinüberblickte, bis ein kleines Lächeln ihr Gesicht überzog, mir fiel mit einemmal nichts mehr ein, was ich hätte sagen können, ich war auf eine Absage gefasst, ich hatte ja schon etliche Absagen eingesammelt mit diesem Jungen, der so steil abfallend gebaut war auf irgendeinen Abgrund zu, und so gab ich mich munter und aufmerksam, obwohl mir zum Heulen war, und wahrscheinlich hat mein etwas kläglicher Auftritt sie nicht im mindesten überzeugt, auch nicht Grégoires neugieriger Trotz, der sie amüsierte, und sie nahm ihn dennoch als Schüler an, zunächst auf Probe, und sie erlaubte auch, dass ich anfangs in jeder Stunde dabei war, weil ich die Furcht vor ihr nie ganz verlor und argwöhnisch darauf bedacht war, dass sie mein Söhnchen nicht verletze, in einem lichten Augenblick den verwöhnten Strolch in ihm entdeckte, ich habe mich bei dieser Frau oder an ihr ausgeruht, mich erholt unter den bedächtigen Bewegungen und der brüchigen Stimme, ohne je wirklich mit ihr zu reden, ich konnte ihr nie meine wahren Nöte klagen und habe mich also an ihrer Erscheinung kuriert, und jedesmal wenn ich mit Grégoire in den Bus stieg und durch das kurze idyllische Waldstück zu ihr fuhr, überkam mich eine seltsame Ruhe und Beruhigung, und das ging über auf ihn, so dass sich sogar der Klang seiner Stimme veränderte, während er mir allerlei erzählte und es genoss, mit mir allein zu sein, dann wurde sein blasses schmales Gesicht wieder so offen und freundlich wie früher, als er noch klein und glücklicher war, ganz ruhig stiegen wir aus und gingen zu der kleinen hässlichen müden Frau, die dann mit uns in ihr Studierstübchen stieg, bis ich eines Tages wusste, dass Grégoire alleine zu Veronika Kahlmann wollte und ich nicht mehr mitfahren und mich also nicht mehr heilen konnte an ihrem trockenen methodischen Umgang mit Buchstaben und Menschen. Nach zwei Jahren erklärte sie den Unterricht für beendet und empfahl mir den Blanchard, der näher und für diese Schulstufe geeigneter sei als sie, und ich dürfe Grégoire nie aus den

Augen verlieren, er sei ein seltsames Kind, wie seine Mutter ja auch ein angegriffener Mensch sei, wie sie zu meiner Verblüffung anmerkte, und dann lachte sie fröhlich und kurz und richtete Grégoire einen Gruss aus und legte den Hörer auf, und ich lauschte noch lange auf das Rauschen im Hörer, den ich vor mich hin hielt, bevor ich mich wieder fasste.

Darja hat den Mund leicht geöffnet und starrt geradeaus und greift mit beiden Händen nach Alains Arm, während sie durch den dunklen langen Gang des Trelock zum Ausgang rudern, dann greift sie mit der gleichen betrunkenen Entschiedenheit nach dem schönen livrierten Portier, der ihnen die Mäntel bringt, sie hält ihn am Ellbogen fest und sagt, sie schwanke momentan unter dem Gewicht ihrer Erinnerungen, und der Portier lächelt knapp und fährt ihr mit der Hand über die Wangen und zwinkert aufmunternd in Alains versteinertes Gesicht, der frische Wind draussen weckt sie nicht, sie schwankt noch deutlicher und redet in einem fort über die Schönheit der Schwäche oder die Schönheit als Schwäche, über Grégoires überwundene Leseschwäche, mit der er aus den dumpfsten Texten der Schulbücher geheimnisvolle, stammelnde, durch die falschen Pausen vor den einzelnen Lauten kaum verstehbare Poesie zauberte, so dass es klang, als rezitiere er ganze Sätze einer längst untergegangenen Sprache, einer Sprache vor seiner Zeit, die sie bewegte allein durch den Ernst, mit der er sie vortrug, und wie von Lachen geschüttelt die kleine Victoire ihm lauschte, und wie sie über ihren Bruder lachen konnte, ohne ihn zu erzürnen, wie er nur kurz mit verwundertem Blick zu ihr hinüberschaute und dann weiterlas, und weiter redet sie über Victoire, und über die Kleider, die sie jetzt wohl trug, über ihre Taille, dieses wunderbare Gelenk in der Mitte des Körpers, über das Verstreichen der Zeit –

(Alain)

> Überflutet von einer Welle von Zärtlichkeit, kann man das so sagen, sie würde mich auslachen, ich muss sehr aufpassen, was ich sage, sie duldet kein Gefühl, manchmal redet sie über ihre Kinder und ist dabei überflutet von einer Welle von Zärtlichkeit und will aber nicht, dass man das merkt, sie will so tun, als sei nichts

Er möchte die Frau kennenlernen, die ich früher war, denn eigentlich bin ich alt, für ihn sogar sehr alt, für so einen Jungen eine verschrobene Greisin und alt, alt, alt, bis auf den Körper uralt, wir schlingern zum Wagen, und fahren werde ich, an der Rue de Prèche in Mourty werde ich halten und ihm den Fasan zeigen, wo wir uns früher trafen, er soll wissen, dass ich mit Geschichten beladen bin, von denen er sich keine Vorstellung macht, er soll gehen, er soll verschwinden und sich eine junge Blonde suchen mit prallen Ähren im Haar oder was weiss ich, die Mehrzahl der jungen Frauen glaube nicht an die Möglichkeit, in ihrem Leben in gleicher Weise das tun und bekommen zu können, wie es die Männer ihrer Generation erwarten dürfen, schreibt Vivianes Freundin Anne-Sophie Ribaud und sie kommentiert alles in grossem Zorn, mir ist das vollkommen gleichgültig, die Schriften, der Zorn, die allgemeine Lage, mir dreht sich die Welt so heftig, dass mir alles gleichgültig geworden ist, ich würde jetzt noch gerne eine Stunde im Fasan sitzen, ein irisches Bier trinken, aber Alain drängt nach Hause, er will nach Hause, und es ist merkwürdig, ihn *nach Hause* sagen zu hören, er nimmt mir den Autoschlüssel ab, der Wind wirbelt ganze Wolken von Sand und Staub über den kleinen Platz, wir waren essen im Trelock und das scheint mir jetzt wie ein Wort auf einer Liste, das man durchstreichen kann, das letzte Wort auf dieser Liste lautet wie? Alain weiss es nicht, er fährt mit der linken Hand, die Rechte hat er auf meine Stirn gelegt, er lächelt verschmitzt, nach dem trügerisch tröstlichen Schlaf dann wieder ein Morgen in nüchterner Klarheit, beladen mit jener kaum fassbaren Bitternis, die das Erwachen zu einer teuflischen Prozedur werden lässt, weil man irgendeinen Kummer mit sich herumschleppt, etwas Unerledigtes

(Alain)

sie sagt: *An der Seite meines Kummers,* dann schläft sie wieder ein, sie wollte noch woanders etwas trinken, aber ich fahre weiter ohne anzuhalten, sie kann gar nirgends mehr hin in diesem Zustand, und gut, dass sie so leicht ist, so leicht zu tragen, sie redet wirres Zeug, zwischendurch lacht sie, es hat ihr gefallen in diesem komischen Restaurant, sie war so lustig aufgelegt wie schon lange nicht mehr, sie sagt, sie wolle mir noch etwas erzählen von sich und öffnet langsam ihre Augen und richtet ihren starren Blick auf mich –

2

Im gelben Licht des frühen Morgens sitzt Haijl Djuber auf den gestohlenen Backsteinen vor der kleinen Garage, die er für seinen Bruder fertig verputzt und streicht und die er durch einen seitlichen Anbau erweitert, er raucht und trinkt starken süssen Pfefferminztee aus der Thermosflasche, er ist aufgeregt, irgend etwas Unangenehmes wartet auf ihn, er merkt es, er versucht sich zu beruhigen, schaut auf das dorfartige Gewirr winziger, kubischer, ineinander verschachtelter Häuser, die sich wie ein Ring um die kleine Stadt ziehen, und in den trüben grauen, nur im Osten leicht gefärbten Himmel und auf die See, die so grau ist wie der Himmel, und er sieht plötzlich im Augenwinkel den roten Pickup seines Bruders, der nur eben vorbeischauen will und nicht einmal aussteigt. Er bleibt im Wagen sitzen und winkt ihn zu sich wie einen Hund, während er mit dem jungen Mann auf dem Nebensitz plaudert. Der Bruder gibt ihm jetzt Arbeit, aber er empfindet ihn als eine schwere Last, von allem Anfang an, obwohl Haijl der ältere ist, verachtet ihn der Jüngere, er hat ihn immer verachtet und er ist mit allen andern Leuten freundlicher als mit ihm. Als Haijl vor ihm steht, dreht sich der Bruder zu dem jungen Mann um und lächelt ihn an, dann wendet er sich wieder Haijl zu, wie ein Lehrer, der auf eine Antwort wartet, und Haijl sagt etwas, um die Drohung loszuwerden, er redet ohne nachzudenken und stockt dennoch nach jedem zweiten Wort, er sagt, die Savary sei am Samstag schwer betrunken aus dem Trelock getragen worden, und er fände es traurig, wie sie sich zugrunde richte und den ganzen Laden zugrunde richte, die Montadour zugrunde richte, er deutet mit dem Finger auf das ferne Glasgebäude im Norden mit der leuchtendroten Schrift, alle Jalousien seien defekt und niemand kümmere sich jetzt mehr um so etwas und er verstehe es nicht, er könne das einfach nicht verstehen. Sein Bruder starrt ihn feindselig an, trommelt mit den Fingern aufs Lenkrad und antwortet nicht, er lächelt wieder kurz zu dem jungen Mann auf dem Nebensitz hinüber, Haijl holt schnell den selbstgezeichneten Bauplan für die Garage aus der Hosentasche, seine Armbanduhr verhakt sich im groben Stoff und er braucht lange, er schwitzt, dann erschrickt er, wie erbärmlich sich die leuchtende Zeichnung im Tageslicht ausnimmt, auch wegen des zerknitterten Papiers, sie wirkt jetzt ganz anders als im nächtlichen Schein der Lampe – kindlich und krakelig und stumpf. Der Anbau an die kleine Garage ist rund und bauchig und kindlich und geht in sanftem Übergang vom quadratischen Grundriss in ein höhlenartiges, sich bauchförmig ausstülpendes Etwas über, der Mann auf dem Nebensitz fotografiert den Bruder und bedeutet Haijl, den Plan höher zu halten und zurückzutreten, dann fotografiert er den Bruder vor diesem Plan, Haijl fährt mit zitterndem Finger, die Farben verwischend, über die unten angefügte Seitenansicht, dort hat er die Bemalung entworfen, das Muster, der Mann fotografiert noch einmal und Haijl darf wieder vortreten, sein Bruder zuckt die Schultern und schiebt das Papier von sich, bis er an Haijls Hand stösst, er schweigt und zündet sich und dem andern eine Zigarette an, bläst den Rauch aus, Haijl versucht den Plan zu erklären, er würde auf die Grundfarbe Weiss ein *stummes Muster* auftragen, rote kreuzähnliche Mäander im hellen Feld, die Fenster würden dann wirken wie Augen unter einer niederen Stirn – sein Bruder nickt und wirft die Zigarette weg, er lässt den Motor an, *dann mach dein stummes Muster,* sagt er ein bisschen freundlicher und lächelt den Mann auf dem Nebensitz an, *aber übertreib es nicht wieder, einen wie dich möchte ich auch nicht im Laden haben, auch wenn ich am Samstag mal einen zuviel trinke, dich würde ich auch entlassen, du brauchst ein Jahr für so einen kleinen Bau, du musst lernen zu arbeiten, verstehst du, sonst schaffen wir es nicht, einfach arbeiten, verstehst du das* – er schiebt Haijls Hand mit dem Plan jetzt so grob von sich weg, dass das dünne Papier an Haijls Hand zerknittert, das macht ihn gleich wieder wütend, sie seien wohl alle nicht mehr ganz normal, nicht nur die Savary – dann fahren sie weg und Haijl schüttet den Tee zurück in die Flasche und kämpft den Rest des Tages gegen die düstere Stimmung an, die ihn erfasst hat, gegen diesen merkwürdigen Zwang, immer nur die zwei, drei gleichen Sätze zu denken.

Darja sitzt schon lange vor dem Bildschirm im gläsernen Anbau der Montadour und ordnet mit Hervé die Bestellungen nach dem neuen System, überwacht seine schwerfälligen unentschiedenen Bewegungen, schaut ihn von der Seite an, wie er unendlich langsam immer wieder die falschen Zeichen antippt und dann ebenso langsam wieder korrigiert, es ist zum Verrücktwerden, sie sagt lange kein Wort, lässt Hervé zappeln wie einen Schüler, den man ein bisschen satt hat –

Ob er das neue System nicht praktisch fände, fragt sie dann plötzlich, und Hervé fährt zusammen und starrt sie müde an. Seine dicken Finger kreisen über der Tastatur, jeder Lehrling käme besser damit zurecht als er, sagt sie leise und deutet mit dem Kinn auf seine Hand, Hervé hat plötzlich das Gefühl, sein Stuhl rotiere, er muss sich kurz am Tisch festhalten, er tippt ein ST- 425 R und kämpft gegen seinen hilflosen Hass und die Tränen, die es ihm gegen seinen Willen in die Augen treibt, so dass er kaum mehr etwas erkennen kann

(Hervé)

Ich war mit diesem Mädchen im Kino, sie war für mich damals noch irgendein Mädchen, und wir kauften ein Eis und gingen in den Saal und taten, als sei nichts, dabei hatte sie mich eine Stunde warten lassen, und wir platzten mitten in den Film und während wir assen, heulte ich heimlich über den Film, weil sich dort eine wunderschöne Frau über ihren Mann lustig machte, wenn er abends hungrig seine Suppe ass, und ich heulte heimlich über mein trostloses Hundeleben, diese Warterei auf irgend etwas, und nie jemand da, der zu einem hält, und da fragte sie mich plötzlich ganz leise, aber ohne zu flüstern, ich denke, das haben ziemlich viele mitgekriegt damals, sie fragte mich mitten in den Film hinein, ob ich sie heiraten würde, und ich sagte, *nein,* sie begann langsam meine Schenkel zu streicheln und sagte, *aber ich würde dich gerne heiraten,* und ich wehrte mich gegen ihre Hände und sagte so etwas wie, mit Frauen wie ihr käme ich nicht aus, und sie sagte nur, *aber mit mir ist es schöner als mit den Frauen, die du magst,* und streichelte mich weiter, ich wehrte mich nicht mehr, ich dachte, gut so als Abwechslung, und wenn sie mich jetzt sähe, würde sie mich trösten, sie würde ihre Zungenspitze zwischen meine Lippen schieben, sie küsst so komisch, erst in letzter Zeit küsst sie so komisch, und dann sagen, jetzt trinken wir erst mal einen schönen kleinen Kaffee, nicht wahr –

Darja beugt sich vor und tippt etwas an, und plötzlich erscheint ein neues Bild auf dem Bildschirm, und er sieht in Rot und Blau, in tadellosen Kolonnen, alle Teile aufgeschrieben, und die kleinen Kästchen, in denen er nachbestellen muss, er weiss jetzt wenigstens, dass es geht, dass es funktioniert, was er schon lange geahnt hat, und er findet seine Stimme wieder und kann ihr endlich sagen, was es ist, es ist für Lehrlinge, das sei für die Lehrlinge, das sei wohl alles für die Lehrlinge gemacht und nicht für ihn, und sie lachen, Darja stösst ihn freundschaftlich in die Seite: *Hervé, warum wehren Sie sich so gegen jede Erleichterung?*

(Hervé)

Ich kann mich nicht konzentrieren, ich muss immerzu an meine Frau denken und was sie jetzt treibt –

Aber ich wehre mich ja gar nicht, wir haben unsere Arbeit auch früher gemacht und halt per Telefon die Teile nachbestellt, Darja schaut kühl und aufmerksam auf seine Hände, sie räuspert sich, schiebt die Papiere auf dem Tisch hin und her

(Hervé)

sie ist gar nicht mehr richtig da, meine Schöne, sie sagt nur immer wieder das gleiche, sie sagt, *wir machen uns einen schönen Kaffee, nicht wahr, wir machen uns einen schönen Abend, du kleiner Hervé, du mein Kleiner,* und dann rollt sie die Augen und läuft weg und sucht etwas im Papierkorb, und wenn ich sie frage, was sie suche, fängt sie an zu weinen oder zu lachen und weiss es nicht mehr, weiss auch nichts mehr davon, dass sie mir einen Kaffee machen wollte, man kann das niemandem erzählen, ich kann sie nicht mehr alleine lassen zu Hause, sie kommt nicht mehr alleine zurecht, sie ist immer noch schön, sie hat keine einzige Falte, ihre Augen streunen so, sie sind sehr schön, ihre Augen strahlen, jeden Abend versucht sie mir ein Essen zu machen, jeden Abend macht sie dieselben Bewegungen, sie läuft zum Kühlschrank, öffnet ihn, macht ihn gleich wieder zu, läuft zum Herd, stellt das Gas an, sucht einen Topf, sucht einen Deckel, setzt den leeren Topf aufs Gas, legt den Deckel darauf, geht wieder zum Kühlschrank und dreht sich plötzlich um, als sei ihr etwas eingefallen, und fängt dann wieder an, im Abfall zu wühlen und mit dem Abfall zu spielen, und dann kommt die Nachbarin und bringt uns das Abendessen und zwinkert mir zu, die Nachbarin zwinkert mir zu, aber ich finde es nicht komisch, ich hoffe immer noch, dass sie sich eines Tages wieder erholt

Darja steht auf und lässt den Stuhl nach hinten sausen und gegen die Glaswand rattern, sie streckt sich und reibt sich die Augen, Hervé bleibt sitzen, ihm ist übel.
Nichts von dem, was über sie geredet wird, ist wahr, sie trinkt nicht, sie hat nie getrunken, frisch wie der Morgen hat sie sich um Viertel vor acht Uhr auf ihn geworfen und ohne Vorwarnung mit der Dressurnummer am Computer angefangen, der ungezuckerte Morgenkaffee ist ihm in einem Schwall

wieder nach oben ins Maul gesprudelt und schwimmt jetzt zwischen seinen falschen Zähnen, er atmet heftig durch die Nase, und Darja fragt sich, was sie falsch gemacht hat, ob sie etwas falsch gemacht hat. Sie hat eine neue Brille, die ihn verwirrt, die sie immer ganz tief auf der kurzen Nase trägt, weil sie sich wahrscheinlich schämt, dass sie eine Brille braucht, früher brauchte sie keine, sie hat den ganzen Laden hier aus dem Boden gestampft und stampft ihn jetzt wieder in den Boden hinein, mit ihren riesigen Füssen, mit ihren Kriegssandaletten, sie ist in Form, etwas blass, aber mächtig in Form, und sie wird seine Garage zerschlagen, in viele kleine Teile zertrümmern, in schnelle kleine Teile, über die Region verteilte Winzigteile zertrümmern, und dort wird es zugehen wie am Fliessband, sie sagt, die Zeit der Tüftler sei vorbei, die Zeit der Hervés sei vorüber, sie hat einen teuflischen Plan und sie hat ihm nur Idioten übriggelassen, alle andern hat sie entlassen, und mit diesen Idioten, mit denen er kaum reden kann, wird sie seine Werkstatt zerstören und ihre 24-Stunden-Dienste über die Region schütten, man könnte auch dressierte Affen brauchen für das, was dann noch übrigbleibt, und er wird die ganze Zeit vor diesem Kasten sitzen und immer zwei Tasten aufs Mal drücken und nie finden, was er gerade braucht, ihre grosse Hand auf seiner Schulter ist ihm peinlich, sie hat eine Männerhand, sie gibt sich weiblich

(Hervé)

> Hervé, was sagst du, wenn jemand kommt und dir sagt, *ich habe deine Frau gesehen, sie hat sich die Haare nach der Mode der fünfziger Jahre nach hinten gekämmt und sie stürzte sich auf dich und drückte ihre Zunge in deinen Mund, das ist mächtig komisch, sagte sie, das ist mächtig komisch, wie das jetzt neuerdings zieht hier im Haus, nicht wahr, mein kleiner Hervé, was sagst du jetzt, schämst du dich vielleicht für sie oder für dich,* so jemanden spucke ich an, ich schäme mich nicht für sie, niemals

und wenn sie sagt: *Mut, Hervé,* möchte er aufjaulen, sie ist in Form, und er sitzt mit einem üblen Geschmack im Mund hinter der Scheibe und die andern stehen feixend mit den Händen in den Taschen vor der Scheibe und arbeiten fast nichts mehr, laufen nur immer mit irgend etwas in der Hand durch die Halle und schauen ihn an wie ein Tier im Zoo, das ist die Schuld der Savary und die Schuld Orphelins, der jetzt gleich Madame in sein Büro bitten wird, um mit ihr den Tod der Werkstätte zu beschliessen, den Tod des Fuhrbetriebs, den Tod der Vermietung, den Tod der Fahrschule, den Tod Hervés. Orphelin hat ihm auf den Bauch geklopft und gemeint, er solle etwas tun für seine Gesundheit

(Orphelin)

> Wenn ich den Alten hier herumschleichen sehe und wie er sich gehenlässt, dann wird mir übel

Orphelin ist lautlos hinter ihn getreten und hat der Savary ein Zeichen gegeben, ein Zeichen, er wolle mit ihr reden, dem mal eins ins runde Maul schlagen, dem nur ein einziges Mal mit der Faust ganz locker in sein künstlich gebräuntes Gesicht hauen, vor ihr, vor ihr, die gerade fragt, warum er nicht einfach *error* drücke und zurückgehe und warum er sich immer gleich so aufrege vor diesen Apparätchen, die doch nur alles einfacher für ihn machten, und warum er es sich so schwermache, jetzt wo vieles einfach werden müsse, als ob ihm je irgendwo ein Teil gefehlt habe, als ob die Arbeit nicht immer getan worden sei, als ob nicht alles immer reibungslos zuhanden gewesen sei, mit den weissen Bestellformularen und den rosaroten Durchschlägen, die es jetzt angeblich gar nicht mehr gebe, so leichthin, so ahnungslos wie sie dahersalbert und ihm zwischen die Finger fährt, mit denen er oft gleich zwei Tasten drückt, weil diese Finger eben viel zu plump und nicht gedacht sind für diese Nummer, die man ihm abverlangt wie einem dressierten Hund, vor den Augen der kichernden Sévérine, die ein paar Papiere zu ihnen hineinreicht und der Savary zuzwinkert.
Georges Delèvre sagt, die Savary sei krank, einfach krank, sie werde zu heftig geritten von dem jungen Kerl, der ihr wahrscheinlich die Konten plündert, aber das ist alles nicht wahr, sie ist in Form, sie ist in eine neue Form geraten. Orphelins Sohn hat montags blaue Flecken an den Armen, weil er auch krank ist, wie die einen sagen, weil er am Samstag nicht Tennis spielen wollte, wie die andern sagen, Orphelins Sohn wird seinen Weg schon machen, irgendwie finden ja alle am Ende irgendeine Möglichkeit zu leben, aber wie schön war es hier noch vor fünf Jahren, als Jeannot jeden Morgen schwankend auf seinem hässlichen gelb angestrichenen Velo in die Werkstatt fuhr und dann als erstes einen schweren schwarzen Kaffee braute, als Georges Delèvre noch eine Wette nach der anderen verlor, weil er das Rau-

chen nicht lassen konnte, und sie zusammen am Wachstuchtisch sassen und bis tief in die Nacht hinein die Bestellungen vorbereiteten, das dudelnde Radio neben sich, im Geruch von Öl und Gummi, Hervé sagt von diesen Jahren, *das war mein Leben,* wie Simone, die vor ihrem Kräutertee sitzt, mit beiden Händen die Knie umschlungen hält und ihren Mann anschaut und die Fotografien von früher, als die Kinder noch klein waren und sie selber jung, und dann immer wieder mit einem grossen Staunen sagt, *das war mein Leben*

(Simone)

> Nein, ich sage nicht das, ich sage, ich habe mich immer heimlich auf dich bezogen, Darja, ich habe immer mein Handeln danach gerichtet, was du denken oder sagen würdest dazu, auch im kleinsten habe ich mich an dir ausgerichtet, und es war mir gleichgültig, ob du das merktest oder nicht, ich wollte bei dir sein, sehr eng mit dir sein, und habe es auf meine Weise dahin gebracht, ich habe aus den Programmen im TV jene herausgesucht, die dein Gefallen fänden, ich habe Bücher gelesen, die du mir irgendwann empfohlen hattest, ich bin in Zürich alle Strassen abgegangen, von denen du mir erzählt hast, ich habe das alte Schulhaus am Römerhof gesucht und nicht gefunden und ich bin mit der Bahn hinauf in den Wald gefahren, ich bin auch in meiner zärtlichsten Freundschaft und Zuneigung eine systematische Frau, in allem

Gegen Abend sitzt Darja dann mit Orphelin in ihrem kleinen Büro, der grosse Himmel vor dem Fenster spiegelt sich nachtblau an der kahlen Wand in ihrem Rücken, sie ist blass wie ein Leintuch, sie hört auf den Tonfall seiner Rede, Hervé hat sie heute morgen ganz unerwartet heftig blamiert vor Orphelin mit seinem vertrotzten starren Sitzen, seinen schwimmenden Blicken und seinen halben Sätzen und Ausrufen, und das muss sie jetzt in dieser Abendstunde wiedergutmachen, um Orphelins Spott zu dämpfen, seine Überlegenheit, seine ihr von der Crédit Lyonnais aufgezwungene Überlegenheit, seine ihr in einem ganz persönlichen Gespräch aufgezwungene Herrschaft, man traut ihr nicht mehr, man legt ihr jetzt die Hand ganz anders auf den Arm, man hat sie dort einmal ein *Wunderkind* genannt, in allen Hochglanzprospekten über die wunderbare Entwicklung der Region war ihre lange schlaksige Gestalt vor der wunderbaren «Montadour Cyclo Comp. und alles was Räder hat», jetzt ist sie blamiert, ausgerechnet von

Hervé, der doch an ihrer Seite bleiben sollte, wenn er Orphelins Regime überleben will.
Hervé, du Ratte, du legst dich akkurat so auf den Rücken, wie Orphelin es von dir will, wie er es schon längst gewusst hat, als er zum ersten Mal hierherkam mit seinem blauen Laptop. Und lächelnd näselte und lächelnd referierte und in Darjas schnell wachsende bleierne Müdigkeit hinein sein Urteil sprach über diese reiche Landschaft, die Montadour Cyclo Comp. Seit diesem ersten Mal sagt er immer wieder in wechselnden Variationen seine Klagen auf: konzeptionsloser Grundaufbau, verlustreiche Nebenbetriebe, übereilte Zukäufe, Dauerimprovisation statt Planung, dadurch Verzettelung der Kräfte, groteske Stellenplanung, überaltertes Personal in veralteten Strukturen, verkrustete Logistik, paralysierter Vertrieb – auch die erfolgreiche und von Grégoire und seinen Freunden fast kostenlos lancierte Kampagne in den letzten Jahren lässt ihn kühl, diese Kampagnen haben die Montadour in ein seltsames Licht gerückt, das Kerngeschäft zu wenig beachtet, Orphelin sitzt weit zurückgelehnt und sehr entspannt und lässt zwischen ein paar Sätzen seine Blicke wandern, über die Fotos an der Wand, über den alten Helm, über den Tisch, über die mit Blindheit geschlagene, von den Banken allzulang gehätschelte Darja Savary, Ex-Wunderkind, jetzt Sorgenkind, *die Zeiten, liebe Madame Savary, haben sich sehr schnell geändert,* jetzt bewegt Pierre Orphelin die schmalen, von einem starken Ringmuskel, von einem starken Ehrgeiz immer ein wenig zusammengezogenen, immer ein wenig in Rundform gezwungenen Lippen und legt wieder los. Während er spricht, bewegt sich der Mund beinahe nicht, die Lippen öffnen sich nur, um die Laute durchzulassen. Er liest ihr seine Notizen vor, über den Defizitärbereich des Transportdienstes, ein nachlässig geführter, mit ständigen Improvisationen mühsam aufrechterhaltener kleiner wertloser Zweig der Montadour mit plötzlichen Einsätzen der halben Garage für irgendeinen privaten Umzug, und dieses halbherzig betriebene Umzugsgeschäft muss aufhören, findet Orphelin, der Taxibetrieb ist in Bearbeitung, der ihn konkurrenzierende Nachtbus ebenfalls, das ganze Herz ist in Bearbeitung, am Ende wird jene winzige Garage bleiben, mit der es angefangen hat, vor über zwanzig Jahren. Nichts hilft, Orphelin wird immer unzugänglicher.

Zwei Tage später der Gang durch den hell erleuchteten mit schwarzweissem Kunststoff ausgelegten Motoshop im alten Haus. Orphelin nimmt dies und das zwischen die Fingerspitzen und findet alles zu teuer, besonders die Kindersitze und die Motorradtaschen, und die Auswahl zu klein und die tschechischen Spielzeugautos lächerlich, und die Sammlung mit pelzbesetzten Motorradhelmen zum Kopfschütteln. Das Fahrradzubehör erschreckt ihn. Am Ende des langen Gangs, den sie schweigend in ihr Büro zurückgehen, entdeckt er die Velowerkstatt, die im Umbau ist, und bricht über dem mit Plastik verkleideten Raum in lauthalses Klagen aus, davon habe er bis jetzt ja nichts gewusst, dass man auch noch Velos im Verkauf habe, das sei absurd und die Montadour sei kein Geschäft, sondern eine unrentable Anhäufung nicht zu Ende gedachter Ideen, und Darja wagt nicht, ihm zu erzählen, dass sie hier, in der neu dazugekommenen Velowerkstatt einen Anstrich nach einem psychologischen Farbkonzept bestellt hat, das den Sommertouristen Laune machen soll, eine Kauf-und-Bestellaune, eine Bikerlaune, eine Rucksack-Helm-und-quer-durch-die-Wälder-den-Dünen-entlang-Bikerlaune, so dass sie sich schon in dieser Halle, in der sie ihre Räder nach Lust und Laune, nach einem aufgehängten leuchtendroten Vorbild oder aus dem Prospekt zusammenstellen können, dass sie sich also schon während sie hier bestellen auf den abenteuerlichen und entrückten Wegen sehen, die sie mit ihrem Rad dann drei Tage später mühelos befahren werden. Die Unterlagen für das komplizierte Farbkonzept des übermässig hohen schmalen Raumes liegen auf einem vor Dreck starrenden Rollwagen, den Haijl Djuber dort hingeschoben hat, Orphelin stösst heftig an das schwere böse eiserne Möbel, weil er mit seinen Notizen beschäftigt ist und nichts sehen kann. Er reibt sich das Knie und seine angespannten Lippen öffnen sich zu einem Seufzer, dann streicht er seine langen Haare mit der immergleichen Bewegung seiner ganzen Hand nach hinten, läuft weiter und stolpert über eine Kabelrolle, reisst eine schwere Plastikplane runter, die sich wie eine Haube über ihn stülpt, und unter dem schmutzigen Verdeck verliert er zum ersten Mal die Fassung und stösst einen Fluch aus, sein edles hellgraues Sakko, sein in lässigen Falten verlaufendes Sakko ist mit einem merkwürdig riechenden braunen Pulver bedeckt, das beim Wegstreichen ölige Flecken hinterlässt, Darja verbeisst sich das Lachen, sie schaut ihm zu, wie er während des Gehens die öligen Flecken befühlt: Der seltsame Haijl Djuber, Schwarm aller Frauen, hat gelegentlich eine Farbe aus einem Pulver gemischt, dessen Herkunft und Zusammensetzung niemand so recht wusste, und damit ganz ausserordentliche Wirkungen erzielt, schade um den Jungen, der alles was das Haus an

Farbe brauchte und alle kleinen Reparaturen so nebenbei besorgte und der jetzt für seinen Bruder arbeitet und überall in der ganzen Stadt ganz erstaunliche kleine Friese an irgendwelche Schuppen und Häuser malt, deren Anstrich er erneuern soll.

Sie steigen gleichzeitig in ihre Wagen, Orphelin in seinen Audi, sie in ihren uralten Lancia, sie freut sich auf Alain, der wie immer alle Lichter zu ihrem Empfang brennen und Radio und TV laufen lässt und den ganzen Tag den Weg über die Pyrenäen in der Karte studiert, ausgehend von Port Bou, und nichts gekocht und nichts eingekauft und nichts gerichtet hat, sie freut sich auf das erste Glas eiskalten Leruce de Vermaille, er wird ihr das Haar aus der Stirne streichen –

Er wird mir das Haar aus der Stirne streichen, er wird, soweit er das kann, prüfend in meine Augen schauen, er wird versuchen, mich mit seinen merkwürdigen Scherzen zum Lachen zu bringen, er wird den Kopf schief halten, er wird nach dem ersten Glas fragen, was ich essen möchte, ich werde ihm erzählen, wie blödsinnig Orphelin heute durch die Montadour gestolpert ist, wie ungeschickt und tölpelhaft er sich bewegt, und er wird sagen, dieser Orphelin sei nichts wert, er wird diesen Orphelin von mir nehmen, wie man Staub von einer Schulter wischt.

Ein unheimlich dichter Schwarm Strandläufer hängt lange über der Bucht und verdunkelt das Licht wie eine schwarze Wolke, Haijl Djuber lässt den Pinsel fallen, er erschrickt über die grosse Zahl, er läuft zu seinem Wagen und sucht Papier, er muss aufschreiben, dass der Schwarm so dicht war, dass er die Sonne verdunkelte und dass das ein Zeichen ist –

Bin heute schon um vier Uhr aus dem Büro und zu Viviane gefahren, ich wollte wieder einmal ganz alleine mit ihr reden, wir hatten einen schlimmen Abend letzte Woche, und ich wollte ihre neue Druckmaschine sehen, und die beiden Spezialisten, die eigens zu ihrer Installation aus Deutschland angereist sind und die jetzt bei Viviane wohnen und sich morgens leise entrüsten über das Chaos in ihrer Küche, sie sollen Töpfe und Pfannen nachgekauft haben. Als ich aus dem Wagen stieg, stand Haijl hinter mir und hielt mir eine Zeichnung so nahe vor das Gesicht, als wolle er sie mir um die Ohren schlagen, das habe er eigentlich für mich gemacht, aber jetzt sei es zu spät, er fror offensichtlich, das Papier zitterte in seinen Händen und ich konnte nichts darauf erkennen. Es war ein grosser Fehler, ihn zu entlassen, seine Haut ist aschfahl und sein Blick geht leer und traurig an allem vorbei. Alle vermissen ihn, niemand rührt an, was er liegenlassen hat, als er krank wurde, und die Montadour nicht mehr betreten hat. Ich wusste nicht, was ich ihm sagen sollte, ich fragte ihn, wo er arbeite, ob er wieder eine Arbeit gefunden habe, da duzte er mich plötzlich und flüsterte beinahe: *Du weißt es doch, ich muss jetzt bei meinem Bruder sein, das habe ich alles schon einmal gezeichnet und jetzt geschieht es, heute hat ein Schwarm Vögel die Sonne verdunkelt* – dabei suchte er in einer verschmierten Mappe nach einem Papier, und er beklagte sich, man rede überall über ihn, er höre seinen Namen rufen in der ganzen Stadt.

Dann wandte er sich abrupt ab und lief ohne ein weiteres Wort davon, die Mappe hielt er an sich gedrückt, den Kopf ein wenig zur Seite geneigt.

Ich stürzte mich auf Viviane, aber sie hielt mich mit ihren Händen ein wenig auf Distanz, musterte mich fröhlich und forschend, und ich war in diesem Moment nicht mehr bereit, ihr von Haijl zu erzählen, Haijl ist ihr gleichgültig, Hervé ist ihr auch zuwider, Sévérine verachtet sie, und die Montadour hat sie immer nur gebraucht, wenn es ihr gerade passte, für dies und das eingesetzt, für Transporte, Fahrten, als Lokalität, nein, ich sah es deutlich in ihrem Gesicht, dass es keinen Sinn hatte, ihr von Haijl zu erzählen – manchmal verstehen wir uns fast gar nicht mehr.

Ich bin die geglückte Version deines Lebens, das hat sie mir einmal gesagt, nach ein paar blauen Stunden in Lorreblanca, in einem Strandlokal, in dem es dann plötzlich zu einer scheusslichen Szene kam, als ein paar betrunkene Engländer hereinkamen und eine bösartige Stimmung verbreiteten, und dann wie auf einen lautlosen Befehl wenig später betrunkene Deutsche. Der melancholische und sehr höfliche Wirt, der uns liebevoll und gemächlich umsorgt hatte, wurde plötzlich flink, er schien zu fliegen, mit zusammengekniffenen Lippen nahm er die gebrüllten Bestellungen der Männer entgegen, und brachte alles sehr schnell, beinahe hastig an die zusammengerückten Tische, und er schickte ein junges Mädchen, das ihm hatte helfen wollen, mit einer einzigen knappen Bewegung seines mächtigen Kopfes gleich wieder in die Küche, wo er ihr dann mit lauter heiserer Stimme verbat, auf die Terrasse zu kommen, er bediente rasch und setzte sich weit weg auf ein winziges Baststühlchen, von dem er sich nicht mehr wegbewegte. Kaum hatte er sich hingesetzt, als die Engländer anfingen, die Deutschen anzupöbeln. Viviane hatte gerade leise in die Stille des Mittags gesagt, *weißt du, manchmal denke ich, ich bin die geglückte Version deines Lebens,* als die Rempeleien zwischen den Tischen begannen und immer heftiger wurden und die schwitzenden Kerle mit stieren Blicken aufeinander einbrüllten und sich dann ein paar plötzlich und ohne erkennbaren Grund gegen uns beide wandten, wie in einem schlechten Traum schwankten vier oder fünf gedunsene Männer mit hochroten Köpfen vor unserem Tisch hin und her, als wir gehen wollten, und als Viviane aufstand und an ihnen vorbeidrängte, stiess sie einer zurück auf ihren Sitz, und ein anderer griff nach mir mit einer dicken rosaroten behaarten Hand und versprach mir allerlei, beispielsweise die Heilung von meinem Aussatz, von meiner Krankheit, ich weiss es nicht mehr, er sagte irgend so etwas, seine Augen gingen unruhig an mir vorbei, ich tastete vorsichtig nach der Weinflasche und drehte sie um, er sah es nicht, er versprach mir eine Unterweisung und kam näher, er war voller Verheissungen und schob sein breites Becken vor, ich solle die Männer lieben lernen, und er legte die Hand auf meinen Arm und drückte mich nach hinten, er krallte seine kurzen Finger in mein Fleisch, bis ich ihm mit der Weinflasche ins Gesicht schlug, und seine Oberlippe platzte und das Blut tropfte in einem kleinen ununterbrochenen Wasserfall über sein Kinn, seine Brust und seinen Bauch auf den Boden, er schluchzte mit einem seltsam starren Ausdruck auf und verzog erst dann das Gesicht zum Weinen, Erbarmen und Ekel, der dicke Wirt erhob sich mühsam und schwer aus seinem Baststühlchen und schaute traurig aufs Meer hinaus und nicht zu uns, auch nicht, als er auf unseren Tisch zuging mit abgewandtem Kopf, er vermied es, uns anzusehen, er war der Wirt und musste sich kümmern, aber er wollte es nicht sehen, nicht die Deutschen, nicht die Engländer, nicht den Blutenden und auch nicht Viviane und mich. Ich wollte gehen, ich legte Geld auf den Tisch, aber Viviane wollte sich um den blutenden Engländer kümmern, sie stand auf, um ihm mit ihrem riesigen weissen Taschentuch beizustehen. Ich riss sie weg, zerrte sie durch den heissen Wind zum Auto, sie widerstrebte und klagte und redete in einem fort auf mich ein, ich zwang sie einzusteigen, weil ich nicht wollte, dass das ekelhafte Blut dieses armen Mannes irgendwo auf ihr landete, ich wollte nicht, dass er sie mit seinem Blut besudelte, und es ödete mich an, ihr das zu erklären, als wir wegfuhren, folgten uns die Deutschen und notierten sich die Autonummer, aber der Wirt war ihnen gefolgt und riss ihnen mit erstaunlicher Behendigkeit den Block weg, und wir fuhren los und hielten erst wieder in Madrid, wo Viviane völlig aufgelöst in meine Müdigkeit plauderte und wir allmählich wieder übermütig wurden wie am Anfang des Tages, als hätte die lange Fahrt alle hässlichen Bilder gelöscht: *Ich bin deine Variante in gelungener Prägung,* oder: *Ich bin dein alter ego triumphans,* das war nach einer kleinen Reise nach Triest, wo mir ein junger deutscher Lyriker eine Stunde lang seinen *Dichterbruder* Juvenal erklärte, weil Viviane einen ihrer Lieblinge im Spital besuchte und mich mit diesem Dichter einfach hatte sitzenlassen, er erklärte mir seine Verehrung für Juvenal und las mir gleich unaufgefordert aus seinem Buch vor, laut und ahnungslos, *wie ein Mann, der mit nacktem Fuss einer Schlange auf den Leib tritt,* aus seinem Büchlein vor, in dem er gedichtet hatte wie Juvenal, und Viviane, die mich diesem Menschen ohne Not einen ganzen Nachmittag überlassen hatte, quälte mich den Rest des Tages, indem sie die aufgeregte Freundin des jungen Dichters zum Essen einlud und mitten in der Mahlzeit ihr Notizbuch auspackte und nicht mehr ansprechbar war. Ich trank in grossen Schlücken und die Freundin des Dichters fragte mich irgendwann in mein Schwanken und Schweigen hinein, ob es für eine kreative Frau überhaupt möglich sei, Mutter zu werden. Ich wusste es nicht. Die alte müde Stadt um uns herum dampfte Hitze aus den Mauern, es roch nach altem Obst. Ob denn nicht Einsamkeit der Preis für schöpferische Arbeit sei, fragte sie weiter. Ich muss schrecklich ausgesehen haben an diesem Abend, und ich ahnte, dass mir die Zunge nicht mehr vollkommen gehorchen und ich also ein wenig lallen würde und dass es auch gefährlich war, den Kopf zu schütteln. Viviane notierte noch immer, sie hob den Kopf nicht einmal, um nach ihrem Glas zu langen, ich sagte, ich sei als Garagistin nicht zum Zölibat verpflichtet und habe aber nie Kinder oder etwas Ähnliches gehabt, also auch keine Masern, keine Hepatitis – die junge aufgeregte Frau schlug sich vor Verstörung die Hände klatschend vor den Mund, da hob Viviane ihren Blick und hauchte zärtlich und spöttisch dieses *ich bin dein alter ego triumphans,* ich weiss nicht, warum mir das gerade jetzt wieder einfällt, überhaupt alles, was sie mir gesagt hat, was sie mir alles gepredigt hat, in meine schlichte Sehnsucht hat sie ihren Predigerregen niedergehen lassen, ihre Litanei, und dazu der träumerische vage liebevolle Blick, der immer etwas anderes meint als das, auf dem er ruht

(Viviane)

> Ohne mich anzulehnen sitze ich kerzengerade, das Äusserste, das ich mir erlaube, ist ein leichtes Hochziehen der schmalen Schultern und ein Kreuzen der Arme vor meiner vernarbten Brust, natürlich brauche ich viel Geld, und ich werde bald noch mehr Geld brauchen, und seit Carlos Augen so klein geworden sind unter dem Polster, das ihm die Backen nach oben schiebt, will er nicht mehr so recht oder kann er nicht mehr so recht, ich verstehe es eigentlich nicht

ich habe Vivianes neue Druckmaschine gesehen, ein allerneuestes Modell, das in einer Stunde zweihundert Exemplare ausspuckt und sie in einer weiteren Stunde zu billigsten Broschurausgaben macht, mit einer noch kleinen Auswahl an möglichen Materialien und einer noch kleinen Auswahl an Schriften – ich wollte diesem Rückfall in Gutenbergs Zeiten beiwohnen, wenn Viviane wieder mit den Flugschriften anfängt, mit den fliegenden Blättern, sie konnte keinen ihrer spanischen Lyriker bei einem Verlag unterbringen, jetzt wird sie die Arbeiten selbst herausgeben, ihr Ehrgeiz ist ungebrochen. Viviane ist ungebrochen. Carlo gibt ihr seit dreissig Jahren soviel Geld wie er kann, aber der Immobilienmarkt stagniert und er wird nicht mehr sehr lange für die spanischen Lyriker zahlen können. Manchmal versucht er seine bedrohliche Lage zu erklären, irgendwann nach dem Essen, wenn Viviane ihre Zigarre raucht und am Wein nippt. Dann versucht er ihr im Flüsterton seine immer bedenklichere Lage zu erklären, und seine kleinen unruhigen Augen prüfen, ob die Gäste an den Nebentischen seinen Worten folgen oder nicht, und Viviane hört genausowenig hin wie die anderen Gäste, sie raucht und lächelt ihm zu und antwortet nicht. Sie will nichts wissen von seinen Schwierigkeiten, er hat noch nie Schwierigkeiten gehabt, er soll jetzt die Zukunft nicht mit seinen kleinbürgerlichen Schwierigkeiten aufhalten

(Carlo)

> So wie sie kerzengerade sitzt, schmal, hell, elegant, die Schultern ganz leicht angehoben, die langen Hände an die Lehne geschmiegt, zwischen den Fingern die verlöschende Zigarre, so will sie sich mir in die Netzhaut einbrennen, mit ihren Ansprüchen und ihren Forderungen und ihrem lässig die Asche Abschnippen, so will sie, dass ich sie sehe und sie nicht vergesse, und sie will, dass ich alle Umstände besiege und ihr die Beute abliefere, auch wenn bald niemand mehr ein Haus hier unten kaufen will, immer öfter kommt ein Tag, an dem ich nichts verkaufe, mit niemandem verhandle, niemandem etwas zeige, nirgendwo vorfahre, keine Türe öffne und kein Fenster, keine Aussicht rühme, und diese Tage bleiben wie zitternd lange einfach stehen, bis die Nacht über sie hereinbricht und ich mich mit Viviane treffe und irgendwo mit ihr esse und in die hereinbrechende Nacht hinein hoffe, dass sie einmal doch einen ganzen Menschen sieht in mir, einen ganzen Menschen mit leeren Händen

Viviane hat fliegende Ängste vor jedweder Technologie, die sich dem allerschnellsten Zugriff entzieht oder dem allerschnellsten Verständnis, sie sitzt noch jetzt nicht ohne leisen Unwillen vor dem Computer und sie braucht ein ganzes Heer von Assistenten, um ihren Versand aufrechtzuerhalten, sie tut vieles mit einem grossen Widerwillen, den sie nur überwindet, um ihre Schriften zu verbreiten. Ich habe ihr lange nicht geglaubt, dass sie die Druckmaschine kaufen würde, weil sie für die Edition einen Spezialisten anstellen muss und weil sie ungeheuerliche Summen kostet, Viviane schlägt immer die Hände vors Gesicht, statt die Summe zu nennen, aber unter ihren langen Händen lächelt sie versonnen. Als ich kam, stand sie in einem der riesigen überhohen Hinterräume ihres Ladens, der früher eine Grossmetzgerei war, mit in Pastellfarben gehaltenen kleinen Mosaiken, die alle Szenen aus einem Tierleben festhalten, es ist wohl der einzige gekachelte Buchladen, den ich kenne, der Hauptraum ist sehr hoch und mit zierlichen Säulen unterteilt, dazwischen stehen ihre rötlichbraun gebeizten Gestelle bis fast zur Decke hin. Das seltsame weisse Holzhaus, ihr Palais de Livre, das in jedem Fremdenführer über die Gegend als Kuriosum erwähnt wird, steht zwischen zwei modernen Blöcken und hat eine kleine Terrasse im ersten

Stock, über der sich nachts in Purpurrot und Schwarz ein Neonband dreht mit den Namen ihrer aktuellen Dichter, mit Ausschnitten aus Büchern oder Besprechungen, niemand kann es lesen, weil es zu schnell läuft, aber es leuchtet bis zum Hafen und im August kommen von dort nicht selten angetrunkene Touristen zu ihrem Palais de Livre, weil sie glauben, es sei ein Club, und dann warten sie unentschlossen und schweigsam und schliesslich maulend vor dem Neonschild und starren hinauf, bis sie in den riesigen Schaufenstern darunter die Bücher entdecken und wieder gehen.

Wir tranken noch einen Schluck, sie fragte nach Orphelin. Ich gab schwache Antworten und sie blies die Luft durch die Nase, sie schnaubte.

Niemals hätte Viviane der kleinen Victoire erlaubt, das Schlafzimmer mit ihren kindlich grellen Wandmalereien auszumalen, die beiden haben oft tagelang nicht miteinander gesprochen und auch sehr lange nicht, nachdem Victoire mit der Zungenspitze im Mundwinkel die Opferung Isaaks vor dem Hintergrund giftgrüner Pyramiden an die Wand pinselte, die Augen des Widders mit rotem Nagellack, Abrahams Hand mit Handschuhen, *darauf muss man dann schauen*, hatte Viviane gequält aufgeschrien, und Victoire äffte ihre Aufregung nach und fand, Viviane habe in Mammas Zimmer nichts verloren, der Widder würde sie töten, Abraham würde sie töten und den Isaak habe sie so gemalt, dass er ihr ähnlich sehe, mit dem blonden dünnen Haar, mit dem blonden struppigen Haar, bis sie sich endlich trollte –

Alle Telefone klingeln, mir dreht sich alles, wenn ich die Augen öffne, irgend jemand hat mich so seltsam drapiert, jemand schnuppert an meiner Innenseite, wie hiess das, wie heisst das, leise schiebt sich etwas aus der Türe oder in die Türe, leise tritt etwas an mein Lager oder vom Lager weg, Bettstatt, bleibende Wohltat, leise schiebt sich etwas über mich und in mich hinein, eben baumelte da noch ein Ding, ein Telefonhörer, wo meine Hand aufhört, pulsiert jetzt das Leben, ich bin nass oder ich nässe und wenn ich den Kopf drehe, folgt mir das ganze Zimmer und dreht sich mit, und jemand hält mich und gibt nicht auf, schade, dass ich es nicht ganz zusammenkriege, bis auf einen leiblichen Punkt in meiner Mitte, um den ich kreise, ein Kopf, der mir folgt und sich in mich versenkt, will die arme Viviane das alles im Detail?

(Ferlinghetti)

Ich habe mir ein Herz gefasst und bin einfach zu ihr gefahren, sie nimmt seit Tagen kein Telefon mehr ab. In der Montadour verbindet man mich nicht, Sévérine hat eine verheulte Stimme, nicht einmal mir will sie sagen, warum, sie will auch nicht sagen, wie es ihrem kleinen Sohn geht, sie will gar nicht mit mir reden.

Dieser Alain schleicht durchs Haus, barfuss, wie Darja ja auch, ich mag ihn nichts fragen.

Seit er hier wohnt, duftet es im ganzen Haus nach Rosenholz, wenn ich mich nicht irre, nach Rosenöl, nach einer Essenz, früher war sie selbst eine einzige Wolke vom Morgen bis zum Abend, immer gleich stark und immer mit den gleichen Essenzen versehen, aber jetzt ist das ganze Haus nachhaltig von einem Geruch erfüllt, der mich an das Mittelalter erinnert, ein spirituelles, ein weltverachtendes Aroma, es riecht in allen Winkeln, vielleicht ist es ja nur Seife, einfache Seife – ich werde sie fragen, ob sie mir noch etwas kocht, sonst soll dieser Alain kochen, Öl in einer Pfanne sanft erhitzen, feingeschnittenen Knoblauch dazugeben und die nachhaltigen Aromen dieser seltsamen Brüderschaft ein wenig stören, es ist eine Brüderschaft, so wie er jetzt mit den Händen in der Gesässtasche vor der Treppe sich aufbaut und behauptet, sie schlafe tief, um diese Zeit!, er schützt sie, damit er sie ganz alleine fressen kann –

Zunder und Flamme

vereinigt in einem einzigen Hauche, na ja –

Dann hat er mich gefragt, ob ich inzwischen ein Glas Wein trinken möchte, und ich habe mich mit dem Glas auf die Veranda gesetzt und so laut geredet, dass sie mich hören muss, wenn sie ihren alten Louis nicht schon lange vergessen hat, der Blick in den völlig verwilderten Garten war schmerzhaft wie ein Hieb, eine nostalgische Quälerei, die überwucherten Beete, die Blanchard noch angelegt hat, die ungeschnittenen ausgedünnten Eiben und Wacholderbüsche, die er jährlich gestutzt hat, und ich sah wie in einem alten Lieblingsfilm den Blanchard mit schweren Schritten vor mir durch das Gras laufen, pedantisch und behutsam, und ich musste gegen die aufsteigenden Tränen kämpfen, während sich Bild für Bild vor mir malte, immer in den ersten warmen Tagen im März kam Blanchard in einer alten braunen Tweedjacke, in weiten erdbraunen Kordsamthosen und olivfarbenen Gummistiefeln

Louis Ferlinghetti war damals ein junger Kerl, unruhig und immer geil und immer schlechter Laune, und dieser missmutige Junge bezog immer wieder einen Logenplatz irgendwo im Haus unter der aufgekratzten Aufsicht der Gerland, die stolz war, einen jungen Dichter unter Aufsicht zu haben, und Louis wollte den Alten beschreiben, er wollte sich ihm nähern, sass da und beobachtete ihn, immer wieder machte er sich daran, diesen Alten zu betrachten, sass dann tatenlos stundenlang im Garten mit einem winzigen Schreibheft und einem billigen Kugelschreiber, mit dessen stumpfem Ende er sich die Backen kratzte, was ein schreckliches Geräusch gab, und wenn er sich Blanchard allzusehr näherte, ihn ansprach und eine Konversation erzwingen wollte, wandte der sich auf eine höfliche Weise angewidert ab, es war hoffnungslos mit diesen beiden –

Blanchard fuhr Auto wie ein Teufel, man hörte von weitem den Motor aufjaulen, kurz vor der Einfahrt bremste er, um den Kies nicht aufzuwirbeln, und fuhr dann würdig ums Rondell, stieg wie in Zeitlupe aus seinem mit Holz beschlagenen Stationcar und holte als erstes riesige Handschuhe aus Leinen und Leder und dann Kiste um Kiste mit selbstgezogenen winzigen Pflänzchen, und einzeln, Stück für Stück, die Gerätschaft, die Hacken, Schaufeln, Scheren, er brachte alles selbst mit, er duldete keine Unterbrechung, bis er alles in eine blendende Ordnung gebracht hatte, und die Setzlinge wie kleine Soldaten aus der schwarzen Erde leuchteten, er bewegte sich sehr gemächlich und war doch sehr schnell dabei, er tupfte sich die Stirn mit einem blendendweissen riesigen Taschentuch, das ihm Viviane geschenkt hatte, und wenn er die Jacke auszog, trug er darunter eine smaragdgrüne, seidene Weste über einem dunkelroten Kordhemd, das war die Art, wie es sich Blanchard mit dem, was er Natur nannte, einrichtete.
Blanchard erlaubte nicht, dass ihm Frau Gerland etwas zu essen in den Garten brachte, er trank nur Wasser, sein Gartendienst, wie er es nannte, war ein ungewöhnlich sportliches Ritual für einen Mann, der sich sonst so gut

wie nie bewegte. Es war ein Schauspiel. Er bückte sich nie in einem Mal, er bückte sich mühsam und mit einem kleinen Ruck am Ende jeder Bewegung, jede Bewegung lief bei ihm in einem Ruck aus, als sei sie ihm nur mit einer äussersten Anstrengung und in letzter Minute überhaupt möglich, als sei sein Körper für Bücken, Drehen, Heben in keiner Weise eingerichtet und nur durch Kunstgriffe und im Rahmen einer ausserordentlichen, aber notwendigen Tätigkeit dazu zu bringen, und das, sowie die peinliche Sorgfalt, mit der er zuerst die Schaufeln und Hacken und Scheren ausbreitete und die Kisten und die riesigen Blätter, auf denen er seinen Bepflanzungsplan farbig und massstabgerecht gemalt hatte, dies alles hinterliess den Eindruck einer lautlosen Choreographie, und deshalb sagte Frau Gerland auch immer, der Blanchard tänzle wieder einmal durch den Garten, dabei verlor sie an solchen Tagen jede Kontrolle über sich und eilte nur von Fenster zu Fenster, um auf ihn herabzusehen und ihn zu hassen. Wenn er sich wieder einmal plötzlich umwandte und den Blick hob und immer genau das Fenster traf, hinter dem sie schweratmend lauerte, riss sie das Fenster auf und lud ihn mit ihrer falschen hohen Stimme zu einer kleinen Erfrischung, zu belegten Broten, zu einem Fruchtsalat, zu einer Eiscreme, zu Bier, Weisswein oder Tee ein, er lehnte kopfschüttelnd und wortlos alles ab und willigte erst nach Stunden in ihren Vorschlag auf ein Glas Wasser ein, und dann begann ein Ritual, das immer in der gleichen Weise abschnurrte: Die Gerland brachte eine Karaffe mit Eiswasser und stand mit dem Tablett gereizt zwischen den Kisten, bis er sie bat, das Tablett auf irgendeinem umgestülpten Kübel abzustellen, über den er, um das Tablett nicht zu zerkratzen, einen Lappen breitete, er trank dann wortlos, in kleinen Schlücken, das Wasser, nachdem er das Glas prüfend ins Licht gehoben hatte, und blickte dabei auf die Pflanzen, und Frau Gerland musste etwas sagen, sie musste sagen, *schön*, oder, *was für eine Pracht*, und wenn sie noch etwas hinzufügen wollte, schnitt er ihr mit einem Blick das Wort ab und machte sich wieder an die Arbeit, und sie verschlang ihn fast mit ihren kleinen, tief in ihren Höhlen blitzenden Augen, aus denen sie ihre anzüglichen Blicke auf ihn warf, und suchte nach irgendwelchen Anzeichen von Schwäche oder Schweiss, aber er war makellos und stumm, und erst wenn Darja gegen Abend in die Einfahrt donnerte und den Kies verspritzte, richtete er sich wieder auf und blickte ihr entgegen

(Blanchard)

Ich habe manchmal gewartet, bis du kamst, um in dem Moment, in dem du um die Ecke kamst, die Jacke auszuziehen, um dich zu blenden, weil ich wusste, dass du das Westchen mochtest, und du warst irgendwann dann wirklich da und sagtest etwas Dummes, sagtest, *guten Abend, du lieber Frosch, wie wird das Wetter,* oder dergleichen vulgäres und albernes Zeug, ich war immer so elend in deinem Garten unter den Blicken dieser dummen Frau, die gleich gespürt hat, das ich nicht zu denen gehöre, die ihr ein strammes Büblein machen wollen, das waren mitunter Tage wie die in meiner frühen Jugend, als ich in St. Denise auf einem Brett, das sich wie wild um die eigene Achse drehte, über die Stromschnellen und Strudel der Varsonne sauste, um dazuzugehören, um dabeizusein und ein Mädchen zu finden, das mich achtet und mit dem es erträglich wäre, oder als ich in Pleignehaut aus der Gruppe ausscherte und unter dem Gekreisch der anderen und dem dumpfen Grollen einer Lawine, die neben mir blieb, die Direttissima ins Tal sauste und doch nur einen Jungen suchte, der mich achtet, und mit dem es erträglich wäre, genauso wie in diesen schwierigen frühen Jahren wünschte ich mir plötzlich, dass diese einfältige Frau mich achtet und sei es auch nur in der Art eines Hundes, der kläffend zurückweicht, ich habe mich dabei ertappt, wie ich ihre Anerkennung suchte, ausserdem: Du schaust scheusslich aus, wie du da nächtens in deinen Tüchern liegst, halb auf diesem weisshäutigen Scheusal, wohlgeborgen, wohlriechend, schnarchend, mit offenem Mund, du bist zu mager, deine Haut schimmert gräulich, und noch etwas: Ich kann dir schon sagen, was dich quält: Es ist die laue Unerfülltheit deiner Existenz

Dein Rudolf, Teutscher, tot seit vielen Jahren

Jetzt sitzt ein sehr viel älterer Ferlinghetti auf der kleinen Terrasse im sommerlichen Lärm, dem Gezwitscher der Vögel und dem Zirpen der Zikaden und dem Geräusch des unermüdlichen Winds, er zündet sich eine Zigarette an, er ist nicht mehr so aufgeregt wie früher, er ist viel gelassener geworden mit den Jahren, ganz allmählich und nicht mehr so misslaunig, sogar seine Traurigkeit hat sich im Laufe der Jahre geändert und ein wenig aufgehellt und ist ein diffuses Heimweh geworden, er sitzt lange so zwischen den riesigen Farnblättern, die in die Terrasse wuchern, und schaut in den wilden blühenden Garten, über das blaue Lupinenmeer am Rondell mit dem rotglühenden Sauerampfer dazwischen, und er sieht wie im Traum den

Blanchard darin umhergehen und lächelt versonnen, er vergisst die Zeit. Im Haus ist es still, Alain bleibt verschwunden, Darja lässt sich nicht blicken. Einmal hört er sie seufzen und etwas sagen. Er hört Schritte. Ferlinghetti steht auf und geht in die Küche und schenkt sich ein zweites Glas ein, er schaut um sich: Die Küche ist seit Jahren die gleiche geblieben, dann versinkt er wieder in seinen Träumereien.

(Ferlinghetti)

Ich fragte mich plötzlich, wie ich die angespannte und zugleich melancholische Stimmung dieses Sommernachmittags beschreiben würde, dieses Warten auf Darja, die sich versteckte vor mir mit diesem Alain, und ich versuchte sie mir mit diesem Kerl vorzustellen und es gelang mir nur sehr ungefähr, sehr vage. Ich sah sein plattes bleiches Gesicht, seine blöden aufgeworfenen Lippen, die schrägen verschlagenen Augen, aber sie konnte ich mir dazu nicht erfinden. Ich wurde ärgerlich. Ich wollte ein drittes Glas holen, da hörte ich wieder Darjas Stimme, ein Gurren und Schnauben, und ich brüllte ihren Namen, ich hörte mich selber brüllen, dann musste ich lachen und dann brüllte ich weiter, ich brüllte noch so allerlei in die Stille, ich sei gekommen, um ihr aus meinem Buch vorzulesen, ich sei gekommen, um sie zu sehen, ich sei für sie hierhergekommen. Plötzlich stand sie auf der Treppe, ich fühlte ihren Blick und drehte mich um, ich sah ein gespenstisches Paar. Sie stand bewegungslos in ihrem uralten Kimono, das Haar war nass und nach hinten gekämmt, ihr Gesicht war verschwollen und die Augen lagen in einem unbestimmten Dunkel und hinter ihr, ganz eng an sie geschmiegt, stand Alain mit seinem platten breiten Gesicht, er hatte sein Kinn auf ihre Schulter gelegt und beide Arme um sie geschlungen und hielt die Hände genau vor ihr Geschlecht, ich sprang auf und bereute das gleich wieder, ich sah ihn zum ersten Mal grinsen, ein widerliches breites Grinsen. Sie sagte einfach: *Siehst du nicht, dass du störst,* sie redete ganz leise, *du kannst hier nicht einfach so hereinplatzen,* sie sah, dass ich wütend war und verlegen, immerhin hat sie sich aus seinen Armen gelöst und ist die paar Schritte zu mir gekommen und hat mich auf die Stirn geküsst, und ich solle morgen vorbeikommen, morgen sei viel besser, morgen habe sie Zeit, mit Viviane, und vielleicht Grégoire, und wenn ich möge, auch Simone, einfach nicht jetzt, jetzt nicht – ich rannte beinahe, um wegzukommen.

Jetzt wiederholt sich ein ums andere Mal die gleiche Situation, ich liege im Bett und mir fallen die seltsamsten Dinge ein, ich liege und ich höre unabweisbar Stimmen von unten. Freunde warten, bis ich abends heimkomme, erschöpft von den Feilschereien mit Orphelin, ich feilsche ja nur noch, verteidige mein Revier Zentimeter um Zentimeter, und dann klingelt es plötzlich und irgend jemand steht vor der Tür, jetzt wollen alle dauernd bei mir vorbeischauen, Alain fühlt sich nicht wohl, wenn wir Besuch haben, dann verliert er alle Sicherheit, die hat er allein mit mir, er hat neulich der entsetzten Gerland gesagt, sie solle das Zimmer mit seinen Sachen *in Ruhe lassen* –

Ich bin jetzt manchmal nicht ganz klar im Kopf, aber auch nicht ganz verwirrt, sondern zerstreut und sehr durchlässig für alles, für ganz alte Sachen, für irgendwelche Geschichten von vorvorgestern, dann will ich liegen und still sein und bin doch nur auf eine unappetitliche Weise erschöpft und gleichzeitig hellwach, ich falle von einer miesen Stimmung in die nächste, bis Alain mich erlöst, mich wegholt, mich rettet, dabei versteht er gar nichts, er will auch gar nichts verstehen, es interessiert ihn überhaupt nicht, was in mir vorgeht, und das rettet mich, ich denke, jedes Bedürfnis zu verstehen artet irgendwann in die reine Anmassung aus, in die ungeheuerlichsten Behauptungen, und will sich öffentlich äussern, ach Viviane –

Ich sollte mein altes Leben wiederaufnehmen, ich sollte wieder leben wie früher, ich sollte aufhören zu trinken, ich sollte Alain wegschicken – und Namen schiessen mir durch den Kopf, Ortsnamen oder Namen von Menschen, vollkommen sinnlos die ganze Staffage von Kindheit und Jugend – und den Jahren hier unten – alles wie erloschen, ich kann das rechte Bein nur schwer bewegen, ich liege im Bett und höre Stimmen von unten, ich höre Ferlinghetti und Alain, so eine unterdrückte Wut in seiner Stimme

(Alain)

Ich weiss nicht, was sie von mir will, was soll ich diesem Ferlinghetti erzählen, der sitzt jetzt einfach da, sie hat mir nichts gesagt, es fällt mir schwer, mit ihm zu reden, wir haben am Mittag einen Joint sucré geraucht, aber es hat mir gar nicht gutgetan, ich konnte sie kaum mehr anfassen, ich hatte das Gefühl, meine Finger versinken in ihrem Körper, und habe dann so schnell es ging die Finger wieder weggenommen, dabei wurde mir schwindlig und ich musste mich hinlegen, ich habe mich einfach neben sie hingelegt und sie angeschaut, wie sie schlief und im Traum redete, dieser Ferlinghetti kotzt mich an, wie er in der Türe lehnt und schaut und findet, ich solle für ihn dies und jenes tun, ich solle Darja wecken und ihr dies oder jenes ausrichten, er kommt sich vor wie ein Chef, wenn er mich sieht, wo er hinkommt, ist er gleich der Chef, es heisst, er sei Dichter, und niemand wagt ihm zu sagen, dass er pure Scheisse ist, nichts als Scheisse

vor dem Fenster in der Ferne die metallene Fläche der See, Welle als Landschaft, Wolke als Landschaft, und ich selbst darin, wieso hilft die Natur nicht mehr, früher doch so oft und immer wieder überraschend die Erlösung durch Versenkung in Kleinwelten, heute nur noch Ödnis, wenn nicht als ganze Person eingetaucht in das Prinzip Natur, also beispielsweise sterben, essen, essen schwach, Liebe, möglichst ohne lästiges Gefühl, nur die Nachahmung alter Gefühle, Reaktivierung dessen, was einmal möglich war oder möglich schien, gestern hat mir Guérisson am Telefon ganz aufgekratzt erklärt, der Mensch tue alles, um in einer leidlich guten Stimmung zu bleiben, also die Menschen, die das nötig haben, tun alles, um in einer leidlich ausgeglichenen Stimmung das Leben zu bestehen, manche brauchen dazu nichts als ihren wachen Gehorsam, der Gehorsam genügt ihnen, sie bleiben biegsam und rauchen nicht und trinken nicht und brauchen nichts ausser der Zustimmung zu ihrem Gehorsam, in diesen schmalen Gärten verrotten sie und ziehen andere nach, unsereins muss einen ungeheuren Aufwand treiben, um einigermassen durchzukommen

(Mathias)

Sie schlief immer zu wenig, manchmal gar nicht, dann sass sie noch morgens lange auf der Veranda und ging gegen Mittag nach oben und schlief bis in den Nachmittag. Wenn sie dann so spät endlich vor die Türe trat und die Sonne ihr in die Augen stach, fuhr sie zusammen, als zögen sich alle Fasern in ihrem Körper zusammen, sie hatte die Arme vor der Brust verschränkt und schwankte, als müsste sie gleich hinfallen, und sie schien angeekelt, sie schien gegen den Impuls zu kämpfen, sofort wieder nach drinnen in den Schatten zu verschwinden. Wenn ich sie in so einem Moment anschaute und sie es merkte, spuckte sie aus wie ein Kind. Einmal bin ich in so einem lähmenden Moment auf sie zu und sie blieb stehen, kurz vor den Tränen, bis es zu kochen anfing in ihr und sie mich erst am Kragen packte und mir dann zwischen die Beine fasste und dann die Finger auf den Mund legte und laut etwas Verächtliches sagte, irgend etwas, ich solle wieder einmal meiner Mutter schreiben und dann Bier holen, es habe kein Bier mehr, dann lief sie durch den Sand davon, es hätte auch damals noch ein gutes Ende nehmen können –

Alain ist schuld, Alain steigert mich in den Verfall, so wie sich andere selbst in etwas hineinsteigern, so schiebt und drückt mich dieser Junge immer tiefer in die abgründigsten Dummheiten, in dumpfes Trinken und Vergessen, das ist das einzige, was er gelernt hat: sich wegstehlen aus allem, mit morgendlichen Joints, die er mit irgend etwas anreichert, das Mundstück zuckert und dieses trompetenförmige Gebilde legt er auf die schmale Ablage, neben die Fotos der Kinder, neben das Bild von Victoire, lachend, vor windgeprüften Bäumen in irgendeiner afrikanischen Steppe, im Hintergrund die dekorierten Zelte des Zirkus, mit dem sie reiste, Alain legt seine Joints manchmal vor Victoire hin und manchmal vor Grégoire im Goldrahmen: eigentlich ein ziemlich abgeschmacktes Foto, auf dem Grégoire mit hinuntergezogenen Hosen auf dem Klo sitzt und erstaunt und fröhlich nach oben blickt, die Hände wie zum Gebet gefaltet. Grégoire hat das Bild signiert, wie ein alter Filmstar mit schwarzem Filzstift über den hellen Teil seinen Namenszug gemalt – niemals hätte Mathias sich so der Welt gezeigt, niemals wäre er so leichthin mit sich umgegangen, mit sich und dem Bild von sich, und ich weiss nicht, ob mich das freuen oder ärgern soll, ich schleppe meine alten Lieben einfach mit mir herum.
Bilder von alter Liebe, uralter Liebe, uralter Mathias, so einsam und ungeteilt und unerwidert, die allein gelassene Liebe sondert die denkwürdigsten Aromen ab, sondert die denkwürdigsten Trugbilder ab, reizt die Erinnerung, ist am Ende die reinste Feindschaft –

Am sechzehnten September reisten wir alle ab, das war das Ende dieses bösen Sommers, deine Leiche haben wir nach Deutschland überführen lassen, die Polizei war sehr hilfreich, nachdem sie zuerst tagelang in ununterbrochenen Verhören, bei denen alle immer irgendwann einmal heulten, sogar Alex, nach einem *crime de passion* gefahndet und nichts gefunden hatten, keine *passion* und kein *crime.* Dann wurden sie plötzlich freundlich, und wir wurden behandelt wie ehrenwerte Touristen, denen ein Unglück zugestossen ist, während sie vorher mit Blick auf unsere etwas verwahrloste Aufmachung die Staatsmacht herausgekehrt und uns stundenlang im Wohnzimmer hatten sitzenlassen, ohne Telefon, ohne Kaffee, ohne Zigaretten, einfach sitzenlassen, von zwei nervösen jungen Polizisten bewacht, die bei jeder Bewegung und bei jedem Versuch, einander etwas zuzuflüstern, losblafften, dann wurden sie hilfsbereit und freundlich, und erst da wuchs in mir die Angst, deine Mutter käme angereist, stünde plötzlich da und verlange, den Leichnam zu sehen oder mit uns zu reden, die Angst, sie verlange Rechenschaft über den Tod ihres Sohnes, aber sie war gar nicht in der Lage zu reisen, sie war auf die Nachricht hin zusammengebrochen und lag bei einer Nachbarin, betäubt von schweren Mitteln, wie du sie ja am Ende auch genommen hattest, *um es zu schaffen,* für die äussersten Anstrengungen unseres Lebens müssen wir uns betäuben, sie hat es ja gar nicht geschafft, sie hat es mit Sicherheit nicht geschafft –

In den unerwartetsten Momenten findet es zu uns zurück, jäh und ohne jede Warnung plötzlich Tränen, ein altes Gefühl, das schon bald nichts mehr von sich weiss, weil es so alt ist, macht sich auf den Weg zu uns und reisst für ein paar Sekunden lang alles nieder, was wir haben, was wir erreicht haben, nämlich gar nichts haben wir erreicht, nur die Zeit verstreichen lassen wie alle andern auch und in den Büros gesessen, in allen möglichen Büros – und die Kinder wurden gross: *I watch them growing,* ich sage das immer auf englisch, jetzt ist es geschehen, sie überragen mich um Haupteslänge, *they watch me dying,* so hat es Bette Davis gesagt, nein, die hatte ja gar keine Kinder, ich höre Viviane, Stühle werden gerückt, ich muss aufstehen.

Ferlinghetti summt leise vor sich hin und schaut lange hinüber in den halbdunklen Salon, wo sein Manuskript auf dem kleinen Tisch neben dem Fenster weiss leuchtet, Viviane schüttelt immer noch den Kopf, sie steht auf, räumt den Tisch ab und schüttelt weiter den Kopf. Carlo hat ihr von Haijl erzählt, er hat gesehen, wie ihn sein Bruder geschlagen hat, der Bruder, der einen ganzen Kopf kleiner ist als er, hat Haijl mitten auf der Strasse geschlagen, und Carlo ist dann zu den beiden hin und hat versucht, sie zu beruhigen, Haijl habe nur arabisch geredet und sich an den Kopf gefasst, er habe über seinen viel kleineren stämmigen Bruder hinweggeschaut, als gäbe es ihn gar nicht, und der Bruder habe beteuert, Haijl sei für keine Arbeit mehr zu gebrauchen, er höre auf gar nichts mehr.

(Haijl)

Immer öfter, wenn ich nach Hause komme, habe ich das Gefühl, das sei nicht mehr mein Haus. Bashwa kümmert sich nicht mehr richtig um mich, sie freut sich nicht mehr, wenn ich heimkomme, sie bleibt mit ihren Freundinnen über irgendeinem Teig, über Schüsseln und Platten am Küchentisch sitzen und schaut mich kaum an. Ich habe heute im Cafe Oasis die hintere Wand weiss gestrichen, der Chef blieb neben mir stehen und rauchte eine Zigarette nach der andern, er sagte, er wolle nicht, dass ich Dummheiten mache und irgend etwas hinpinsle. Mir war übel und für einen Moment war ich verwirrt und dachte, das Oasis gehöre auch zur Montadour und damit der Savary, meiner alten Chefin, und ich habe ihr ein paar *Sitras* gemalt, einen winzigen Fries, als der Chef endlich müde geworden war und wegging, malte ich diese kleinen *Sitras*, das ist eine Erfindung von mir, das sind die Katzen, die in den Pyramiden die Toten bewachten und das Herz der Toten. Ich war beinahe fertig, ich hatte den *Sitras* mit meinen selbstgemischten Farben die schönsten Augen gemalt, rote, funkelnde oder grüne schwimmende – für das Cafe Oasis ein Schutz, Zeichen starker Kräfte, da kam der Chef mit lauten Schritten zurück und war sehr zornig. Er schleuderte einen Eimer mit Deckweiss gegen die Wand und damit waren meine *Sitras* zerstört, er ging auf mich los und schüttelte mich, er hätte mich beinahe geschlagen, sein Gesicht war völlig verzerrt, ich musste fliehen, ich werde meinem Bruder sagen, dass ich nicht mehr malen kann im Oasis

Ferlinghetti hat heute abend die kleinen uralten Augen einer Echse, er will, dass ich Haijl wieder einstelle, er sagt, Haijl sei ein Künstler und kein Irrer wie sein Bruder neuerdings überall behaupte, aber ich kann Haijl kaum mehr ansehen, ich kann ihm kaum mehr ins Gesicht schauen, er ist mir unheimlich, er ist ein ganz anderer geworden, ich will ihn nicht mehr in meinem Laden. Ferlinghetti sprudelt die Wörter und Sätze hervor, ein ganzes Arsenal, nur die Augen sind heute ruhig und klein und er gibt sich meisterlich

(Ferlinghetti)

Ich gehe, wie Viviane es mich gelehrt hat, ich drücke nicht das Kreuz durch, sondern ich spanne den Bauch und richte mich aus der Körpermitte auf, in jeder Sekunde, ich spanne die Schultern wie Flügel, na ja, ich gebe mich meisterlich. Heute endlich wieder ein berückender Duft im Haus, nichts aus der Küche. Schwierig zu sagen, wie sie reagieren wird, wenn ich lese. Sie wirkt frisch, ganz anders als gestern, sie trägt ein weites weisses Hemd, ich glaube, es ist ein altes Hemd von ihrem Mann. Ich habe ihre Grundidee vollkommen verwandelt und zu meiner Idee gemacht. Ich habe aus der bösen Frau im Rollstuhl, die ihre Pfleger quält und heimlich Bücher für andere schreibt, eine alte Lehrerin gemacht, die ihre Bücher für andere schreibt und seltsame Liebesverhältnisse eingeht, eine sehr einfühlsame, eine sehr zarte Geschichte, ich glaube, es wird ihr gefallen, ich glaube, Viviane wird Schwierigkeiten machen, sowieso wenn sie Schmerzen hat, weil die Schmerzen sie an ihren Krebs erinnern, ich glaube, die beiden werden langsam unwichtig für mich, und so wird sich die Freundschaft erneuern, indem sie nicht mehr meine Vorgesetzten sind, sondern eben Freundinnen, zwei wunderbare Frauen, vollkommen verschiedene Frauen, einander vollkommen ergebene Frauen, stürmisch alternd

Alain hat sich schlafen gelegt nach dem Essen, er sagt, er bleibe nicht gerne auf mit vollem Bauch, dann wolle er liegen und einfach satt sein, als er ging, waren alle betreten. Ferlinghetti will, dass wir das Buch so schnell wie möglich ganz lesen, er kann ja nur einzelne Stellen vorlesen, es ist schon wieder so spät geworden, er redet und redet, er erzählt, was er geschrieben hat, und auch, was die Kritik darin finden wird, es ist ein begeisterndes Buch, wir müssen es lesen, müssen den hundertseitigen Liebesakt lesen, der ihn selbst in eine so heftige Begeisterung versetzt, dass er nur immer Zahl und Nummer erwähnt, von Seite 65 bis Seite 170: die weibliche Hauptgestalt in tiefer Versunkenheit mit ihrem Klienten, er zitiert imaginäre Kritiken, dass nämlich ein hundertseitiger Liebesakt an sich beeindruckend sei und erst recht, wenn er so zart und gleichzeitig roh, so heftig und gleichzeitig verhalten sich darstelle, und welcher Sensitivität es bedürfe, um solches zu schreiben, ohne auch nur eine verbrauchte Formel zu benutzen – genaugenommen handle es sich hier um die Beschreibung eines Liebesaktes, die vergessen liesse, was eigentlich der Gegenstand ihrer Beschreibung sei, sagt Ferlinghetti, und hinführe zu allen Abgründen menschlicher Existenz, was sehr anstrengend sein muss, bis sich nämlich das Publikum wohl fühlt in diesen Abgründen, muss man die Verzierungen der Abgründe herbeiholen, die Décors oder, wie die Deutschen sagen, das Ambiente, das Publikum will in gut gesicherten Karossen durch den Alltag, so erklärt Ferlinghetti, aber mitunter doch auch einen Abgrund erfahren, an einem dicken Seil einen Abgrund erkunden, und in der Kunst am allerliebsten immer den Abgrund, gleich welchen, am besten den Abgrund schlechthin, schnell mal Zunder und Flamme und dann wieder zurück in die Polster, und er fährt zärtlich mit dem Zeigefinger über sein Manuskript, es ist sein erstes eigenes Buch seit langem, es ist eines von ihm, in aller Heimlichkeit geschrieben. Viviane schaut ein wenig leer vor sich hin, heute ist sie ganz in Grau, mit einem erstaunlich dunklen Lippenstift, die Haare streng nach hinten gekämmt, der Mund ist ein wenig verzerrt, weil sie wieder Schmerzen im Rücken hat und es nicht zeigen will, dabei wissen wir es und sie könnte eine Tablette nehmen oder zwei, ich weiss nicht, was in ihr vorgeht, sie trinkt einen Horse Snale und Ferlinghetti liest jetzt doch endlich aus seinem *Ein falscher Sommer* und schluckt zwischen den Sätzen, er hat die Beine um das Stuhlbein geschlungen, als hätte er zwischen Knie und Fuss noch einmal ein Gelenk, welches ihm noch eine Umdrehung mehr gestatte, so dass seine Beine wie ein Geflecht unter dem Tisch auf mich warten, auf meinen Blick, Ferlinghetti lächelt kurz, während ich seine Selbstumschlingung eingehend betrachte, das gehört zu seinem Triumph, zu dem Triumph, wieder ein eigener geworden zu sein, wie er sagt, sein eigener Herr und Meister, er hat lange auf diesen Moment gewartet

(Ferlinghetti)

> meine Prosa singt, das werden sie jetzt gleich hören, alles an meiner Prosa singt, mühelos stelle ich auch das Kleinste in einen grossen Zusammenhang, eine wunderbare Sprachkraft, ich glaube, sie werden das loben

Viviane, dreh dich nicht um, Alain ist wieder aufgewacht und lautlos unter die Küchentüre getreten, ein müder Blick hat dich getroffen, voll Ekel und Feindschaft, dann hat er sich umgedreht und ist ins Wohnzimmer, er weiss nichts von dir und wird nie etwas von dir verstehen, aber ich weiss alles, ich

weiss, wie du lebst: um sieben Uhr aufstehen, halb blind ins Bad rennen und ein Bad einlaufen lassen, mit der Fichtennadelessenz von Prix moitié, dann in die Küche und den Kaffee aufsetzen und im Bad noch einmal das Gesicht waschen und reinigen und mit der Tagescreme ins Bad und den Kaffee im Überschwang des nigelnagelneuen Tages über die rostrote Seidenbluse, über die eine Brust giessen, denn die andere hat ein Chirurg in Surpoix abgeschnitten, dann ans Telefon und die Klagen des geschiedenen Gatten anhören und mit schneidenden oder schnaubenden Lauten diese Klagen entmutigen und diesen Gatten trösten und ihm einen belanglosen Witz erzählen, der ihm über die Runden hilft, bis man sich zum Abendessen trifft, und noch einen Kaffee trinken und dann im Wohnzimmer sitzen und sachte mit den Händen über die neuen Manuskripte fahren.
Du sagst, was für ein Glück es sei, abzutauchen in fremde Sprachen, jede einigermassen gelungene Seite Prosa rette dich für eine nächste Viertelstunde, als erscheine eine neue Welt, als seist du selber neu und wieder ganz

(Viviane)

> Dummes Zeug, ich arbeite an diesen Texten und ich muss mich oft durch ganz übles Zeug hindurcharbeiten, beispielsweise kann man nicht sagen: *Wir übten den Geschlechtsakt aus*, das geht nicht, das Verb *ausüben* ist hier nicht angebracht, was sind das doch nur für Idioten

du glaubst, du werdest selber neu durch deinen neuen Blick auf die uralte Welt, den dir die Dichter schenken und die Dichterinnen, wenn ihnen die Arbeit gelingt, aber meistens gelingt sie ihnen nicht und sie schwatzen dir nur vor, was du eh schon jeden Tag selber tust, nämlich *in der Liebe leben/das grosse Abenteuer seines einsamen Lebens/das wilde Paar, gleich schlägt er sie/die aufgelöste Konfektionsträne, die dann die Backe hinunterrollt/und dann stand er auf und stürzte zur Türe hin/sie rieb sich die Beine angeekelt mit dem schmutzigen Handtuch ab/Mond, roh wie sein Gesicht* – die ganze Scheisse der Dichtung, Viviane, kippst du in dich hinein und bist imstande zu behaupten, ich betrüge mich um mein Leben, wenn ich mir im TV einen schönen Film mit Lester Leigh anschaue, das mache flach und leer, schau doch einmal in dein Leserinnengesicht, schau dich doch an, wie traurig du mich umarmst, wenn du wieder zurück zu deiner Lektüre musst, und deine eine übriggebliebene Brust an mich presst wie eine Ertrinkende, aber in deinem Laden bist du glücklich, in deinem Laden bist du glücklicher als ich in meinem, dort sitzt du makellos in einem Sweater, in einem Pullover, der an dir ein Sweater ist und edel in das dunkle Holz leuchtet, noch immer bist du aufgeregt, wenn dir ein Idiot sein jüngstes Werk als Bündel auf den Tisch legt, und rennst damit hinauf in dein parfümiertes Büro, und dort spielst du Verlegerin und rufst diesen Menschen gleich an, obwohl er ja noch bei dir im Laden steht, weil du vergessen hast, dass er unten auf dich wartet, bis es dir wieder einfällt und du ihn wegschickst und den Laden schliesst, um dich der Lektüre zu widmen, ich glaube doch, dass du die Glücklichere von uns beiden bist, wenn ich dich dann störe und du schaust kaum auf und ich schaue auf das zerfetzte Blond deiner Haare, auf das aus den Fugen geratene ungefärbte zerfetzte Blond, in dem deine Finger kreisen, und dann höre ich dich sagen, es gäbe noch Dichter, es gäbe sie wirklich, höre, Viviane:

(Alain)

In Mahan gab es einen Dichter, einen Jungen, der behauptete, er sei ein Dichter, er setzte sich immer wieder irgendwohin mit einem Notizbuch und mehreren Kugelschreibern, die man ihm ausnahmsweise gestattet hatte, er schaute, ob man ihm zusah, dann leckte er die Spitze seines Stiftes, als ob es ein Bleistift wäre, und hatte am Abend eine blaue Zunge, dann blätterte er in seinem Büchlein und schrieb irgend etwas auf das Papier, so gut er eben konnte, denn er zitterte unter der Wirkung der Medikamente wie alle andern ja auch, und so zitterig war auch das Bild seiner sorgfältig gemalten Buchstabenschrift, wie die eines uralten schwachen Menschen, er konnte fast gar nichts mehr schreiben, je mehr er sich anstrengte, desto heftiger wurde das Zittern, dann schlug sein Arm aus oder das Bein trat in die Luft, aber er behauptete, er sei Dichter, und er wollte unbedingt irgend etwas zu Papier bringen und verbrachte ganze Tage damit, einzelne Wörter in sein Buch zu malen und sie dann lange anzuschauen und der Reihe nach laut vorzulesen, Wörter wie Baum, wie Himmel, und er las mit heiserer Stimme aus seinem Notizbuch vor, während ihm die Tränen über das Gesicht liefen, und die anderen beachteten ihn nicht oder sie versuchten ihn zu beruhigen, und wenn das nicht gelang, äfften sie ihn nach, was ihn zornig machte, und einer der allerschlimmsten Pfleger beschützte ihn, Zola, Zola sorgte dafür, dass der Junge von allen Arbeiten befreit wurde, und er verlangte nichts dafür, Zola konnte so sein, aber auch ganz anders, je nachdem, wen er vor sich hatte, und Zola liess sich die geschriebenen Worte und

Satzfetzen dann und wann persönlich vorlesen, wenn er im Aufenthaltsraum die Stühle zusammenschob oder mit dem Tablett und den Pillen durch die Gänge lief, und er nickte zu jedem Wort und behauptete, das könnte schon etwas werden, und er rannte mit ihm zum Direktor und vom Direktor zur Kommission und wieder zurück, aber sie wollten diesen Jungen nicht gehenlassen, er hatte zu viele Menschen getötet, es wäre doch nie ein Buch daraus geworden, weil er ja nur noch einzelne Wörter aufschreiben konnte, und für so etwas entlassen sie keinen, Zola hat auch ein paar Menschen getötet, er hat Kuren nicht abgebrochen, auch wenn die Ärzte es angeordnet hatten, bis einer starb, er hat den Arzt nicht gerufen, bis einer starb, Zola war ein Teufel, er war stolz auf seinen Namen, Grégoires Haar riecht beim Vorbeigehen manchmal wie das Haar von Zola, in das ich hineinatmen musste, weil ich kein Dichter war

jetzt schaust du wie entrückt auf Ferlinghetti, der liest und schluckt zwischen den Sätzen, aber man kann in deinem Blick nicht lesen, was du denkst, es ist eine Mischung aus Spott und Sympathie in deinen hellen Augen, als sähest du ihn heute zum ersten Mal, als sei er dir soeben vorgestellt worden. Seit zwanzig Jahren streiten wir uns, du hast die Kinder vom TV weggezerrt und ihnen Fabeln von La Fontaine vorgelesen, bis sie sie auswendig konnten, sie haben sich nicht gewehrt und höflich zugehört, vielleicht auch wegen der Berge von Schokolade, die du immer für ihre Nerven bereithieltest, und ich sass wie auf Nadeln, weil ich wusste, dass sie deine überraschenden Besuche mindestens so fürchteten wie sie sie liebten, jeder Besuch war ein Coup, ein Überraschungsschlag, eine Intervention, du hast sie zwei Stunden lang in ein Provinzkino gekarrt, um irgendeinen alten Film anzuschauen, und bist nachher noch mit ihnen essen gegangen, in das erste Restaurant am Platz, wo sie zum hellen Entsetzen der Kellner über den Tellern einschliefen, und du fandest das ganz natürlich und gut für ihr Bewusstsein, eine wichtige Erfahrung und unvergesslich

(Alain)

unvergesslich die späten Vorstellungen im Forestier, so nannten sie in Mahan den Saal im Haupthaus, in dem wahllos Filme oder Theaterstücke gezeigt wurden, je nachdem wer das Zeug geordert hatte, wenn Zola in Anzug und Krawatte die kurzen Einführungen, die der Dichter ihm diktiert hatte, im Halbdunkel der unerleuchteten Bühne mit vor Erregung zitternder Stimme vorlas, mit vor Aufregung zitternder Hand und zitterndem Zettel, meist wirre und schwer verständliche Bemerkungen, die wir uns anhören mussten, obwohl wir unter der Wirkung der Medikamente schon früh müde waren, es war festlich unter dieser Müdigkeit oder die Müdigkeit war eine festliche, im Gegensatz zu der Erschöpfung aller Tage, die sich mit jedem Atemzug verstärkt, und nachher gab der Direktor noch einen Imbiss aus, und jeder bekam ein Glas Wein, und deshalb kamen immer alle, weil sich das niemand entgehen lassen wollte, ein Glas Wein im Monat, ein einziges Glas Wein im Monat als Erinnerung an das Leben

und so haben wir dein Regime ertragen, es gibt keine Erinnerung an die Kindheit meiner Kinder, in die sich Viviane Lessing nicht eingeschrieben hätte, in allen Bildern jener Zeit – du kommst beinahe überall vor, manchmal unauffällig am Rand eines Bildes vor dem umwaldeten See von Lermac *(so können wir den Kindern Kanada zeigen)*, im Wald beim Picknick, du sitzt lässig auf den riesigen Korb gestützt, in dem du die kalten Hühner und die Salate und die Säfte hattest – *so können wir den Kindern zeigen, wie auserlesen man im Grünen essen kann,* in den erzwungenen Skiferien in der Schweiz, wo du den Skilehrer in den Armen hältst und dich so fotografieren lässt, was Rudolphe widerlich fand, Rudolphe hasste ja Skilehrer, ihre Gesundheit hasste er, ihre Vollständigkeit (Kopf, Arme, Beine – und wie das dann akkurat in Bewegung kommt), ihre aufgeschwollene aufgeblasene Unversehrtheit, und du sagtest, er solle versuchen, ein einziges Mal gleichgültig zu werden gegenüber den Gesunden und Unversehrten, und er wandte sich wortlos von dir und der leuchtendfarbigen Fotografie ab, die so lange in der Küche hing, bis sie ganz eingerollt war, du immer am Rande aller kleinen und grossen Episoden und Vergangenheiten, du und deine Sätze, Sätze wie *und wie das so ist, wenn Kinder Kinder kriegen* – das sagtest du, wenn die Kinder in einer Woche viermal bei dir übernachten mussten und am Morgen ihre winzigen Rucksäcke packten und sie am Abend enttäuscht wieder auspackten, weil ich noch immer nicht zu Hause war, das war beim Umbau der ersten grossen Halle, wir haben alles von dir gehabt, was du an Fürsorglichkeit nicht über deine Dichter ausschütten konntest, die du auch bis in ihren Alltag hinein terrorisierst und verwöhnst. Es ist diese Mischung aus Terror und Fürsorglichkeit, die uns begleitet, schon vor zehn Jahren hast du in die Stille eines Abends hinein leise gesagt: *Wir haben unsere grossen*

Zeiten hinter uns, nicht wahr, wir beide, du und ich – dabei hatte ich gar nie eine grosse Zeit, ich weiss nicht, wovon du sprichst, Viviane, eine grosse Zeit hat es in meinem Leben nie gegeben, ich hätte sie verjubelt, ich habe alle Zeiten immer verjubelt und verschludert, und so wäre eine grosse Zeit nie gross geworden bei mir – nur wäre sie vielleicht nicht in dieser würdelosen Hast dahingegangen, mit der es mich durchs Leben zieht, du kennst mich noch nicht lange genug, erst zweiundzwanzig Jahre, du läufst ohne Scham durchs ganze Haus und in jedes Zimmer, ohne anzuklopfen, und wirfst mir vor, dass ich die Haustüre nicht schliesse, so wie es mir Viktor vorgeworfen hat, der dir nicht unähnlich war, beim Betreten des Zimmers, jeden Zimmers und zu jeder Zeit, schaltest du als erstes alle Geräte aus, Licht, Radio, TV, weil du die lückenlose Berieselung, die wir hier alle so schätzen, barbarisch findest, so wie du fast alles hier barbarisch findest, also du läufst durchs Haus, mit kurzen knatternden Schritten in deinen hocheleganten italienischen Sandalen –
Du bist beispielsweise letzthin durch die offene Eingangstüre getreten, durch den ganzen unteren Stock gestreunt und hast niemanden gefunden, und gehst also ungerührt nach oben und findest Alain und mich in meinem Zimmer vor dem TV und kommst herein, trittst durch die Türe ohne zu klopfen und ohne ein Wort der Begrüssung, schnappst dir mit einem Lächeln die Fernbedienung – wenn man es dir einmal durchgehen lässt, passiert es immer wieder

(Ferlinghetti)

Meine Stimme kratzt, das Schlucken wird mir immer lästiger, aber meine Prosa singt, alles an meiner Prosa singt, und Viviane Lessing sitzt auf der allervordersten Kante ihres Stuhls, nah am Kippen, und streckt mir ihren Oberkörper beinahe waagrecht entgegen, obszön, diese Geste der Hingabe bei einer so gehaltenen Frau, unabweisbar ihre Begeisterung, ihre staunende Freude an meiner Prosa, so hingerissen wie sie mir entgegenlodert – und Darja starrt auf die Blätter, die in meinen Händen bei jedem Atemzug federnd vibrieren, sie starrt auf meine Hände wie auf einen Unfall, was hat das zu bedeuten, es könnte sein, dass sie jetzt erst begriffen hat, was hier geschieht, was sich schon lange vorbereitet hat, dass ich mich nämlich wirklich von ihr befreit habe durch meine tägliche Arbeit, mein Buch ist ein Befreiungsschlag gegen das Regime der Lüge, in dem ich so lange leben musste, weil ich eine Krise hatte, die sich über Jahre hinzog, und dabei aber so viele Erlebnisse mit Frauen hatte, dass ich noch jahrelang davon erzählen kann, und zwar so, dass alles an meiner Prosa singt, mühelos stelle ich noch das Kleinste in einen grossen Zusammenhang, und ich erzähle ganz einfache Geschichten: Männer machen grosse Reisen, grosse Reisen in den Tod, auch der Tod ist gross, besonders bei den grossen reisenden Männern, jetzt stellen sich die Männer gerne wieder in grosse Landschaften, wo sie ja eigentlich hingehören, allein und gross, und sie schauen von dort oben hinab auf das, was unter ihnen dann gross wird, alte Männer müssen fremde Namen nennen in ihren Büchern, junge bewegen sich singend durchs Ich im Grossen, im Fremden, im Uralten, wo die Landschaft schon durch ihre Gegenwart alles abschlachtet, was auch nur nach Zweifeln riecht, ich bewundere die Schlagkraft dieser meiner neuen Prosa, und Darja bewundert Vivianes konzentrierte Aufmerksamkeit, ihre wache Präsenz –

dein Blick ruht immer zu lange auf dem, der spricht, als wolltest du mehr als nur die Rede verstehen, als seist du damit beauftragt, alle Welträtsel in dieser einen und einzigen Person zu lösen, oder dein Blick geht forschend ins Innere, aber er meint etwas ganz anderes, es ist mir unerklärlich, weshalb die Leute immer noch darauf hereinfallen, wo es doch in so vielen Filmen schon vorgekommen ist, dass einer über alle Massen einen andern anschaut, ihm grenzenlos in die Augen steigt, die wenigsten können sich solch künstlichen Blicken entziehen, können diese künstlichen Blicke aushalten, noch einmal fällt das glühende Licht des Abends auf deinen ein wenig nach vorne gereckten Hals, als erstes ist dein Mann geflohen, dann viele andere Männer und Frauen, immer wieder andere, neue, alle sind geflohen vor deinen lautlosen Prüfungen, jetzt hast du alle Lichter gelöscht und alle Türen verschlossen und lässt niemanden mehr an dich heran, auch Ferlinghettis Sätze nicht, die er seiner Verzweiflung abgerungen hat, und die dich nicht mehr wirklich erreichen, langsam fährt deine rechte Hand den linken Arm entlang bis zur Schulter, ruht sich dort aus, geht weiter bis zum Schlüsselbein und rutscht von dort auf deine linke Brust, auf die Narbe, auf das Schlachtfeld über deinem Herzen, dort bleibt sie liegen, seltsame Andacht

(Viviane)

Es gibt Tage, an denen ich immer wieder mit der Hand meine linke Brust suche, die es gar nicht mehr gibt. Niemand sieht es, die Hand glaubt noch immer nicht, was sie fühlt, die Hand ist jedesmal erstaunt und zuckt zurück. Ausser mir hat das niemand bemerkt, aber meine linke Brust war schon immer anders als die rechte, sie war flacher, lausiger, schlaffer, von Anfang an, ich habe meine linke Brust schon als junges Mädchen oft lange vor dem Spiegel angeschaut, ich habe sie immer wieder vor dem Spiegel einer ausgiebigen Musterung unterzogen, habe mich beklommen nach links und nach rechts gedreht, ich bin zeit meines Lebens beinahe jeden Tag vor dem Spiegel gestanden und habe die linke Brust mit der rechten verglichen, die rechte war schöner, runder, die linke war von allem Anfang an hässlicher, manchmal habe ich mich mitten am Tag vor irgendeinem Spiegel ausgezogen und habe diese Brüste angestarrt, es war, als sei die rechte Brust mit etwas gefüllt, und als sei der linken diese Füllung abhanden gekommen, die Warze war kleiner und heller und tiefer angesetzt, da hatte jemand gepfuscht, da hat jemand gepfuscht, ich zahle einen hohen Preis dafür, weil mein Körper von Anfang an einen Pfusch in sich hatte, ich werde mich nie mehr beruhigen, nachts höre ich manchmal in mich hinein und empfange die Stimmen eines Alptraums, der kein Ende nehmen will, *wir sind hier etwas freier als in den Zentren, wir erlauben uns so dies und das,* haben sie gesagt, *wir sind keine Sklaven der Doktrin,* und haben mir die rechte Brust gelassen, jetzt drehe ich meine Narbe vor dem Spiegel und beobachte, wie der Trichter darunter Tag für Tag unverschämter einsinkt, und pflege die wulstigen blauroten Ränder mit Salben und starre die rechte Brust an, ein sehr einträchtiges und fürsorgliches Zwiegespräch, das jedesmal in Tränen endet, jetzt also Amazone, von jetzt an eine der vielen Amazonen, das hört sich an wie ein Versprechen, aber eine Amazone in meinem Alter kann nicht sehr viel mehr erwarten als dieses düstere Gerede vom bittersüssen Augenblick, der angeblich durch die Nähe des Todes alle gelebten Tage zu einem einzigen, ganz ausserordentlich grossen, traumähnlichen verdichtet, natürlich:

O dieser fiebernde letzte Geruch aus den Gärten –

so redet Darja, wenn sie betrunken ist und etwas Schönes sagen will, etwas Tröstliches, und mir das Hemd aufreisst und die Narbe sehen will, und etwas von *bitter,* von *kostbar* und *Verschwendung* in ihr Glas haucht, sie redet von einer Freiheit, die auf mich wartet, ihre Begeisterung ist echt, Darja ist auf eine abstossende Weise begeistert von meinem zerschlissenen Leib

das waren sehr herbe und innige Tage, als du nach der Operation zu mir kamst und hier wohntest und über eine Woche nichts geredet hast und ich

Tag und Nacht um dich herumstrich und dir ratlos helfen wollte mit irgendwelchen kleinen Sachen, die ich gegen den Willen der Gerland für dich kochte, und niemand uns besuchen durfte, weil du niemanden sehen wolltest. Wenn ich kurz aus dem Haus ging, hast du schnell alles verschlungen, was die Gerland sonst immer den Kindern kochte, Kartoffelküchlein mit Salbei und Apfelmus, oder Holunderblüten im Teig, ich habe dich in flagranti über einem dampfenden Kirschauflauf ertappt, liebe Viviane, der rote Zuckersaft lief dir aus den Mundwinkeln, ein andermal dann glückstrahlend über einem *riz de l'imperatrice* – die leichten Suppen, die ich dir brachte, hast du nicht angerührt, aber nach dieser Woche hast du wieder angefangen zu reden und einem in die Augen zu schauen und nicht durch sie hindurch. In der kurzen und heftigen Zeit unserer frühen Jahre hast du mir viel von dir erzählt, von deiner schönen Jugend in Biarritz als Tochter eines Hoteliers, der dich alleine grosszog in seinem weissen Hotelpalast am Meer und dich überschüttete mit seiner Liebe und dich zu dem kostbaren Wesen gemacht hat, das du geworden bist, du hast mir viel erzählt, ebensoviel, wie du mir heute verschweigst, nur habe ich inzwischen gelernt, deine Gedanken zu lesen, und ich weiss inzwischen auch, dass du mich manchmal verachtest, in allen Zuständen der Zerstreutheit beispielsweise, wenn ich angetrunken bin oder zu innig mit Alain, oder wenn du mich vor dem TV antriffst, oder früher mit einem andern harmlosen Menschen. Nur Blanchard hast du akzeptiert, alle andern hast du mir sofort übelgenommen und, so gut es ging, von mir weggebissen, und ich jage dir jetzt gleich deine Geistesprovinzen in die Luft, wenn du erfährst, wer Ferlinghettis letzte Bücher geschrieben hat, dass ich sie geschrieben habe

(Viviane)

auf mich wartet wie auf alle andern auch ja nur der Tod, wahrscheinlich ein zeitiger, den ich provoziere in der gleichen Art und Weise, wie ich alle Menschen provoziere und so das Beste aus ihnen heraushole, und so wie meine Freunde es wissen, so weiss ich es, und so wie sie von mir reden, als sei ich noch die gleiche wie vorher, so tue auch ich, als sei ich noch die gleiche wie vorher, manchmal ungeheure Angestrengtheit bei zufälligen Begegnungen auf der Strasse, wenn sie mein kreidebleiches Gesicht abtasten und sich lautlos fragen, ob das die Spur der Krankheit sei, die wir alle vergessen und verdrängen wollen, und wenn sie dann sagen, ich sehe gut aus, oder ich sei schön, also wenn sie sagen, *o dieser fiebernde letzte Geruch aus den Gärten*, dann schneidet mir das jedes weitere Wort ab, mit dem ich Nachricht geben könnte von mir. Ich war gewarnt durch meine Mutter, durch den frühen Tod meiner Mutter, die ich zuletzt regungslos vor dem Spiegel sitzend angetroffen habe, das letzte Bild von ihr ist dieses, ich war noch nicht drei Jahre alt, ich kam zu ihr ins Zimmer und sie lächelte nicht wie sonst, sie schaute ernst auf mich herab, sie war wohl schon lange so nackt und forschend vor ihrem riesigen Schminkspiegel gesessen, die Bluse um die Hüfte geschlungen, eine Hand auf der Brust, und es hat sich alles wiederholt bei mir, denn lange bevor ich meine Diagnose hatte, bin ich oft so vor dem Spiegel gesessen und habe mich untersucht und wieder untersucht, habe schüchtern mit den Fingern nach diesem steinharten länglichen Ding getastet, von dem sie überall reden, und habe es dann kugelrund und prall in der linken Brust gefunden, nicht in der rechten, mit dem Krebs habe ich immer gerechnet seit dem Tod meiner Mutter, ich habe allen möglichen Menschen auf die lächerlichste, auf die gewaltsamste Weise diese Brüste gezeigt, ich habe sie ihnen in der auffälligsten Weise immer wieder hingehalten, in der Hoffnung, sie würden sich äussern, aber nie hat jemand diesen Unterschied gemerkt, kein Mann und keine Frau, und wenn ich danach fragte, wurde ich lächelnd und auf die ignoranteste Weise getröstet, auch von den Ärzten, jahrelang, ich lebe lesend und schreibend in der Provinz, aber mein Körper bewegt sich auf den Ausgang zu, mir ist in den schlimmsten Momenten, wenn ich mich fürchte wie ein Tier, nichts Geschriebenes mehr ein Trost, ich hätte viel lieber jemanden, der mich hält und halten kann, bis es vorüber ist, bis es ausgestanden ist, dann vergesse ich alles wieder und lebe, verschwinde im Geschriebenen und verstehe die Stimmung vom Vortag nicht, erzähle dem alten Carlo alles, und sehe, wie seine Augen unruhig umhergehen im Lokal, sehe, wie er sich fürchtet, jemand könnte mich hören mit dieser peinlichen Geschichte, dieser Posse, dieser Krankenposse, und ich höre ihn etwas Falsches sagen und fühle mich aber wohl, so wie ich mich jetzt wohl fühle, Ferlinghettis Sätze gehen auf uns nieder wie ein sanfter Sommerregen, kraftlos und schön, und Darja klimpert und rasselt mit ihren Armketten und starrt mich von der Seite an, der Scheinwerfer eines Autos fährt durchs Fenster, ich lebe fort, so lebe ich einfach fort, in meiner alten Clique, die mich täglich an mein stilles Elend verrät und es nicht einmal merkt, alte Cliquen wurden erfunden, um uns ein Gefühl mitzugeben in das unaufhaltsame Dunkel von Altern und Verwesung, eine ganz beliebige Droge, wenn man dieses Wort oft genug braucht, verliert es jeden Gebrauchswert, Ferlinghetti richtet sich auf und schaut uns an, wie wir da sitzen und nicht zuhören, nur halb hinhören, er mit seiner fragmentarischen Prosa, die nur ritzt und kitzelt, und wie sanft dieser Abend mich umfängt, hier in der Küche mit euch beiden, meinen liebsten, engsten, nächsten –

Der letzte Satz, den Ferlinghetti ein wenig schleppend und feierlich und schon ein wenig heiser liest, heisst: *Ich blicke zurück in die leeren sommerlichen Strassen von Nantes und sehe dein Gesicht leuchtend auf dem dampfenden Asphalt*

Ferlinghetti wirft sich zurück, legt die Seiten aufeinander und bündelt das Manuskript und beisst sich auf die Lippen, er sagt, *meine lieben schweigsamen Freundinnen, dieses Buch wird bald erscheinen, unter meinem Namen – werdet ihr es lieben, werdet ihr es wirklich gerne lesen?* – sie schweigen beide weiter und halten ihre Köpfe in die entgegengesetzte Richtung, aber es ist nicht still um sie herum, sie geben sich gedankenverloren, dem eben Gehörten nachträumend, sind aber nicht so still wie es sich für einen solchen Augenblick gehörte: dem eben Gehörten nachlauschen – da müsste eine grosse Stille herrschen, aber die beiden rascheln, knacken in Stoff und Leder, zirpen mit Wolle und Seide, all das störende blitzende Zeug, der klirrende Schmuck, die schnalzenden Lippen, der Griff ins Haar, *ihr Frauen könnt eine wirklich andachtsvolle Ruhe wohl gar nicht geben,* sagt Ferlinghetti, und Viviane steht auf, und umarmt ihn, drückt seinen grossen Kopf an ihre Schulter und hält ihn im Genick, während Darja Gläser holt und Eis und etwas zu trinken, mit falscher klirrender Geschäftigkeit, weil sie den Anflug von Feierlichkeit nicht erträgt, der durch die Küche geht wie ein Hauch

(Ferlinghetti)

Viviane drückt meinen Kopf an ihre knochige Schulter, an der ich so oft geweint habe, das Gesicht in der weichen Wolle, aber jetzt lache ich, und sie bohrt ihre Fingernägel in meinen Nacken, wohl weil sie fürchtet, ich fange wieder an zu weinen. Jetzt ist mir ganz leicht. Dabei habe ich oft schon frühmorgens, noch kaum richtig wach, in den Espresso geheult und dann weiter im Auto, auf der Strasse, den halben Tag, bis ich am Abend endlich in den Kissen lag und mich in den Schlaf heulte, ich musste mich mitten im Satz schnell zur Tafel kehren und oft den Schulraum verlassen, und wenn ich zurückkam, sah ich die ahnungsvoll entsetzten Blicke meiner Schüler, die mich oft gleich wieder zu Tränen brachten, ich bin nachts oft aus der sanften Umarmung von Alisette ins Bad gestürzt, um so leise wie möglich zu heulen, und habe dann aber gefiept wie eine Maus, und Alisette torkelte bleich und verschlafen hinter mir her und wurde ärgerlich und wollte wissen warum, ohne jede Warnung kamen die Tränen, jahrelang, dann gab mir Guérisson etwas, und ich hatte keine dieser Attacken mehr, war aber immer dumpf und gleichgültig und musste grinsen, ohne glücklich zu sein, und als ich aufhörte mit den Pillen, fing es gleich wieder an und ich heulte wieder tagelang, oft mit Darja unten am Strand oder bei Viviane, die viele Stunden wortlos neben mir sass und meine Hand hielt, sich in den Pausen räusperte, bis ich aufschaute und mir dann schnell und entschlossen die Tränen wegwischte

In das freundliche Schweigen platzt erst Alain, lautlos setzt er sich und schaut erwartungsvoll auf Ferlinghetti, der heute etwas Besonderes überstanden haben muss, er leert scheu sein Glas, hält es ins Licht und schrickt mehr als die anderen zusammen unter dem metallisch hohen Knattern von Grégoires uralter Kawasaki, die auf dem Kies im Rondell schleift und schlingert.

(Grégoire)

Ich habe den ganzen Tag gezeichnet und versucht, Louis zu erreichen, weil sein Plot nicht klar ist, und ich habe ihn nirgendwo gefunden und musste die Arbeit unterbrechen, ich habe böse Mails verschickt an ihn, aber er wird sie nicht lesen. Am schönsten ist es, die verschneite Landschaft zu zeichnen und das verschneite Prag, das Prag von 1935, das alte sagenhafte Prag. Als ich abends müde war und alle Stifte wegschmiss und dann wieder aufhob, klingelte es und Daryll vom Oasis stand vor der Türe. Er lachte und meckerte wie ein Geissbock, er hatte Brot dabei, gesalzene Fische in Öl und Sellerie, und wegen dem Sellerie, den er mir immer wieder hinhielt, lachte er so lange, und ich war zu müde, ihn wieder hinauszuwerfen. Nach dem Essen zeigte ich ihm am Fenster das Haus von Darja und im selben Moment wollte ich zu ihr und er schloss sich mir ganz selbstverständlich an, er setzte sich hinter mich auf das Motorrad und drückte sich an mich. Es gefiel mir und ich fuhr so schnell, dass ich selber

Angst bekam vor meinem Tempo und vor meinen Launen. Daryll klebte noch an mir in der Küche, er klebte die ganze Zeit an mir, schob sich an mich heran, Darja wurde sofort gereizt, als sie ihn sah, ihre Blicke fuhren böse über ihn weg, ich wollte ihr etwas sagen, aber ich brachte kein Wort heraus, ich brachte die Lippen nicht auseinander

Dieser unangenehme Daryll entdeckte Alain, der sich bei ihrem Kommen nach hinten aufs Sofa verzogen hatte, und er fing gleich einen merkwürdigen Streit mit ihm an, er meckerte immer wieder, Alain wurde nervös, ich hörte es am Brüchigwerden seiner Stimme, und Daryll hatte die Lacher auf seiner Seite, er behauptete, Alain zu kennen und er sagte seinen Spitznamen, den sie ihm im Quartier gegeben hätten, er sagte, Alain sei der *Würger*, man habe ihn *der Würger* genannt, weil er einmal beinahe seine kleine Schwester erwürgt hätte, Viviane und Ferlinghetti wollten sich ausschütten vor Lachen über dem gereizten Hin und Her zwischen Alain und diesem Kerl, dann verloren sie von einer Minute zur andern alles Interesse, rückten ihre Stühle nahe zueinander und fingen an, über Ferlinghettis Buch zu reden, sie sprachen leise und vorsichtig und ein bisschen geschraubt, wie ein Paar, das sich die Bissen gegenseitig in den Mund schiebt

(Grégoire)

kaum sassen wir, fing Daryll wieder an, Alain habe sich eine Zeitlang mit Seife eingestrichen, er habe die Seifenreste auf der Haut gelassen und habe nach Seife gerochen, und sein Vater habe ihn dafür grün und blau geprügelt, und als er weggezogen sei aus dem schlechten Quartier in ein besseres, habe er Alain ein letztes Mal gesehen, wie er in einem Eingang zu einem der Wohntürme ein Mädchen an den Haaren gepackt und sie gezwungen habe, an seinem weisslich verkrusteten Arm zu riechen, und sie habe vor Ekel aufgeschrien, sie habe dem Seifengeruch nicht geglaubt, sie habe nach Luft geschnappt – und ich war kurz davor, Daryll eine aufs Maul zu hauen, weil mir dieser widerwärtige Alain leid tat, so wie er dasass, mit roten Flecken im Gesicht, und noch mehr, als er vor Nervosität zu kauen anfing, obwohl er gar nichts im Mund hatte. Er fummelte dann an seinen Fingernägeln herum, biss sich Häutchen ab, und wenn er kurz aufschaute, waren seine Augen verschwollen und voller Hass, und Daryll merkte noch immer nichts, er wollte weitererzählen, er wollte mir eine Freude machen, er dachte, er könnte mir so eine Freude machen, da drehte sich Darja zu ihm um, sie schnellte in seine Richtung und sie hat ihn in einer Weise angeschaut, die ihn sofort verstummen liess. Dann schaute sie auf mich, auf meine Weste, auf mein Haar, was weiss ich, auf mein ganzes Leben

sein Aufzug ist absurd, ich habe ihm schon hundertmal gesagt, dass er nicht so herumlaufen soll – wie lange dauern wohl diese schwierigen Zeiten bei anderer Leute Söhnen, bei Grégoire liegt eine permanente *ekstatische Fehlbildung* vor, er kann kaum eine Zeitung am Kiosk kaufen, ohne daraus einen grossen und bedeutsamen Auftritt zu machen, und er kann nirgendwo vorbeischauen, ohne daraus einen Auftritt zu machen oder einen machen zu lassen, und er ist gefährlich wahllos in der Wahl seiner Begleiter, er verschandelt sich seit Jahren, er entstellt sich, wahrscheinlich weil er seine Schönheit hasst, weil sie ihm eine Last ist, so sehr, dass er einen ekelhaften Jungen wie Daryll ohne weiteres mit sich herumschleppt, mit hierherschleppt, wenn sie ihren Teller leergegessen haben, sollen sie gehen, ich werde Grégoire jetzt aus dem Haus zischen, laut genug, dass es alle hören, flüstern kann ich es nicht, ich kann nur fispeln, denn der ungebührlich weite Abstand meiner beiden Schaufeln im Obergebiss erlaubt kein Flüstern, sondern eben nur ein Zischen, ich werde ihm die Tür weisen, das wird ihm eine Lehre sein, ich habe es schon oft getan und es war ihm nie eine Lehre –

Und jetzt, mein Lieber, verlässt du das Haus, und jede Silbe betonend, als lerne sie eine neue Sprache, *ich meine, ihr müsst jetzt gehen, das ganze Pack verschwindet jetzt sofort,* und schaut dabei auf ihren Sohn, der seinen letzten Bissen Kaninchenfleisch mit einem kräftigen Schluck nachspült, *wer muss gehen, ich?* – Darja nickt andächtig, aber sie blinzelt, als handle es sich doch nur um einen Scherz, Grégoire putzt sich manierlich den Mund mit einem schmutzigen Nastuch, steht auf, packt Daryll am Arm und schiebt ihn vor sich her zur Türe, er stösst grob an Ferlinghetti, schlägt ihm auf den Rücken

(Ferlinghetti)

Dieser Daryll erinnert mich an Alisette, er ist widerwärtig wie Alisette, Viviane und Darja haben mir geholfen, über die Trennung von Alisette wegzukommen, Alisette war ähnlich wie dieser Daryll, sie war klein und dünn und sehr sexuell und ohne jedes Mitgefühl, sie sagte die schlimmsten Sachen, und ich war süchtig nach ihr, ich ging jeden Tag in die Prix moitié, wo sie an der Hauptkasse arbeitete, nur um ihr zuzuschauen und einen Blick von ihr zu bekommen, sie hatte ein winziges Gesicht mit riesigen starren blauen Augen darin, ich konnte mich von ihr nicht losreissen, auch als ich schon längst angefangen hatte zu trinken, bevor sie kam, um sie auszuhalten, und dann noch weinerlicher wurde, ich habe nie soviel geheult wie in den Armen von Alisette, und sie hat es gehasst. Wenn sie merkte, dass es Tränen waren, die auf sie hinuntertropften und nicht Schweiss, dass das Wasser aus den Augen kam, wurde sie wütend. Nach ein paar Wochen, während denen sie jeden Morgen mit ihren Stiefelchen müde die Strasse zur Busstation hinabzockelte und ich ein wenig später halbnackt hinter ihr herrannte, um sie noch einmal zu küssen, und sie mich müde zurückküsste, drehte sie sich eines Morgens um und sagte, sie käme diesen Abend nicht zu mir, auch nicht ins Forever und nicht ins Balou, sie wolle mich nicht mehr sehen, sie wolle jetzt einen anderen Jungen, einen mit einem Boot, einer kleinen Yacht, sie hatte ihn schon gefunden, sie stand an den riesigen Fahrplan gelehnt und blinzelte in die Sonne, sie war nicht mehr böse, sie lächelte sogar, sie sagte, *und weißt du, du vögelst mich ja gar nicht richtig, ich habe manchmal das Gefühl, du willst mich gar nicht vögeln, du pumpst mich nur voll mit deinen Tränen, und dann verschmierst du alles, du verschmierst mich, alles ist verschmiert von deinen ekelhaften Tränen, die Arme, die Beine, die Titten, die Fotze, sogar das Gesicht, alles voll von diesen Tränen, ich kann dir gar nicht sagen, wie mich das graust*

Grégoire küsst Darja und noch während er sie umarmt, fasst er nach Alain, legt dann den Arm um ihn und schiebt ihn neben sich her auf die Türe zu: *Wir fahren nach Lerçe, dort ist eine marokkanische Djamas-Truppe, genau das richtige für uns im Moment, nicht wahr, und die Damen hier können ihre Soirée schön unter sich beenden, ist das nicht wunderbar.* Alain folgt ihm wehrlos, überraschend schnell, und Darja sieht ihn mit Grégoire und Daryll hinausgehen und dann hören sie wieder das hohe metallische Knattern und sehen, wie Grégoire mit Alain auf dem Rücksitz vom Rondell in die Strasse biegt, während Daryll mit tief in den Taschen vergrabenen Händen zu Fuss langsam und missmutig durchs offene Tor trottet –

Jetzt sind sie weg und wir fallen in diese Starre der Zurückbleibenden, wenn jemand geht, aufbricht, sich auf den Weg macht, ist es quälend, nicht selbst auch aufzubrechen und zu gehen, wohin man will, das war es doch, was ich schon als Kind in den Sommerferien in Rajona so gehasst habe, wenn die Buben/die Grossen aus dem Haus gingen in ein abendliches Abenteuer irgendwo am Strand und wir, die Frauen/die Kleinen wie zufällig zu Hause blieben mit irgendeinem Spielzeug oder Schaustück, einem Buch, einem *guten* Buch mit Geschichten, die uns vorhielten, wie andere etwas erlebten und uns mit den Gefühlen von anderen überschwemmten, so dass wir staunend sitzen blieben, statt nach draussen zu gehen und zu erleben, was die Grossen/die Buben erlebten, nämlich nichts, und auch später, wenn wir Kleinen, wir kleinen Cousinen, uns umzogen und herrichteten und mit nach draussen drängelten, um dann irgendwo zu landen, irgendwo, wo wir ein grosses Geheimnis vermuteten, das reine Leben, und wo aber nichts war, nämlich wirklich nichts, dann dachte ich, das sei nur alles so klein und spannungslos, weil ich zu den Kleinen zählte, zu den Mädchen, die dann, wenn sie erwachsen wurden, Mädchen bleiben mussten, um mitzudürfen in den Übermut der Lokale, in die Verheissung irgendeines parfümierten Sommerabends, und die noch jahrelang als alternde Mädchen an der Seite ihrer lauten Männer beinahe ohne Laut verblühten, weil sie doch hin und wieder nach draussen konnten, aber nur als Kleine, als Mädchen, sie mussten als Kleine nach draussen in die Lokale, wie peinlich, so einen Geschlechterkitsch vorzutragen, das einzige, woran wir uns halten können, sind nicht die Ereignisse, sondern unsere Empfindung dieser Ereignisse, sagt Simone immer, das einzige, was zählt, ist die Empfindung, sagt sie, weil sie immerzu trösten will, alle, die ganze Welt will sie trösten, und ich kämpfe heroisch gegen eine Wand von Müdigkeit und Überdruss und muss jetzt mit Viviane und Louis reden, muss ihnen antworten, muss Viviane unseren Betrug erklären, der so leicht war und dann so schwierig wurde und der jetzt ausgestanden ist –

Grégoire fährt viel zu schnell und ohne Helm, er sieht durch eine Haarsträhne, die es ihm ins Gesicht und vor die Augen bläst, den runden weissen Mond von schwarzen Wolken durchquert, wie von Rauchschwaden verdeckt, und hört in der Ferne die Sirenen der Ambulanz, ein Lastwagen versperrt ihm lange die Sicht, er überholt ihn sehr knapp und hört Alain hinter sich etwas sagen, er fährt noch schneller, die kleine Strasse ist menschenleer und der Wind noch immer warm. Eine seltsame Gereiztheit lässt ihn die Kurven bis zur äussersten Neige ausfahren, nur in dieser Neige hat er Ruhe vor sich selbst und vor dem, was ihm durch den Kopf geht, das Herz schlägt ihm bis zum Hals.

(Grégoire)

Mamma sagt, ich lebe in einer virtuellen Welt, ich sei in meiner Flucht vor der Welt genauso spiessig wie die, die ich verachte, sie hasst meine Untätigkeit, meine Unfähigkeit und meine Weigerung, mich festzulegen, mich in der Welt zu bewähren, sie sagt, sie fragt bei allem Neuen, das sie bei mir sieht, woher ich das Geld nehme und wie ich denn leben wolle, ohne mich einmal in die Welt hinauszubewegen, sie will, dass ich reise, ununterbrochen umherreise, auf der andern Seite findet sie, ich sei zu alt für diese Art von Faulenzerleben und von mir werde nichts bleiben als ein verkniffener Bettler, aber sie hat mir noch nie einen Wunsch abgeschlagen, sie gibt mir immer alles, was ich brauche, und spottet dann weiter, aber woher nimmt eigentlich sie das Geld, wie macht sie das, wo doch alle Welt weiss, dass die Montadour am Ende ist, dass das ein Siebziger-Jahre-Laden an seinem Ende ist, so was konnte man in den siebziger Jahren noch machen hier draussen, als die Schuppen leer standen und alle warteten, dass endlich etwas geschieht, und es geschah dann auch so dies und das, viele gehen zugrunde, weil alles verpufft ist, verprasst, in den Häusern, die sie kauften und renovierten und umbauten und nach einer Scheidung wieder verliessen, ich weiss nicht, warum mir das alles jetzt wieder einfällt, meine Mutter hat viele Briefe aus dieser Zeit, manchmal hat sie mir daraus vorgelesen, ich habe mich gelangweilt, als sie sie las, aber ich habe nichts davon vergessen, auch nicht, wie traurig sie diese Briefe machten –

Es kamen viele solcher Briefe in den frühen achtziger Jahren, einen schrieb Nadja in einer Mischung von Euphorie und zunehmender Verzweiflung, sie schrieb mit leuchtendblauer Tinte auf graues Papier, aus einem Vierkanthof irgendwo nahe der ungarischen Grenze:
Ach Darja, wir waren ja alle immer in der grossen Stadt zu Hause und leben jetzt auf dem Lande, in einem riesigen alten Gehöft mit riesigen Scheunen, in welches wir abends alle müde und wortkarg zurückkehren und dann so müde und wortkarg unsere abendlichen Verrichtungen besorgen, das Füttern der

Tiere, das Füttern der Menschen, die wenigen Worte am langen Tisch, meist auch nur über die Verteilung der anfallenden Arbeiten, wenig Persönliches wie am Anfang, dann schauen alle wortlos auf das rote Leuchten der letzten Sonnenstrahlen über den Wiesen, das für Sekunden die Stämme des nahen Waldes zum Glühen bringt, und niemand sagt etwas und niemand ist wirklich glücklich – dann plötzlich wieder leuchtende Tage, an denen wir wie in unsern hellsten Träumen beieinandersitzen, am langen Tisch, inmitten einer sommerlichen Brandung von Blumen und Düften, unter einem weiten offenen Himmel, oder an einem neblig kalten Novembermorgen das johlende Glück der Kinder, die durch den Schnee zu den Ställen stapfen, wo ein neugeborenes Schaf auf sie wartet, die stillen Nächte, in denen die Worte wie von weit her vom einen zum andern gehen – Aromen, die wir in der Stadt vergessen hatten, heisse Holzzäune und Kiefernnadeln auf Sandwegen, die verschiedenen Gerüche von Rauch, Rauch aus feuchter Erde, Rauch aus trockenem Holz, Rauch aus einem Hügel von Nadeln, Kartoffelfeuer, Gartenfeuer, Feuer am Wasser, um uns verstreut die hingeworfenen Kleider der Kinder, alles nicht enden wollende Versprechungen, die schon in der nächsten Minute unter irgendeiner Mühsal, einem Ungeschick, einem Missverständnis zerbrechen, einfach kaputtgehen, ich werde den Verdacht nicht los, dass wir für die Schönheiten unseres Lebens hier draussen selbst aufkommen müssen, dass wir sie in uns selbst erzeugen müssen und dann irgendwie weitertragen, solange die Kräfte reichen, und dass wir in der Stadt viel öfter mitgerissen wurden von fremden Leben, fremden Existenzen, die uns nur streifen. Hier riecht selbst die Farbe anders, mit der wir die Zimmer streichen, die Materialien machen sich selbständig und triumphieren über unsere alte Sicht der Welt, wir kamen gerne hierher, wir lebten zwei Jahre in einem Taumel der Begeisterung, und ich habe mir viel versprochen von diesem Wechsel, aber es wird mir nichts anderes übrigbleiben, als wieder in eine Stadt zu ziehen und mich dort vor den Massen zu fürchten, die mich und uns alle auf dem Lande als verschworene lautlose Meute viel böser belauern, weil man hier zwischen den Hügeln zusätzlich zu den Unbequemlichkeiten des täglichen Einerleis soviel nachhaltiger auf eine Art zu leben hält, mit der sich die Menschen ihre kurze Zeit vergiften, in der Stadt gibt dir schon allein die Weitläufigkeit, die grosse Zahl und die grosse Enge das Gefühl intensivster Lebensempfindung, nicht wahr, und hier reisst mich der Liebreiz einiger winziger Ausschnitte der Landschaft immer tiefer in eine träge Verstimmung und das Empfinden völliger Isoliertheit, ich messe alle

Schönheit an meinen Träumen, und bin eigentlich immer irgendwie hungrig usw. usf.

(Grégoire)

sie haben ihre Haushalte gegründet und wieder aufgelöst, das ist alles, ein ums andere Mal, und wieder und wieder aufgelöst, um dann eben wieder ein neues Leben einzurichten, sie sind verlorengegangen in den Läden und Büros, die sie eröffneten und mit denen sie reich wurden oder an denen sie sich ruinierten, egal, ich kenne diese Geschichten, Darja hat sie uns in kleinen Teilen erzählt, wenn wir das Boot putzten oder irgendwo herumsassen, ich mache mir nichts vor, Mammas Freunde sind Hülsen, Worthülsen, die eine grosse Hoffnung verwesend mit sich herumschleppen, sie haben nichts vergessen von den vagen Aufbruchswünschen ihrer frühen Zeit und sie können alles noch aufsagen wie einen Vers, sie können es singen wie ein Lied, und sie haben aber nur gelebt, wie alle anderen Generationen vor ihnen auch, denen es vergönnt war, abseits von grossen Katastrophen über die Runden zu kommen und die Kinder grosszuziehen, nämlich ausser einem gemächlichen verschonten Alltag ist ihnen nichts gelungen, und wozu muss denn auch immer Grosses gelingen, wie kommen wir dazu, von einem winzigen Leben soviel zu verlangen –

Kurz vor Lerçe kommt ihm hupend ein offener Alfa entgegen, Grégoire erschrickt und zuckt zusammen, er hört die Männer im Auto lachen und wenig später auch Alain, er hört hinter sich Alain auflachen, wohl weil er diesmal mehr erschrocken ist als Alain. Er verpasst die Abzweigung nach Lerçe und steht plötzlich vor der zerfallenden alten Fischkonservenfabrik, die durch ihren Zerfall im Schattenbild einer alten Burg ähnlich geworden ist, eine Wut springt ihn an. Er wendet die Maschine so grob, dass es Alain zuerst nach hinten reisst und dann gegen seinen Rücken schleudert, er wird zu den Schuppen fahren und Alain dort stehenlassen, mitten im Wald, er wird ihn von seinem Sitz fegen und weiterfahren, so wie er Daryll hat stehenlassen, wird er Alain stehenlassen. Er hört sich selbst unangenehm heftig schnaufen, er strafft sich, gibt Gas.

Das Motorrad ist schon beim Abbiegen von der Strasse nach Lerçe auf dem Kiesweg, der ohne ein einziges Licht zu den Schuppen führt, ein wenig ins Schleudern gekommen und dann beim Halten ganz sanft auf die rechte Seite gerutscht. Grégoire reisst die Maschine nach oben und bremst ein zweites Mal scharf, er spürt Alains Hände klammerig auf seinen Schultern und gleich darauf nicht mehr, es reisst Alain nach hinten weg, und Alain versucht noch, ihn mit sich zu reissen, was ihm nicht gelingt, aber er sieht sich stürzen, er sieht sich unendlich langsam über dem mächtigen Tank zu Boden gehen, beinahe in Zeitlupe, so dass er noch im Fall wieder aufspringen kann, aber noch während er mühsam aufsteht, spürt er einen stechenden Schmerz im Knie. Jetzt rafft sich in ihm jene grosse Wut zusammen, von der er sich immer wieder mal hinreissen lässt, ein scharfes bohrendes Gefühl, halb Lust, halb Qual, das er auf irgend jemanden ableiten muss, das er auch schon an ganz Fremde abgegeben hat, er brüllt sofort los, er fängt sofort an, Alain zu beschimpfen und ihn zu fragen, was das solle und ob er das mit Absicht getan habe. Alain hat sich aufgerappelt, ist langsam aufgestanden und putzt sich mit einem Papiernastuch die Lederjacke, kleine weisse Fusel bleiben an den feuchten Stellen kleben, die er mit dem Ärmel wegwischen will, er ist völlig mit seinem Aussehen beschäftigt, seine Handflächen glänzen stellenweise im Dunkeln, er hat sie sich aufgeschürft und putzt, auf Grégoire zugehend, unbeholfen an seiner Jacke herum, er ahnt nichts und begreift nicht recht, was geschehen ist und was geschehen wird und warum sie gestürzt sind

(Alain)

> Das sagen sie immer, wenn sie unsereins fertigmachen wollen, sie sagen, wir verstünden nichts und wir seien ahnungslos, das ist ihre Berechtigung, mit uns das zu machen, was sie sowieso vorhaben, so schreiben sie es auch in den Zeitungen, so tönt es aus allen Kanälen

Alain nähert sich arglos Grégoire, der ihn beschimpft, sich an den Kopf tippt, den verzerrten Mund mit dem Ärmel abwischt, bis er endlich versteht, was der ihm entgegenbrüllt, wieder und wieder, er sei ein vollkommener Idiot, wegen ihm seien sie gestürzt, er habe sich benommen wie ein Trottel. Alain bleibt stehen, er steckt schnell das Nastuch weg, er ist in eine blöde Falle geraten, Grégoire tobt weiter gegen ihn.
In das wortlose Entsetzen von Alains weissem breiten Gesicht will Grégoire jetzt schnell das Schlimmste, Gemeinste, Vernichtendste sagen, aber ihm fällt nichts ein, die Stimme versagt ihm und kippt ins Falsett, das steigert seine

Wut bis zur Raserei, ihm fällt kein Satz ein, nur einzelne Wörter, er hört sich laut keuchen und er merkt in ohmächtigem Zorn, dass er zu zittern beginnt und wie ihm dieses Zittern in die Beine fährt und ihn schüttelt, und er weiss nicht, was sagen, auch Alain schweigt, er sieht sich vor einem Feind, er hat schon die Einladung nach Lerçe nicht richtig verstanden, er weiss nicht, was diese Tanztruppe dort soll, jetzt will ihm Grégoire an den Kragen, weil er mit seinem Motorrad nicht zurechtkommt auf dem Kies –

Kindertage, Gefängnistage: Wie oft schon in hellem Entsetzen über irgend etwas mit Vorwürfen überschüttet worden, mit Vorwürfen, die man nicht verstand, mit Gebrüll und Schlägen aus dem Schlaf gerissen, wie oft dann später aus tiefem Schlaf mit blendendem Licht zu einer bösen Reihe von Fragen geweckt worden, wie oft schon zurückgewiesen worden, sehr früh schon: Wie oft tagelang mit brennenden tränenvollen Augen herumgelaufen wie in Trance, aber nicht geweint, keine einzige Träne, wie oft schon das Nicht-geweint, immerhin Nichts-gezeigt als einzigen Trost mit in den Schlaf genommen –
Wie oft schon darüber befragt worden, wie oft schon gehört und irgendwo gelesen, man müsse seine Empfindungen leben und nach aussen tragen, wie oft schon nicht mehr gewusst, was einer Empfindung nahekommen könnte, wie lange schon ausserstande, in Sätzen zu sprechen, die etwas erzählen von sich und seinesgleichen, von denen, die nicht verstehen –

Grégoires Hand tippt ihn leicht vor die Brust, Alain versucht ihn wegzudrücken, Grégoire zieht die Hand zurück und holt aus, er trifft ihn am unteren Teil der Stirn, genau zwischen die Augen und dann sehr schnell noch einmal, halbherzig neben das rechte Ohr, und dabei fragt ihn Grégoire wieder und wieder mit sich überschlagender schriller Stimme, warum er das gemacht habe. Was gemacht?
Alain schnellt zurück und hält sich die Faust vor das Gesicht, er sieht, dass Grégoire stehenbleibt, und legt sich seine Hand wie ein Tuch über Nase und Mund, presst die Finger der anderen Hand darauf, er dreht sich um und will gehen, er schwankt und scheint eine kleine Ewigkeit lang unfähig, sich vom Platz zu bewegen, die Füsse zu heben, und Grégoires Stiefel trifft ihn mit einem heftigen Schlag in den Rücken, auf den Steiss, und Alain wird ruckartig nach oben geschleudert.

Alain knickt zusammen und richtet sich schnell wieder auf, er dreht sich, die Hände immer noch vors Gesicht geschlagen und noch deutlicher schwankend, seitlich in Angriffsstellung, Grégoire macht einen Schritt zurück und tänzelt wie ein Boxer, seine Stimme bricht, als er weiterbrüllt, und geht über in ein heiseres angstvolles Gebell, *gib das Messer her, gib Antwort, schau mich an, wenn du mit mir redest, und schau mich an, wenn ich mit dir rede, und halt's Maul und gib das Messer her* –

Alain hält die leicht gekrümmte Hand mit einer Bewegung vor sich hin, als habe er eine Waffe darin, er geht langsam und breitbeinig und Schritt für Schritt zurück, bleibt einen Augenblick stehen, dreht sich dann um und läuft mit schleppenden Schritten davon, so schnell er kann. Sein eiliger Tritt verhallt und es ist still. Grégoire sieht noch seinen Schatten zwischen den niedrigen Bauten verschwinden und hört noch, wie er gegen etwas schlägt, stockt und dann weiterläuft.
Schweiss tropft ihm in die Augen und brennt, er hat sich schmerzhaft auf die Zunge gebissen, das Knie ist taub und seine Schlaghand tut weh und ist grotesk geschwollen und hängt schlaff am Ende seines Arms, er reisst sie hoch und stopft sie zwischen die Knöpfe seiner Weste, als sei es eine fremde Hand, nicht die eigene.
Von irgendwoher nähern sich Schritte, kleine schnelle Schritte, die Schritte eines kleingewachsenen, leichtgewichtigen eiligen Menschen, es kann eine Frau sein oder ein Mann, es könnte auch Daryll sein, der vielleicht irgendwo ein Taxi genommen hat und der diese Gegend gut kennt, weil es seine Gegend ist, in der er oft herumschleicht, Grégoire lauscht, aber die Schritte entfernen sich wieder, ohne dass er jemanden sehen kann. Dann heult ein Motor auf, Türen werden auf- und zugeschlagen. Dann wieder Stille. Grégoire lehnt sich an die Rückwand einer kleinen üppig bemalten Halle, die schön und arglos zwischen den hässlichen Nachbarn steht, und versucht im fahlen Licht, das von ziemlich weit weg sehr blass und milchig bis zu ihm dringt, seine Hand zu untersuchen

(Grégoire)

Merkwürdig, ich denke jetzt noch oft an diese komische Geschichte von diesem berühmten Boxer, der seinen letzten Kampf abbrechen musste, weil er sich nicht mehr wehren konnte, weil er anfing zu heulen, was für eine Geschichte, ich habe sie für meine Diplomarbeit gezeichnet und ihn am Ende nur noch abgewendet gezeigt, er dreht seinen Rücken zum Betrachter, niemand soll seine Tränen sehen, in Wahrheit war es natürlich anders, in Wahrheit haben alle ihn gesehen, jetzt denke ich wieder an ihn, immer wieder, an diesen legendären Samarkand, ein indonesischer Boxer, der bei seinem letzten, beinahe schon gewonnenen Titelkampf in der Great League Hall in Atlanta vor den laufenden Kameras anfing, ein wirres selbstverfasstes Manifest vorzulesen, und von seinem Vater erzählte, der drei Tage zuvor nach einem Streit von einem rassistischen Busfahrer auf der Park Avenue überrollt worden war, mitten im Kampf, den er schon fast gewonnen hatte, schlug sich Samarkand die Handschuhe vor die Augen und blieb mit zuckenden Schultern bewegungslos stehen, sein Leib zitterte unter den Schlägen seines Gegners, der immer erstaunter und immer schneller auf ihn eindrosch, bis der Ringrichter Samarkand die Hände von den Augen riss und mit den Fingern sein blut- und tränenverschmiertes Gesicht zum Publikum hin drehte, es wurde plötzlich still, sein Gegner stand mit hängenden Armen neben ihm, spielte mit seinem Zahnschutz und zuckte sehr verlegen die Achseln, Samarkand brüllte noch ein letztes Mal seine Botschaft in den Saal, wo ihn niemand verstehen konnte, sie begann mit dem Satz: *Ich widme das hier meinem Vater*, der Schiedsrichter winkte kopfschüttelnd ab und verliess den Ring, das Publikum sprang auf und johlte und tobte und Samarkand brüllte gegen die empörte Menge an, bis ihn sein Gegner packte und auf den kleinen Stuhl setzte, der eigentlich seiner war, ihm das Gesicht abwischte, ihm den Zahnschutz aus dem Mund nahm und dann zur Seite trat und ihm den Arm nach oben riss, zum Zeichen seines Siegs, den er allerdings verpatzt hatte, da war der grösste Teil des Publikums am Gehen, aber die Kameras filmten natürlich weiter, die Leute spuckten vor Abscheu und Ärger auf die Treppen, die nachher glänzten, als seien sie frisch geputzt, und für Samarkand muss es gewesen sein, als spuckten sie alle auf ihn, es ist gar nicht einfach, so etwas zu zeichnen –

Alain hört sich schmatzen, er sucht mit der Zunge die Zähne ab, aber sie halten, sie geben nicht nach, sie sind nur von zuviel Speichel umspült, das fühlt sich an, als seien sie nicht fest im Kiefer verankert, aber wenn man jeden Zahn einzeln mit der Zunge überprüft, halten sie so fest und stark wie immer. Er kann den Mund nicht mehr aufmachen, er bringt den Kiefer nicht mehr auseinander und von der Augenbraue läuft ihm das Blut warm übers Gesicht.

Er weiss nicht genau, wo er ist, obwohl er hier in der Gegend den Jungen trifft, der ihm das Haschisch und manchmal die Weckamine verkauft. Die schmalen Gassen zwischen den Schuppen führen alle in einen riesigen Hof, den er noch nie betreten hat und der zur Strasse hin offen ist und leer und von einer Leuchtschrift über einem der Schuppen in ein künstliches rötliches Licht getaucht. Der Wind bläst ein paar Blätter vor sich her, und das gibt ein seltsam lautes schleifendes Geräusch, von der Strasse her hört er jemanden laut aufstöhnen, er überspringt ein paar Rohrbündel und läuft so schnell er kann auf einen vollkommen dunklen Teil einer Rampe zu, das Stöhnen wird lauter, er erwägt einen Augenblick lang, zurückzugehen, auf die Gefahr hin, Grégoire noch einmal zu begegnen, da hört er die Stimme eines Mannes sagen, *langsamer, nicht so schnell,* und so trottet er, während er versucht, den Mund zu öffnen und zu schliessen, langsam auf die Strasse zu und weiter Richtung Lerçe, irgendwann bleibt er unter einer Lampe stehen, um im Rückspiegel eines Autos sein Gesicht zu prüfen, und als er den Blick wieder hebt, weil er fast nichts erkennen kann, schaut er in die kleinen blicklosen Augen von Daryll, der plötzlich mit den Händen in den Manteltaschen vor ihm steht und ihn beobachtet.

Darylls viel zu grosser schwerer Mantel zieht ihn in den Boden, macht ihn noch zarter, er hat die Hände in den Taschen vergraben, die Schultern stehen ihm seitlich heraus wie ein Kreuz, Daryll hat Alains Gesicht gesehen, er zieht die Lippen zusammen, schaut schnell weg und dann wieder hin, mit unverhohlener Genugtuung fragt er leise, wo es ihn denn so erwischt habe und ob er wisse, wo Grégoire sei, und Alain hört sich seltsam prompt mit einem ganz neuen Gehorsam antworten, er wisse es nicht, wahrscheinlich hinter den Baracken, das Motorrad sei kaputt und es habe Schwierigkeiten gegeben. Daryll streckt ihm ein Nastuch hin, ob er so etwas brauche, Alain nickt und steckt es ein und schaut ihm bewundernd nach, wie er mit langsamen gemessenen Schritten durch den Hof schwebt, ohne Furcht, wie eben einer geht, dem gewisse Dinge nicht passieren, jetzt ist wieder einmal jeder andere besser als er, alles ist besser als er: *Wer weiss, wohin die Nacht uns führt,* so hat seine Mutter immer gesungen, *wer weiss, wohin die Nacht uns führt, wenn der Mond hinter der schwarzen Wand von Wolken verschwindet,*

oder so ähnlich, es hiess aber nicht *Wand*, es hiess *Mauer – wenn der Mond hinter der Wolkenmauer verschwindet und du mich an den Händen nimmst/wer weiss, wohin die Nacht uns führt.*
Er sucht nach der Melodie, um sich abzulenken, aber es wird ihm mit einemmal speiübel, als koche etwas in ihm über, der Speichel steigt in ihm hoch, und er krümmt sich und kotzt in weitem Bogen auf die Strasse, er geht weiter und sieht am Rand eines kleinen Gartenhäuschens ein Fass mit Regenwasser, dort wäscht er sich ausgiebig das Gesicht und die Hände und kippt mit den Händen Wasser über die Haare, die er nach hinten streicht, dann spült er den Mund und spuckt das Wasser gleich wieder aus, weil er sich vorstellt, kleine Würmer und Larven seien in dem Wasser und zappelten jetzt zwischen seinen Zähnen, und er wird sich sauberes Wasser suchen müssen, um den Mund zu spülen.
Er geht weiter und spürt störend die winzigen Würmer und Larven auf der Kopfhaut kribbeln, sie kitzeln, er muss grinsen und spürt, dass seine rechte Gesichtshälfte taub und unbeweglich ist und der Mund sich nur zu einer Seite hin verzieht. Er erschrickt und fällt in einen leichten Laufschritt, der Schmerz tut ihm jetzt beinahe wohl, weil seine Empfindung stärker ist als das Kribbeln der winzigen Tiere auf dem Kopf. Er läuft lange die kleine Strasse entlang, bis er zu den ersten winzigen Reihenhäusern kommt, die von winzigen Tännchen umgeben sind, und er spürt, wie ihm die winzigen Würmer und die fetten Larven über die Stirne kriechen, und will sie wegwischen, da fährt ihm eine Sturmböe vom Meer her ins Haar und trocknet den Schweiss, den er für kriechende Larven gehalten hat, reisst auch mit einem lauten Knall eine Plastikdecke von einem nachlässig im Garten gelagerten riesigen Haufen Holz und im gleichen Moment tritt Haijl Djuber mit seinem Bruder vors Haus und bringt die an die Gartentüre gelehnten Fahrräder seiner Mädchen nach oben, wo er sie einzeln an Ketten legt. Der Bruder schaut mit verschränkten Armen zu, Haijl singt vor sich hin, der Bruder schüttelt den Kopf. Alain ist stehengeblieben und wagt nicht mehr, sich zu bewegen: Er kennt den jungen Mann von irgendwoher, und das könnte auch heissen, von früher, und diese Stadt wird immer gefährlicher für ihn, der Boden wird ihm langsam zu heiss, obwohl man ihn nirgendwo sucht, in keinem Sender hat man von seiner Flucht aus Mahan berichtet, kein Wort in den Zeitungen, nichts.
Er zwingt sich, langsamer zu gehen, der Sturm wird immer heftiger. Ein klei-

nes Haus reiht sich ans nächste, die Fassaden werden immer ärmlicher, es folgen ein paar unverputzte Häuser mit Blechdächern, vor denen das peinlich geordnete Mobiliar eines namenlosen Haushalts im Dunkeln schimmernd verwittert, am Ende der Strasse dann wieder vereinzelt Holzschuppen, von schwarzen schnurgeraden geharkten Beeten wie von kleinen Teppichen umgeben, und die kleine Strasse verliert sich in nächtliches Dunkel: eine weite verträumte Heidelandschaft, aus der vereinzelte kleine weisse Felsen schimmern.

Die Brandung scheint näher, sie hat sich im heraufziehenden Sturm in ein lautes, vom Pfeifen des Winds überlagertes gleichförmiges Tosen gewandelt, weisse Gischt spritzt jetzt meterhoch über die Ufermauer, dahinter blinken die Lichter der kleinen Stadt.

Er ist in die falsche Richtung gelaufen, er schluchzt trocken auf vor Wut, er zwingt sich stehenzubleiben und raucht eine der sieben Zigaretten des Tages. Dann geht er wieder etwas ruhiger zurück zu dem Wagen, bei dem er Daryll getroffen hat, und beginnt zu rennen, in einem leichten Laufschritt, bis er zu der Brücke kommt, von der sie mit dem Motorrad schon schwankend und viel zu schnell abgezweigt sind, er überquert sie auf der Fahrbahn, in der Mitte, wo die Lichter sich treffen, weil er noch immer fürchtet, Daryll träte plötzlich aus dem Dunkel auf ihn zu, um ihn schon wieder zu kennen und seine Sätze zu sagen, von der anderen Seite, wo die Wohnblöcke stehen, hört er die hohe, klagende Stimme einer Frau, die nach irgend etwas verlangt, und er geht ohne sich umzusehen weiter Richtung Stadt, er vermeidet es, den Leuten, die ihm entgegenkommen, ins Gesicht zu sehen, er wüsste gerne, ob Darja ihn jetzt starr vor Verachtung anlächeln oder ob sie ihn trösten würde, er sieht sie vor sich, er läuft ihr entgegen, dem kalten lachenden Blick ihrer hellen Augen –

Als er eine knappe Stunde später in die hellen Lichter des Hafens taucht, fällt er sofort in eine gemächliche Gangart, er schlendert, wie er es gewohnt ist, die Schmerzen im Gesicht lassen nach. Er geht ins Guignol, wo keine Touristen sitzen und der Wirt ihn kennt, aber kaum ist er an der Bar vorbei, packt ihn ein Küchenjunge und schiebt ihn zum Hintereingang hinaus, man wolle hier keine Schwierigkeiten, und er muss ins Plaza, wo zwei betrunkene Mädchen laut aufschreien bei seinem Anblick und gleich anzügliche Bemerkungen machen, er setzt sich neben sie und lässt sie ein

wenig an sich herummachen, bis sie zu dritt hinausfliegen und sich zerstreuen.
Die Mädchen sind im grellen Licht der Strasse hässlich und sie riechen nicht gut. Sie scheinen plötzlich sehr bedrückt und in Eile. Arm in Arm laufen sie ohne Gruss davon. Alain sucht ein Taxi, das Herz klopft ihm jetzt wieder bis zum Hals. Er wird nichts erzählen, an den Gästen vorbei in sein Zimmer schleichen und rauchen und die Aufnahme von *Stolen Nights* schauen, bis Darja nach oben kommt.
Vom Rondell aus sieht er sie in der Küche stehen, an den Kühlschrank gelehnt, und ein unsichtbares Orchester dirigieren, und Ferlinghetti und Viviane sitzen noch immer so, wie sie gesessen sind, als Grégoire ihn weggeschleppt hat, der Tisch ist jetzt überhäuft mit Blättern, Viviane raucht, zum ersten Mal sieht er sie rauchend, und Ferlinghetti scheint vor sich hin zu träumen.
Alain geht mit einem heiseren knappen Gruss an der Küche vorbei, wo sie die Köpfe heben, und nach oben, ohne sich umzudrehen, und schliesst leise die Türe seines Zimmers.
Als erstes geht er vor den Spiegel und erschrickt noch einmal. Zwischen seinen Brauen wölbt sich eine dicke rote, ein wenig mit schwarzem Blut verschmierte Schwellung, die sich zum rechten Auge zieht, und vor dem Ohr ist die Backe so dick, dass sie beinahe formlos in den Hals übergeht, den Mund kann er kaum öffnen. Er braucht lange, um sich zu rasieren und sich die Zähne zu putzen, unter der Dusche wird ihm wieder übel, er kann sich gerade noch zum Bett schleppen, immer wieder verdecken ihm weissliche Schwaden den Blick, er legt den Kopf sachte auf die Kissen, und da fällt ihm ein, dass er den Seifenschaum nicht abgewaschen hat, sein Mund verzieht sich, noch während er wieder aufstehen will, schläft er ein.

(Grégoire)

Merkwürdig, wie hilflos die abgebrühtesten Leute plötzlich sind, wenn man sich gegen sie wendet, immerhin hat er mich merken lassen, dass er einen zweiten Schlag nicht hinnehmen würde, und vielleicht steht er irgendwo und lauert mir auf, mit diesem blöden Trick, mit diesem blöden Messertrick, er hat gar kein Messer, er hält die Hand, als hielte er eines, und dann ist er gegangen,

das glänzende und schnell geschwollene Gesicht zur Seite gedreht, mit diesen hochgezogenen Schultern, die wir von den Versagern aus den Filmen kennen, wenn sie sich trollen nach einer ihrer zahllosen Niederlagen, manche haben dafür eine Musik.
Meine Gefühle sind nicht echt. Ich bin immer weit entfernt davon, meine Gefühle zu empfinden. Ich habe ihn nur geschlagen, weil ich mit der Faust in dieses Gesicht wollte, so wie man auf einen andern hinauf oder hinein und ihn beschmutzen will, er hat es mir zu leicht gemacht, und ich schäme mich

Grégoire beugt sich über das Motorrad: Beim Bremsschalter ist das äussere Drittel abgeknappt und liegt hier irgendwo zwischen den schillernden Lachen, eine Böe zerrt an den lottrigen Dächern, der Wind fährt ihm sanft durchs Haar

(Blanchard)

Sehen Sie denn nicht, wie läppisch Sie sich schon wieder aufführen, wie unwürdig das ist, wie kindlich, merken Sie, wie ich Sie umschlungen halte, in diesem toten Areal aus kleinen Werkstätten und Lagerhallen, wie ich Sie unterhalte mit einer kleinen Böe, einer Missempfindung, die Ihnen aber angenehm ist, wie ich Ihnen als plötzliche Furcht, als plötzlich aufkeimender Wind, als Paralyse unter die Kleider krieche, Sie wollten doch schon lange gehen, und stehen aber immer noch so da, wie in dem Moment, als Sie diesem Aas ins Gesicht schlugen.
Jetzt schmerzt die Hand und Sie wissen wieder einmal nicht, wohin mit sich. Sie fürchten sich vor Daryll, wie vor einem narkotisierten Bären. Sie denken: *Gleich wird er aufwachen und sein Zorn wird sich gegen mich richten.* Aber warum sollte er zornig sein. Er hat von Ihnen nie etwas anderes erwartet als ungehobelte Gier und grobe Selbstsucht. Nur Sie tragen in sich ein anderes Bild von Ihrem Wesen, na ja, allerdings eines, das den anderen verborgen bleibt, unaufhebbar ihrer Wahrnehmung entzogen, auf eine Weise, die Ihnen Angst machen sollte. Niemand ausser Ihnen sieht Sie so, wie Sie sich selbst. All die Tröstungen, mit denen Sie sich über Ihr Treiben beruhigen, erreichen nur gerade Sie. Sie hoffen ja so allerlei, dass Sie ein anderer sein könnten, dass in Ihnen ein grosser Vorrat an Zartgefühl wartete, dass Sie bereit und fähig und willens wären, einem anderen alles zu geben, und das sind die gleichen stillen melodramatischen Hoffnungen, mit denen Sie sich als Sechzehnjähriger schon gera-

de so über Wasser hielten. Damals glaubte man Ihnen, heute widerlegen Sie sich jeden Tag mit jedem Wort und jeder Bewegung. Damals schien Ihr Leben Ihnen selbst und uns anderen wie ein einziges grosses Warten, das man sich mit allerlei Spässen erleichtern musste.

Merken Sie, dass ich Sie noch immer liebe, gerade jetzt, immer, unaufhörlich. Sie sind erneut verkommen, und deshalb sieze ich Sie, Sie sind verkommen, als wir auseinandergerissen wurden, als Sie, ach ja: katzenhafte Bewegungen, Geruch eines Raubtiers, ich weiss es nicht mehr so genau, vielleicht verwechsle ich es auch, ich meine, als Sie dann plötzlich keine Schulung mehr erfuhren, Schulung des Bewusstseins, der Selbstbeobachtung, sind Sie sofort verkommen. Sie waren gerade auf dem Wege, scheinbar ganz von sich aus, leiser zu gehen, freundlicher zu reden und ruhiger über einer Sache zu bleiben, Sie waren nahezu imstande, Ihre Gedanken mehr als nur notdürftig zu formulieren und auf Tag und Datum das mit sich zu führen, was verlangt wurde und unerlässlich war, die richtigen Bücher, die aufgeräumte Sporttasche, das Geld in der Aussentasche, eben als Sie von mir weggerissen wurden, waren Sie auf dem besten Weg zur Genesung, zur Lösung von Ihrer verkorksten, so fahrlässig vergeudeten Kindheit, ich würde Sie jetzt nicht mehr duzen, es war ein grosser Fehler, Ihnen das Du anzubieten, nichts hat unsere Intimität, oder das, was Sie und Ihre Mutter dafür hielten, nachhaltiger gestört als dieses Du, mit dem ich Sie an der Hand nehmen wollte, jetzt, allein gelassen und in schlechter Gesellschaft bricht alles durch, was ich für änderbar und ekelhaft an Ihnen erkannt habe, und noch etwas: Es wird Ihnen nichts geschehen, lieber Freund, Sohn –

Ich weiss nicht, ob ich euch das erklären kann, ich weiss auch nicht, ob ihr es versteht, ob es euch überhaupt interessiert, sagt Viviane Lessing mit schwerer Zunge, *es macht mir angst, dass ihr mich so lange belogen habt.* Sie unterdrückt einen Rülpser, der einem bei ihr ungeheuerlich vorkäme, und schaut empört auf ihr Glas.

Wir müssten die Wahrheit wenigstens vorbereiten, wir müssten die Leser vorbereiten, dass Louis Ferlinghetti jetzt andere Bücher schreibt, du hättest wenigstens eine grosse Reise dazwischenschieben können, so wäre es machbar, nach den Erschütterungen einer grossen Reise wäre der Wechsel im Stil deiner Bücher denkbar, die grosse Reise hat dich nach innen geführt, zu dir, und diese kartographische wirre Prosa ist nun eben das, was du in dir gefunden hast, eine kleine Pause, sie schaut um sich, Ferlinghetti strahlt sie an, sie bemerkt es und fährt ihm schnell übers Haar, sie versucht zu lächeln, dann wird sie wieder ernst, *und es ist eine Krise, es handelt sich um eine Krise, der Leser wird Zeuge einer Krise, wenn er dieses Buch liest, und indem du den Leser zum Zeugen deiner Verwirrung machst, wird die Ordnung wiederkehren, in dir und in deinen Büchern.*

Sie schiebt die drei alten Manuskripte, die ihr Darja grinsend hingeschoben hat, auf dem Tisch hin und her, immer gröber und heftiger, und sagt plötzlich leiser und mit einer anderen Stimme: Satanas *war auch kein sehr gutes Buch, aber wenigstens stellenweise amüsant,* sie versucht aufzustehen, aber es gelingt ihr nicht, sie wirft ihr Glas und eine Flasche um und zieht in grossem Staunen die Brauen zusammen. Darja drückt sie sanft zurück auf ihren Sitz und schenkt ihr Wasser ein. Viviane trinkt das Glas in einem Zug aus und knallt es auf den Tisch: *Gut, ich bin nicht unglücklich, ich bin nicht unzufrieden, ihr habt es gar nicht so schlecht gemacht,* sie lächelt, ihre Augen glitzern und gehen von einem zum andern, sie sagt noch einmal, sie hätten es beide gar nicht so übel gemacht und sie werde diesen *Falschen Sommer* herausgeben, allerdings mit ein paar Zusätzen, mit einem Apparat, mit einem *kartographischen Apparat, um die Reise sichtbar zu machen,* wie sie noch murmelt, dann versinkt sie in tiefes, betrunken kreisendes Brüten. Darja schenkt ihr Wasser nach und sagt, selbst auch schon ein wenig angetrunken und sentimental vor Erleichterung, allerhand Liebes über sie und über ihre Augen, über den Charme ihrer Stimme, über ihre Klugheit, ihre Naivität, und später bringt Darja sie mit Ferlinghetti nach oben, legt sie in ihr Bett und streicht ihr noch lange sanft über die Schläfen, bis Viviane, die noch lange zur Decke schaut und etwas sagen will, mit weit offenem Mund in einen tiefen Schlaf fällt, und Darja leise zu Alain hinübergeht, ihm sanft das Gesicht zur Seite drehen will und aufschreit vor Schreck. Alain lacht mit geschlossenen Lippen und schiefem Mund, kurz und böse –

Und Grégoire steht noch fast eine Stunde wie gelähmt vor seiner Kawasaki, bevor er sich entschliessen kann, sie aufzustemmen. Er kann sich seine Paralyse kaum erklären, seine Beine sind schwer, und ein kalt gewordener

Wind zerrt an seinen Kleidern, als griffen tausend Hände nach ihm, als sei er nicht alleine. In die klappernden und scheppernden Geräusche des Sturms über den Baracken mischen sich wie von ferne Stimmen, das entsetzt ihn – mit einer gewaltigen hastigen Anstrengung setzt er die Maschine in Gang, sie springt sofort metallisch surrend an, die Vorderachse scheint etwas verbogen, das Licht brennt nur schwach. Er wendet und will auf die Strasse abbiegen, da steht mit einemmal Daryll vor ihm, die Hände tief in den Manteltaschen vergraben, er sagt nichts, er scheint ganz selbstverständlich darauf zu warten, auf den Rücksitz geladen zu werden. Grégoire verlangsamt kurz, so dass Daryll einen Schritt auf ihn zu macht, um aufzusteigen, und gibt im selben Moment Gas, so dass Daryll ins Leere tritt, mit ausgestreckten Händen, und ihm dann noch kurz mit der ganzen Kraft seiner kurzen Beine hinterherrennt. Grégoire winkt und verschwindet hinter einer schwefelgelben Rauchwolke. Daryll starrt ihm nach, sein schmaler kleiner Mund wie zum Pfeifen gespitzt, die Augen voller Tränen.
Zu Hause setzt Grégoire alle Hebel in Bewegung, er dreht an allen Knöpfen, so dass die Musik und die Lichter und seine riesigen Videostills sich allmählich in seine Aufregung mischen und ihn beruhigen, wie früher, wie damals zu Hause, wo auch aus allen Zimmern Musik oder eine Stimme tönte, dann wärmt er sich einen Teller mit *Chili con carne*, duscht und rasiert sich, schneidet sich die Haare mit der Küchenschere und schickt seinem Freund Arno Hilf ein Mail: *Hier Calypso, hatte eine Riesenschlägerei mit einer kleinen Beutelratte*, worauf er eine Schlägerei beschreibt, eine deftige Schlägerei, der rechte Arm sei verletzt, die Hand möglicherweise gebrochen, auch im Nacken sei etwas nicht in Ordnung, aber nur so habe er einen unappetitlichen Übergriff verhindern können, und die Arbeit werde sich ein wenig über den Abgabetermin hinaus verzögern, was gewiss nicht schlimm und jedenfalls weniger schlimm sei, als das, was er durchzustehen habe. Grégoire muss lachen, so leicht geht ihm diese Schwindelei von der Hand, er stellt sich Arnos Entsetzen vor und seine gierige Anteilnahme und das untergründige Beben in Arnos hoher Stimme, wenn er ihn nach den näheren Umständen befragt, denn Arno liebt nichts mehr als Geschichten sexueller Übergriffe, und die ganze Welt tut ihm gerne den Gefallen und erzählt ihm bald nichts anderes mehr als Geschichten sexueller Übergriffe, und in sein stets abrufbares Entsetzen mischt sich immer mehr die kalte Gier, in solchen Bildern zu wohnen. Calypso an Dodge single: *Ich werde natürlich ver-*

suchen, was ich kann, falle aber sicher für eine Woche aus, weil meine Hand kaputt ist, ich bin lädiert, aber glücklich –
Dann steht er auf, streckt sich.
Er sitzt noch lange am Fenster und raucht eine Partagas, er starrt hinüber zu Darjas Haus und muss plötzlich wieder lachen, als Kind hat er in die andere Richtung gestarrt und immer wieder gesagt, dort drüben, nahe beim Hafen, wolle er einmal wohnen, und Darja wollte dann immer wissen, warum, und ihm fiel es nicht ein, Victoire sagte es eines Abends ganz vertraulich über das karierte Tischtuch hinweg, sie flüsterte es beinahe, so andächtig war sie, es sei wegen der Schiffe, Grégoire werde eines Tages in einem Schiff wohnen, so wie ihre Mutter in einer Garage wohne, und dazu hatte sie ernst und bedeutsam genickt, ihren Bruder aber vorwurfsvoll angeschaut.

(Grégoire)

Wir waren eine lustige Bande, du, Victoire und ich. Wir waren unbeschwert, aufgekratzt – bis dieser Blanchard sich immer mehr in unser Leben drängelte, immer öfter kam und uns beiden dann die gleichen Mahlzeiten kochte –
Rodolphe Blanchard hat uns die gleichen Mahlzeiten gekocht, zuerst dir und dann, nach ein paar Jahren, mir, da war ich siebzehn, er hat uns am gleichen Tag gezeigt, wie man Wachteln füllt, er hat uns einander gestohlen, vorher waren wir ganz eng, dann auf einmal und für immer getrennt, ich, dein Sohn, weit weg von dir, und dann sehr lange keine unbeschwerte Berührung mehr, ich liess dich nicht mehr an mich heran, und keine gemeinsame Erinnerung, in die er nicht dreinreden würde, auch nicht aus der Zeit vor ihm, denn die Zeit vor ihm war nur die Zeit «vor ihm», die musste nur vergehen, damit er endlich in unser Leben treten und es zerstören konnte, beinahe vollständig zerstören, und ich weiss nicht mal, ob du noch oft daran denkst, oder ob es dir jetzt gleichgültig ist.
Meine Hand tut satanisch weh, aber dein Alain wird heute in sein Zimmer schleichen und nicht wagen zu erzählen, was ihm widerfahren ist, dass wir nämlich ins Schleudern kamen, weil er mich zwischen die Beine gefasst hat, dass ich ihn schlug, weil er mich nach dem Sturz an die Baracke drängte, mit einer Hand an meiner Kehle und der anderen an meinem Schwanz, das werde ich erzählen, das werde ich auch dir erzählen, das wird sehr schwierig werden für Alain, du hast mir immer geglaubt, in allem.

Blanchard hat dich dafür getadelt, mit seiner leisen samtigen Stimme hat er dir Vorwürfe gemacht, wenn ich schon im Bett lag und Victoire in ihrem Zimmer *No woman no cry* donnern liess, hörte ich ihn unten reden, sie binde mich zu fest, sie lasse mich nicht gehen, sie mache mich zum Zimperling, zum Muttersöhnchen, und ich habe dein glucksendes Lachen gehört durch das Klirren der Gläser, und das Knarren der Böden, die behutsamen Bewegungen eurer Leiber, die ihr auseinanderhalten musstet bis in die tiefste Nacht oder bis zum nächsten Morgen, wenn ihr endlich alleine ward, am Strand, in einem Hotel, was weiss ich – ihr musstet leise sein, ich habe euch doch gehört, seine samtige Stimme.

Blanchard wurde nie laut, er wurde nie lärmig, er hatte auch bei den Regatten nie den Kommandoton wie andere Skipper, und gewann aber dennoch alle Rennen der Region, er war leise und sanft und blieb immer ruhig, auch wenn es brenzlig wurde, er selbst hatte wohl nie wirklich Angst, er konnte aber Angst verbreiten mit seiner leisen Art und seinem Spott und den widersprüchlichen Botschaften, die von ihm ausgingen, er lachte mit den Augen und blieb mit dem Mund ernst und traurig. Oder er schaute wie flehend und grinste dazu.

Mit mir war er besonders lieb, während er dich zur gleichen Zeit vor mir warnte, wie vor einem Fremden.

Und damit hat er sich selbst das Grab bereitet. Du hast ihm nicht verziehen, dass er mich immer wieder angegriffen hat, öffentlich und vor allen, wegen meiner allzu heftigen Bindung an dich, wegen meiner Muttersöhnchen-Allüren, und die anderen, alle ausser Simone, haben ihm recht gegeben, immer wieder, und ich habe unter diesem Urteil gelitten wie ein Hund, und du hast nur gelacht durch den geschlossenen Mund, ich habe dieses Lachen nicht richtig verstanden, niemand hat es richtig verstanden, dieses Lachen hiess:

Tod für Rodolphe Blanchard?

Viviane Lessing und Darja Savary gingen damals Hand in Hand den Strand entlang und Viviane Lessing hielt sich für den Höhepunkt in Darjas Leben. Sie wollte, dass die Kinder Englisch lernen, sie wollte so allerlei, eigentlich glückliche Zeiten, unbeschwerte Zeiten. Es gab keinen Grund, sich so masslos zu betrinken. *Aber wenn eine Mutter sich so gehen lässt,* wie Frau Gerland sagte, wie sie immer noch sagt –

(Grégoire)

Ich folge meinen Instinkten, das macht meine Zeichnungen so beliebt. Wir wissen fast schon zuviel voneinander, wir leben aber nicht schlecht, und wenn dieser Alain eines Tages weg ist, wird es wieder so friedlich wie nach Blanchards Tod. Nicht so eng und vertraut wie früher, aber wieder so friedlich wie damals, wenn es denn je friedlich war bei uns

es war nie friedlich

(Grégoire)

vielleicht müsste ich sagen: aufgekratzt, unbeschwert, also wir waren früher unbeschwert, eine lustige Bande waren wir drei, du, Victoire und ich, und wir haben nicht einmal gemerkt, dass du ganz wenig Geld hattest, jetzt hast du Geld, aber man merkt es genausowenig. Wenn wir als Kinder etwas wollten

dann habe ich immer gesagt, es sei kein Problem

(Grégoire)

dann hast du immer gesagt, es sei kein Problem, aber es ging jeweils sehr lange, bis es wirklich da war, ein Fahrrad, ein Rucksack, eine neue Jacke, Schuhe

aber meistens ging es ja gar nicht, ich hatte wirklich oft einfach kein Geld, ich hatte zwischendurch oft wirklich fast kein Geld mehr, ich wollte ja nicht, dass die Kinder das merken

(Grégoire)

aber du hast nie gesagt, etwas sei zu teuer

ich habe nie gesagt, etwas sei zu teuer, und da liegt das Problem, das war ein grosser Fehler, ich habe einen kolossalen Übermut und den allerübelsten Leichtsinn in euch geweckt, ihr habt beide überhaupt keine Vorstellung davon, was das bedeutet: sich durchbringen. Rechnungen zahlen. Rechnungen zahlen mit dem Geld, das man am Ende des Monats noch hat. Ihr glaubt, das Geld käme aus einem riesigen Tank, den irgend jemand für euch bereitgestellt hat, der unerschöpflich ist und nichts zu tun hat mit dem, was ihr macht, ich meine Arbeit

(Grégoire)

du hast gesagt, es sei eigentlich kein Problem, nur im Moment sei es nicht gut möglich

das war ein grosser Fehler, einer meiner vielen grossen Fehler

(Grégoire)

jetzt sagst du nie mehr solche schönen stolzen Formeln, jetzt sagst du gar nichts mehr oder du spottest und flüsterst hysterisch vor dich hin, immer mit einem Glas, und das Glas immer gleich voll, so dass man den Eindruck hat, du trinkst gar nicht. Du klagst, ich sei untüchtig. Ich bringe mich durch, das genügt, es fehlt mir an gar nichts, obwohl ich fast kein Geld habe, habe ich alles, was ich will. Ich weiss, wie man Menschen öffnet, nämlich mit ihren Wünschen, ihre Wünsche sind der Schlüssel zu dem, was sie dir geben können. *Salut salaud.* Ich habe dich als Kind aus dem Haus gehen sehen, wenn du irgend etwas wolltest. Ich habe gesehen, wie dein Mund sich verändert hat, wenn du irgend jemanden überredet hast, einen von der Bank, einen von der Gemeinde, einen von der Gewerkschaft, du hattest immer Sonderbedingungen, Sondergenehmigungen, Spezialrabatte, du hattest immer ein paar Ergebene, so hast du gelebt. Dein zur Entwaffnung gerüsteter Mund, wenn du dich zu mir herunterbeugtest und mir einen Kuss gabst, ohne mir in die Augen zu schauen, weil dich das nächste schon so beschäftigte. Das hat deine Macht über andere begründet, dass du so ausschliesslich, so heftig und so still dein ganzes Bewusstsein auf irgend etwas richten kannst, als gäbe es den Rest der Welt nicht mehr, nur noch diesen Kredit oder nur noch diese Umzonung oder nur noch diese Art von Kleinbus.

Wie finster du geworden bist in letzter Zeit.

Und wie böse der Herbst uns hier jedesmal überfällt, wie schnell der glatte blaue Himmel durchsäbelt wird von tiefsausenden Wolken, die untereinander Netze bilden mit langen Ausläufern, bis nur noch kleine rasend blaue Himmelsteile durch die Wolkenberge leuchten, die See liegt dann wie flüssiges Blei vor der Stadt.

Du lachst nicht mehr wie früher, wenn ich etwas sage, du schickst mich weg oder du machst dich über meine Haare lustig, über meine Kleider, man kann sagen, du gehst auf Distanz, nicht wahr – wenn du einmal aus deinem Traum aufwachst, in den dieser Alain dich geschickt hat, und siehst, was du dir da ins

Haus geholt hast, wirst du ihn noch am selben Tag, also an dem Tag, an dem du aufwachst, wegschicken – das wird der erste Tag seit Monaten sein, an dem du nicht schon gleich nach dem Erwachen trinkst oder kiffst, du wirst sein wie neu, du wirst einen schwarzen Espresso schlürfen und zuschauen, wie dieser Junge den roten scheusslichen Samsonite von Viktor packt, den du ihm schenken wirst, da soll er dann alle gestohlenen Sachen einpacken und verschwinden, je schneller desto besser, ich sehe ihn schon, wie er sich über den Koffer beugt und sich auf die Lippen beisst und eins nach dem anderen schön gefaltet in den Koffer legt, und wir stehen alle unter der Tür und lachen

wir standen alle unter der Tür und lachten, ich rede von der Abreise deines Vaters, damals im Sommer 1970, als er beschlossen hatte, seinen Urlaub, er nannte es *Urlaub*, abzubrechen und nach Deutschland zurückzufahren, was ich verhindert habe, Nadja kommentierte jedes einzelne Stück, das er in seinem karierten Plastikkoffer versorgte, und fragte, weshalb er einen Koffer und nicht eine Tasche habe, er drehte sich um und zeigte sein makelloses Profil, er drehte den Kopf nur immer so weit, bis sein Profil mit der geraden kurzen Nase und der ebenso geraden hohen Stirn und dem kleinen runden Kinn vollständig erschien, dann hielt er sich gespreizt in dieser Position und sprach ins Leere, ohne den anderen anzusehen, diese kleine zierliche Drehung des Kopfes musste genügen, niemand hatte Anrecht auf einen Blick, er war schön, schöner als wir alle, schön im Sinn von Makellosigkeit, und es hätte wenig gefehlt und er hätte die ganze kleine Gruppe erobert, mit seinem Disziplin- und Anstandsgetue, aber das wäre nur möglich gewesen, wenn er damit mich zur Seite geschoben hätte, mich, die ich mich nicht empfinden konnte, nicht als schön und nicht als hässlich, einfach gar nicht, also musste ich ihn soweit bringen, dass er an mir scheiterte, nicht an Alex, der damals schon so ungeheuer und einschüchternd elegant war wie ein Raubtier und also raubtierartig und geschmeidig jeden anschnaubte, der ihm unter die Augen kam, und sich in kundig abgestuften Schweigeritualen übte, die eine ganze Gruppe zu Stein erstarren liessen, und schon gar nicht an Xavier, der bis zum Erbrechen den *Mann* spielte, das *Rauhbein*, den *Wilden*, den Führer des Rudels, und der, sobald Mathias aufgetaucht war, an der eigenen Harmlosigkeit fast erstickte und keinen Ausweg fand ausser blödsinnigen angezettelten Rempeleien, und auch nicht an Nadja, die sich ständig ekstatisch an anderen ausprobieren wollte und mit einer entschiedenen und methodischen Egozentrik den wahren Kern in sich und in den andern suchte, die wahren Gefühle, die sich aber immer wieder im Kiff auflösten, in Scheingesprächen verdampften und sich in ihrem üppigen vielgebrauchten Leib verloren, wenn sie denn überhaupt je aufkamen. In diesem Chaos zog er uns in seinen Bann, mit seiner Ahnungslosigkeit und seinem Stolz, seiner bedingungslosen Abwehr aller Versuche, ihn zu versöhnen – und wir konnten nicht ahnen, wie traurig ihm dabei zumute war, das heisst: Ich wusste es, ich wusste, dass dieser Hohepriester der Ehrlichkeit uns belog, ich rede von deinem Vater, ich rede im stillen mit dir, du Scheusal, ich bin froh, dass dich das Leben anders geformt hat als ihn, dich könnte keiner so einfach töten, wie ich ihn getötet habe, und das war alles, was ich mit deiner Erziehung wollte, und ein Teil meiner Strategie ist das Schweigen, du wirst es nie erfahren, und wenn du es je erfährst, dann wird es sein wie ein uralter Film mit einem rötlichbraunen Farbstich und Figuren aus einer andern Zeit, die sich lächerlich schnell bewegen –

Der kleine Schuppen an der Garage seines Bruders ist fertig gebaut, beides geweisselt und mit breiten, leuchtenden, über Tage trocknenden und wieder übermalten Bändern versehen, Haijl Djuber starrt auf das blendende Weiss und die öligen leuchtenden Muster unter dem Dach und um die winzigen Fenster, die rundlich und unregelmässig sind, er ist zu aufgeregt, um zu essen, seit Tagen schmerzen seine Finger. Er setzt sich auf eine Kiste mit alten Lappen, die sonderbar riechen, und raucht und betrachtet seine Arbeit. Plötzlich hält er den Geruch nicht mehr aus, er dreht die Kiste um und findet unter den Lumpen eine riesige tote Ratte mit sieben nackten Jungen, die wie die Finger einer enormen Hand um ihre Zitzen liegen.
Er gräbt ein Loch und versenkt die Kadaver feierlich, und noch während er die kleine Grube deckt, spürt er, wie sich die Haut an seinen Fingerkuppen zusammenzieht und spannt. Er räumt seine Sachen zusammen und schaut immer wieder auf seine Hände, kleine weisse Bläschen schiessen auf, die,

noch während er im Bus nach Hause fährt, zu grotesken beerengrossen Gebilden zusammenfliessen. Er kann den Blick nicht mehr von seinen Händen wenden, nach einer halben Stunde Fahrt platzen die ersten Blasen, er rennt nach Hause und streckt Bashwa grusslos seine Hände entgegen: Das rohe Fleisch liegt offen, wo die Blasen geplatzt sind, und Bashwa schreit auf, legt dann die Finger auf den Mund, schiebt ihn an der Küche vorbei zum hinteren Ausgang. Sie öffnet die Türe, zieht ihn mit sich und betrachtet lange seine Hände, hält sie in immer wechselnder Stellung ins Licht, als müsse sie darin lesen. Die Küchentüre öffnet sich und die beiden Mädchen drängeln sich in den Korridor und starren scheu auf das verzerrte Gesicht ihres Vaters, mit einer Kopfbewegung schickt Bashwa sie weg.
Haijls Bruder fährt in die Nebeneinfahrt und noch während er seinen roten Pickup ausräumt, hört man ihn schimpfen, er schimpft den ganzen Tag, mal mit Inbrunst, dann wieder mehr aus Gewohnheit, um sich die Leute vom Leib zu halten und sich Respekt zu verschaffen und weil er mit so vielen Widrigkeiten zu Rande kommen muss, weil die Welt feindlich und die meisten Menschen faul und hinterhältig sind und ihn übers Ohr hauen und ausnützen wollen, am meisten Haijl, Haijl bringt ihn seit Wochen zur Verzweiflung. Er räumt lange Bleche aus dem Wagen und schimpft seine Litanei. Haijl ist plötzlich vor die Tür getreten, jetzt am späten Nachmittag, und streckt ihm seine Hände entgegen, hinter ihm steht Bashwa, die die Kinder zurückdrängt. Haijl weint. Sein Bruder lässt das lange Blech sinken und fängt gleich an zu brüllen, was das solle, was das jetzt schon wieder zu bedeuten habe, was mit den Händen los sei, was das für ein Tanz sei mit den Händen, er brauche ihn dringend auf dem Bau – aber Haijl läuft kopfschüttelnd an ihm vorbei, er sagt irgend etwas und schluchzt, er sagt, seine Hände stürben ihm ab wie einer Ratte ihre Jungen.

In der Poliklinik verbindet eine junge aufgeregte Ärztin im grossen grünen Notfallzimmer Haijl beide Hände mit Salbe und Gaze und gibt ihm nachher eine Spritze, und muss ihn dazu wie ein kleines Kind erst auskleiden und dann wieder anziehen und ihm die Hose auf- und zuknöpfen, was Haijl erstarren lässt. Er geht sehr langsam nach Hause und ist noch immer benommen vor Scham. Vor der Türe im kleinen Hof zwischen den Häusern steht ein Übertragungswagen von Téléradio atlantique 1, daneben steht sein Bruder und redet laut in eine Kamera. Haijl bleibt stehen, er streift den Blick seines Bruders, der schnell den Kopf abwendet und noch lauter spricht. Haijl geht leise ins Haus und schaut aus dem leeren sonnenüberfluteten Wohnzimmer zu, wie sein Bruder lacht und gestikuliert und einer der Reporter auf die Stadt zeigt und wie beide nicken und schliesslich alle drei in den weissen Van steigen und wegfahren. Er schaut ihnen nach, bis der Van nur noch ein weisser Punkt ist, er ist erleichtert, sein Bruder hat ihn nicht beachtet, nicht angebrüllt, er hat ihn gar nicht bemerkt. Aus der Küche hört er Bashwa mit einer Freundin telefonieren, er schleicht wie ein Dieb nach oben. Die Kleine sitzt auf ihrem Bett und versucht die steifen Beine eines winzigen Batmans aus grauviolettem Plastik zum Laufen zu bewegen, Haijl hält sich seine gepolsterten Hände vor den Mund und bedeutet ihr, still zu sein, was sie mit feierlichem Ernst sofort begreift, er legt sich zu ihrem fassungslosen Staunen neben sie aufs Bett und zwinkert ihr zu, und sie nickt und schneidet eine Grimasse, die ihre grossen Augen zu Schlitzen verengen und die Lippen schmal wie einen Strich machen. Sie steht schnell auf und legt den Batman weg und holt eine Puppe und Filzstifte, sie malt der Puppe rotes Blut um die Augen und redet auf sie ein, zuviel dürfe sie nicht bluten, auch nicht aus den Augen, sonst werde sie schrumpfen und am Ende so winzig klein wie Batman sein, zwischendurch schaut sie schnell zu Haijl, und sie spielt weiter mit der Puppe, bis sie sieht, dass er in einen tiefen Schlaf gefallen ist, behutsam legt sie die Puppe weg und holt den Batman wieder hervor und spielt ganz leise mit ihm weiter.

Haijl erwacht, die Geräusche des TV von unten werden immer lauter.
Alle sitzen in der Küche, sein Vater, Bashwa, die Kinder in stiller Andacht und sein Bruder zuvorderst in einem frischen weissen Hemd rittlings auf einem Stuhl, die Arme um die Lehne geschlungen, und er dreht sich immer wieder mit einem Lächeln zu Bashwa um, nicht zu seiner Frau, die schräg hinter ihm sitzt und am Bildschirm vorbei auf seinen Nacken starrt. Kaum sieht er Haijl, verschwindet das Lächeln von seinem Gesicht und er beugt sich wieder nach vorne.
Haijl bleibt staunend unter der Türe stehen, auf dem Bildschirm erklärt sein Bruder vor dem Hintergrund seiner Garage einem Reporter von Téléradio atlantique 1 das Muster dieser Garage, die er, Haijl gestrichen und bemalt hat, und er sagt, es sei dies ein sogenanntes *stummes* Muster, eine unauffällige Art, mit der Bemalung dem Haus etwas mitzugeben, was über den

Schutz der Farbe hinausgehe, in diesen schweren Zeiten sei es nötig, Ideen zu haben und mit kleinen Aktionen auf sich aufmerksam zu machen und zu zeigen, wozu man fähig sei, und auch noch das Kleinste am Bau zu einem Kunstwerk zu machen, wie eben diesen Schuppen, und er baue mittlerweile für die ganze Region und er habe sich hier nie als Fremder gefühlt.
Als der Reporter fragt, wie er auf die Idee zu so einem absonderlichen rundlichen, in sanften Kurven verlaufenden Anbau verfallen sei, lacht er wieder, so natürlich und entspannt, als sei er ein heiterer und aufgeräumter Mann, und sagt, ohne Ideen sei man verloren, dann sagt der Reporter, Téléradio atlantique 1 werde am Ball bleiben und den Weg dieses jungen Baumeisters verfolgen, es lägen bereits mehrere Aufträge für grosse Bauten vor und es sei schön, in diesen schwierigen Zeiten für einmal von einem Aufstieg, von einem Erfolg berichten zu können, und dazu kommt eine Klaviermusik, die Haijl von der Werbung für eine Versicherung kennt und die ihm sehr traurig vorkommt und gar nicht passend zu den leuchtenden Bildern, die vor seinem Auge flimmern: der weisse, seltsam bemalte Schuppen schiebt sich ins Bild und dahinter azurblau und beinahe unbewegt das Meer. Sein Bruder stellt den TV ab und geht ohne ein Wort an ihm vorbei nach draussen, die Mädchen streiten sich leise und zerren sich gegenseitig aus der Küche. *Du bist ein Idiot, Haijl*, sagt Bashwa leise und traurig, als sie endlich alleine sind und süssen Pfefferminztee trinken und sie ihm eine Zigarette an den Mund hält, damit er rauchen kann, sie schaut auf seine Hände, die brennen wie Feuer, und beginnt langsam und entschlossen, den Verband zu öffnen, und Haijl lässt es geschehen: *Er hat alles an sich gerissen, er wird berühmt mit deiner Arbeit, er war schon in der Zeitung damit und jetzt im TV, und du hast nichts davon, gar nichts.*
Sie riecht an den Verbänden, verzieht das Gesicht und wirft sie in den Abfall, dann holt sie eine Schüssel vom Herd mit lauwarmen grünen Kräutern und blauen Blüten und taucht ihm beide Hände hinein. Es tut nicht weh. Aber Bashwa wendet ihren Blick nicht von ihm, und das macht ihn nervös, er denkt an die tote Ratte und daran, dass sie ein Zeichen war. *Lest die Zeichen*, sagt er, *ich lese die Zeichen.* –
Du kannst gar nicht lesen, sagt Bashwa sehr leise, und drückt ihm die Hände fest in die Schüssel, *du kannst nicht richtig lesen, du weißt, dass du nicht lesen kannst, das einzige, was du kannst, ist zeichnen, ist malen, aber das können die Kinder auch, du bewegst dich durch das Leben wie ein Träumer,*

darum haben sie dich entlassen, und jetzt bist du auf immer der Sklave deines Bruders.

Orphelin will den Theoriesaal der Fahrschule, das Sanitätszimmer mit den lebensechten Reanimationspuppen und den Simulationsraum samt Cantineria an die Ragaffe vermieten, er hat es mir dreimal vorgerechnet, es bedeutet ihm nichts.

Ich wollte alles, was Räder hat, in einem Haus, darüber musste er furchtbar lachen, es sei dies eine etwas veraltete Idee, wenn man den Aufwand am Ertrag messe.

Er spricht leise und schnell und beim Sprechen bewegt sich der Speichel schmatzend mit, so dass sich jeder Laut im Echo dieses Schmatzens verdoppelt. Er nennt unsere Fahrschule eine Kinderei, eine kostspielige Kinderei. Ich bin mit ihm nach unten gegangen und habe ihm alles gezeigt, aber er hat es ja schon gesehen und lief nur mit, um mich nicht zu verärgern, und ich war nur dort, um mir anzuschauen, was aus meinen kleinen Träumen geworden ist. Er will an die Ragaffe vermieten, die dann dort ihre billigen triefenden Pizzas verkaufen kann. Es gibt keinen Alkohol und keine Rauchertische, die Leute sollen fressen und sofort wieder verschwinden, die Ragaffe weiss, wie man sich die Hänger vom Hals hält, sie breitet sich in der ganzen Region aus wie ein Geschwür.

Orphelins Laptop ist leuchtend blau, ultramarin, in die Tastatur sind kleine Rubine eingelassen, das ist der letzte Schrei, immer wieder dudelt *Eine kleine Nachtmusik* aus dem Ding, Orphelin hat das extra für mich eingerichtet, weil ich, wie er findet, eine Romantikerin sei, er läuft durch die Montadour Cyclo Comp. und zerfetzt den Betrieb mit seiner kleinen Nachtmusik, er ist immer guter Dinge, nur sein Sohn macht ihm Sorgen, aber mein Sohn sei ja auch kein ganz einfacher Geselle.

Hervé ist heute schon wieder beinahe mit Fäusten auf ihn los, und als Orphelin ihm das Wort abschnitt und in die kleine Runde sagte, er sei eine *Heul-*

suse, starrte der Alte mich an wie ein Wahnsinniger und zischte mir zu, ich hätte die falschen Freunde. Hervé weigert sich, von Orphelin irgendeine Anweisung entgegenzunehmen, und telefoniert mir den ganzen Tag hinterher, seine Sprache wird merkwürdig altertümelnd und formell, kriecherisch, *wenn Sie erlauben, Madame, dann möchte ich nachfragen, ob die Bestellungen wirklich sistiert sind, ich werde das von Hand machen, wie früher, wenn Sie es wünschen, denn Sie sind für mich der Patron, nicht Orphelin, ich bitte sehr, die Störung zu entschuldigen, aber ich möchte nichts tun, was falsch wäre oder schaden würde, nicht wahr, wir stecken in der Krise, und ich war der erste, der das gemerkt hat, wir kämpfen im gleichen Boot, nicht wahr?* Wenn ich ihm aber während eines solchen Moments in die Augen schaue, sehe ich nichts als kalten Hass, ein monotones starres Glitzern in seinen winzigen Pupillen

(Hervés Frau)

Hervé, ob du es glaubst oder nicht, ich fühle mich auf einmal wieder jung, mir ist, als streichle mich der frische kalte Wind vor der Türe wie früher, ich glaube, jetzt wird alles wieder wie früher, ich fühle mich leicht, oder habe ich vielleicht etwas vergessen, vergesse ich etwas, ich mache so kleine Sachen in der Küche, damit alles bereit ist für dich, wenn du zurückkommst, aber ich fürchte mich vor dem Moment, wo du meine Arme festhältst, die ich um deinen Hals legen will, und mich ins Haus zurückschiebst, wenn du das tust, ist mir, als habe mir einer die Haut vom Gesicht gerissen, vor allen Leuten, es schauen doch immer alle Leute zu, wenn einem so etwas passiert, wir haben drei erwachsene Kinder, nicht wahr, die geistern jetzt herum, wo sind eigentlich die Sachen, diese winzigen blauen Hemden, die draussen im Wind flattern, wenn du nach Hause kommst – mit dem Brot unterm Arm, den riesigen Windeln –

Alain liegt am Abend noch immer genauso still auf seinem ultramarin lackierten Eisenbett mit dem verwaschenen Azurbezug wie am Morgen, seine hochweissen Beine ragen aus dem Azur vor der hellblauen Tapete mit den

hellen Goldrauten, und er drückt sich einen Eisbeutel auf das Gesicht, er schaut kaum auf, wenn sie hereinkommt, er hat ihr nur knapp berichtet, was geschehen ist, dass Grégoire ihn ohne Grund geschlagen hat. Manchmal steckt er sich eine Zigarette in seinen durch die Schwellung grotesk verzogenen Mund und raucht, während ihm aus der anderen Seite, die gefühllos ist, ein kleiner weisser Speichelfaden rinnt. Er schläft viel, sobald er ohne Gesellschaft ist, schläft er ein und versinkt in böse Träume. Manchmal liegt er auch wach, wenn sie ins Zimmer kommt, schliesst aber schnell die Augen, als schlafe er. Er schläft beinahe den ganzen Tag, und im Haus herrscht Stille, er isst nichts, trinkt nur ein wenig Wasser, das sie ihm reicht, und redet kaum, wenn er etwas sagt, tönt es, als würge ein Betrunkener die Worte einzeln Stück für Stück aus sich heraus. Er lallt. Er sagt, *du brauchst dich nicht um mich zu kümmern*, oder wenn sie ihn zu lange anschaut, es sei nicht so schlimm wie es aussehe. Er ist mürrisch und feindselig und auf eine gefährliche Weise still, in einem Kokon aus lauernder Wachsamkeit und verschwiegener Träumerei. Immer wieder fährt er sich mit einer Hand ins Gesicht und tastet die Schwellung ab, die sich allmählich blauschwarz verfärbt, an den Rändern gelblich ausläuft und das Gesicht in drei voneinander unabhängige Teile trennt, in einen rechten oberen, der sich schräg und blau wie ein Gebirge neben der Nase bis zum Ohr zieht, und einen oberen unversehrten und einen unteren, nur leicht geschwollenen Teil. Er will nicht, dass sie ihn anfasst, und wenn sie einmal doch versucht, ihm übers Haar zu streichen, hält er sie hart am Gelenk und legt ihren Arm zurück auf die Kissen, er erlaubt ihr nicht die kleinste Annäherung.
Am dritten Tag will er Suppe, tastet nach seinem T-Shirt, findet es, starr vor Dreck und Blut, unter dem Kissen und wirft es weit von sich, steht auf, kramt in einem seiner säuberlich ums Bett gelagerten Kleidervorräte, über denen die Gerland sich jedesmal auf ihre schmalen Lippen beisst, wenn sie daran vorbeistolziert, und zerrt ein Hemd daraus hervor, das er mühsam und umständlich über den Kopf stülpt, als habe er in seinem Leben noch nie ein Hemd angezogen. Er geht an Darja vorbei nach unten in die Küche, er wolle selbst kochen, er sagt sogar, er wolle alleine kochen, sie nickt und folgt ihm und setzt sich und würgt die aufsteigenden Tränen wieder herunter, wenn er schwankend auf dem Herd nach diesem und jenem sucht und dabei den Kopf immer ein wenig schräg zur kranken Seite hin hält und sich grotesk langsam bewegt und jede seiner knappen Bewegungen von Schmerzen dik-

tiert scheint. Irgendwann weint sie leise und hört ihn wie von weit her mühsam sagen, er brauche ihr Mitleid nicht

(Zola)

Ihr Mitleid können Sie sich sparen, das sind Bestien, die können beispielsweise ganz gewaltige Mengen an Knöpfen schlucken, wissen Sie, manche machen sich einen Spass daraus, sie schlucken Knöpfe, bis ihr Magen voll ist mit dem Zeug – einer hat Kippen geschluckt und gemeint, dass wir ihn sterben lassen, aber wir haben ihm den Magen ausgepumpt und eine Schlafkur verpasst, lassen Sie sich das gesagt sein: Hier ist keiner, der es nicht verdient, und wenn ich einen dabei erwische, dass er irgend etwas schluckt, dann lernt er den alten Zola von einer ganz anderen Seite kennen, und das spricht sich herum, nicht wahr, und so verschafft man sich den nötigen Respekt, ich habe keine Lust, von diesen Schlünden erschlagen zu werden, da könnt ihr eine ganze Equipe bringen und eure Kameras aufstellen, und ich sage das direkt in die Kamera, die verdienen kein Mitleid, das sind Bestien –

Ich war den ganzen Tag mit Orphelin, ich ertrage nicht einmal mehr sein Héritage, das mir vor ein paar Wochen noch so wohltuend schien, ein Versöhnungsduft. Er hat sich umstandslos den etwas nachlässigen Kleidersitten meines Hauses angepasst und erscheint nicht mehr wie anfangs im dunklen Zweireiher, sondern mit hellen leichten Leinenhosen und einer Leinenweste über dem weiten weissen Hemd und dazu eine rote Krawatte, die er alle paar Sekunden lockert, die geflochtenen Schuhe hat er in der soundsovielten Strasse in New York gekauft, seine Frau will vor Weihnachten immer in New York in der soundsovielten Strasse einkaufen, weil ihr das zur lieben Gewohnheit geworden ist, und Orphelin liebt den Optimismus dort drüben, wo viel weniger gejammert werde als hierzulande und wo die Leute noch gerne Geld verdienen, wie er mir erklärt hat, und gerne ausgeben, was sie verdient haben, und nicht mit hängenden Armen irgendwo warten, bis der

liebe Staat ihnen ein paar Sous auszahlt, wie mir Orphelin erklärt, und er, der sich auf das Aussondern und auf Lob und Tadel versteht, lobt auch die Allerärmsten, wie sie einen Optimismus ausstrahlen und wie man den Neid nicht kenne, der hierzulande den Erfolg so sehr herabsetze, dass ihn keiner mehr suche, und ich solle es mir doch mit den Entlassungen nicht so schwermachen, das sei drüben gang und gäbe. Wir sassen im Forever, und Annette brachte das Essen und lächelte mir tröstend zu. Vor der Türe traf ich Simone, sie tippelte vor mir her, in jeder Hand eine schwere Dokumententasche aus Aluminium, sie tippelte, als hätte sie die Füsse eingebunden, weil sie ihre Schuhe immer eine Nummer zu klein kauft, vor allem die Sandaletten im Sommer, sie will im Sommer nicht so grosse Füsse haben. Sie hatte wenig Zeit, Simone ist der einzige Mensch, der es mit meiner Mutter aufnehmen kann, sie ist unversehrt, wie es meine Mutter war, und heiter, und ich versuche bei ihrem Anblick immer wieder für Minuten, auch so heiter und so unverwüstlich daherzukommen und so unverblümt zu reden und so unbekümmert zu erscheinen, wie ich es als Kind neben meiner Mutter versucht habe, jahrelang, und ich soll ein ausnehmend finsteres unfrohes Kind gewesen sein, wie meine Mutter mir kurz vor ihrem Tod leichthin erzählt hat, dabei hatte ich die ganze Zeit versucht, mich von ihrer Heiterkeit anstecken und mitreissen zu lassen, irgendwann habe ich aufgegeben und dabei aber nie aufgehört, diese helle Leichtigkeit bei anderen zu suchen, sie zu vermissen. Was ich in meiner Kindheit für das schlicht Normale nahm, ist eine kostbare Seltenheit, und ich habe sie erst wieder bei Simone gefunden, eine grosse Leichtigkeit, die einem schwer werden kann.
Simone kann auch böse und kurz sein, heute war sie böse und kurz, sie hat es mir grollend erklärt, während sie durch ihre riesige Sonnenbrille mein Gesicht durchforschte, Sévérine hat sie angerufen, sie fürchte um ihre Stelle, sie fürchtet sich zu Recht.

Ich habe Grégoire das Haus verboten. Er redet wirres Zeug, er wollte sich um keinen Preis bei Alain entschuldigen.
Er sagte darauf nur, *ja*, und dann noch einmal, *ja*, und wartete schweigend, bis ich den Hörer auflegte.

Jetzt hat die Gerland den Verstand verloren, ich habe sie zu spät kommen sehen, oder sie hat sich angeschlichen, ich verstehe kein Wort von dem, was sie mir auf den Beantworter geseufzt hat, nur, dass sie diese und nächste Woche nicht arbeiten wird, und dass sie offenbar heute, an ihrem freien Tag, vorbeigeschaut hat und es unerträglich findet.
Als ich heimkam, war Alain wieder auf, er sass in der Küche über irgendwelchen Karten, er hatte Hamburger gemacht, und als ich protestierte, fing er an, ein blödes Lied zu singen, er sang es viel zu hoch und die Stimme brach ihm immer wieder, und dann sagte er im tiefsten Ernst, Amerika sei für die ganze Welt ein Stern, ein Star, Amerika sei eine *Diva*, und eine *Diva* müsse man bewundern und man müsse sie lieben – oder wie ich denn leben wolle mit meinem Hass. Wir setzten uns auf die kleine Treppe vor der Küche, ich rauchte und heulte ganz leise ein bisschen vor mich hin und war zu faul, um mir ein Glas Wein zu holen, und wagte es nicht, ihn wie gewohnt darum zu bitten, weil sein rechtes Auge noch immer blau verschwollen ist und er es noch immer nicht öffnen kann, er ass langsam, kaute mit schiefem Mund und fragte, warum ich nie zufrieden sei. Er sass ganz dicht neben mir, mit seinem entstellten Gesicht, und blinzelte mit dem einen offenen teerschwarzen Auge in die Sonne und hielt mich am Kinn und drehte meinen Kopf zu sich hinüber, er verzerrte erst den rechten Mundwinkel, und dann den linken, das sah aus wie ein Krampf, wie eine Attacke von Wut und Verzweiflung, aber es war ein Lächeln, er lächelte und legte mir die Hand in den Schoss

(Frau Gerland)

das hätten Sie sehen sollen, wie die da sassen, Darja in ihrem Krokolederjäckchen, und dieser Alain in seinen ekelhaften Tainerhosen, barfuss

ich schob ihm das Hemd ganz sanft zur Seite, er hatte den verschmierten Teller noch immer in der Hand, und ich die Zigarette, wir drehten uns im gleichen Moment zur Seite und hielten uns an den Händen

(Frau Gerland)

und sie so elegant, aber über seine Hand gekrümmt, und er über ihre oder so ähnlich, und lachend, die haben plötzlich laut gelacht nach aussen boten wir ein Genre, zwei auf der Treppe, verbunden nur durch ihre Hände, dabei johlten wir schon lautlos, und er fasste mir wie immer an den Hals

(Frau Gerland)

ich war ja nur schnell vorbeigekommen, um die gewaschenen Überzüge zu bringen und die Kissen zu überziehen, es war mein freier Tag, sie nehmen das Telefon nicht ab, also ging ich vorbei

und wenig später habe ich über ihm geschwebt, wie der weisse Rauch aus einem Kamin tänzelt, er darf den Kopf nicht bewegen und jede Bewegung seines Gesichts verzerrt sich zu einer schmerzlichen Grimasse, ich war alleine mit ihm, er war fast hilflos

(Frau Gerland)

zuerst sah es ganz gemütlich aus, wie die Kleinen früher, wenn sie sich auf dieses Treppchen setzten und die Knie miteinander verglichen, wer die grösseren Narben und Wunden hatte, Victoire hat immer gewonnen, mein kleiner Engel, sie hatte die meisten Wunden, sie sagte immer, *schau mal, Tante Gerland, was ich wieder für einen Hunger habe,* und strich sich mit der Hand über ihren mageren Bauch, aber als ich heute vor der Küche stand –

man kann gar nicht sagen, was ich da sah, ansehen musste, sie gingen voreinander auf die Knie, am hellichten Tag

ich legte mein Gesicht auf die Stelle, wo das Brustbein sich zu einem seltsamen kleinen Trichter senkt, und sah einen Schatten hinter Alain, ich fuhr ihm mit der Zunge vom Hals bis zum Trichter, er zuckte zusammen, und wir verloren das Gleichgewicht

(Frau Gerland)

es war hellichter Tag, sie haben sich geleckt wie die Hunde, und sind die Treppe heruntergerollt, ich knallte das Zeug hin und ging

und ich sah aus dem Augenwinkel Frau Gerland mit schnellen Schritten am Rondell vorbei durchs Tor gehen und weiter und auf eine Weise, als ginge sie fürderhin nichts mehr etwas an, sie liess es offen und lief in der Mitte der

Strasse, die Hüften schwingend, die Autoschlüssel schwingend, auf ihren kleinen roten Wagen zu, im Zickzack, beinahe etwas verrucht, ich habe sie dann schnell wieder vergessen, kochende Volksseele!
Irgendwann spät in der Nacht bin ich aus dem Schlaf geschreckt, die Laken waren kalt und klebrig, das Licht brannte, im TV küsste eine schöne alte Frau ihr Aquarium, sie presste die Lippen ans Glas, und man sah kleine rote Fische auf ihren Mund zu schiessen, ich stand auf und fand Alain im Bad, sein dunkles Gesicht schwebte in dicken luftigen Kugeln aus weissem Badeschaum über dem blauem Wasser, er rauchte. Als ich zu ihm stieg, schwappte das Wasser in vielen kleinen Bächen über den Rand, der Schaum kippte, und wir lagen lange reglos einander gegenüber und schauten uns schweigend an, er liess heisses Wasser nachlaufen, ich rauchte seine Zigarette zu Ende. Er hatte sich irgendeinen Saft auf den Wannenrand gestellt, ich trank auch den Saft. Dann lehnten wir uns zurück und schauten einander wieder an, es war ganz still im Haus, bis auf die leisen Stimmen im TV, das uralte Badezimmer lag fast in völligem Dunkel, die Kacheln glänzten türkis und weiss, und Alain hielt die Arme feindselig vor der Brust gekreuzt, wir fassten uns nicht an, nur seine Beine und seine Füsse streiften mich wie zufällig da und dort, sie schlingerten langsam wie Pflanzen ziellos und sanft durchs Wasser. Sein regloser Blick aus dem einen teerschwarzen Auge wanderte endlich von meinem Scheitel bis zum Mund und hinab ins Wasser, ein Zeichen, als könnte er nicht mehr sprechen, nur mit dem einen Auge noch, *Wunderwelt der Natur*, so hiessen als Kind meine Lieblingsfilme, in denen auch kaum gesprochen wurde, ich legte seine Füsse auf meine Schultern und tauchte. Ich hörte ihn lachen, er hielt mich erst an den Haaren und dann am Hals zurück, ich holte Luft und tauchte wieder so lange, bis ich im blauen Wasser sah, wie aus den schwarzen, elegant gelockten Algen, die ihm zwischen den Beinen wuchsen, ein riesiger roter Fisch ein wenig schwankend auf mich zuschoss, direkt in meinen offenen Mund –

Als wir ins Zimmer kamen und uns aufs Bett legten, fuhr ein kalter Wind durchs Zimmer und der Himmel blitzte schon hell und grau, ohne eine Spur von Färbung durch die Vorhänge, im TV stand eine junge stark geschminkte Frau mit der schönen Alten, die das Aquarium geküsst hatte, vor einem offenen Grab, sie rauchten beide und starrten in das Loch und plötzlich lachte die Alte und sagte etwas wie, *so froh, dass man nicht lebendig in diese*

Grube muss, Alain sprang auf und suchte die Fernbedienung, er wollte das nicht sehen, er legte mir zum Einschlafen seine Hand auf die Augen. Jetzt schaue ich durch diese Hand auf die Decke, wo zittrige Scheinwerferlichter und die Äste der Zeder tanzen, und ich finde keinen Schlaf.

Orphelin will das ganze Territorium einzäunen und eine Lichtschranke machen und einen Wachbetrieb organisieren, weil immer mehr Leute herumlungern und weil gestohlen werde wie noch nie, er hat es schon ausgerechnet, *auf die Dauer,* sagt er, *werden Sie sich vor den Neidern schützen müssen, Sie haben viele Neider, Sie sind eine aussergewöhnliche Frau,* mit einem Wachdienst könnte man auch dem einen oder anderen Entlassenen eine kleine Arbeit anbieten, als er das sagte, kam Sévérine und legte mir ein paar Papiere hin, sie war ein bisschen bedrückt und abwesend wie immer am Tag, wenn man sie abends trifft, scheint sie wacher, tagsüber tut sie, was sie tun muss, aber abends fängt sie an zu leben, so gegen vier Uhr nachmittags beginnt es, da kommt das eingeschlafene Leben in sie zurück, sie streckt sich und strafft sich, holt aus ihrer Tasche ein Etui und cremt sich ein und malt sich an, manchmal mit unter dem Kinn eingeklemmtem Telefonhörer, ihre Stimme wird am späten Nachmittag weicher, fliessender und eine volle Terz tiefer, und wenn sie um fünf Uhr so heftig von ihrem grossen blauen Stuhl aufspringt, dass der Sitz noch ein paarmal mitschwingt, scheint sie endgültig wach, sie reisst aus einer Plastiktasche Schuhe, bürstet sich die Haare und schüttelt dabei den Kopf und steht genau in der Mitte des kleinen Büros, wie ein unter Strom stehender winziger Engel, sie rüstet sich auf eine beinahe festliche Weise für einen Tag, als beginne erst jetzt das, was man einen Tag nennen kann, ein ganzes Paket von Ereignissen und Begegnungen, von Geheimnissen, Abenteuern – *jetzt,* sagt alles an ihr, *jetzt beginnt es,* aber sie beteuert, nur ihren Sohn von der Schule abzuholen und dann bei ihrer Mutter ein bisschen altmodisch üppig zu essen und dann in einem gemütlichen Spaziergang der Küstenpromenade entlang unter den Platanen nach Hause zu gehen mit dem Kleinen und dann beinahe täglich mit ihm sehr zeitig vor dem TV einzuschlafen, dabei strahlt sie und blinzelt mir zu, die grossen Zeiten des Abenteuers seien wohl dahin, sie lebe so bequem, sie sagt, *so bequem wie möglich,* mit ihrem kleinen Jungen, den sie nur selten ihrer Mutter überlässt, weil sie ihn gerne um sich habe, lieber als andere, das sei nicht ganz normal, sie wisse das, sie sei sich darüber im klaren, ein Grund vielleicht sein gefühlvolles Plappern, voller langatmiger Liebeserklärungen an sie, ohne Rücksicht auf ihre Müdigkeit, von der er nichts weiss und nichts sieht, aber sie könne es nicht ändern, sie habe aufgehört, das irgend jemandem zu erzählen, dass sie nämlich am allerliebsten nur noch mit ihrem Jungen sei, und ihn nur ungerne allzulange der Mutter überlasse, sie hat mir das einmal erklärt, sie hat mich einmal scheu darauf angesprochen, abends spät, vor der Montadour, *Sie müssen das kennen,* hat sie gesagt, ganz leise, *Sie waren doch auch immer alleine mit Ihren Kindern, Sie wissen, man arbeitet, und dann reicht es kaum mehr für etwas anderes, so müde wie man ist, und die anderen werden einem bei dem vielen Alleinesein fremd und fremder, man wird vielleicht etwas komisch, schon ein kleines Essen in einem kleinen Restaurant mit diesem Halbverrückten aus der Werkstatt, diesem Haijd – Haijl, irritiert mich tagelang, seit ich weiss, dass er verheiratet ist und ohne Arbeit, aber er ist so sanft, er ist auch zudringlich, aber sanft, bei ihm ist es anders, so ein Wiegen und Schmeicheln und Gurren, aber es bringt mich sehr durcheinander, und dann denke ich an den Kleinen, das ist Ihnen wohl fremd, vielleicht lachen Sie darüber, Sie haben da ja andere Gewohnheiten, weil: Sie hatten andere Chancen als ich, Sie haben oben angefangen, Sie sind von oben, nie würden Sie in einem Haus leben, wie ich es tue, mit soviel kahlem Rasen drum herum, und dann am Samstag mit dem Kleinen das Frühstücks-Picknick auf dem weissen Papiertischtuch, das er von oben bis unten mit schrägen Strichen bemalt, mit den Ölkreiden aus Prix moitié, die Zunge zwischen die Zähne geklemmt, bis der Besuch kommt, und er seufzend seine Kreiden einpackt, ohne dass ich etwas sagen muss, nie beschwert er sich, nie will er etwas, er kommt überallhin mit, am liebsten in unsere kleine dunkle Wohnung, die er «maman» nennt, in «maman» gehen, nicht weg von «maman» gehen, oder mit den Delèvres fischen, aber das halte ich auch nur aus mit meinem Jungen, weil Georges so komisch geworden ist und kaum mehr redet und sein Kleiner meinen quält, na ja, egal*

(Alain)

Ich habe ihr gesagt, dass ich nach Portugal will, sie hat mich nur angeschaut, mit ihren seltsamen Augen, ich habe es ihr gesagt, als sie mir ein Foto zeigte, auf der sie mit ihrer Tochter vor einem weissen Palast steht und lacht, dort drinnen seien, so sagte sie, alle Vorfahren ihrer Mutter geboren worden und dann als Tote in einer winzigen Kapelle mitten im Park aufgebahrt, über eine Woche lang. Das Mädchen gleicht ihr aufs Haar, aber alles an ihr ist hell, die Haut, die Haare, die Kleider, und alles an Darja ist sehr dunkel, ich habe ihr gesagt, dass ich die Portugiesen nicht sehr mag, sie sind heimtückisch und jammern, sie wurde wütend, so wie ich sie noch selten gesehen habe, sie ist wie eine Furie auf mich los, *pass auf, mein Kleiner, bring mir hier nicht deine Launen ins Haus,* hat sie gesagt, ich bin aus dem Zimmer, aus dem Haus, und mit dem Lancia zu den Baracken, ich kann noch nicht in die Stadt mit meinem Gesicht. Ich war nervös und habe schlechtes Zeug erwischt, gestreckten Dreck, und es gleich genommen.

Ich sass unten am Strand hinter der alten Fischfabrik, dort ist niemand mehr, aber es stinkt immer noch nach Fisch, die Gischt schäumt ganz gelb. Ich konnte kaum mehr fahren, ich war zu langsam und mir war schlecht, ich bin gleich in mein Zimmer hinauf und habe aufgeräumt. Nachts hatte ich Hunger und ging in die Küche, dort sass sie über irgendwelchen Papieren, mit ihrer komischen Brille, und sie sagte lange nichts. Sie schaute zu, wie ich ass, sie hat nichts gegessen, sie isst bald nur noch, wenn ich sie füttere. Sie sagte, sie habe gedacht, ich sei gegangen, für immer weg. Sie sagte es kalt, ohne irgendein Gefühl. Da habe ich es sehr bedauert, nicht wirklich gegangen zu sein. Dann stand sie plötzlich auf, legte die Brille weg und zog mich an sich, und so geht es weiter, wenn ich gehen will, bleibt sie im Dunkeln zurück und streckt die Arme nach mir aus und zieht mich an sich, und ich bleibe

(Aristide Lannine)

Natürlich bleibst du, Drecksack, wohin willst du denn gehen, wohin willst du jetzt noch gehen, nach diesen Jahren in Mahan, du bleibst bei dieser Hexe, und wenn sie genug von dir hat, bringt sie dich zur Polizei

(Alain)

ich möchte gehen, ich muss gehen, ich sehne mich nach meinen Kleidern, nach meinen sauberen Kleidern, die oben in meinem Zimmer liegen, hier ist alles verschwitzt, verwälzt, mit rauhen Flecken, alles parfümiert, verbraucht, aber wenn sie mich berührt, auch nur mit der Decke an mich stösst, sträuben sich mir alle Haare, dann sträubt sich mir die ganze Haut, und ich vergesse alles, alles Dunkle, wir wollen oft beide nicht schlafen, weil jeder seine Träume fürchtet, wir sind uns vielleicht ähnlich, auf irgendeine Weise, aber sie ist eine Frau, sie ist nicht eine normale Frau, es gibt viele, die mit ihr reden wollen, denen hört sie zu, sie hört allen zu, aber ich will ihr nichts erzählen, und es ihr egal, es ist ihr gleichgültig

(Aristide Lannine)

natürlich willst du nichts über mich sagen, weil ich dich nach Mahan gebracht habe, jetzt bin ich blind, ich bin blind wegen dir, du Drecksack

(Alain)

wir reden oft nicht wirklich, sie plappert nur irgend etwas über den Tag oder über den Abend, irgendso ein Tralala, darin ist sie wie alle Frauen, dabei hat sie ziemliche Probleme mit ihrer Garage, eine Frau kann keine Garage haben, jetzt gehen alle auf sie los

(Aristide Lannine)

du hast das einzige Mädchen erwürgt, das mir ein gutes Wort gegeben hat, *den einzigen Menschen,* so habe ich sie bei mir genannt, Marie Simonet – den einzigen Menschen, der nicht gelacht hat, weil ich hässlich war und ungeschickt und viel zu romantisch, voll romantischer Leidenschaft für alle Mädchen, und erst hast du sie gefickt und ihre Geschenke eingepackt, alles, und dann hattest du genug von ihr, und hast sie getötet, irgendwie, wie man einen Hund tötet, wenn man ihn nicht mehr will, es stand in allen Zeitungen, du hast ihr das Genick gebrochen, mit den blossen Händen, du hast sie gegen die Wand geschlagen, damit sie nicht redet, du hast gar nie im Ernst geglaubt, sie werde das überleben, das wolltest du dann den Richtern erzählen, du hast gewusst, dass man an so etwas stirbt, du hast sie in ihr Zimmer getragen, wo sie mir ihre Tagebücher vorgelesen hat, und du hast ihr Wasser in den Mund gepumpt, bis sie nicht mehr schnaufte, sogar den Richtern wurde übel

Die Richterin fragte ganz leise und beugte sich sehr weit nach vorne, *aber das wussten Sie doch, dass man einen Menschen nicht am Hals fassen und*

schütteln darf, und Alain hat den Kopf zur Seite gedreht und gekaut ohne einen Bissen im Mund, die Stimme der Richterin wurde eine Spur milder, *und Sie konnten doch nicht ernsthaft hoffen, dem Mädchen noch helfen zu können,* da hat er sich vollends abgewandt und leise gesagt, *mir egal,* und dann noch einmal laut, in die atemlose Stille des Saals hinein, *mir egal,* bis ein Raunen und Zischen ihn weckte, ihn aus seinem Dämmer holte.
Da war es zu spät.
Das lange Gesicht der Richterin war aschfahl, sie wiederholte nickend sein *mir egal,* mit einem langen Blick auf seinen Verteidiger, der immer wieder einnickte und mit weit offenem Maul gähnte.
Sie schickten ihn nach Mahan, ein junger Psychologe hatte alles mögliche über ihn aus seinen Papieren vorgelesen, er sei gefährlich, er sei stumpfsinnig, er las alles vor und hob nie den Blick, Alain Noiret werde immer eine Gefahr sein für andere, wegen seiner Indolenz und seiner bestialischen Grausamkeit, er habe sein ganzes junges Leben lang nur Zeichen von Stumpfsinn erlebt und Brutalität, und dann kam das Urteil und beim Wort «Mahan» zischten die Blitzlichter und die Kameras surrten, das Wort kam auf ihn im hellsten Licht, er verstand es erst, als er die kleine Insel sah, an einem frühen Morgen im Dezember, nach einer vielstündigen Fahrt durch die rauhe See, bei der alle sich erbrachen

(Aristide Lannine)

du hast die arme kleine Marie Simonet zuerst an die Wand geschlagen und dann weiter an ihr gerüttelt, du hast versucht, sie zu füttern, du hast ihr Wasser in die Lungen gedrückt, obwohl sie längst tot war, hast du sie in der Wohnung behalten, du wolltest nicht zugeben, dass sie schon tot war, du hast sie über Stunden in diesem Zimmer behalten, auf ihrem Bett, zwischen den Plüschtieren, die ich für sie gewonnen habe, dann bist du noch schnell mit ihr ins Spital gefahren und hast denen eine Szene gemacht, weil sie die Leiche nicht beatmen wollten, sie hatte ja schon Flecken, sie zeigten dir die Flecken und riefen die Polizei, Drecksack, und nicht einmal die Polizei hat dich von ihrer Leiche weggebracht, du hast weitergelogen, bis sie dir endlich die Zähne eingeschlagen haben, dann konnten sie dich mitnehmen, ich weiss alles, meine Frau hat es mir erzählt ich muss endlich von hier weg, meine Träume werden immer schlimmer, ich habe von Marie Simonet geträumt, von ihren Plüschtieren, und plötzlich sagte eines dieser Plüschtiere zu mir: *Armes kleines Biest,* da bin ich aufgewacht, Darja nahm mich in den Arm, dann schlief ich wieder ein und träumte wieder, diesmal von Darja, und sie lag in meinem Traum auf einem Altar in einer Kathedrale, sie hatte keine Kleider an, nur einen Schleier aus weissen Spitzen über sich gelegt, wie eine Braut, sie hatte die Beine weit gespreizt, und ich bin in meinem Traum mit der Faust in sie hineingefahren wie in ganz weiche trockene Erde, das war seltsam und schön, als sei sie Staub, sie lächelte und hatte die Augen geschlossen, und als ich nach langer Zeit auf sie hinunterschaute, fiel das Licht in einem einzigen weissen Strahl durch die farbigen Fenster genau auf uns beide nieder, und sie hatte statt ihrem Gesicht, das nur noch matt leuchtete, ein anderes Gesicht, das grobe Gesicht von Zola, und statt ihrem breiten Mund den kleinen schmalen von Zola und der schmatzte und schnalzte mit der Zunge und sagte, *das kostet dich schon wieder ein paar Jährchen, und glaube nicht, du kämest je wieder hier heraus ohne mich, du wirst wieder warten müssen, bis dir der liebe alte Zola die Türen öffnet, du wirst hier verfaulen, wenn ich dir nicht helfe* – ich habe geschrien, ich habe mich selber schreien gehört –

Alain hat furchtbare Nächte, er schreit fast jede Nacht, irgendeine Lumperei geht ihm durch seine Träume nach und weckt ihn immer wieder, darin ist er wie ich, ich denke ja auch an schwierige Zeiten, aber ich träume nie, ich wache auf, wenn er schreit, und kann dann nicht mehr schlafen vor Sehnsucht, vor einer etwas absurden Nostalgie, ich sehne mich jetzt manchmal nach den unglücklichen Anfängen hier unten, nach den alten schweren Zeiten.
Ich sage gerne *schwierig.* Ich sage niemals *einsam* –
Ich habe mir eine besondere Sprache angewöhnt, eine Sprache, mit der man alles sagen kann, eine Sprache der Schmerzlosigkeit, man sagt *unglücklich* oder *schwierig,* oder man sagt, etwas sei *problematisch* oder *emotional,* also man spricht in einer etwas undeutlichen Weise und das verschlägt den anderen den Atem, sie staunen, wie gut und leicht aus meinem Mund kommt,

was ich kaum ertragen kann, es ist ein harmloses Vergnügen, so zu sprechen, das Glück der gelungenen Lüge –

Seit Alain im Haus ist, denke ich ein ums andere Mal an Mathias, wenn ich Alain in den Armen habe, möchte ich zu Mathias zurück, zurück in diese Zeit, nach Lacanau, ich fahre Mathias über den Rücken und höre Alain seufzen, dann fällt mir Rudolphe wieder ein und die Zeit mit ihm, ich habe mit ihm über Lacanau gesprochen, ich habe ihm von Mathias erzählt, fast alles, und was ich ihm nicht sagte, das hat er erraten, es war fast unmöglich, ihn zu belügen, und ich durfte ihm nie von meinen Geschäften erzählen, von meinen Erfolgen, von unseren Festen, das Geschäft hat Rudolphe angewidert, jedes Geschäft, die Garage hat ihn geekelt, das Geld, die Kredite, die Genehmigungen, beinahe alles hat ihn geekelt, was mich früher auch geekelt hatte, alles Normale, Business, Sport, Familie, Ferien – von allem, was diese Worte meinen, war er ausgeschlossen, war er vertrieben, für immer und seit je, also habe ich ihm von jenem Sommer in Lacanau erzählt, ich habe ihm immer wieder unsere kleine Gruppe beschrieben, wie sie sich fand, und wie man sich wieder zerstreute, einer nach dem andern, wie Alex und Xavier jetzt leben und wie Mathias starb und wie ich mit ihm gestorben bin, alles an mir, was jung war, von Alain könnte ich ihm unmöglich erzählen, Alain richtet sich auf, ich weiss nicht, ob er wach ist oder träumt –

(Aristide Lannine)

Höre, Noiret, Drecksack, höre meine Stimme, höre die Stimme von Aristide Lannine, ich weiss, du versuchst meine Stimme zu unterdrücken, so wie du Marie Simonet zum Schweigen gebracht hast, als sie dich bat, zu bleiben, bei ihr zu bleiben, so willst du auch mich zum Schweigen bringen, von mir ist nicht mehr sehr viel übrig seit ihrem Tod, ich lebe ganz still, ich stehe um fünf Uhr auf und stolpere nach unten, ich bin fett geworden unter meiner Blindheit, noch fetter, dann gehe ich nach unten, esse ein halbes Croissant und trinke süssen Milchkaffee aus der immer gleichen Tasse, die mir Lydia reicht, dann richtet sie mich her, kämmt mich, wäscht mich, und wir machen die Waren für unseren kleinen Laden bereit, hör zu, du Drecksack, ich überwache alles, mir entgeht nichts, obwohl ich blind bin, ich fahre manchmal mit der Hand ganz schnell in eine der Kisten, ich erkenne die Frucht sofort, ich taste und fische heraus, was faul ist, verstehst du, ich fische heraus, was faul ist, und Ibn muss mit der Kiste in der Hand warten, bis ich nicke, und dann erst darf er auspacken, weiter: Ich stehe bis zum Mittagessen im Laden, mit Lydia, die wahrscheinlich schon sehr hässlich geworden ist, noch hässlicher als sie war, als ich sie das erste Mal anfasste, und noch gütiger, noch fleischiger, sie ist bald nur noch Fleisch, sie war die Krankenschwester, die mich pflegte, als ich wieder runter auf die Station kam, jetzt kümmert sie sich um mich und um unseren Laden, sie sagte damals in meine Nacht hinein, *wie kann sich so ein toller Junge eine Kugel in den Kopf jagen, das ist eine Sünde,* und ich habe ihr erzählt, dass du mein Mädchen getötet hast und dass dieses Mädchen Marie Simonet hiess und die einzige war, die nicht über mich gelacht hatte, dass sie mir half, wenn wir Liebe machten, immer half, und sie sagte – ach was, was geht dich das an, was Lydia sagte, sie ist gut, besser als gut, ich spüre das, genauso wie ich merke, dass die Strassen von Tag zu Tag dreckiger werden, dass sie uns hier im Dreck umkommen lassen, ich höre den Muezzin, ich mag das, so wie ich den Geruch des Gemüses mag, der Äpfel, Mangos, Bananen, die wir verkaufen, aber ich werde dafür sorgen, dass diese Strassen weiter uns gehören, uns und unseren Kindern, ich sage, unseren Kindern, aber ich meine die Kinder der andern, ich habe keine Kinder, hier pflanzen sich nur die Fremden fort, ich sage trotzdem, die Strassen gehören uns und unseren Kindern, es vergeht kein Tag, an dem ich nicht an Marie denke

(Alain)

Es vergeht kein Tag, an dem ich nicht an Zola denke und an das, was ich von ihm gelernt habe, ich habe viel von ihm gelernt, er hat mich dressiert wie einen Affen, jetzt kann ich vielleicht in Lissabon auf irgendeinem Frachter anheuern, jetzt kann ich irgendwo in Argentinien arbeiten und sparen und dann Land kaufen, ich kann Autos reparieren, na ja, ein bisschen, Gärten anlegen, Gemüse züchten, ich kann fischen, mauern, streichen, Leitungen verlegen, ich kann Bäume fällen, Tische bauen, schlechte Tische, aber immerhin, ich habe das alles gemacht, Zola hat mich durch alle Arbeiten gejagt, er hat gesagt – es ist egal, was dieser Mensch einmal gesagt hat, es ist vorbei

(Zola)

Nein, höre: Das einzige was einem blöden Tier wie dir vielleicht noch helfen kann, ist Einsamkeit und Arbeit, vergiss das nicht, Einsamkeit und Arbeit, einfachste Umstände, Müdigkeit am Abend, sinnlose gliederzerfressende Müdigkeit, und dann ins Bett, und nie Alkohol unter der Woche, und gar nie Frauen, nicht eine, Frauen sind die reinste Scheisse, schau mich an, ich lebe unter Männern, ich weiss warum, ich hatte ja eine Mutter, ja, der liebe Onkel Zola kommt auch aus dem Bauch einer Frau, wie die andern hier, wer hätte das gedacht –

Gestern assen wir gebratenen Chicorée auf dicken Speckscheiben, unten in der Bibliothek auf dem Sofa, und ich fragte Alain, was er mit seinem Leben machen wolle, und er lachte und schob mir das Essen in den Mund. Wir haben uns seit ein paar Tagen eingesperrt, das Telefon hat geklingelt, die Türglocke hat geklingelt, der Fax hat gesurrt, und wir fingen langsam an zu riechen, wir hatten einen gemeinsamen Geruch, und irgendwann habe ich uns ein Bad eingelassen, und dann rief Simone an und sagte, sie habe während einer halben Stunde versucht, auf zivilisierte und legale Weise ins Haus zu gelangen, aber es sei ihr nicht gelungen, und auf das Klingeln hin habe niemand geöffnet, auf ihr minutenlanges Klingeln, Rufen und Klopfen habe ihr niemand geantwortet, sie habe sehr wohl die Bewegung von Schatten hinter den Vorhängen gesehen und den feinen Abglanz eines Kerzenlichts in einem der oberen Räume und das blaue Flimmern des TV und habe dann erneut das Haus umkreist und Steinchen geworfen und gerufen, worauf ihr eine unheimliche Stille geantwortet habe, dann sei sie laut vom Kücheneingang Richtung Tor weg und mit leisen Schritten wieder vor die Haupttüre zurück und habe sich überlegt, ob sie versuchen solle, auf die kleine Terrasse zu klettern, das habe sie tatsächlich in Erwägung gezogen, in welchem Geisteszustand auch immer, meine arme kleine Simone

(Simone)

Ich weiss, wie schnell man lächerlich wird, wenn man liebt und nicht im gleichen Mass geliebt wird, und ich weiss aber auch, wie es ist, wenn man geliebt wird und es nur so hinnimmt, einfach leichthin für sich hinnimmt, ohne mitzuweinen, wenn der andere weint, ich hatte eine grandiose Kindheit in Toulon, in einem riesigen altrosa Haus, umgeben von Pinien und Zypressen, Siesta im süssen Geruch der Lavendelfelder, die Ferien in den winzigen azurblauen Felsbuchten der Cabanne, wo die Bäume noch auf den schmalen Spitzen der weissen Felsen wachsen, direkt aus dem Fels wachsen dort die gedrungenen rundlichen Kiefern, und man springt von diesen sonderbaren Felsen direkt ins tiefe satte Blau des Meers, unter dem bewundernden Schrei, unter dem wachsamen Auge der sanften Eltern und zweier Schwestern, in den genügsamen fünfziger Jahren, wo die strenge Liebe der Eltern sich wie ein Mantel der Entrückung auf meine ersten Jahre legte, die ganze kleine Stadt wusste noch das kleinste Ereignis im Alltag der Apothekersfamilie Piccard, die erste Masche im leuchtendroten Haar, die ersten Schuhe aus Lack, die erste Kommunion, das erste Fahrrad, die erste Reise mit dem Zug nach London, der erste Kuss – und wie teuer das alles erkauft wurde, damals wie heute, wenn man mit allem so einverstanden ist und niemals stören möchte

es sei nämlich eine vernichtende Erfahrung, derart ausgesperrt vor dem Haus ihrer ältesten und innigsten Freundin zu stehen, niemand habe sich gezeigt, aber nach ein paar Minuten der absoluten Stille habe sie erneut Schritte gehört und Lachen, Gurren, und auch sonst allerlei Geräusch vernommen, während sie den Zahnstocher in den altmodischen Klingelknopf steckte, der sowieso schon lange durch einen neuen ersetzt gehöre, sie sprudelte ihre Empörung in den Hörer, und ich hatte plötzlich das Verlangen, sie zu sehen.
Wenn Simone etwas sagt, wenn sie spricht, dann sprechen alle Kindergeburtstage mit, das berühmte *Brausen des Flieders,* und *ganze Schwärme von Magnolien,* der stumpfe Glanz des winzigen blauweissen Porzellangeschirrs, Simone spricht für immer aus der feuchten Wolle ihres marineblauen Schulmantels in eine ganz *moderne* Welt, die sie als ihre eigene sieht, sie ist der einzige Mensch, den ich mit heiterem Ernst das Wort *modern* als Lob aussprechen hörte –
und sie sei jetzt ganz ausser sich, mit einem Puls von über hundertzwanzig sitze sie mit der ersten Zigarette seit elf Jahren da, gierig und beschämt sauge sie jetzt dieses überflüssige Gift in sich hinein

(Simone)

ja, und nehme mein billiges Köpfchen zwischen die Hände und erinnere mich, erinnere mich an die frühen Jahre, die gemeinsamen Jahre hier unten, als wir noch nicht so getrennt waren und ich auf Darja aufpasste, und auf die Kleinen aufpasste, weil Viviane dazu nicht in der Lage war, die nächtlichen unruhigen Fahrten von einem Haus zum andern, von einem Besuch zum andern, die nächtlichen Auftritte irgendwo, in irgendwelchen Häusern mit seltsamen Bewohnern, mit Leuten, die ganz offen Opium rauchten oder Haschisch, wie heute die Jungen ja auch, ich erinnere mich: schon damals plötzlich abgesperrte Zimmer und Darja irgendwo drinnen oder draussen, und wir andern ratlos in der Küche, aber die Welt, die man besprach, während oben plötzlich wieder Türen aufgerissen und Stimmen laut wurden, war eine gemeinsame Welt, oder täusche ich mich

und was das eigentlich solle, einen so himmeltraurig auszusperren, und ihr Herz schlage nicht nur schnell, sondern auch unregelmässig, was sie besonders beunruhige, aber nicht weiter gefährlich sei, und mit Viviane, die sie verzweifelt versucht habe telefonisch zu erreichen, könne man ja eigentlich überhaupt nichts Vernünftiges mehr reden, seit sie die Neu- oder Erst- oder Letzt-Übersetzung dieser neuen Edition in Aussicht habe

(Viviane)

Quatsch, das habe ich nie gesagt, ich habe versucht, Simone zu erklären, dass ich kein Vorwort mehr mache, keine Einleitung: Es braucht keine Einleitung. Die bedrohte Stimme, die man auslöschen wird, die man ausgelöscht hat, die man immer wieder auslöscht, bedarf keiner weiteren Erläuterung. Sie spricht sich selbst, sie spricht weit über ihr Ende hinaus und wenn sie *ich* sagt, dann redet sie von vielen, das Vergessen wird uns immer geläufiger, alle wollen dauernd alles vergessen, und ein paar wenige halten dagegen, und ihnen widmen wir unsere kleine Edition, und den Titel haben wir bei Pier Paolo Pasolini gestohlen: *Una vitalità desperata*

(Simone)

das ist für mich, das bin ich, Viviane meint mich, wenn sie sagt: *Una vitalità desperata*, ich habe sie gefragt, ob sie damit nicht eigentlich mich meine, da hat sie gleich losgeschrien, sie ist nämlich allen anderen gegenüber feindlich gesinnt, wenn sie ihre speziellen Zeiten mit einem ihrer Dichter hat, man darf dann keinen andern Namen mehr nennen ausser jenem einen und einzigen, den sie gerade verehrt und zitiert und übersetzt und ediert und mit dem sie sich vollsaugt

(Viviane)

und diese kleine Edition hat nur einen Zweck, indem sie scheinbar wahllos und euphorisch Gedicht neben Gedicht und Namen neben Namen setzt: Sie soll stören und die Erinnerung wachhalten an jene, die nicht wie Simone Jaccotard ein gemeines Einverständnis mit allen Erscheinungen des Lebens aufbringen, und das nicht erst, seitdem sie sich vor vielen Jahren unter Qualen die schweissverklebte Hand des Jaccotard aus dem Ausschnitt riss und ihm ins Ohr keuchte, sie könne den Gedanken nicht ertragen, dass ihre Mutter das erfahre, worauf er ihr versicherte, sie werde das nie erfahren, und sie sich ihm darauf erneut entgegenkrümmte, und ihm scheu den Gürtel löste, Entschuldigung, unsere kleine Edition hat sich zum bescheidenen Ziel gesetzt, die Jaccotards für einmal zu übertönen, sie einmal zur Ruhe zu bringen, so wie sie sind und so wie sie reden, nämlich lächerlich und manchmal abstossend in ihrer Gleichgültigkeit gegenüber allen, die nicht gerade bei ihnen im Garten sitzen, die gar nicht bei ihnen in ihrem schönen Garten sitzen wollen, viele Grüsse Viviane Lessing

(Simone)

und am besten, man ruft gar nicht an und stellt sich tot, weil der Umgang mit ihr dann sehr schwierig ist, nur Darja nimmt überhaupt keine Rücksicht, sie hat noch nie in ihrem Leben auf irgend jemanden Rücksicht genommen ausser auf ihre beiden Kinder, um die sie sich immer wieder erstaunliche Sorgen macht, dann tröste ich sie, sage ihr, dass ich neidisch bin, Grégoire ist ein so hübscher Kerl geworden, meistens trägt er etwas mit Fell, manchmal näht er an ein hellblaues Button-down-Hemd ein kleines Stück Fell oder Pelz, ganz passend an den Kragen oder an den Ärmel, er weiss immer einen angenehmen Satz zu sagen, er trägt die Zahnkette, die ich ihm vor fünfzehn Jahren geschenkt habe, und er sagt: *Simone, du warst die Retterin unserer Kindheit,* und küsst mich und fährt mir mit den Lippen übers Haar, von der breiten Nase an ist alles Lächeln und die Augen schwimmen blau und leuchtend, wo immer er ist, wenn er mich sieht, kommt er auf mich zu und umarmt mich und legt seine grossen braunen Hände auf meinen Rücken, und ich gäbe viel, ich meine, ich wäre stolz auf so einen Sohn, auf seine wunderbaren Zeichnungen, auf das blaue Licht seiner Lampen, die er selber baut und dann das Licht auf das rötliche Holz der Böden richtet, wenn ich ihn mal besuche, alles um ihn herum wirkt vergnügt und leicht, sogar seine seltsamen Freunde, sie sind sehr höflich, und ich geniesse das, jeder gibt mir die Hand, sie stehen auf, wenn ich komme, sie geben mir ein Zeichen, winken mir, am Hafen, in irgendeiner Bar, auf ihren Motorrädern, wenn sie zu einer ihrer legendären Festlichkeiten aufbrechen, ich weiss, dass sie Grobheiten planen, dass sie planmässig grob sind, dass sie Drogen nehmen, aber das machen ja alle. Grégoire war ein finsterer Junge und ist ein glücklicher Mann geworden, aber Victoire ist den umgekehrten Weg gegangen, sie war als Kind ruhig und zufrieden und ganz für sich und voller Träume und Phantasien und findet sich jetzt schwer zurecht, sie kommt mit den Leuten nicht zurecht, sie fragt sie aus und fragt ohne jede Freundlichkeit, und jede Antwort wird zum Akt eines wütenden, aber wehrlosen Gehorsams, der sie amüsiert und befriedigt, denn plötzlich bricht sie das Verhör ab und zieht sich wieder zurück in ihren Ernst und ihre Wachsamkeit, niemand weiss sehr viel über sie, aber sie hat jeden von uns schon einmal ins Verhör genommen und alles erfahren, was ihr wichtig schien, sie sagt dann sehr kurz, knapp, mit ihrer heiseren Stimme, *ja*, und verzieht ihren breiten Mund, sie hat den gleichen Mund wie Darja, von einem Ohr zum andern, sie sagt dann mit ihrer knapp ausreichenden Stimme, die keine Schwingungen hat, sondern nur in Brüchen von Tonlage zu Tonlage springt, *ja*. Und noch einmal: *Ja*.

Ich weiss nicht, woher sie das hat. Dann lehnt sie sich zurück und betrachtet irgend etwas, und man wagt kaum mehr etwas zu sagen, weil sie dann gleich wieder ihr komisches Fragespiel anfängt, mit dem sie alle Welt verstört, dann steht sie auf und geht ohne ein weiteres Wort, dann geht sie tauchen oder fliegen oder rast mit dem Auto durch die Gegend, sie war schon immer ein bisschen den Abenteuern zugeneigt, allen möglichen abenteuerlichen Begebenheiten, und Darja hat sich oft um sie gesorgt, heimlich um sie gesorgt, sie fürchtet um Victoires Gesundheit, um ihr Leben, um ihr Fortkommen, und wenn sie sie eine Weile nicht sieht, ist sie krank vor Sehnsucht, und gibt es aber nie zu, spricht nicht darüber, spitzt nur die breiten Lippen, wenn man sie darauf anspricht, und macht sich über Mütter lustig, die ihre erwachsenen Kinder nicht entbehren können – ich hasse es, wenn sie so offenkundig lügt, womöglich vor anderen Leuten, die dann mitlachen und mittun und mithalten wollen, aber manchmal sind wir ja alleine, wenn der Kummer sie überfällt, und dann gehen wir einkaufen, das heisst, wir gehen gar nicht in die Läden, wir

achten auch kaum auf die Auslagen, wir laufen nur ein bisschen, stellen den Wagen ab und laufen ein Stück, und plötzlich lehnt sie sich ganz kurz an mich, wie jemand, der aus irgendeinem Grund nicht mehr gehen kann, nicht mehr stehen kann, lehnt sie sich an mich, ganz eng, und lässt ihren riesigen Kopf auf meinem ruhen, legt ihr Kinn auf mein leuchtendes Haar und sagt schnell irgend etwas ganz Leises, Herzinniges, zum Beispiel, *ach Simone*, oder sonst etwas Inniges, also zum Beispiel, *hol's der Teufel*, oder, *findest du das nicht auch alles zum Kotzen*, und das sind bewegende Momente, wenn dieses flachbrüstige Monster für ein paar Sekunden seine Haltung verliert und einen Schatten zeigt von dem, was ist, und ich glaube, dass es diese paar Sekunden sind, die uns zusammengehalten haben, diese vielen Jahre hindurch, ein paar wenige Bruchstücke von Sätzen – und dann halte ich sie fest in den Armen und suche ihren Blick, der mir ausweicht, und ich sage:
Das ganze Leben wie ein stummes Tier
die andern überflügelnd durch sein stumpfes Schweigen
und findet dann zur Sprache, wenn es sich schwach fühlt
wie andern ein Schrei abgepresst wird, in äusserster Qual, bricht Darja in Worte aus und wartet aber gleich gekränkt und erschreckt
schon wieder das alte Tier, und sie ist ja ein Tier
bis die alte Stärke wieder kommt und sie erlöst und wieder verstummen lässt
sonst ja nur das Klappern und Rasseln ihrer Schmuckstücke
das Ticken ihrer vielen inneren Uhren
die alle auf eine andere Zeit eingestellt sind
so dass sie nie bei ein und demselben lange verweilen kann
dann plötzlich für den Bruchteil einer Sekunde
nun ja, wie soll ich das nennen: Ruhe bei Simone?
Gefällt Ihnen das? Ist das schön?
Ich nenne es Simones Hypertext, meinen Hypertext, auch Steuerberaterinnen machen Hypertexte, wenn sie ergriffen sind, auch Treuhänderinnen, allerdings war ich nur schlecht bei der Sache, weil ich gleichzeitig den komplizierten und vielfältigen Plan meiner nachmittäglichen Besuchs- und Einkaufstour überlegen musste, aber ich weiss schon, was Sie jetzt von mir denken, Sie denken, ach ja, wieder so ein armes rastlos durch die Läden trappelndes Einkaufsungeheuer, wie es in jeder Vorabendserie vorkommt und bemitleidet und getadelt wird – Sie irren sich, ich bin die renommierteste Steuerberaterin und Treuhänderin der Region, ich bin Simone Jaccotard, alle meine Freunde sind ein-

gespannt in das System meines Hypertextes, das sind die langen Poeme, die ich mir über sie denke, wenn ich nicht mit ihnen sein kann, ich trage diese Hypertexte immer bei mir, sie sind schön und ermutigend, und es gibt bei Viviane niemals diese Ruhe, dieses der Ruhe ähnliche Verweilen, diese Nähe, weil Viviane mit ihrem spöttischen Blick jedwelche Erweichung des Gemüts bei allen Menschen zu einem sehr frühen Zeitpunkt abtötet, alles was klagen will, und klagt doch selbst im geheimen seit zwei Jahren ohne Unterlass in sich hinein, darin gleichen sie einander, die beiden Grossen unserer Troika (alle gebildeten Leute lernen jetzt russisch, nicht wahr, die russische Sprache ist sehr modisch geworden, man verwechselt manche maroden russischen Industriegegenden mit denen gewisser Filme, in denen sich Armut und Kläglichkeit der Lebensumstände wie von selbst verklären und eine groteske Sehnsucht wekken, dabei kann man bei uns ja auch schon die ersten Zeichen sehen, die ersten warnenden Zeichen von Verfall, von Fatalität) –
die beiden Grossen unserer Troika (wenn eine Klammer zwischen drei Zeilen liegt, wiederhole ich den ersten Teil vor der Klammer, man kann heute niemandes Gedächtnis mehr trauen) –
also die beiden Grossen unserer Troika sind ein wenig verklemmt, wie Leute meines Schlags das nennen, sie bringen ihre zarten Lippen nicht auseinander, kaum zum Essen und schon gar nicht zum Reden, zur wirklichen Auskunft über sich selbst, aber wo steht eigentlich geschrieben, dass man so überreichlich Gebrauch machen soll vom Blick auf sich selbst und von der Beobachtung seiner selbst und der Mitteilung seiner selbst, wem soll das dienlich sein und wem angenehm, wenn alle jederzeit von sich so ohne Unterlass ein Aufhebens machen

Ich weiss nicht, was sich in Simones Kopf zusammengebraut hat, was man ihr über mich und Alain erzählt, ich wäre froh, wenn sie sich mehr um Viviane kümmern würde, ich habe es ihr am Telefon gesagt, ich habe ihr gesagt, *setz dich in deinen scheusslichen Mercedes und tu, was ich schon oft getan habe, und geh zu Viviane und schau, was du für sie tun kannst, die Bettdecken ausschütteln, Tee kochen, Weinflaschen heraufholen und gleich öffnen, das alte Hackfleisch im Kühlschrank vernichten, sie isst jeden Abend mit ihrem geschiedenen Mann im Phönix, und überhaupt den Kühlschrank leeren und alles wegschütten, auch für streunende Katzen unerreichbar wegräumen, was du darin findest, alles, Viviane kauft manchmal plötzlich ganz viel ein, Fleisch und Gemüse, Muscheln, Hummer, und lässt es im Kühlschrank liegen, manch-*

mal auch auf dem Kühlschrank, und sie wundert sich über die hysterische Sorge ihrer Freunde, sie werde einmal am Verzehr des vor Wochen selbst Eingekauften zu Tode kommen, sie werde sich vergiften – Wenn sie schläft, lass sie schlafen, sie schläft oft eine Stunde am frühen Nachmittag und arbeitet dann wieder in die Nacht hinein, wenn sie weint, gib ihr zu trinken, viel, und noch etwas: Mach dir keine Sorgen, aber sie ruft alle zwei Stunden an und weiss doch, dass ich jetzt nicht telefonieren will, sie ruft eigentlich nur an, um ihre Sorge zu pflegen

(Simone)

und jetzt, da ich mich mit meiner nachmittäglichen Tour zu befassen hätte, bin ich nur schwer in der Lage, einen anderen Gedanken zu fassen als eben den, dass ich heute wieder geraucht habe, was Jérome hasst, und dass ich das nur wieder getan habe, weil ich Darja aus ihrem Haus klingeln wollte, sie hat mich als Notfall nicht anerkannt wegen dieses schleimigen aasigen Jungen, sie hat mich klingeln und stehen lassen, und diese Klingel ist so alt, dass ihr Ton nicht störend in eine Stille fährt, sondern sich beinahe sanft, beinahe wehmütig unter allerlei andere Klänge mischt, als ein Geräusch unter vielen nicht besonders alarmiert und stört und auch über Stunden zu ertragen ist, wenn man eine Ablenkung hat, nun ja, Darja hat eine, Darja hatte immer viele Ablenkungen von sich.

Ach, und wie verzweifelt ich nachher versucht habe, Viviane zu erreichen und mit ihr zu reden, nur ein paar Worte von ihr zu hören, vielleicht eine Beruhigung oder einen Trost, aber sie hat gleich wieder angefangen, von ihren Dichtern zu sprechen, zuerst von einem alten Italiener und dann von diesem alten Russen, und sie war nicht fähig, sich meiner Klagen anzunehmen, weil sie am Abtauchen war, sie hat mich allen Ernstes gefragt, ob ich wisse, wie viele schon hier waren, vor uns, und dass sie gelebt hatten wie wir, dass wir aber nichts von dem empfinden, was sie empfunden haben, in der Weise, wie sie es empfunden haben, dass sie hier auf der gleichen Erde lebten, wie wir Späteren, sie seien nicht mehr da und ihre Empfindungen auch nicht, nichts, keine Spur davon, so wie wir manchmal nicht mehr merken, dass wir am Leben sind, und sie fragte plötzlich: *Ist wohl schon an vielen das Leben so gleichgültig und schlampig vorbeigezogen wie an uns, oder gab es das: historische Zeiten, angespannte Zeiten, was meinst du* – ach, Viviane

(Viviane)

Quatsch, ich habe ihr etwas ganz anderes erzählt, ich wollte ihr etwas erzählen, aber Simone kann nicht zuhören, darin ist sie wie Darja, ich habe ihr von einem Dichter im Moskau der dreissiger Jahre erzählt, der jetzt neu übersetzt wird, seine Gedichte waren verboten, jeden Abend ging er in eine Telefonzelle und dann wählte er, ohne auf die Zahlen zu achten, ohne hinzusehen, irgendeine Nummer und las, wenn eine Verbindung zustande kam, dem fernen erstaunten Unbekannten die neuesten Gedichte vor, die Gedichte des Tages, die er nirgendwo mehr veröffentlichen konnte – ein Schuldner der Revolution, er sagte seine verbotenen Texte ins Telefon, er las dann jeweils lange seine Verse dem Unbekannten ins Ohr – der eine oder andere hat vielleicht schnell die Freunde herbeigewinkt und viele haben ohne Laut in sich hineingelacht, die meisten hatten wohl Angst und legten den Hörer schnell wieder auf, man konnte die Leute zu jener Zeit sehr erschrecken, wenn man ihnen abends am Gemeinschaftstelefon in der Gemeinschaftsküche verbotene Gedichte rezitierte, der Dichter hatte in der Telefonzelle die Filzpantoffeln über die roten geschwollenen Füsse gezogen und das Zeitungspapier darum herum raschelte in seine heisere Stimme, so dass man ihn in einem Blätterwald vermuten musste, wenn er seine Gedichte Fremden ins Ohr hauchte, und das vollgeschriebene Blatt zitterte in seiner Hand und der Schnee tobte ohne Unterlass um die winzige Telefonzelle, in die nur ein schmaler Streifen des Strassenlichtes drang, um das traurige Gesicht des Dichters zu erhellen, um ihn zu trösten – wenn sie ihn nach seinem Namen fragten, nannte er sich Ovid, er hat nicht überlebt

(Simone)

verstehen Sie jetzt, warum ich manchmal sage, dass die Geschichte voller leuchtender Momente ist, während die Gegenwart auch dann noch leer scheint, wenn sich die Ereignisse überstürzen, ich fand keine Worte, um Viviane zu trösten, sie hat nun einmal diese Zeiten, in denen sie so verspannt ist, so überspannt, und sich abkehrt von der Welt und in irgendeinem Dichter verschwindet, sich vollsaugt mit irgendwelchen Sätzen, die ihr gefallen und die sie einem dann vorliest, zu jeder Zeit und bei jeder Gelegenheit, auch noch spät in der Nacht, und man darf ihr dann nicht sagen, dass man müde ist. Dabei ist sie ja täglich mit Poesie beschäftigt und gibt diese teuren kleinen Bände heraus, sehr bewundernswert, wieviel manche Leute heute noch aufs Lesen geben, ich schaue fast nur noch TV, ich arbeite und geniesse das Leben, ich bin ein simpler Mensch, ich brauche nicht unbedingt *Das Geheul* oder solche Sätze wie die, die Viviane ins Telefon geschrien hat – wie fern und gleichgültig alle Poesie mir jetzt manchmal plötzlich ist, wie fern und gleichgültig, wie so über alle Massen entbehrlich, dabei könnte man ja sagen, ich sei dort einmal zu Hause gewesen, mit Tennislehrer und allem was dazugehört war ich in der Welt der Poesie zu Hause, und wer hat sie mir eigentlich zunichte gemacht, diese vielen schönen Stunden, in denen sich mein erstaunlicher Nacken über erlesene schmale kostbare Bände neigte, nämlich über Gedichtbände, in denen ich jene eigentümlich übergenaue Sicht der Welt fand, die auch meine ist, bei allen Autoren fand ich mich wieder, besonders in ihren Übertreibungen, und Poesie entsteht ja dadurch, dass irgend jemand irgend etwas ganz ausserordentlich übertreibt, um es dann zu einem stark übertriebenen Ende zu führen, und weiter entsteht Poesie offenbar dadurch, dass jedem Aufenthalt im Freien der Vorzug gegeben wird vor allen anderen Aufenthalten, nicht aber den Aufenthalten und Örtlichkeiten der Liebe, welcher Liebe auch immer, ohne Liebe, ohne die Andeutung einer Liebe ist Poesie ja überhaupt nicht möglich, ich habe einmal zu dem schrecklich eingebildeten Rodolphe Blanchard gesagt, ohne Liebe gäbe es keine Poesie, daher rangiere bei mir die Liebe in allen ihren Erscheinungsformen vor der Dichtung und vor allen Künsten überhaupt, und er hat darauf das Gesicht so fürchterlich verzogen, wie er es immer verzogen hat, wenn ich einmal wagte, etwas zu sagen, ich habe ihn damit in seinem Ekel stören wollen, jenem Welt- und Lebensekel, den er bewohnte wie andere ihr Haus bewohnen, er hielt sich immer in diesem Weltenekel auf, und damit hat er Darja in sein parfümiertes Bett gebracht und am Morgen wieder aus diesem Bett vertrieben, Darja war entsetzlich einsam mit ihrem Geschäft am Tag und den Kindern am Abend und sie hätte jemanden an ihrer Seite gebraucht und nicht nur jemanden auf sich oder in sich oder nur um sich herum, und er hat sie mit seinem Ekel wie mit einer übergrossen Hand aus ihrem gerade in ruhige Bahnen gebrachten Leben geschleudert und er hat ihr dabei angeblich alles mögliche beigebracht, wie sie nicht müde wurde zu behaupten, er war ihr Lebenslehrer, wie sie mir einmal gesagt hat, was völlig lächerlich ist, denn nichts an diesem Mann war aufs Leben ausgerichtet, gar nichts, ausser vielleicht ein paar Gerichte, die er wirklich kochen konnte wie kein anderer, er konnte in der Küche tanzen wie kein anderer, und im Garten war er auch nicht schlecht, aber alles hatte etwas Krankes an sich, sogar seine Gerichte wirkten krank auf dem Teller, köstlich in der Pracht ihrer Darbietung, aber wie von einer Krankheit durchsetzt, wunderbar zu essen, aber schrecklich und dämonisch in dem, wozu sie führten, nämlich direkt in sein krankes Fleisch, alle Speisen, mit denen er sie verwöhnte, führten zu ihm, und er hatte es bei allem, was er tat und sagte, auf ihre Bewunderung abgesehen, und Darja, die in allem immer spöttisch und überlegen schien, ist diesem riesigen Kerl mit Haut und Haar verfallen, sie unterlag ihm in allem, auch wenn er mit seinem Getue das Gegenteil und sie als *Herrin seiner späten Jahre* vorführen wollte, das sagte er einmal so, er redete immer sehr geschwollen daher, mit seinen Handküssen und altertümlichen Liebkosungen, die er sehr wirkungsvoll noch in die zufälligste Begegnung irgendwo in der Stadt, auf einem Parkplatz, in einem Café, einfliessen liess und die ebenso einem Kind hätten gelten können, er hat sie behandelt wie ein einziges Kind, ein Lieblingskind, und sie ist ja auch heute nicht viel anders als ein Kind und von weitem wirkt ihre Silhouette immer noch wie die eines grossen Jungen, sie lebt in der Gestalt eines Jungen, für immer, sie wird noch dahingehen in dieser Schlaksigkeit, ihr allerletzter Gang wird der Gang dieses Jungen sein, der die Beine weit von sich wirft und die Arme in ausholenden Bewegungen mitschwingen lässt, den Kopf mitbewegt, als tanze er, wo Darja auftritt, wo immer sie sich in Bewegung setzt, scheint ein heftiger Wind an ihr zu zerren und zu spielen, und ich liebe sie gegen meinen Willen, wenn sie so geht, und alles an ihr flattert und schwingt, in einer kolossalen Leichtigkeit, beinahe schwerelos. So sind wir doch schon manchen Weg gegangen, Darja und ich, und waren wohl ein seltsames Paar, ich so klein und sie so gross, und ich mit meinen unglaublich schönen krausen roten Haaren, meiner alle Finsternisse der Welt erleuchtenden Feuerkrone, und sie mit ihrer künstlichen schwarzen Mütze, die sie mal lang und in Wellen, mal kurz und widerborstig trägt, und ich immerzu redend und sie still und unaufmerksam – kann man sich ein schöneres Bild von uns beiden denken, wir in unserer einträchtigen Verschiedenheit. Viviane hat immer gestaunt, wenn sie uns vor dem Palais de Livre so sah, und sie hat dann versucht, mich zu ignorieren, sie hat ihre Brauen bis zum Haaransatz gehoben und ihre Blicke geradeaus gerichtet und so trafen sie Darja und gingen durch sie hindurch, für mich hätte sie den Blick ein bisschen senken müssen, aber das konnte sie nicht, weil sie beinahe krank wurde vor Neid, wenn sie mich mit Darja sah – dabei war es selten, dass wir beide ungestört und alleine zusammenkamen, der Alltag liess uns wenig ungestörte Zeit, dazu meine chronische Müdigkeit, meine chronische Erschöpfung, seit zwanzig Jahren schlafe ich auf jedem Stuhl ein, auf jeder Bank, in jedem Sessel, im Auto, im Flugzeug, im Zug, im Wartezimmer aller Ärzte, einfach überall, wo man verschnaufen kann, Jérome sagt, *du schläfst wie die Soldaten schlafen, du schläfst überall und hemmungslos, mit offenem Mund,* aber mich stört das nicht, es ist nicht wahr, dass ich schlafe wie die Soldaten, ich bin ein freier Mensch. Jetzt lässt Darja mich stehen, wie sie mich in den schlimmsten Zeiten mit Blanchard hat stehenlassen, als sie mir sonntags die Kinder brachte und gleich wieder verschwand. Da waren ja auch viele andere, aber sie hatte eine kurze Zeit nur Augen für ihn. Und Rodolphe Blanchard war ja durch und durch beschädigt, er hat überall Aufsehen erregt mit seiner Beschädigung, sein beschädigtes Herz, seine vom Hass getränkte Rede, auch seine Zuneigung, alles war aufdringlich und penetrant, unter dem Panzer seiner Wohlerzogenheit verborgen, er war sehr höflich, er war eine sehr auffällige Erscheinung, nicht nur weil er so gross war und beinahe kahl und sehr elegant, jedermann kannte ihn, obwohl er ganz zurückgezogen lebte. Man sah ihn nur bei Viviane, im Phoenix und im Yachtclub, oder irgendwo am Hafen, auf einem seiner drei Boote. Man kannte ihn nach und nach als den, der er war, und nicht als den, der er sein wollte, er war ein Muttersöhnchen, ein Scheusal, aber mächtig durch seinen Ekel, den er einsetzte wie ein Instrument, er kochte ununterbrochen für Darja, sie ass kaum noch bei uns oder sonstwo, aber sie wurde immer magerer dabei, und er pflegte ihren Garten, aber sie sass steif und blicklos auf ihrer Terrasse und starrte diesen krankgepflegten Garten an, in den er nur Ordnung pflanzte, Pflanzen wie kleine Soldaten, das war sein deutsches Blut, seine deutsche Herkunft, denn eigentlich hiess er Rudolf und nicht Rodolphe, und er hat sich dafür geschämt, so wie er sich wahrscheinlich sein ganzes Leben lang für alles mögliche geschämt hat, und also auch nichts Heiteres in einen Garten bringen konnte und nichts, was satt macht, in eine Küche, nichts Einfaches, an dem man sich hätte freuen können. Sie sahen sich oft, aber sie durfte nicht reden, wie sie wollte, sie durfte ihm nichts erzählen, alles störte und ekelte ihn, das Geschäft, die Kinder, die Ferien, über alles, was ihr Leben war, hat er seine Abscheu geworfen, und sie durfte mit ihm nur über Dichtung und Kunst sprechen, über grosse politische Ereignisse, wenn er sie als historisch anerkannte – wie sollte man denn wissen, was dereinst historisch wird, ich sagte einmal, *ich finde das Lächeln eines Kindes historisch,* da hat er durch die Nase geschnaubt wie ein Pferd und den Kopf in einer Kavalkade von Zuckungen vor- und zurückgeworfen, er hat beinahe einen Veitstanz aufgeführt, und das war es ja, was ich mit diesem idiotischen Satz erreichen wollte, nämlich zeigen, dass seine angebliche Feingeisterei, seine für Darja so beeindruckende Isoliertheit nichts anderes war als hilflose Abscheu vor den Dingen des Lebens, und so hat er dann auch einmal gesagt, in Vivianes Billardzimmer, mit dem noch ganz jungen Ferlinghetti an der Seite, ihn widere alles an, ihn stosse alles ab, was den Geruch von Leben trage, von alltäglicher Erfahrung und Vollzug, von Geläufigkeit, er fühle sich nur geborgen und bejaht und angenommen im Geruch der Verwesung, in allem, was der Tod hervorzaubere, und der Tod sei es, dem die Menschen alles zu verdanken hätten, was über der Gewöhnlichkeit des Alltags stehe, über der Niedrigkeit des sogenannten guten Lebens, auch die Liebe. Er hat so fürchterlich gezittert unter seinen eigenen Worten oder unter meinem einfältigen Sätzlein und so starr und besessen auf Darja geschaut, dass mir übel wurde und ich gehen musste, und noch in der gleichen Nacht hat er sie in ein Hotel geschleppt und ihr dort was weiss ich beigebracht, sie hat ja nie etwas erzählt, nur gegrinst oder geschwiegen, von Anfang an und bis über seinen Tod hinaus geschwiegen, er soll ein grossartiger Liebhaber gewesen sein, das weiss ich von Skipiarski, und der hat es Viviane erzählt, sie hat nur die Brauen hochgezogen und die Augen ein bisschen schwimmen lassen, als sie es mir erzählte, es wäre uns beiden nicht in den Sinn gekommen, ein derart verdorbenes Fleisch zu kosten, ich habe ihn gehasst von Anfang an, obwohl er für Viviane ein guter Freund war, ein wirklicher Freund, und obwohl er vielen geholfen hat, er war auch ein berühmter Skipper, und Jérome hat ihn sehr gemocht, sie haben nur übers Segeln geredet, das durfte man, denn Segeln war für ihn kein Sport, es war eine Existenzform, er hat alles bestimmt, er hat immer allen gesagt, was richtig ist und was falsch, damit hat er Grégoire allmählich zu sich hinübergezogen, mit seinen Kapitänsallüren, mit seinem *Richtig* und mit seinem *Falsch* und mit seinem Lächeln, bei dem die Augen traurig blieben.

Rodolphe hat mir Darja entfremdet, so wie uns dieser grobe Kerl jetzt entfremdet, bei Rodolphe musste ich ja oft die Kinder hüten, weil sie ihn störten, solange sie noch richtige Kinder waren, so wie sie auch Viviane störten, wenn sie ihnen nichts beibringen konnte, und ich habe ihr dann über die Kinder allerlei geheimnisvolle Liebesbotschaften zukommen lassen, Erdbeertörtchen und selbstgemachten Konfekt, kleine lustige Briefe, die wir zusammen machten, mit weisser oder goldener Tinte übermalte Polaroids, Bilder aus Sand, aber nichts hat sie erreicht, nichts hat sie von seinem Imperium losreissen können, bis zu dem Tag, als sie entdeckte, dass er die Schönheit ihres Sohnes auch in seinen Ekel, in sein Imperium aufgenommen hatte, da verlor sie die Fassung, davon hat sie sich nicht erholt, weil sie einsam war und es von da an bleiben musste, weil ein solcher ungeheurer Verrat nicht einmal für so ein flachbrüstiges rauhes Monster zu ertragen war. Da hatte sie sich gerade das Motorradfahren abgewöhnt, weil es ihn störte, sie hatte das Motorradfahren aufgegeben und empfing auch ihre Motorradbuben nicht mehr, sie hatte das Motorrad verkauft und ihren schwarzen Helm mit den Lederbändeln an die Wand ihres Büros genagelt, und als die kleine Victoire das sah, fragte sie ihre Mutter mit ihrer rauhen Fistelstimme und im tiefsten Ernst, ob sie denn jetzt ein Mädchen werden wolle, und Darja lachte und schaute mir mit einem sonderbaren Ausdruck von Triumph in die Augen, so dass es mir gleich die Sprache und die gute Laune in einem verschlug.

Als sie dann erfuhr, dass Grégoire Blanchards Drängen nachgegeben hatte, dass er mit ihm ein Liebesverhältnis angefangen hatte und dabei aber arbeitete wie nie mehr in seinem Leben, erfolgreich war wie nie mehr in seinem Leben und endlich herauskam aus seiner Stummheit – da war sie nicht mehr zu halten in ihrem Hass. Sie sagte, *ich werde ihn töten,* und das war es auch, was sie dann tat, über ein ganzes Jahr hinweg hat sie den Alten so systematisch gequält und belästigt, dass der sich noch vor dem Prozess das Leben nahm und vor ihren Augen starb, unten in der Poliklinik, beinahe in ihren Armen, wie sie lächelnd erzählte, es gibt in ihrem Leben immer wieder barbarische Episoden, so wie sie den Vater von Victoire getötet hat, so soll sie auch einen Jungen in Lacanau in den Tod getrieben haben, wie mir die alte Léar erzählte, in ihrem riesigen Tabakladen, in dem Viviane früher ihre Lesungen machte –

Ach, sie wissen nichts von mir, nicht das Schöne und nicht das Gemeine, ich spreche doch immer nur mit mir selbst, oder ich rede mit meinen Toten, mit Mathias, mit dir: Niemand ausser uns beiden weiss, wie du dich mir genähert hast, nämlich auf die allerbeschämendste Weise, nachdem du über Tage an mir herumgemäkelt und alles an mir mit Befremden kommentiert hast und als heimliche Autorität das ganze Haus in Beschlag genommen, mit deinen Theorien von Bescheidenheit und Einklang, mit was weiss ich, und wie du mich beinahe vertrieben hast aus dem winzigen Haus meiner Mutter,

immerhin hatte ich dich eingeladen, oder Nadja, ich weiss es nicht mehr, im Lichthof der Uni, beim Kartenspielen. Nach einer Woche hatte ich immer mehr das Gefühl, selbst nur ein geduldeter Gast zu sein, eine Kranke, und falsch in allem, was ich sagte oder tat, wenn ich nach unten kam, hast du leise auf die anderen eingeredet, entweder auf Alex, der kühl und noch in der schäbigen Badehose jener Zeit hochelegant auf seinem Hocker sass und dir zuhörte, mit irgendwie hochgezogenem, irgendwo hochgelagertem Ellbogen, so dass sein Unterarm wie eine laszive Dekoration zu seinem langen schmalen Gesicht hinführte, das er dir seiner Wirkung gewiss entgegenhielt wie jedem anderen auch, oder du hast auf Xavier eingeredet, der untersetzt und mit gespreizten Beinen, sein Brusthaar kraulend und immerzu nickend überhaupt nicht zuhörte, dafür auf eine verschwommene Weise beeindruckt war von allem, was du so dahergeredet hast, und der dann auf dem Höhepunkt seines Unverständnisses mit dem Oberkörper leicht vor- und zurückschaukelte und verlegen grinsend innehielt, wenn ich hereinkam und euch anschaute, wie ihr auf euren Richterstühlen sasst, auf euren Richter-über-alle-und-alles-Stühlen.
Ich war in dieses Haus gekommen, um mich zu heilen, meine Mutter war ein Jahr zuvor gestorben, und ich lebte alleine in der riesigen Wohnung am Römerhof, die eingerichtet war wie die Häuser meiner Tanten in Lissabon, mit schweren Vorhängen und Kristallüstern und dunklem Palisanderholz, ich las ein wenig gelangweilt und dann wieder gerührt in den innigen Briefen meines Vaters, den ich nie gesehen habe, ich trank die Opiumtropfen, mit denen meine Mutter ihre letzten Tage überstanden hatte, ich hatte keinen Hunger und keinen Durst, aber die Luft war wie Seide auf meiner Haut, wenn ich das Opium trank und alles in der dunklen grossen Wohnung funkelte und glitzerte in tiefen geheimnisvollen Farben. Dann war mir manchmal, als sei meine Mutter noch da, als sei sie noch um mich, wie ein unsichtbarer Mantel, ich konnte ihre kühlen glatten Hände auf meiner Stirn fühlen, mit der Zeit glaubte ich nicht mehr an ihren Tod, ich glaubte ihre Stimme zu hören, ihren Singsang, ihr Lachen. Ich ging kaum mehr ausser Haus, ich nahm kein Telefon mehr ab, bis Xavier mich eines Abends überfiel, wie ein Irrer klingelte und gegen die Tür trat, bis ich ihm aufmachte, und er zwang mich, Mortadella zu essen und Bier zu trinken, und riss die Vorhänge auf, räumte die Briefe in Schachteln, auf die er mit dickem Filzstift VORBEI schrieb, und sagte, so gehe es nicht mehr weiter, und wir beschlossen, nach

Lacanau in das kleine Haus meiner Mutter zu fahren. Auf der Fahrt nach Lacanau trank ich das letzte Fläschchen Tinktur in einem einzigen Zug aus. Ich hatte die Schlüssel vergessen, wir mussten in das Haus einbrechen, wir traten die Türe ein, warfen unser Gepäck in die Küche und rannten mit den Kleidern in die Wellen, Alex wäre beinahe ertrunken. Die ersten Tage vergingen wie im Traum. Ich lag auf Xavier oder er lag auf mir, dann lief ich davon, schlief ein paar Tage im Auto, kam irgendwann wieder zurück und lebte vor allem nachts.

Sie liessen mich in Ruhe, sie lasen oder schliefen, wie ich, manchmal legte sich Nadja zu mir aufs Bett und wir plauderten, aber nicht oft, weil ich die Tage verschlief und am späten Nachmittag wegfuhr, irgendwohin, und mir ab und zu einen schönen Jungen aus einer Bar der Gegend in mein Zimmer schleppte, was Xavier traurig machte, und weil ich so dies und jenes an Drogen nahm, Zigaretten, Pulver, kleine grauweisse Tabletten, zerriebene Pilze, die ich mit Nadja auflöste und dann in Zigaretten spritzte, und Nadja verfolgte mit einem Ausdruck von Entrüstung und Respekt, wie sich die Farben des Pulvers über der Flamme veränderten, und sie legte die Zigaretten zum Trocknen behutsam in ihren Schrank.

Dann kamst du und alles wurde anders. Du hattest schon am ersten Morgen für jeden von uns einen Satz bereit, der ihn richtete, du hast alles kommentiert, das Haus, den Ozean, den Sand, die Dünen, uns, du hast dich auf mich gestürzt und bei jeder Gelegenheit gesagt, ich sei verwöhnt und asozial, verdorben und krank, wie du es ja auch deiner Mutter geschrieben hast, und dazu hast du dauernd von deiner Mutter erzählt, aber nicht einfach wie ein Söhnchen, sondern immer wertend und Lob austeilend, wie jung sie geblieben sei, wie schlank, wie beweglich und naturverbunden, und wie sie dich durch die fünfziger Jahre gebracht habe, erst als Kellnerin und dann als Leiterin einer Schulbibliothek, und wie sie mit dir in den Stadtpark gefahren sei und mit dem Rad übers Land zu einem bescheidenen Picknick und im Winter zu den Weihern rund um die kleine Stadt nahe der tschechischen Grenze zum Eislauf oder zum Rodeln, mit einem um euch beide geschlungenen Schal, ach, die lachende übermütige Mamma – und wie sie von dem alllmählich wachsenden Reichtum der weitläufigen Verwandtschaft getrennt gelebt und euch beide abgesondert habe, so dass du die meiste Zeit deiner Kindheit mit ihr alleine verbrachtest, bei allerlei Unternehmungen, die sie erfindungsreich so einrichtete, dass sie nichts kosteten. Du hast erzählt und niemanden angeschaut dabei, du hattest einen ausgeklügelten Blick in irgendwelche Fernen und das gab deinen Worten Gewicht. Du hast auch erzählt, wie du sie dann als Student ein einziges Mal in eines jener Restaurants einladen wolltest, in welches du als Kind an der Hand deiner wunderschönen tapferen Mamma vergeblich neidvoll gestarrt hattest, und dass sie das teure, mit Palmen und Oleander und kleinen Wasserspielen aufwendig dekorierte Etablissement kopfschüttelnd nach einem kurzen Blick in die Speisekarte verlassen habe, weil ein derart übertriebener Luxus ihr den Appetit raube, auch heute noch, wo sie es sich dann und wann leisten könne, eine Geschichte, die alle ausser mich amüsierte und zu trotzigem Beifall ermutigte, und zu prüfenden Blicken auf mich, und ich wollte im geheimen nichts anderes, als dich ebenso krank zu machen, wie ich es in deinen Augen war, ich wollte dich mir anverwandt machen, dich mir angleichen, um nicht als verlorene Waise und so blass mein Leben fristen zu müssen, ich wollte wissen, ob es tatsächlich so schön und tröstlich sei, einen Gefährten zu haben, jemanden an meiner Seite, ich wollte dringend eine Verwandtschaft zwischen dir und mir, und ich wusste, wie das zu geschehen hat, so wie man in diesen frühen Jahren ja eigentlich alles weiss und in Wahrheit aber gar nichts, und deine blonde tumbe Unschuld schien mir eine Masche, ein Trick, den du wie einen Zauber einzusetzen wusstest. Ein Magier aus der deutschen Provinz, ein Mutterkindchen wie ich. Du hast fast ununterbrochen geredet und dir dabei in den Wortpausen die Hand auf den Mund gelegt, die andern lagen dir zu Füssen, deinem *bescheidenen Deutschland,* deinem Heinrich Böll, der gar nicht dir gehörte und von dem du aber auch Gebrauch machtest in der schamlosesten Weise, um meine Freunde für dich einzunehmen und für deine Geschichten, die alle Böll-Geschichten darstellen sollten.

Du hast geredet und ich habe zugehört. Du warst makellos und ich war krank.

Aber du warst auch auf eine sehr gewöhnliche Weise begehrlich, so wie es viele waren und sind und sein werden, und meine vorgebliche Krankheit hat deine Gier geschürt, je kränker ich mich gab, desto hungriger wurden deine Blicke, und als ich dann an einem Nachmittag, an dem alle andern im Dorf beim Billardspielen waren, unerwartet mit dem zerstossenen braunen Pulver kam, mit einer Droge, die das Volk, das bescheidene, in die Irre und also zu mir führen sollte, und dir vorlog, es sei Haschisch, da hast du schon unter deiner Zimmertüre in allen möglichen Farben gelodert, du standest in der

Tür deines winzigen Verschlags, und es hatte den Anschein, als habest du genauso auf diese paar Stunden gewartet wie ich, wir gingen direkt in mein Zimmer und rauchten, und du hast dich mit einer seltsam kehligen Stimme über den nussartigen Geschmack der Zigarette beschwert und plötzlich waren wir im Paradies, im Paradies der Farben, und fielen uns erleichtert in die Arme, weisst du noch, habt ihr eine Erinnerung, dort, wo ihr jetzt seid? Ich habe nicht lange gebraucht, um dich zu gewinnen, ungefähr zehn Minuten und ein bisschen Muscarin, mit Haschisch als Leitaroma vermischt, du warst ahnungslos und stürmisch, ein unbehauener Stein, du folgtest mir in meine Nacht und ich dir in deinen Tag, und wir schliefen in meiner Erinnerung nur ein paar Stunden in den frühen Morgen hinein, sind nur für ein paar Minuten irgendwo eingenickt, und haben uns dann leise aus dem Haus gestohlen, irgendwohin, in irgendeine Bucht, hinter irgendeine Düne, tagelang, nächtelang, über eine Woche, und diese Woche war ein einziger Tag im milchigen Licht eines einzigen Sommers

(Mathias)

> Ich war so voller Zweifel, ich hatte grosse Zweifel, ich war misstrauisch, und ich dachte bei jeder Liebkosung, die sie sich für mich ausgedacht hatte, sie täte das genausogut für einen andern, wenn dieser andere jetzt unter ihr läge, ich dachte, diesen andern würde sie gleich anschauen, wie sie mich anschaut, ihr Blick würde bei ihm auf die gleiche Weise brechen, das Becken auf die gleiche Weise drehen, mit dem gleichen Hunger auf alle alles gleich machen

ich fing an zu glauben, was ich fingiert hatte, ich fing an, dich zu lieben, da fielst du wieder von mir ab, du wurdest brüsk und kalt

(Mathias)

> manchmal war ich brüsk zu ihr und kalt, da war sie fassungslos, das hat mir Spass gemacht, sie hat alle Gleichmut verloren und sie erst wieder gefunden, als sie mich nicht mehr an sich heranliess, mit dieser beleidigten Weiberallüre

wir hatten an deinem Geburtstag das ganze Haus heimlich mit brennenden Kerzen geschmückt, mit unzähligen Kerzen, die bis an den Strand hinunterleuchteten und dort unten hatten wir im Freien Muscheln gekocht und Sardinen und Krabben, und Nadja hatte augenzwinkernd weisse Tücher ausgebreitet, und Xavier stand am Feuer und rieb sich die Augen und zwinkerte tapfer zu mir herüber, während du mit Alex Bier holen gingst. Ihr kamt viel zu spät zurück, Alex war betrunken und du hattest zwei Amerikaner aufgelesen, die in ihren kurzen Hosen wie stämmige Schulbuben hinter dir herliefen. Über das wogende Meer von Kerzen hast du nach einem kurzen Blick ins Haus den Kopf geschüttelt, du fandest das *klerikal,* und die Muscheln wolltest du nicht essen, du wolltest überhaupt nicht essen, du hast die Musik leise gestellt, Stühle für die beiden Jungen geholt und auf sie eingeredet, der eine trank nur Wasser und hörte dir zu, der andere hatte nur Augen für Nadja, und sie strahlte ihn über die Glut mit den langsam verkohlenden Fischen so lange an, bis er aufstand und ihr wortlos folgte. Alex hatte sich zu euch gesetzt, er klimperte auf der Gitarre immer wieder das gleiche Lied, ganz leise, bis er über seinem Klimpern einschlief, nur deine leise fleissige Stimme ging durch die Nacht und dazu von ferne Nadjas Stöhnen und Lachen und Schreien, der Schein der Kerzen flackerte, loderte beinahe, als ich mich noch einmal umdrehte und dann für Tage verschwand

(Mathias)

du bist immer allem ausgewichen, du hast dich immer sofort weggedreht, da war immer schon ein anderer, und dann noch ein anderer, da war immer irgendeine Droge, und die Menschen sollten dir auch eine Arznei sein oder gleich wieder gehen, ich wollte das durchbrechen, ich wollte, dass du normal lebst, mit andern, du wolltest alles immer ununterbrochen, du wolltest entweder ununterbrochen lieben oder ununterbrochen trinken oder ununterbrochen kiffen, auch mit mir, du wolltest mich auf eine Weise, die mich irgendwann abstiess, du hast alles stehen- und liegenlassen und bist auf mich los, du hattest keinen Funken Anstand im Leib, nur Wunsch und Wille und eine absurde Geilheit, eine absurde Art, alle zu belügen, du warst krank bis in die Knochen, und ich wollte lieben und unter den Menschen bleiben, ich wollte beides

als ich zurückkam, mit einem schüchternen Algerier, der in seinem Zimmer ganze Barren von schwarzem Kiff unter einer schweren Plastikfolie liegen hatte, mit denen er die ganze Gegend versorgte, warst du noch immer, wie mir schien, im gleichen winzigen Strandstuhl und noch immer sass der eine Amerikaner bei dir und nickte und hörte dir zu. Du schautest auf zu mir, dann zu ihm, und du fandest meinen Rückfall schade, du sagtest, es sei *scha-*

de, und gabst mir einen müden Kuss und einen kleinen Klaps auf den Hintern, ich hätte mich beinahe erbrochen vor Verzweiflung, ich versuchte kalt zurückzuschauen, während mir die Tränen hochstiegen. Xavier schob mich ins Haus, wo noch immer die heruntergebrannten Kerzen standen, wir spielten mit ihm und Nadja irgendein Würfelspiel, das ich in meinen Nebeln nicht verstand, und ich höre noch jetzt Xaviers höhnische Zurufe und Nadjas Gekicher und dazwischen deine Stimme und die Wortfetzen, die der Wind zu uns herübertrug, bis wir am Ende unser Spiel liegenliessen und dir widerwillig zuhörten, *Industriestadt an der tschechischen Grenze* und *durchs Gymnasium und auf die Universität* und *grundbescheiden,* du sagtest wirklich *grundbescheiden* und du sagtest auch *das bessere Deutschland* und *das Deutschland der kleinen Leute, das Deutschland von Heinrich Böll, das friedfertige lebensfrohe Land unterhalb der Chefetagen,* das betrogen worden sei, erst durch die Nazis und dann durch die Alliierten, die es zu einem kapitalistischen Alptraum auf der einen Seite und zu einem verbürgerlichten pseudosozialistischen Staat auf der andern Seite gemacht hätten, und nur der Sozialismus könne dieses Land retten, der Amerikaner nickte immer schneller, sein Freund malte Nadjas Zimmer, es gäbe in Deutschland der kleinen Leute einen selbstverständlichen und gelassenen Bezug zu einem echten Sozialismus, der den Leuten geläufig sei und ihnen entspreche, ohne grosse Worte, und beim Abendessen sagtest du irgendwann, an einem Menschen wie mir könne man die Entfremdung ermessen, die auch den Kindern der Privilegierten widerfahre, in diesem System, ach, du wolltest mich so vieles lehren und ich habe dir so vieles beigebracht, und manchmal war ich hingerissen von deinen Überzeugungen, von der Geschlossenheit deiner Welt, wie die anderen ja auch, Alex sagte nie, du seiest einkaufen gegangen, er sagte leise durch die Nase schnaubend und nicht ohne Respekt, *der Mathias geht jetzt den Bäcker agitieren, hoffen wir, dass er trotzdem ein paar Brötchen mitbringt,* und tatsächlich kamst du zurück mit der Geschichte der Résistance im Südwesten Frankreichs, als deren Anführer sich der Bäcker beschrieb, und ich konnte nicht so recht glauben, dass der alte Bock, der mir schon als zwölfjährigem Mädchen bei jeder Gelegenheit unter den Rock gegriffen hatte, wenn er mich ohne meine Mutter erwischte, auf einem Fest oder am Strand, dass dieser alte Bock ein Held und Widerständler gewesen sein sollte, ich sagte nichts, ich ging aus dem Haus, und du erzähltest die Geschichte der Résistance im Südwesten Frankreichs aus dem Mund dieses

Bäckers, und ich ging im Klang deiner fleissigen Stimme aus dem Haus und war mir fremd und allen andern fremd, und Nadja folgte mir, legte ihren Arm um mich und brüllte etwas, etwas wie *Männer, die Geschichte machen,* und wir liefen lachend über die Dünen und kamen am Abend mit zwei Jungen aus dem Billardsalon zurück, und der eine hatte alle Vorderzähne aus Gold und schrie bei der Liebe wie ein Verrückter, so schrill und bar aller Beherrschung, dass ich nahe daran war, ihm seine Verzückung zu glauben, dabei hatte ich es im ersten Befremden für eine methodische Gewohnheit gehalten, es kam zu einem bösen Streit, als diese Jungen am nächsten Morgen zum Frühstück das letzte Bier aus dem Eisschrank holten, wurden unsere Buben böse, Xavier wollte abreisen, Alex wandte sich ab und las irgendwo ostentativ hingestreckt, eine Hand mit der Fläche nach aussen auf die Stirn gelegt, ununterbrochen in einem Buch, dessen Einband er sorgfältig vor fremden Blicken versteckte und wegdrehte und einhüllte, und du bliebst einfach sitzen und starrtest ohne Unterlass in mein Gesicht mit deinem fragenden widerlichen Kleineleuteblick. Inzwischen weiss ich von Viviane, dass jener Bäcker, der Sordise hiess, wirklich ein Helfer der Résistance gewesen und deswegen zwei Jahre in Dachau eingesperrt war, und dass man ihm nach seiner Rückkehr immer wieder vorwarf, er habe dort nur überlebt, er habe überhaupt nur überlebt, weil er andere preisgegeben hätte, man hat ihm vorgeworfen, dass er von dort lebendig zurückgekommen war, und am Ende seines Lebens sei eine tiefe und heillose Verbitterung über ihn gekommen, weil andere sich feiern liessen, während man ihm den Respekt verweigerte, an den Treffen der alten Résistancekämpfer wurde er geschnitten und unbeachtet am Tisch allein gelassen, er starb vor ein paar Jahren an einem Lungenkrebs, der ganz spät entdeckt wurde und ihm wenig Beschwerden und nur zwei Wochen Spital gebracht hatte, seine Knochen hatten angefangen, der Krankheit nachzugeben und brachen überall gleichzeitig, Viviane hat ihn ein paarmal besucht und immer wieder von ihm erzählt, das Blut verklumpte ihm in den Adern, der Atem ging schwer und mühsam, seine Verbitterung war noch einmal über alle Massen gestiegen, und er erzählte sogar den jungen ahnungslosen Krankenschwestern von seiner Zeit in der Résistance und von seiner Zeit in Dachau, und wenn sie ihm für einen Moment still zuhörten und ein dunkler – wie er meinte – *ahnungsvoller* Schleier ihre Augen trübte, wo sie doch nur müde waren, dann erleichterte ihn das, wenn er sie dann aber im Gang reden hörte und einander fragen, ob das wohl stimme, was der Alte da erzähle, und wenn er eine antworten hörte, er sei wohl recht verwirrt und könne nichts mehr unterscheiden, nicht, was früher gewesen sei, und nicht, was ihn jetzt bedränge, da wurde ihm so elend zumute, dass er beschloss, den Rest seiner Kräfte ins Sterben zu legen, um nicht mehr hören zu müssen, wie man ihn zurückstiess und wie wenig man ihn verstand und wie ungern man ihm zuhörte und wie ohne Würde und Auszeichnung seine Leiden geblieben waren, im Gegensatz zu den anderen, die es auf rätselhafte Weise verstanden, sich so darzustellen, dass sie nicht verlorengingen wie er und seine Leiden, und Viviane hörte ihn lallen, *alle meine Engel sollen sich auf mich werfen und mir das letzte Stück Leben wie das Ende einer Schnur aus dem offenen Schlund reissen oder gibt es gar keine Engel, gibt es wirklich nicht, was ich gelernt habe, dass es nicht gebe?* Vor dem grünlich-silbern schimmernden Linoleum die tief ins Fleisch gesunkenen rotgeäderten Augen seiner Frau, in denen Mitleid und hoffnungsfrohe Erwartung miteinander im Streit lagen, ihr breites flaches Gesicht hatte noch Leben vor sich

(Mathias)

als ich von Sordise anfing, hast du nur gelacht, einfach blöde gelacht und obszönes Zeug dahergeredet, und die andern wollten gleich mitlachen. Ihr habt über einen gelacht, dem ihr nicht das Wasser reichen konntet, ihr wart eine verluderte Saubande, verwöhnte blöde Kinder reicher Schweizer

du und dein unverstandener, ewig geiler, ewig trauriger Bäcker, der mir nicht ein Brot reichen konnte, ohne mit seinen glasigen Augen Geheimbotschaften an mich zu richten, die an mir abglitten wie Wasser auf einer Ölhaut, Botschaften im Sinne von *Madame, wenn Sie wüssten, wer Ihnen hier das Brot reicht, wer Ihnen, als Sie jung und hilflos waren, immer wieder unter den Rock fassen musste, wenn Sie wüssten, welch bedeutsamer historischer und persönlicher Hintergrund die Kulisse zu meiner bescheidenen und zurückgezogenen Existenz gibt? Sehen Sie das Plakat hier, haben Sie es beachtet. Das dreiundzwanzigste Treffen der Gruppe Bouillard –*

(Mathias)

Was heisst das überhaupt: Ich habe gelitten. Alle haben gelitten. Und manche leiden schon am ersten Schultag so entsetzlich unter einem Gefühl der Fremdheit zu den anderen und zu dem, was man von ihnen will, dass es für ein ganzes Leben reichen sollte. Reden wir nicht über das Leiden. Es gibt den einzelnen und es gibt das Ganze, das war es, was ich dir eigentlich sagen wollte, damals, als du zuerst gelacht hast, und dann mit Nadja einfach weggelaufen bist

Sordises Frau führt jetzt den Laden, der sich zu einem winzigen, beinahe behaglichen Supermarkt vergrössert hat, und ohne die alte Mühsal und die lautlose Feindseligkeit ihrem Mann gegenüber ist sie noch einmal aufgeblüht und schwebt alert zwischen den hellen Holzgestellen umher und fragt wie früher die Kunden nach ihren Wünschen und holt es ihnen wie früher aus dem Gestell und legt es in ihre Körbe und kann jetzt endlich sein, was der Alte ihr mit seiner schweren und heillosen Geschichte fast ein ganzes Leben lang verunmöglicht hat, sie kann eine ganz normale Frau sein, eine ganz normale Frau in einem ganz normalen Laden, sie sagt es auch und lächelt dazu: *Man muss doch auch vergessen können, was schwer war und Jahrzehnte zurückliegt, das sind nämlich ganz unglückliche und schwache Menschen, die sich nicht freimachen können von dem, was vorbei und vorüber und nicht mehr zu ändern ist, und die nicht nach vorne blicken, sondern immer nur über Geschichten grübeln, die keiner mehr hören will*

(Mathias)

das ist unser Leben, das sind die Geschichten, die keiner mehr hören will, irgend jemand soll uns erzählen, soll mich erzählen, soll erzählen, wie ich ertrunken bin, in einem Trichter aus braunem kalten Wasser, in einer Gischt, die stäubte wie Schnee, wie ich gescheitert bin an einer Bande von verwöhnten Kindern und ihrem Leittier, der schönen Darja Savary, und wie mein Vater gescheitert ist an seiner Geschichte, die auch keiner mehr hören will

wir haben es dann noch einmal versucht, wir haben versucht, unsere ersten Zeichen der Liebe zu wiederholen, unsere schüchternen Rituale, wir sind unsere Wege noch einmal abgegangen, Hand in Hand und ganz eng ineinander verschlungen, wir haben uns in die alten Kuhlen gelegt, die noch im Sand waren und immer noch brannten, und du hast wieder mit riesigen Buchstaben meinen Namen in den Schlick geschrieben, und die Flut hat ihn wieder gelöscht, wir haben es versucht, ich hatte dir verboten, von deiner

Mutter zu reden, da hast du mir von deinem Vater erzählt, den du nie gesehen hast, wie er durch kleine polnische Städte laufen musste, mit einer Liste der Häuser, die die Wehrmacht verbrannt hatte, und wie er neben die Nummer der ausgebrannten Ruinen ein winziges Kreuz setzte, statt eines Häkchens, und dass er sich geschämt und gefürchtet habe, und dass er an Tuberkulose gestorben sei in einem Lager der Alliierten, kurz nachdem er deiner Mutter in einem Urlaub begegnet war und mit ihr dich zeugte, irgendwo zwischen Trümmern oder in einem Keller, und ich habe mir versucht, den Ort vorzustellen, wo sie dich machten

(Hanna Staritz)

Immer denken die, nur ihnen sei das möglich, immer glauben sie, man brauche so dies und das, und einen Körper von dieser und jener Art, aber wir beide, wir brauchten beinahe nichts ausser uns und wir haben gestaunt über das, was wir waren und wurden unter unseren Händen und sein konnten, scheue Kinder, die sich in einem glühenden Märchen finden – dabei sahen wir scheusslich aus, wie alle in jener Zeit, wir waren schlecht gekleidete, schlecht genährte enttäuschte junge Erwachsene, mit grauer Haut und Ödemen, ganz ohne das reiche Instrumentarium, mit dem junge Leute dann später ihr Leben verschönern konnten, wir waren nicht fein, unsere Mäntel rochen muffig, in unseren Haaren war der Geruch von billigem verbrannten Fett, es war ein lastender Geruch, ein Geruch, der einen aus aller Hochgemutheit riss und den man schnell wieder vergessen wollte, wir waren wohl auch nicht sehr schön, eher blass und verschwollen, besonders um die Augen, wir waren mager und gleichzeitig gedunsen vom Hunger, wir haben uns keine Hoffnung auf die Anerkennung unserer Körper, unserer Liebe gemacht, es gab keine Spiegel in unseren Zimmern, es gab kein Zimmer für uns, keinen Duft von was weiss ich, nicht einmal die Wiesen zwischen den Trümmern unserer Städte rochen noch herb und süss, wie Wiesen anderswo, wir hatten nichts als uns selbst und unsere makellose Gier, die uns verzückte

du hast deinen Vater nie gesehen, so wie ich meinen nie gesehen habe, ich habe nur seine Briefe gelesen, die immer verzweifelter wurden und dann plötzlich abbrachen, und Grégoire hat seinen Vater auch nie gesehen, ich habe ihm einen erfunden, ich habe ihm einen amerikanischen Vater erfunden, einen Vater auf Durchreise, einen toten, er hat nie viel gefragt, er hat sich mit Männern immer schlecht verstanden, bis Blanchard kam und ihn kühl und elegant zu sich hinüberzog, und der junge Guérisson hat mir einmal verboten, über diesen Vater zu grübeln, er hat im Gehen den Kopf geschüttelt und gemurmelt, *Sie haben bei Ihrem Vater nichts mehr zu suchen, und unser Grégoire offenbar auch nicht, also vergessen Sie es. Vergessen Sie. Ich empfehle sehr das Vergessen. Oder haben Sie schon einmal den Moment Ihrer Zeugung in allen Details bedacht, es wird Sie schaudern, wir haben da gar nichts zu suchen, wir gehören da nicht mehr hin –*

Die alte Léar sitzt auf ihrem winzigen Balkon hinter ihrer Wäsche und trinkt aus einem winzigen Glas Holunderlikör, sie schaut hinüber zu Darjas Haus und fragt sich, was wohl aus dem jungen Mann werde, der jetzt bei ihr wohne, und ob das Meer ihn wohl auch eines Tages zurück an den Strand schwemme, ein bis zur Unkenntlichkeit angeschwollenes Bündel auf den Sand schwemme, wenn man eine Geschichte lange genug erzählt, so kann sie kein gutes Ende nehmen, ein warmer Wind schlägt ihr ein nasses weisses Hemd vors Gesicht –

Nun ja, Simone, du hast immer wieder versucht, mich auf diese Momente vorzubereiten, du hast immer wieder versucht, mein Handeln kreditfähig zu machen, du hast noch letztes Jahr ganze lange Nachmittage damit verbracht, mich auf einen neuen Umgang mit den Bankern vorzubereiten, kaum war der Alte tot, hast du schon angefangen, mich auf einen Nachfolger einzustimmen und auf den kalten Wind, der mir jetzt entgegenschlägt, aber die Wahrheit ist, dass die meine Garage gar nicht wollen, sie wollen die Montadour Cyclo Comp. nicht mehr, sie behandeln unsereinen, die wir ihre Kredite brauchen, in der Art von Kindern, die mit kleinen Zweigen und brennenden Zündhölzern das Tagwerk von Ameisen stören, die Banker stören unser Tagwerk und lassen uns über ihre hingehaltenen Zweiglein krabbeln, verlangen so dies und das und dann noch etwas mehr, bis sie alle unsere

Kräfte für die Erfüllung ihrer Wünsche gebunden haben und nichts mehr bleibt für die tägliche Arbeit, nichts mehr – wir wollen ihnen in allem zu Gefallen sein, weil wir ihre Kredite brauchen, und sie treiben uns mit ihren albernen Forderungen in immer abgelegenere Überlegungen, so dass wir den Überblick und den gesunden Menschenverstand und allen Mut verlieren. Wenn Orphelin etwas gegen mich durchsetzen will, dann sagt er es ein einziges Mal und schweigt dann lange, wie ein Hundeführer, der einfach wartet, bis sein Zögling den Parcour begreift und ansetzt zum Gehorsam und also endlich tut, was man ihm sagt. Für Orphelin gibt es, wie er sagt, nur *Kommunikationsprobleme,* und gelungene Verständigung heisst für ihn nichts anderes als vollzogener Gehorsam, er hat in aller Stille das Rauchen in der Montadour verboten, bis auf zwei Tische in der Cantineria, in die er selbst sich schon lange nicht mehr traut, er will immer auswärts etwas trinken oder essen – jetzt hat er entdeckt, dass unsere berühmten Sandwiches, die Salate und ein Teil der Kuchen von Bashwa und ihrer Schwägerin geliefert und von uns am Monatsende bar bezahlt werden, weil die beiden Frauen schwarz arbeiten, und er will, dass das ein Ende hat. Er behauptet, Bashwas Preise seien übersetzt, die Ragaffe könne uns ein *Versorgungspaket* für die Hälfte anbieten, aber die Leute wollen essen, sie wollen keine *Versorgungspakete* und schon gar nicht die von der Ragaffe.
Jedes Hartbleiben in einer Frage bedingt ein Nachgeben in einer anderen. Wenn ich unsere Cantineria offenhalten will, muss ich die Fahrschule zum Opfer bringen und alle Sommerkurse streichen, obwohl sie ausgebucht sind wie noch nie, und indem ich in diesen grotesken Tausch einwillige, verliere ich noch ein Stück Achtung mehr, denn diese Art des Opfertausches macht mich lächerlich, als werde die Montadour von einem kleinen launischen Schulmädchen in ein absehbares Desaster getrieben, von den täglichen Feilschereien mit Orphelin dringt nichts nach aussen. Orphelin hat mir heute vor dem Haus gesagt, er stehe unter dem Eindruck, dass ich gar nicht begreife, wozu er in die Montadour gekommen sei. *Doch,* habe ich ihm gesagt, *Sie sind gekommen, um einen Kredit für mich herauszuholen, einen jener Kredite, die ich früher auch ohne dieses Tralala jedes Jahr zur gleichen Zeit bekommen habe,* da war er ruhig und hat still und überlegen in sich hineingelächelt.
Sein flaches maskenartiges Gesicht wird allein durch die angestrengte Bewegung seiner Lippen plötzlich und ruckartig mitbewegt und in einen jeweils

gemässen Ausdruck gebracht, der von konzentrierter Anspannung bis zu herablassendem Verständnis geht, aber nie natürlich wirkt, nie unwillkürlich, eine durchorganisierte Mimik, die so trostlos ist, wie alles was er uns zu sagen hat, Orphelins Gesicht erlaubt sich selbst und auch den andern keine Überraschung, weil es jederzeit kontrollierbar und einer Kontrolle unterworfen scheint, und das gibt dem ganzen Mann etwas Gehaltenes, etwas Armes. Orphelin ist die Armut, die mich und meine Geschäfte bedrängt, die ganze Region, das ganze Land, Europa und die ganze Welt, Orphelin ist die Verkörperung des Mangels, inmitten nichtswürdiger Waren und Geräte werden wir verarmen, es wird uns an allem Unentbehrlichen fehlen mit diesen Orphelins, denn es ist ja so: Während sie uns mit irgendwelchem Plunder überschütten, predigen und vollziehen sie den Mangel, und bis wir die Heimtücke durchschaut haben, mit der sich das vollzieht, wird es zu spät sein –
Ich gehe durch die Montadour wie ein roher Klumpen Fleisch.

Ich wollte es Alain sagen, ich wollte es ihm erzählen, als ich heimkam, aber er lag auf dem Bett und schlief, und ich legte mich neben ihn und nahm mir eine seiner Zigaretten und probierte so zu lächeln wie Orphelin, und so zu lächeln, wie es Alain tut, wenn ich bei ihm über Orphelin schimpfen will, es ist ein verständiges Lächeln, Alain kann die Macht belächeln ohne sich zu verstellen, und ich beneide ihn, wie sehr er im Einklang mit der Welt lebt, und wie wenig er sich stösst an den Gesetzen des Lebens, ich versuche ihn manchmal nachzuäffen und sage dann auch, *besser oben als unten,* und lache, oder ich sage, *das ist der Lauf der Welt, was früher gut war, kann morgen schlecht sein,* und dann versuche ich dieses Grinsen von Alain, mit dem er alles, was nicht ausdrücklich seine Welt ist, sein Problem, sein kleines Leben, aller Bedeutung entkleidet, und dann schreie ich plötzlich auf und mache mich lächerlich und sage, *das ist die Art der kleinen Diebe, die ganz heil und unversehrt jeden Raubzug überstanden haben, die durch jede Völkerwanderung heil hindurchgingen und jeden Raubzug überlebten,* und dann schüttelt er den Kopf und grinst noch mehr –

Die Zigarette war zu stark gestopft, ich sah mich plötzlich auf einem weissen Elefanten im Zug des grossen Alexander über das Pamirgebirge schaukeln, in einer mit Stoff verkleideten Sänfte, im gemächlichen Rhythmus, in

Strömen von Haschisch und Opium, seine Hand wanderte auf mir herum, wir sassen in einer Sänfte, jeder hatte einen Becher in der Hand, sein Kopf war sehr gross, aber der Leib kurz, die Beine wie die eines Kindes, auf seinem Schoss rollte sich eine kleine braune Schlange und schob ihren winzigen Kopf ruckartig zu meinem Hals vor, bis er sie packte und wieder hinlegte, und mich aber nicht ansah

(Hervé)

Wo immer Sie jetzt auch sind, liebe Darja, ich kann Ihnen alles vorrechnen, ich brauche nichts abzulesen, ich habe alles im Kopf, Sie wirken so abwesend in letzter Zeit, Sie sind so abwesend, ich glaube, dass Sie Drogen nehmen, ich kann es meiner Frau nicht mehr erzählen, weil sie nichts mehr begreift, ich kann Ihnen alles sagen, ich habe nichts vergessen, wir waren mal fünfunddreissig Leute bei der Montadour, jetzt sind wir acht, ich habe alle Zahlen im Kopf

ich lag eigentlich neben Alain auf dem Bett, aber ich sass auch mit einem grossen Fürsten in seiner Sänfte, wie in einem der Filme, die im TV am Sonntagnachmittag laufen, und ich war in so einen Film geraten, von ferne stossweise Befehle und die Klagen und Schreie, die Stimmen derer, die nicht und niemals davonkommen und die nicht überleben und die es nicht dahinbringen, weil sie den zeitgemässen Slang, die Säbelsprache nicht beherrschen, immer wieder ging dann mein Blick zwischen den schwankenden Vorhängen aus goldbesticktem Damast hinaus über das Rostbraun der Hügel und folgte den Gruppen der Vertriebenen und Geschlagenen, die sich in aufgelösten Formationen den Hügeln und Felsen entlang nach irgendwohin bewegten, mit ihrer Habe, manchmal einzelne Kinder oder Mütter mit nur noch einem ihrer Kinder oder Väter, die eine Frau hinter sich her zerrten, als sei sie eines ihrer Kinder, und die Frau war auch nicht viel grösser als ein Kind, jemand sagte laut lachend, *sie hat sich in ihrem Leben fast nie und nur an grossen seltenen Festen satt gegessen*, ein anderer wiederholte es, *sie hat sich in ihrem Leben fast nie und nur an grossen seltenen Festen satt gegessen und ist daher sehr zart geblieben, schmal und leicht und viel zu klein*

(Hervé)

Sie haben mir die alte Garage 1975 abgekauft, für ein Spottgeld, aber ich war froh, weil nichts mehr lief, weil mich einer reingelegt hatte, ich stand allein in der alten Hütte und musste auf einer Kiste unterschreiben, Sie nahmen mir den Kugelschreiber aus der Hand und reichten mir einen Füller und sagten, *Mut, Hervé, wir machen hier einen grossen Laden, Sie werden sich wundern,* und neben Ihnen stand der Alte von der Crédit Lyonnais und schaute verliebt und fasste Sie dauernd an, und dann gaben Sie mir ein zweites Papier, das war mein Arbeitsvertrag, ich musste unterschreiben, ich war gleich eingestellt, Sie wussten, dass Hervé alles kann, was nicht eine Zahl ist, wir zogen in die alte Druckerei des *Sudouest,* und ich hatte das erste moderne Diagnosegerät hier unten, ich war berühmt und Sie hatten Ihre Ideen, dann kamen die Touristen und die Studenten, und wir waren schon sechs Leute, und 1977 kam der Taxi- und der Busbetrieb, alles florierte hier unten, bis die Japaner die Fischfabrik kauften, dann waren wir siebzehn, dann die Waschstrasse und der Schulbus, das war 1982, da waren wir fünfundzwanzig, und die Zeitungen haben über uns geschrieben, über unser Sommerprogramm, die Fahrschule kam, Sie machten den Shop und die Cantineria, wir waren zweiunddreissig Leute, dann haben wir die edelsten alten Autos von überall her aufgekauft und gewartet, wir haben jeden Auftrag angenommen, dann die erste kleine Krise wegen der Cantineria, für die Sie nie eine Bewilligung hatten, dazu immer wieder mal ein neues Stück Land, und ab 1990, als hier unten keiner mehr einen Neuwagen kaufen wollte, waren wir dreiunddreissig Leute, und sie kamen von überall hierher in die Ferien, um sich vom alten Hervé ihren alten Ford reparieren zu lassen oder einen zu kaufen, Berühmtheiten kamen, wir waren eine *Adresse,* so nannten Sie es, und wir machten die berühmten Sommerrennen in Biarritz, die Studenten, die hier unten Französisch lernten, machten ihre Motorrad-Crash-Kurse zu einem lächerlichen Preis, aber wir waren überall, die Feste der Montadour waren legendär und sie warfen was ab, dann kamen die Fahrräder, eine Ihrer Ideen, und es ging bergab, das war 1992 und wir waren vierunddreissig Leute – Sie wollten alles nur noch mit dem Computer bestellen und organisieren, wir mussten wie Schüler alles neu lernen

ich sah durch die Schleier der Sänfte, wie die Frau sich gegen ihren Mann wehrte in der Art der Kinder, mit störrischen Bewegungen, die mehr erstarrte Geste sind, eher Pose und Parole als wirklich Bewegung, sie verweigerte mit ausgestreckten Armen den Gehorsam und starrte vor sich hin, bis sie stürzte, dem an ihr zerrenden Arm des Mannes einfach talabwärts entgegenfiel, und der Mann merkte, indem er sich zu ihr niederbeugte und ihr sanft das Gesicht anhob, dass sie keines seiner Kinder war, sondern die Frau, er hatte wohl gehofft, wenigstens eines seiner Kinder zu retten, und hatte aber keines seiner Kinder gerettet, nur die Frau, die jetzt mit dem Kopf nach unten auf dem steinigen Weg lag und ihm nicht folgen wollte, ein schwarzer Rauch fuhr über die beiden Gestalten, er kam von jenseits der Hügel und senkte sich endlich gelblich verfärbt und beissend an die Flanke des Bergs, ich rauchte und war in die grossen Bewegungen eines Feldzugs geraten, der sich dereinst in der Erinnerung der Völker als Kühnheit ausnehmen wird

(Hervé)

1994 brach der Occasionverkauf plötzlich zusammen, und Sie rannten weiter den Touristen hinterher mit einem Skater-Shop in einer meiner Lagerbaracken und noch mehr Sommerkursen und Crash-Kursen und noch mehr Buslinien und Kleinstoccasionen und Jeep-Vermietung, dann kam dieses komische Bestellsystem, mit dem Sie uns quälten, und kaum hatten wir das, starb der Alte von der Crédit Lyonnais, man hatte ihn kaum mehr in der Montadour gesehen, aber er hat uns beschützt, nicht wahr, und dann kam Orphelin, der Neue, er führt einen Krieg gegen uns, die Montadour ist im Krieg, meine Frau versteht das nicht mehr, sie sucht immer irgendwo etwas und will mich verwöhnen, aber ich will nur ein Bier, wenn ich nach Hause komme, und vergessen, den ganzen Tag vergessen, und auch vergessen, was morgen kommt, ich möchte jeden Abend alles ganz schnell vergessen, und meine Frau versucht sich zu erinnern, wie das war, als sie noch kochte für uns beide, jeden Abend

Alain ist aufgewacht, er streichelt mich sanft und zögernd, und ich schaukle dahin in der Gunst des Fürsten unter dem Baldachin, auf meiner goldbestickten Satteldecke, in der die Becher und die winzigen beschlagenen qualmenden Duftgefässe eingelassen sind, am späten Nachmittag machen wir halt, und sie tragen mich in ein weisses winddurchfahrenes Zelt, und der kindliche Fürst erscheint, mit der Schlange um den Hals, und überwacht meine Mahlzeit und kostet von meinem Teller und winkt einen grossen Inder zu sich, der ihm Armbänder, Ringe, Autoradios, seidene Strümpfe, zwei Bilder von Dali überreicht und Alexander der Grosse erläutert mir das gestohlene Zeug mit einer hohen kindlichen glockenreinen Stimme, während es draussen schreit und tobt, Alain küsst mich, zieht die Decke über mich und steht auf, ich rufe ihm hinterher, er soll bleiben, aber er legt den

Finger auf den Mund und läuft zur Türe hinaus, ich kann nicht mehr reden, irgend jemand hat alle Lichter gelöscht

(Hervé)

es ist, als hätte jemand alle Lichter gelöscht, die alte Garage geht an die Ragaffe, der erste Stock, alle Büros an eine andere Firma, die neue Garage geht an einen Bootsbauer, den hier unten noch niemand gesehen hat, und ich soll mit sechs ungelernten Leuten wieder von vorne anfangen und im alten Shop einen 24-Stunden-Betrieb einrichten, mit Routinezeug, kleinen Service-Arbeiten, Teile auswechseln, auch an Samstagen und Sonntagen und an Weihnachten, immer soll jemand Pikett machen und ausrücken und die Waschstrasse betreuen, dieser Orphelin hat seinen Krieg gewonnen. Er zerschlägt alles. Dabei waren wir doch einmal da, fünfunddreissig Leute. Vorbei. Wie meine Frau, aber gestern waren wir bei Massimo im Garten und sie ist plötzlich aufgestanden und hat Pfirsiche abgelesen, einen nach dem anderen, und einen Salat gemacht, als wäre nichts, sie hat sie richtig geschält und richtig geschnitten, in eine Schüssel gelegt und Zucker darauf gestreut und ganz wenig Zitrone, sie hat mir zugelächelt und sie war stolz und glücklich wie schon lange nicht mehr, sie ist noch immer schön, wenn sie lächelt, und sie hat noch nicht alles vergessen –

Alain steht in Grégoires früherem Kinderzimmer und staunt die Schiffsmodelle an, sein nackter Rücken scheint in seinen breiten Strängen falsch verknüpft, man kann nicht sagen, dass er einen Buckel hat, und die Andeutung einer Verformung von den Schulterblättern an aufwärts kommt vielleicht nur daher, dass seine Haut trotz der vielen Nachmittage draussen am Strand noch immer den Zug ins Gelblich-Blasse hat, der alles krank und verformt erscheinen lässt, die Haut ist seltsam zart, das dunkle schwere Haar glänzt im Halbschatten, mit den Fingerspitzen fährt er den Konturen der Schiffe nach, bläst sorgsam den Staub weg, geht von einem zum nächsten, mit der ergebenen Sorgfalt eines Fremdlings, Darja steht unter der Türe mit einer Tasse heissen süssen Kaffee in der Hand und schaut ihm zu, sie hat das Zimmer so gelassen, wie es war, es ist ein Kinderzimmer. Manchmal steigt jemand ganz leise nach oben und setzt sich in den grossen alten Ledersessel neben dem Bett und träumt, Viviane oder Simone oder Guérisson, wenn er am Sonntagmorgen auf ein Glas vorbeischaut, Guérisson bleibt oft lange sitzen und träumt und wagt aber nicht, Darja zu bitten, mit ihm für einen Augenblick hier oben zu sitzen, weil er ihr und sich und allen andern die träumerische Rückkehr rundweg verboten hat, er rührt dann in seinem Kaffee oder er schaukelt das Eis in seinem Glas und schliesst die Augen

(Guérisson)

Sehen Sie, eine Kindheit ist etwas Abgeschlossenes, da gibt es nichts mehr zu verändern, das ist eine Landschaft, die keinen Eingriff mehr duldet, ausser den träumerischen Trugbildern der Erinnerung, aber eigentlich hat niemand mehr etwas in seiner Kindheit zu suchen und es ist ein grosses Unheil, wenn man glaubt, dort noch ein Aufenthaltsrecht zu haben, und sich womöglich gewaltsam Zutritt verschafft mit einer Hilfsperson, die einem die eigenen frühen Jahre noch einmal kundig erschliessen soll, die Kindheit der andern aber ist ohne Grenzen und also frei und einsehbar für jeden, und im gleichen Mass entrückt, wie sie einsehbar erscheint, liebe Darja, und indem dieser Alain das Zimmer Ihres Sohnes betrachtet, bildet er sich alles mögliche ein und versteht aber gar nichts, ich kann seinen Gedanken folgen, ich kann Ihnen sagen, was er sich denkt, wenn er die sorgfältig eingeräumten Spielsachen, die leuchtendfarbigen Autos und Schiffsmodelle in dieser hellen Geräumigkeit betrachtet, er denkt sich gleich alles falsch, er ist benebelt von falschen Eindrücken, ich habe den kleinen Grégoire behandelt, alle seine unzähligen Krankheiten, und ich weiss, dass dieses Zimmer Zeuge einer wehmütigen Einsamkeit und nicht endender Verzweiflung war, während Victoires scheinbar leergefegtes, über und über bemaltes, aber eben leergeräumtes Zimmer von einem glücklicheren Kind erzählt, das nicht so auf Bestückung und Einrichtung angewiesen war, das alles hatte, ohne viel davon zu brauchen, das alle Leute auf seiner Seite wusste, von vornherein, ohne etwas dafür zu tun, sogar ohne sich dessen bewusst zu werden, kurz, liebe Darja, dort drüben fände er die Spur einer atemlos verbrachten, einer glücklich und geborgen verbrachten Kindheit viel mehr als im sorgfältigen Aufbau Grégoires, der wohl auch jetzt noch manchmal hier hinaufgeht, um nachzuschauen, was ihm geblieben ist aus dieser schwierigen Zeit, und es war eine schwierige Zeit, Darja, das können Sie unmöglich leugnen, ich wurde mitunter ja auch nachts zu Ihnen gerufen, weil er so unstillbar weinte, mit wirrem Haar auf seinem Bett kauerte, die Hände zu beiden Seiten seines langen schmalen Kopfs, als belästige ihn das Geräusch der eigenen Schluchzer, und ich kam dann also mitten in der Nacht in der allernotdürftigsten Toilette und habe nicht selten zu allerlei unorthodoxer Medizin gegriffen, um den Tobenden zu besänftigen, während Victoire, die kleine, damals wirklich noch winzige, im Sessel neben dem Bett sass und mit ausgestreckter Hand den Arm ihres Bruders berührte und sich ihm nie näherte und auch nie das Zimmer verliess, ehe er sich nicht beruhigt hatte, und mir mit den Augen folgte, und es mögen manche Leute aus Ihrem erlesenen Freundeskreis der Meinung sein, man könne nur derart ingeniös zeichnen, wenn man gleichzeitig so auffällig und haltlos lebe wie Grégoire, aber mir wäre es lieber, die Kunst käme aus anderen Händen, aus besonneneren Händen, aus den Händen von Leuten, die sich nicht selbst zerstören, denn das ist das Problem Ihres Sohnes nicht weniger als Ihres, die Unfähigkeit zu leben. Ich weiss nicht, ob Sie mir folgen können, ich habe, seit die Kinder aus dem Haus sind, nicht mehr den rechten Zugang zu Ihnen, ich habe mir nichts weniger gewünscht als ein Liebesverhältnis mit Ihnen, aber ich hätte mit Sicherheit weniger Verwirrung und Entwürdigung in Ihr Haus gebracht, als jene, denen Sie sich entgegenkommender zeigten als mir, als jene nichtswürdigen Gestalten, die auch jetzt Ihr Leben in einer Weise bewohnen, die mir den Schlaf raubt, ich liege in meinem Bett und sehe euch zu, wie ihr euch durch das Haus bewegt, das eine Zeitlang auch ein wenig zu mir gehört hat, weil ich so häufig darin zu Gast war und oft noch lange Stunden nach einer medizinischen Intervention unten auf dem flaschengrünen Sofa bei einem Glas Portwein und einer kleinen Romeo & Julietta, mein Gott, wie lange her das alles, wie ich also damals angestrengt mit den Augen der Silhouette Ihres aufregend mageren, von irgendeinem rohseidenen Hemd notdürftig verborgenen und damit für mein ständiges Begehren eher entkleideten Leibs mit meinem ärztlichen Auge gefolgt bin und nur mühsam die nötige Aufmerksamkeit, ach, verzeihen Sie –

Alain hebt ein Schiff nach dem andern hoch und bläst den Staub von ihnen weg. Dann zittern seine Stirnlocken im Luftstrom mit, er ist glücklich wie schon lange nicht mehr in diesem fremden Kinderzimmer, er schaut sich um, als sei es seines –

(Alain)

Wenn man solche Schiffe bauen darf, so blitzende blaue, weisse, teakholzfarbene Miniaturschiffe, mit all den zierlichen Segeln, die alle einen eigenen

Namen haben, und dem Gewirr der Takelage, wenn man solche Farben dafür hat und den speziellen Leim und einen Tisch, der gross genug ist, dann ist man sauber angezogen und riecht nicht.
Wenn man eine kleine Pause macht, in die Hocke geht und den Kopf auf die nackten Knie legt, riecht es nicht. Wir haben immer gerochen, mich hat das gestört, aber ich fand es normal, ich fand es normal und es hat mich aber gestört, ich erinnere mich noch, wie wir gerochen haben, wie nasse Hunde, manchmal schlimmer, manchmal rochen wir alle wie tote Tiere, alle zu Hause haben so gerochen, nur Mutter nicht, sie hat sich immerzu gewaschen, sie roch nach Seife, nach Zitronenseife, sie war stark, unsere Wohnung war zwischen zwei riesigen schmalen Schächten gelegen und liess sich nur schlecht lüften, weil aus den Schächten, zu denen sich das Fenster der Küche und das des Bads und noch eines öffneten, eine ähnlich verbrauchte Luft hereinkam wie die in der Wohnung und ein frischer Wind vom Meer nur im Herbst ins Haus wehte, wenn man schon wieder fror.
Als mein Bruder starb und sie ihn holten, blieb sein Geruch noch tagelang in der Wohnung.
Ich habe irgendwann angefangen, mich zu waschen, ich weiss nicht mehr wann, es war wie eine Verschwörung gegen meinen Vater, der nur spottete, wenn er es sah.
Es war wie ein grosser Anfang, wenn ich an einem Morgen aus der Wohnung trat und die Treppe hinunterrannte und dann unten vor der Türe durch die Schwaden von Pisse den Geruch meiner Seife im Lauf einatmete und die Seife für ein paar Sekunden stärker war als der Müll in der Siedlung. Meine Haut wurde rauh und bekam einen weisslichen Schimmer an den Schienbeinen, von der Seife, ich wusch die Seife niemals ganz ab. Wann immer ich kann, halte ich mich sauber, und wenn sie einen erwischen, wenn sie einen einsperren, so ist das erste, was sie machen, dass sie einen in einen schlechten Geruch zwingen, überall, sie lassen dich nicht duschen, tagelang, bis man anfängt zu riechen. Es gibt viele, die das gar nicht stört. Das schlimmste an Zola war sein Aasgeruch, er hat es genossen, wenn er merkte, wie mich sein Aasgeruch ekelte, er sagte dann das gleiche wie mein Vater, er sagte, er rieche nach Mann, wenn ich ihn zurückstiess, lächelte er und nickte und ging und sorgte dafür, dass sie irgend etwas Verbotenes in meiner Zelle fanden und ich Arrest bekam, dann Dunkelarrest, bis ich es nicht mehr aushielt, dann kam er wieder, gab mir eine Tablette und nickte und sagte, ich sei seine Braut, ich hätte den Arsch einer Braut, und

ich habe gelernt, nicht durch die Nase zu atmen, wenn er sich die Hose auszog. Ich gäbe viel dafür, in so einem Zimmer aufgewachsen zu sein. Ich habe wieder gelernt, mich berühren zu lassen, bei Darja habe ich allen Ekel abgelegt, sie lehnt sich von hinten an mich und fasst mir ins Haar, darin ist sie besser als die Frauen, die ich kannte, gieriger und besser.

Die Gerland hat sich seit Tagen nicht mehr blicken lassen, seit ihrem empörten Aufbruch hat sie sich nicht mehr blicken lassen –

(Alain)

Ich laufe jetzt schon seit heute morgen durchs Haus, mir tut alles weh, ich bin sehr früh aufgestanden und habe Darja zugedeckt, sie lag mit angezogenen Beinen, gekrümmt wie ein Embryo, und ich habe so heftig am weissen Leintuch gezogen, dass es sich löste und beim Hinlegen wie zufällig auch ihren Kopf zudeckte, ich habe schnell einen kleinen Umschlag in das Tuch gemacht und es von ihrem Kopf gerissen, es war ein heisses Gefühl, als habe mir jemand kochendes Wasser in die Brust geleert, das tönt merkwürdig, aber wenn man erlebt hat, was ich erlebt habe, und wenn man gesehen hat, was ich gesehen habe, dann darf einem ein Leintuch nicht aus der Hand rutschen und sich dabei wie von selbst über den Kopf eines Menschen legen, der noch gar nicht gestorben ist – ich habe lange gelitten, dann war ich frei, aber jetzt beginne ich wieder zu leiden, weil sie mich nicht gehen lässt, ich spaziere durch ihr Haus wie in den ersten Tagen hier, als ich noch auf alles neugierig war, jetzt kenne ich alles, sie, ihr Haus, ihr ganzes Leben, es gibt hier keine Geheimnisse mehr für mich, Frauen wollen immer ein Geheimnis sein, aber gleichzeitig klammern sie sich an einen und verlieren so das Geheimnis, das sie so gerne sein möchten, sie sind unlogisch.
Sie weiss nicht, dass ich alle Zimmer kenne, auch das Büro, in dem sie ihre Sachen hat, ganze Berge von Papier, darin sind sie sich auch alle ähnlich, sie wollen alles aufbewahren, sie messen allen kleinen Sachen eine enorme Bedeutung zu, darum sind sie besser mit Kindern, ich trage nichts mit mir herum, ich möchte jetzt weg, über Lissabon auf einem Frachter nach Argenti-

nien, sie will nicht, dass ich in alle Zimmer gehe, sie hat es mir nicht verboten, aber ich weiss, dass sie es nicht mag.
Immer wieder gehe ich in das Zimmer ihres Söhnchens, da könnte er wieder einziehen, es wäre alles für ihn bereit, nur das Bett ist zu klein für ihn, er kann sich beinahe alles leisten, weil er als Kind diese Schiffe gebaut hat und nicht auf Mauern herumgesessen ist, im Geruch von Pisse und Benzin, dem wurde alles mitgegeben, was man brauchen kann, und alles, was das Leben schön und hell macht.
Jetzt ist sie aufgewacht und schleicht mir nach, sie lässt mich nicht aus den Augen

Sie stehen eng umschlungen, und Darja fragt ihn sanft, die Lippen direkt an seinem Ohr, *gefällt es dir im Zimmer von Grégoire,* und er sagt, *ja, es gefällt mir sehr, ich wollte, ich hätte diese Chancen gehabt,* und sie fragt, noch immer flüsternd, *welche Chancen,* und er sagt, *die Chancen, solche Schiffsmodelle zusammenzubauen, und draussen regnet es vielleicht und ich trage saubere Kleider, ich rieche nach Seife*

(Alain)

wir lieben uns zu oft, entweder sie fängt an oder ich, wir können gar nicht mehr weg voneinander, sobald sie im Haus ist, sobald die Türe ins Schloss fällt, geht es los, sie treibt auf mich zu, fasst mich an und treibt mir das Blut in den Schwanz, auch wenn sie mir nur ganz schnell über den Arm fährt und dabei ungeduldig das Hemd nach oben schiebt – ich werde sofort geil, so geil, dass ich mich manchmal schäme, aber sie schämt sich nie, sie folgt ihrem Hunger, sie führt sich irgendwo auf der Treppe meine Finger zwischen ihre Beine, als wären es ihre Finger, sie stöhnt mir plötzlich, wenn ich über einer Zeitung sitze, ins Ohr, bis ich aufspringe und mir die Kleider vom Leib reisse, sie treibt mir alle Kräfte aus, sie treibt mich in eine blöde Unrast, mit ihren unruhigen Fingern und ihrem unruhigen Blick treibt sie mich vor sich her und füllt meine Tage, füllt sich ab mit mir, mit meinen Säften, sie dreht und wendet mich wie ein Mann eine Frau, sie fängt mitten in einem Satz an, mir die Eier zu kraulen und tut, als wäre nichts, als höre sie mir zu, als lausche sie auf etwas, sie übertreibt, ich übertreibe, und manchmal vergesse ich, was ich war und was ich bin, und ich denke an das, was Zola mir geraten hat, und ich frage mich, ob er recht hat: Vor jeder Nachrichtensendung fürchte ich mich, und das hält an, das hält immer mehr an, wie wenn es einem schlecht wird auf einem Boot und man im Hafen noch immer kotzen muss, immer länger hält meine Furcht dann an, es ist eine Frage der Zeit, bis sie mich hier finden, und ich weiss, dass ich nicht mehr länger bleiben darf, sie will davon nichts hören, sie weiss auch nicht, dass ich nachts Stimmen höre im Haus, die Stimme eines jungen Mannes, der ihren Namen ruft, immer wieder, wenn ich sie in den Arm nehmen will, höre ich diese Stimme und atme dann für ein paar Sekunden halb irr vor Angst den Zimtgeruch ihrer Haut und wache auf. Das ist der dreiundzwanzigste Sonntag bei ihr. Das Telefon klingelt ununterbrochen, Grégoires altes kleines Bett ist feucht und zerwühlt, Darja kreist über mir, sie hat sich auf mich gesetzt und schaut auf mich herab, sie lächelt, als wisse sie, was ich jetzt denke, ich schliesse die Augen, als habe einer das Licht gelöscht, ich versuche, keinen Laut von mir zu geben, um sie zu quälen, ich versuche, leise zu atmen.

Darja nimmt kein Telefon mehr entgegen und lässt alle auf den Beantworter sprechen. Sie hört die Stimmen immer wieder ab und nickt bei jeder Namensnennung, nickt auch, wenn sie die Klagen über ihre Unerreichbarkeit hört, sie steht, einen Fuss auf dem Stuhl, den Kopf aufs Bein gelegt, mit dem Arm das Knie umschlingend, eine schmale Erscheinung im Flutlicht des Korridors.

Sie trägt ein weisses Hemd, eins nach dem andern, sie wechselt immer wieder ihre Hemden, alle aus dem Schrank im blauen Zimmer, alle signiert mit V.O., es sind die Hemden von Viktor Ortlieb.

Sie spricht selten über ihn, sie sagt niemals etwas Böses, wenn sie von ihrer kurzen Zeit mit ihm erzählt, sie sagt, er sei sehr enttäuscht gewesen von ihr, immer enttäuschter und wütend über ihre Art zu leben. Oder sie sagt: *Er wollte Grégoire erziehen, so wie alle Männer an diesem Jungen etwas erziehen wollten, und er hat seine kleine Victoire nächtelang auf und ab getragen, wenn sie unruhig war, aber mich hat er gar nie wirklich geliebt, vielleicht für ein paar Stunden, aber nicht sehr lange, wir konnten manchmal sehr gelungen «Das Paar» spielen, uns gab es eigentlich nur in den Augen der anderen, und ein gelungener Auftritt in den Augen der anderen hat ihn mit Zärtlichkeit erfüllt, mit einer Zärtlichkeit, die mich abstiess, ich wollte ihn schon kurz nach Victoires Geburt wieder verlassen, ich floh vor ihm, meinen Umzug hierher konnte er nicht mehr verstehen, und da war es eigentlich auch schon sehr lange viel zu spät für uns beide*

Ich habe Zürich nicht ertragen, wo er unbedingt mit mir sein und leben und ein Haus bewohnen wollte, ich konnte in dieser Stadt nicht leben, dabei ist Zürich eine wunderschöne Stadt, ich bin dort aufgewachsen, es ist eine kleine Stadt am schönen Ende eines langen Sees, in dessen Hintergrund die blitzblanken Berge leuchten, eine sehr sorgfältig aufgeräumte und sehr gepflegte, aber eben doch immer wieder neu von innen her arg verschmutzte Stadt, eine Gartenstadt mit ein paar bösen Strassen, mit ein paar dunklen Ecken, auf die man sorgenvoll blickt und sie aber nicht missen will

(Viktor)

Was du nicht alles erzählt hast! Du seist stundenlang auf der Suche nach etwas Lebendigem gewesen! Die ganze Zeit etwas Lebendiges gesucht! Du bist von Laden zu Laden, mit deinem Söhnchen an der Hand und hast die Fremde gespielt!

eine hochdekorierte Stadt, die jeden Sommer versucht zu glühen, ohne die Haltung und Gehaltenheit dabei zu verlieren wie die kleinen schlampigen Städte im Süden, wo der Teer schmilzt und schwere Gerüche von Kot und Verwesung aufsteigen, die die Menschen beleidigen

(Viktor)

Und dazu der kleine Grégoire, der davonlief, wenn er mich kommen sah, und sich hinter dir versteckte!

eine alte Stadt, die aber nicht alt sein will, nur eben ein bisschen historisch belegt, mit ein paar Namen bestückt, die sich schon lange die grösste Mühe gibt und doch von fast niemandem wirklich geliebt wird, also niemals masslos, sondern nur dankbar geliebt wird von ihren Bewohnern, dankbar beispielsweise für den See, der schön ist wie alle Wasser der Welt

(Viktor)

Nie war eine Mahlzeit bereit für mich, wenn ich abends müde heimkam, dafür wolltest du reden! Stundenlang! Immer das gleiche! Die Stadt sei kalt, du könnest hier nicht leben!

Diese Kälte geht über auf mich, hast du gesagt, oder: *Heute lief ich mit dem Kleinen in diesem grossen Haus umher wie eine Kranke, hier hat ja jeder sein Plätzchen!* Dann kam Victoire und die Geburt dauerte fast einen Tag. Dann wurdest du sehr krank, und wir gaben Grégoire für ein paar Wochen zu meiner Mutter. Er kam zurück und war sehr seltsam! Er sah drei kleine Hunde, die auf der Nachbarswiese tollten und fragte voller Argwohn, ob das nichts mache, er fragte, *macht das nichts,* und ich sagte, nein, das mache nichts! Du warst ausser dir, du warfst mir vor, dir deinen Jungen wegzunehmen, ihn krank zu machen! Du warst krank!

eine Stadt ohne Arme, man kann sich nicht in die Arme dieser Stadt werfen und aufatmend sagen, das ist meine Stadt, aber es war meine Stadt, das mir zugeteilte Revier, mit einem kleinen Himmel vor fernen Bergen, ich hatte alles versucht, um wieder Boden unter die Füsse zu bekommen, ich hatte mit allen Drogen aufgehört und wieder ein Studium angefangen, und ich lief mit dem Kleinen durch die Strassen und durch die schönen Wälder, durchs Sihltal, an den Abenden bin ich Viktor gefolgt und habe bis tief in die Nacht an mir gezweifelt, habe in diese erfolgsgewöhnten Gesichter gelächelt und in sie hineingestaunt: Er war erfolgreich und sie auch, und immer wieder probierten sie Sätze für mich, sie sagten, es sei schön, in diese Stadt zurückzukommen, und ich hatte nicht die Kraft zu gehen. Der Himmel zog immer rascher an uns vorüber, totaler Stillstand an den frühen Wintermorgen, die kleine Victoire im Arm, die mich ununterbrochen still betrachtete –

Viktor war heimisch in Zürich, mit seiner glücklichen Jugend und der regen lokalen Prominenz, die einander die Stühle rückt, die einander die Stühle nachträgt, und er war Teil dieser Gilde, er war schön und reich und ein wenig ängstlich, er wollte sich niederlassen mit Darja als seiner Frau in einer neuen anderen Gestalt

(Viktor)

Darja, mein Herz ist so voller Bitternis! Ich weiss nicht, ob man heute noch so reden kann, ich sollte es vielleicht abschwächen und modernisieren und sagen: Ich war noch lange verzweifelt, weil du mich verraten hast! Ich war so verliebt in dich, in deine Schönheit! Dich hat alles gegraust, es hat dich geekelt vor meinem Haus! vor meinen Eltern! vor meinen Freunden! und du bist erstarrt und angewidert in diesen kleinen Kreis getreten und hast aber nur auf mich geschaut, ganze Abende lang hast du mich ohne Unterlass angestarrt! Ich habe mich zu Tode geschämt mit dir!

Ich sollte seine begabte Frau werden, seine in Liebes- und Lebensdingen kundige und massvolle Frau, ich sollte werden wie diese Stadt im Sommer, gerüstet für alles und aber stets auf der Hut, dass nichts Falsches austreibt, dazu wollte er alle Finsternis von mir nehmen, er fand, ich brauche ein rastloses, ein von Arbeit erfülltes Leben, und nur durch die Arbeit würde ich genesen von meiner seltsamen Jugend, durch die Arbeit und die Kinder, irgendeine glanzvolle grosse Arbeit und glanzvolle schöne gesunde Kinder und ein glanzvolles helles geräumiges gastfreies Haus, und als ich an meinem siebenundzwanzigsten Geburtstag mit Victoire aus der Klinik kam, wartete Grégoire in einem weissen Hemd und einem roten Schlips, der ihm weit nach unten gerutscht war, auf der Freitreppe, und Viktor hob ihn hoch, und wir gingen zu viert durch die hohe Tür ins Haus, wo alles über und über mit Rosen und weissen Lilien geschmückt war. Viktor zeigte mir stolz das Zimmer, das er für mich als Büro eingerichtet hatte, mit Tischen aus Glas und Gestellen aus Metall, die stark nach Farbverdünner rochen, damit ich die Arbeit nicht vergesse, und dabei hatten Alex und ich gerade versucht, das Geld für den Kauf einer Garage hier irgendwo zusammenzubringen. In jedes Zimmer hatte er eine kleine Wiege gestellt, so dass ich die Kleine überallhin mitnehmen und in meiner Nähe hinlegen konnte, Grégoire hatte eine mächtige Eisenbahn bekommen und ein hohes Bett mit einer kleinen Rutschbahn und einem Vorhang, er klammerte sich an mich und liess mich den ganzen Tag nicht aus den Augen. Ich war über Viktor und seinen spröden Zärtlichkeiten so sehr um den Verstand gekommen, dass ich Alex einen groben, einen masslosen Brief schickte und Viktor heiratete, in einer weissen, erhöhten, allseitig von riesigen Treppen und einem französischen Park umgebenen Kirche. Als seine Mutter mich küsste, war ihre Haut mit einem

Schweissfilm überzogen, sie glänzte und war nass, das Haar klebte ihr an der Stirn, und ihre kleinen zornigen Augen suchten nach meinem Blick und als sie ihn hatte, als ich ihr endlich in ihre unruhigen Pupillen geschaut hatte, fuhr sie zusammen, und ich küsste sie auf die Stirn, dabei fiel mein Blick auf ihren Hals, ich sah, wie das weisse fette Perlencollier den Buchten und Wölbungen dieses alten Halses folgte, und es sah aus, als sei es auf die Haut geklebt, ich habe die nasse schweissverklebte Stirn dieser Sippe mit einem Judaskuss geschmückt –

Hier unten in der tiefsten Provinz bin ich wieder zu Kräften gekommen, ich hatte irgendwann den Mut, Viktor zu verlassen, es war eigentlich eine Flucht, eine nächtliche Fahrt mit den beiden Kleinen im Fond, ich war gerade achtundzwanzig Jahre alt, als ich hier unten ankam, an einem frühen Morgen im August, und Grégoire war vier und die Kleine gerade ein Jahr alt. Ich hatte Hervé seine Garage abgekauft, heimlich, mit den Resten meiner Erbschaft, ich fing an, etwas zu tun.

Viktor hat jahrelang versucht, mich zurückzuholen, er hat nie aufgegeben, dann wollte er Victoire zu sich nehmen, Grégoire hätte er seiner Mutter gegeben. Er kam immer wieder ohne Vorankündigung und drohte mir. Manchmal sass er auch nur traurig und angewidert in unserer winzigen Wohnung und zuckte mit den Schultern.

Immer wieder fand er, mit Grégoire stimme etwas nicht, ich hätte zuwenig Zeit für ihn. Grégoire sollte zu seiner Mutter, er hätte meinen Sohn dieser eiskalten Frau hingeworfen wie ein Raubtier einem anderen ein Stück Beute hinwirft, im Vorbeigehen hätte er seiner Mutter meinen Sohn vor die Füsse gelegt, als Pfand, als Zeichen ihrer familiären Überlegenheit über eine teure Schlampe wie mich.

Dann kam dieser schreckliche Unfall auf der A 40 bei Montluel.

Viktor war überraschend gekommen und lief einfach ins Haus, wo ich mit den Kleinen in der Küche frühstückte. Er war die Nacht durchgefahren.

Wir waren erst ein paar Wochen in Blanchards altem Haus, überall standen noch unausgepackte Kisten herum. Es hatte tagelang geregnet, die Einfahrt war überschwemmt, das Rondell war überwuchert.

Viktor hielt mir ein Papier vor die Nase und redete, er drohte mir. Er wollte wegfahren und die Kleine mitnehmen. Er schob mich weg, wie man einen Stuhl oder einen Tisch, der einem im Wege ist, wegschiebt. Ich gab ihm einen

Kaffee zu trinken, ich sagte nichts, ich rief heimlich Viviane an.
Als sie kam und die Kinder holte, die ihr johlend entgegenliefen, stand Viktor auf, aber er liess sie ziehen. Er schaute mit den Händen in den Hosentaschen Vivianes Wagen nach, dann kam er zurück in die Küche, und wir waren alleine.
Er tobte durchs Haus. Er lief in alle Zimmer und empörte sich über die Unordnung. Über die Leere. Er drohte mir, er lief mir hinterher, er fasste mich an den Schultern und drehte mich herum, er fasste mich am Kinn und drückte mein Gesicht nach oben, so dass ich ihm in die Augen sehen musste, und schrie mir seinen Ekel ins Gesicht. Er drohte mit seinen Anwälten, mit dem Gericht, mit einer *Expertise* über mich, er sagte *Expertise*, er werde eine psychiatrische Abklärung über mich verlangen, ich sei nicht fähig, Kinder grosszuziehen, er drohte wieder mit seiner Mutter, die angeblich bereit wäre, beide grosszuziehen, und ich stellte mir vor, wie der Hass der Alten über den beiden zusammenschlagen würde wie eine Welle.
Dann schwieg er plötzlich und weinte in seine geballten Fäuste

(Viktor)

> Ich habe nie geweint! Du hast geweint! Du hast im Lichthof der Universität geweint, an einem der kleinen Tische, als ob nichts wäre, du rauchtest und die Tränen liefen dir übers Gesicht, und als ich dich fragte, was los sei, sagtest du, *ich weine einfach ein bisschen, das ist doch normal!* Ich habe mich neben dich gesetzt und du hast ganz ernsthaft behauptet, es sei normal, einfach so dazusitzen und zu weinen! Da hätte ich gleich wieder gehen sollen! Man hatte mich vor dir gewarnt, alle die dich kannten, warnten mich, du warst bekannt wie ein bunter Hund! Für deine Exzesse! Für deine Auftritte! Immer zu spät! Wie ein Junge gekleidet, aber schön, so schön, dass ich alle Warnungen vergass, du warst überirdisch!

ich setzte mich neben ihn und nahm ihn in den Arm, er liess es sich gefallen und lehnte sogar kurz seinen Kopf an mich. Plötzlich stand er auf und sagte, er müsse jetzt wieder zurück, er wollte gleich wieder zurückfahren. Ich musste mit ihm reden, ich bat ihn zu bleiben. Es war gefährlich für mich, ihn gehen zu lassen, und er tat mir leid und ich fürchtete ihn und seine Anwälte und seine Experten, alles gehörte ihm. Ich überredete ihn, ein paar Stunden zu schlafen. Er legte sich ins Wohnzimmer und schlief gleich ein.

Sein schöner alter Rover stand in der Einfahrt und starrte vor Dreck, ich öffnete die Haube und riss an den Drähten, ich schaute mich um, es regnete, der Himmel war fast schwarz, das Wasser prasselte auf den Wagen. Als ich die Haube schloss, war ich mir sicher, das Zündkabel so gelockert zu haben, dass der Rover nicht mehr starten würde.
Als ich mich wieder umdrehte, stand Viktor hinter mir und grinste. *Das gibt dir den Rest*, sagte er, *das ist jetzt wohl das Ende.*
Er stieg ein, liess den Motor an und fuhr weg. Ich rannte ihm hinterher, ich warnte ihn, aber er fuhr ums Rondell und weiter die Strasse hinunter. Bis Montluel, wo der Rover erst ungebremst in eine Bauabschrankung raste, über die Fahrbahn schlitterte, sich an der Leitplanke überschlug und sofort in Flammen aufging und restlos ausbrannte, angekohlte Fetzen von Viktors senfgelbem Mantel fand man weit verstreut in den Feldern, auf den Ästen der Bäume.

3

(Alain)

Wir sind seit Tagen nicht mehr in unsere Kleider gekommen.
Ich kenne jetzt den besten Weg nach Lissabon.
Orphelin schickt ein Fax nach dem andern. Einmal hat sie ihm ein Fax zurückgeschickt, sie will die Kontrolle nicht ganz verlieren, sie will die Tigerin bleiben in ihrer kaputten Garage, hier bin ich langsam der Chef, ich lasse sie nicht mehr an mich heran, ich lasse sie warten, ich schiebe sie weg oder ich hole sie zu mir. Sie trinkt zuviel. Wenn sie wankt, stosse ich sie auf ihr Bett, dann lacht sie oder sie wird wütend.
Wir schlafen alle paar Stunden für ein paar Stunden ein, dann hole ich sie wieder zu mir, oder ich lasse sie warten, bis sie wütend wird. Sie spricht im Schlaf, sie hat dann eine andere Stimme, eine jammernde, gepresste, vieles was sie sagt, verstehe ich nicht

(Marie Simonet)

Wenn der Hass allein genügte, einen Menschen zu töten, dann wärest du jetzt tot

(Alain)

die Psychologin in Mahan, die Grosse, Blonde sagte, aus jeder Vergangenheit schreie ein Vergessener, oder ein Vergessen, und auf den müsse man hören. Sie sagte immer solche Formeln. Sie war sehr schön, alle waren scharf auf sie, das hat sie nicht gestört, sie hat getan, als merke sie nichts. Ich konnte ihr kaum in die Augen schauen, ich konnte ihr kaum antworten, es war mir unangenehm, von ihr als Mörder behandelt zu werden, ich bin kein Mörder. Ich habe Marie Simonet von mir weggedrückt, ich habe sie an den Schultern gepackt und sie von mir weg an die Wand gedrückt, sie war ausser sich und ich war wütend. Sie war verrückt nach mir, dabei war sie die Braut von Aristide, eigentlich ein hässliches Mädchen, aber sie mochte mich

(Marie Simonet)

wenn der Hass allein genügte, einen Menschen zu töten, dann wärest du jetzt tot, dich hassen viele!

(Alain)

sie war nicht unangenehm, sie wollte einfach mit uns zusammensein, also mit mir und den andern. Aristide hat nie etwas gemerkt, wir sind alle mit ihr weg, jeder ist einmal mit ihr weg und hat es dann den andern erzählt. Sie hat jedem kleine Fotografien von sich gegeben, auf die sie mit einem Stift etwas malte, aber angeben konnte man nicht mit diesen Fotografien, sie hat immer allen Geschenke gemacht, schön eingepackte Geschenke

(Marie Simonet)

ich habe dir jeden Tag etwas Kleines geschenkt, die grossen teuren Sachen habe ich nur für Aristide gekauft

(Alain)

ins Kino konnte man nicht mit ihr, sie hat bei jedem Film geheult, sie konnte nichts ertragen, sie hatte mit allem und jedem Mitleid. Sie war klein und dick

(Marie Simonet)

ich war klein und dick, ich wollte leben

(Alain)

aber sie hatte schöne, lange Haare und sie war zu allem bereit und immer. Man musste nur mit dem Finger schnippen und sie kam mit.
Sie wollte keine Geschenke, sie wollte nichts für sich

(Marie Simonet)

ich wollte nichts für mich

(Alain)

und man musste sie auch nicht einladen, wie die anderen Mädchen, man brauchte kein Geld

(Marie Simonet)

sie haben mich nie eingeladen, nur Aristide, Aristide Lannine hat mich eingeladen

(Alain)

Behalte dein Geld, hat sie gesagt

(Marie Simonet)

ich habe immer gesagt, behalte dein Geld

(Alain)

wenn ich nichts Besseres fand, ging ich zu ihr, am Abend war sie oft allein in der Wohnung.
Irgendwann einmal wollte sie nur noch mich, und immer mich, aber ich hatte genug von ihr und wollte gehen

(Marie Simonet)

er hat plötzlich gesagt, er habe genug von mir, dabei hatte er mir versprochen, in die Disco zu gehen, ich hatte mich umgezogen, ich hatte ganz neue Sachen an

(Alain)

sie hat sich an meinen Beinen festgehalten und wollte mich anfassen

(Marie Simonet)

er hatte irgendeine Ausrede, aber er hatte mir versprochen, mit mir wegzugehen, er hat ein Sandwich gegessen und noch gekaut und gesagt, *genug, lass mich gehen*

(Alain)

ich habe sie fast zehn Minuten an den Haaren von mir weggerissen und sie dann gefragt, ob sie jetzt loslassen wolle, und sie hat gesagt, *nein,* und dann plötzlich doch wieder, *ja*

(Marie Simonet)

seine Augen waren furchtbar, fast weiss vor Zorn

(Alain)

als ich sie losliess und mich umdrehte, hat sie sich mit aller Wucht von hinten auf mich gestürzt und sich von hinten an mich geklammert, da ist diese Wut über mich gekommen und ich habe ihr den Kopf an die Wand geschlagen, nur ein einziges Mal. Sie sagte etwas, sie schluchzte auf

(Marie Simonet)

ich habe dann noch ein einziges Mal geweint, um mein Leben

(Alain)

sie sagte etwas, sie wollte etwas, ich habe es nicht verstanden, die Brille war ihr weggeflogen, ich glaube, sie wollte ihre Brille. Ich habe ihr die Brille aufgehoben, aber sie konnte sie nicht mehr nehmen

(Marie Simonet)

eine Wolke, eine einzelne flockige Wolke vor mir, sie raste auf mich zu

(Alain)

sie hatte kleine, dicke Hände, an denen zog ich sie hoch, ich habe sie aufs Bett gesetzt und ihr zu trinken gegeben, ein paar Schlücke Wein, aber der Wein ist ihr wieder aus dem Mund hinausgelaufen, sie wollte aber trinken, sie spitzte die Lippen. Ich fragte sie, ob sie trinken wolle, und sie nickte und riss den Mund auf, *mach den Mund zu*, habe ich ihr gesagt, *so kann man nicht trinken* – aber sie hat das Maul weiter aufgerissen und da habe ich ihr einen kleinen Stoss gegeben, einen kleinen mit dem Ellbogen

(Marie Simonet)

ich bin in das Weiss dieser Wolke gestiegen, das war mein Leben

(Alain)

dann hat sie die Lippen geschlossen, aber plötzlich ist ihr Blut aus dem Ohr gekommen, zuerst nur wenig, dann immer mehr, eine fürchterliche Sauerei. Ich bekam ein schlechtes Gefühl. Ich hab sie in die Kissen zurückgelegt und immer mal wieder probiert, ob sie etwas trinkt, und sie hat noch immer die Lippen bewegt

(Marie Simonet)

mein Kopf hat sich weit aufgetan, auch in diese Wolke hinein, Alains Gesicht war noch immer vor meinem, ich sah, dass er schwitzte und dass er nicht mehr wütend war, nicht mehr sehr wütend

(Alain)

sie war nicht tot, das haben sie mir nicht geglaubt, ich habe sie nicht getötet, ich bin lange bei ihr geblieben, ich weiss noch, im TV lief die Super-Spar-Show

(Marie Simonet)

im TV lief die Super-Spar-Show wie jeden Nachmittag, jetzt kommt jemand meine Stimme holen

(Alain)

ich habe ein Bier nach dem andern getrunken und gewartet, bis es ihr besserging.

Einmal hat sie die Augen aufgemacht und mich angeschaut, sie hat die Arme nach mir ausgestreckt, oder vielleicht hat sie gar nicht mich gemeint, sondern einen andern, diesen Aristide oder ihre Mamma, die war genauso klein und dick wie sie und immer freundlich, die war in Ordnung. Ich habe ihr gesagt, sie soll aufpassen, was sie tut

(Marie Simonet)

er hat gesagt, *du verschmierst das Bett,* aber er konnte mir nichts mehr tun, ich war in dieser Wolke

(Alain)

plötzlich fing sie an zu schnarchen wie ein alter Mann. Ich habe sie gepackt und ins Auto gesetzt und angebunden

(Marie Simonet)

so schön, die ersten Lichter im Hafen, das schwache Blinken des Leuchtturms und das Meer wie glänzende schwarze Seide

(Alain)

und bin ins Spital, dort haben sie sie einfach hingelegt und eine Decke über sie gezogen

(Marie Simonet)

und der Regen, der aus dieser einzigen Wolke fiel

(Alain)

schon im gläsernen Teil der Ambulanz haben sie eine Decke über sie gelegt und angefangen, dummes Zeug über mich zu erzählen

(Marie Simonet)

und der Regen, der ins Meer fiel wie tausend Finger, die sich in diese schwarze Seide bohren und nichts zerstören

(Alain)

ich war zwölf Jahre in Mahan, sie sagen einem nicht, wann man rauskommt, Zola schrieb die Berichte, die Psychologin hat sie nur unterschrieben, und Zola wollte so dies und das, ich bin froh, wenn Darja nichts merkt, ich mag es, wenn sie seufzt im Schlaf und sich zu mir drängt, sich an mich schmiegt.

Eine alte schöne Frau steht unter einem weiten Himmel im Geviert eines alten Gehöfts aus Backstein, das mit Efeu ganz überwachsen ist und von rötlichem Sand umgeben, ganz auf dem Land, weit nordöstlich von Berlin, hinter einer dicken Hecke am Ufer eines kleinen Sees. Sie schaut auf einen Tisch mit einem Berg von Kirschen. Sie will sich nicht setzen. Die Blätter der alten Ulme rauschen, sie zuckt zusammen. Sie kann nicht mehr alle Arbeiten machen, sie kommt mit allem nur noch sehr langsam voran, ihre Freundinnen sehen das ein. Während ihr Geist sich manchmal verwirrt und ihr nur noch die einfachsten Arbeiten übertragen werden, bleibt ihr Gesicht ganz glatt, der schmale Mund fest geschlossen. Abends geht der Blick ihrer Augen bis in die letzte wache Minute auf die riesige Fotografie ihres toten Sohnes, der überlebensgross zu ihr hinüberlächelt.
Sie würde in Grégoire ohne Zögern ihren Enkel erkennen, sie hätte ihm viel zu erzählen, und er wäre unter ihrer Obhut gewiss ein anderer geworden als der, der er jetzt ist.
Er wäre geworden wie sein Vater, ein ehrlicher, ein lauterer Mensch

(Mathias)

Mein Sohn, Grégoire, du bist jetzt so alt, wie ich war, als ich starb. Ich habe dir nichts weiter zu sagen. Du bist mir fremd. Du sitzt mit meinem Gesicht an fremden Tischen. Du zeichnest sehr schön, aber deine Geschichten sind abstrus, einem kalten Willen zur Sensation und Schmeichelei unterworfen, deine Geschichten sind zum Kotzen, biedern sich einem miesen reaktionären Publikum an, mit deinen grossen braungebrannten Händen fährst du mir über dein struppiges Haar, dein Vater –

Die kleine Stadt am Meer gibt sich in ihren äusseren Bezirken freundlich und geschäftig, wie Simone Jaccotard, die auch freundlich sein will und geschäftig. Sie möchte aufgehen im Reigen der Strassen, sie möchte glücklich einkaufen. Schöne Dinge zu aller möglichen Leute Nutzen einkaufen. Schöne Dinge an alle möglichen Orte bringen und gute Laune verbreiten. Sie versucht, den übermässigen Ausschlag ihrer Bewegungen zu dämpfen, jede Bewegung gerät ihr zu stark, und sich zu beruhigen über ihren Sorgen. Nur gerade an das denken, was im Moment zu tun ist, eine sehr schöne Methode. Schon in ganz frühen Zeiten hat man den Menschen geraten, ihre Verstörungen und Nöte über einem nützlichen Tun zu vergessen, Simone hat eine Liste.

Von fast jedem Punkt der Stadt aus kann man Darjas Haus sehen. Ein grauer gefleckter Quader unter einem roten Dach mit grünen Punkten hinter einer Allee von mächtigen kanadischen Pappeln. Simone kann jederzeit zu diesem Haus hinüberblicken und sich denken, was sie will. Aber ihre Finger zittern, wenn sie in ihrem riesigen verfleckten Portemonnaie die Münzen sucht

jetzt und in der Stunde unseres Todes

für einen Augenblick verliert sie die Fassung vor den schnippischen glatten Gesichtern der Verkäuferinnen, die feixend auf ihr Rückgeld warten. Diese Mädchen stehen den ganzen Tag herum und werden immer gleich ungeduldig, wenn jemand Sorgen hat und ein bisschen länger braucht, es ist ungeheuerlich, Simone Jaccotard würde da gerne etwas dazu sagen, ein verzweifelter Zorn lässt sie das Geld einfach hinwerfen, ein Teil fällt und rollt auf den Boden

jetzt und in der Stunde unseres Todes

sie schaut auf die Münzen, dann in das leere Gesicht der Kassiererin, sie entschuldigt sich nicht, sie bewegt die Lippen ohne einen Laut

(Simone)

Ich bin vierundfünfzig Jahre alt. Ich sage nur noch freundliche Sachen oder wichtige. Sonst sage ich nicht mehr soviel. Nur die Jugend plappert so leichthin, ohne Rücksicht darauf, was sie anrichtet. Meine Tochter beispielsweise plappert den ganzen Tag, sie quasselt ununterbrochen, sie kommentiert sich selbst und alle anderen, in einer Weise, die alles entstellt. Sie glaubt, ihre Rede folge ihrem Empfinden, aber es ist das Empfinden anderer Leute, das in sie eingedrungen ist und das sie jetzt wieder von sich geben muss, als müsse sie das Buch des Lebens aufsagen, und weiss doch von gar nichts. Darjas Tochter schweigt oder sagt mit ihrer brüchigen Stimme, *ja*, aber sie sagt dieses Ja wie ein grosses und endgültiges Nein. Das ist sehr interessant.

Überall spricht man von meiner Tochter, von Victoire. Sie ist ein schönes Kind. Sehr schweigsam. Man kann sie nicht vergessen. Ich kann sie nicht vergessen. Meine Sehnsucht nach ihr ist der einzige Schmerz, den ich noch wirklich empfinden kann, von anderen Schmerzen weiss ich nur und fühle sie nicht mehr. Ich lebe zur Zeit in einer grossen Stille, ich könnte mir keinen besseren Gefährten denken als Alain –

Simone hat zwei Halogenbirnen gekauft, einen Radiowecker, ein neues Adressbuch für ihren Taschenkalender, einen uni weissen Bezug für ihr Bügelbrett, weil Frau Gerland das so verlangt hat, so wie sie vieles verlangt und bedacht ist auf Ordnung, dazu Papiernastücher, Lauch, Weissbrot und Speck für Viviane und Vitamine für Jérome, man hat da schon die erstaunlichsten Wirkungen gesehen, sie zwingt sich, alles behutsam und ordentlich im Kofferraum zu verstauen, und sieht auf der anderen Strassenseite eine junge Frau mit einem kleinen Jungen. Es ist Sévérine und sie hat neuerdings so rote Haare wie sie selbst und es ist verstörend, wenn die eigene Natur so kompromisslos nachgeäfft wird mit künstlichen Mitteln.

(Simone)

Die kleine Sévérine von der Mietwagenabteilung der Montadour hat versucht, sich die Haare so rot zu färben, wie ich sie von Natur aus habe, und es ist ihr natürlich schrecklich missglückt, und sie schreitet jetzt mit einem absurden Feuerrot, das ihr wie eine Flamme aus dem weissen dicken Köpfchen steigt, durch die Stadt, diese winzige Person, aber irgendwie zähle ich auf sie, und wenn ich sie ein paar Tage nicht gesehen habe, mache ich mir Sorgen um sie

Der Wind fährt durch das Haar der einen und gleich auch durch das Haar der andern, und so lodern zwei Köpfe auf der Rue Jacques Achat im hellen Licht des Nachmittags, während Darja mit Alain vor dem TV liegt und nicht wissen will, wer gewinnt.

Es ist still im Haus, die Fenster sind fast immer geschlossen, wenn Alain einmal schnell die Zimmer lüftet, schlägt sie gleich mit einem trockenen Knall die Läden zu. Lehnt sich manchmal auch sehr lose bekleidet oder nackt mit ihrer schwarzen Sonnenbrille aus dem Fenster, was die Nachbarn sehr beunruhigt.
In den achtstöckigen, mit bunten Jalousien und flatternder Wäsche verzierten Häusern der Nachbarschaft gibt es zu reden, die meisten finden, dass die Savary von der Montadour nicht mehr ganz dicht sei. Wenn die Läden am späten Abend knallen, trägt der Wind manchmal eine Spöttelei zu Darja herüber, Wortfetzen voller Hass, Wortblasen der Irritation, oder ein ganz leises Schnalzen, das aber auf dem Balkon durch das Weinglas hindurch sehr laut gewesen sein muss, hier leben die Leute nach den Gesetzen einer kleinen Stadt, sie sind unverstellt, sie präsentieren nicht, sie leben mehr für sich

selbst und weniger für andere, die meisten sind knapp an Geld, viele haben gar keines mehr, die wenigen Reichen kennt man

(Mme Léar)

Ich kann von hier aus alles sehen, seit ich in dieser wunderbaren neuen Wohnung bin, kann ich meine Stadt nun endlich in alle Richtungen betrachten, es gibt wenige Häuser, in denen ich nicht mindestens jemanden kenne, eigentlich keine, sie waren alle schon einmal in meinem Laden, manche kommen von weit her für meine kubanischen Zigaretten, unten rechts, ganz nahe, das Haus der Savary, ich habe drei Ferngläser, das schönste und teuerste finde ich nicht mehr, aber die andern beiden genügen auch.

Man muss versuchen, die Dinge ein bisschen objektiv zu sehen, man muss die Dinge von sich wegrücken, wie ein Maler von seinem Bild wegtritt, um es genau zu sehen, sehen Sie, wofür das Alter gut ist, im Alter kann man zurücktreten vor den Bildern des Lebens, weil man nicht mehr allzuviel für sich selber will, und das ist der Grund, wieso die Leute auch heute noch in meinen Laden kommen, nicht wegen der Zeitungen und nicht wegen der Lose und auch nicht wegen der Zigarren und den sechsundvierzig Tabaksorten, sondern wegen der Objektivität, die sie bei mir erfahren.

Ich kann Ihnen alles erklären, auch Darja Savary. Sie hat ja nun mal nicht das noble Naturell ihrer Mutter, sondern die räuberische Art des Alten, sie war ein finsteres Kind, scheu wie ein Tier. Steinreiche Familie. Ich weiss alles über sie. Diese Frau weiss zu teilen, ich meine, sie kann einteilen und austeilen, natürlich, mit dem vielen Geld von der Montadour. Sie hat die Männer angezogen wie die Fliegen. Jetzt immer noch. Den einen braucht sie für den Betrieb und den andern zum Vergnügen. Schade, dass sie den Betrieb so ruiniert. Ich hätte nie für einen Mann meinen Laden hergegeben. Jetzt knallt sie mit den Fensterläden, sie hat immer wieder mal Zeiten, in denen sie die Läden zuknallt, aber jetzt wird sie alt, sie hat nichts mehr unter Kontrolle. Ich bin jetzt bald doppelt so alt wie sie, aber ich habe alles unter Kontrolle.

Ich halte meinen Laden zwanzig Stunden in der Woche offen, wenn ich heimkomme, sitzt mein Mann immer noch dort, wo er sass, als ich ging, und pafft seine Zigaretten. Das hat ihn gerettet, dass er nämlich nur pafft und nicht richtig raucht, aber man darf es nicht sagen, es macht ihn wütend. Erst wird der Kopf blau, dann rot und dann sagt er plötzlich etwas.

Ich bin froh, dass er noch lebt. Ich möchte keine alte Witwe sein. Junge Witwe,

das geht. Aber alte Witwe – das wäre mir zu gewöhnlich. Ich bin froh, dass er zehn Jahre jünger ist als ich, wenn man nicht als Witwe enden will, muss der Mann mindestens zehn Jahre jünger sein, ich habe schon als junge Frau sehr genau und objektiv überlegt und mir mein Leben zurechtgelegt.
Ich mag nun mal sehr das Besondere, das Aussergewöhnliche. Sie hätten Jean sehen sollen, als er jung war, am Sonntag, mit dem weissen offenen Hemd und dem kleinen roten Tuch um den Hals, und das rote Tuch tanzte auf seiner Kehle auf und ab, wenn er etwas sagte. Er war nie ein gewöhnlicher Mensch, schon sein Name hat mich betört: Léar, sehr schön – ich mag wie gesagt das Gewöhnliche nicht besonders, das wird mir falsch ausgelegt, ich habe ein gutes Auge für die Besonderheiten, mir entgeht nichts
ich sage mir
ich sage mir etwas
ich sage mir zum Beispiel, Geneviève Léar, vielleicht erlebst du es noch, dass sie den Jungen da oben heraustragen und sie sich wieder mal über einen kaputten Körper wirft, und man glaubt ihr nichts und glaubt ihr doch alles. Im selben Moment. Ich habe sie weinen sehen und ich habe ihr nicht geglaubt und ihr doch geglaubt.
Manchmal denke ich, Jean ist ganz taub, er hört überhaupt nicht mehr auf das, was ich sage, ich sage ja eigentlich alle Sätze sowieso nur für mich, die Simone Jaccotard hat mir das auch von sich erzählt, sie sage seit Jahren fast alle Sätze nur noch für sich.
Simone Jaccotard ist eine ausserordentlich schöne Frau, eine ehrgeizige Frau, sie hat als Sekretärin angefangen und jetzt gehört ihr der Laden, sie hat etwas Besonderes, sie kommt immer bei mir vorbei, wenn sie eine ihrer Einkaufstouren unternimmt, ungefähr einmal im Monat, sie sagt zu mir, *aus Ihrem Mund hört sich die Welt ganz anders an, und man schöpft wieder Mut, Sie rücken die Dinge mit ein paar Sätzen ins richtige Licht,* sie tröstet sich bei mir, sie richtet sich auf. Heute habe ich sie gesehen, aber sie war bedrückt, ihre Lippen haben sich zitternd bewegt, wie bei einem Kind. Kurz danach kam Sévérine mit ihrem Kleinen und hat Lose gekauft, ich war erleichtert, als Simone dann sehr schnell ging und als Sévérine den Laden mit ihrem lustigen Lachen füllte und der Kleine seine Spässe mit mir machte, ich habe ihm eine ganze Tüte mit sauren Erdbeeren abgefüllt, das mache ich nicht für jeden. Aber der Kleine verdient das, das ist ein tapferes Kerlchen.

Ich trinke nie mehr als einen halben Liter von meinem Barolle pro Tag und ich rauche nicht mehr. Mein Kopf ist klar, ich sehe die ganze Welt vor mir.

Durch die geschlossenen Läden pfeift der Wind.
Das riesige Bett schimmert weiss unter dem weissen Moskitonetz.
Darja und Alain schlafen, die weissen Laken blutverschmiert und wie Stränge um die Leiber gewickelt.
Zu Füssen des Betts das Geschirr der letzten Tage, dazwischen weisse Papierservietten, die sich plustern und bauschen wie Schwäne.
Auf jeder Seite des Betts steht ein Leuchter, in der Form einer Schlange, auf deren Rücken winzige farbige Lämpchen schwachen Schein verbreiten, so schwach wie das Glimmen der ersten Morgenröte, die hinter den Läden wartet.
Darja liegt auf dem Bauch, von Alain abgewandt, und umarmt das Kissen, die Beine wie im Lauf angewinkelt, Alain hat eine Hand auf ihren Kopf gelegt, so sanft, dass sie die Haare kaum berührt, mit der anderen Hand umschlingt er ihren linken Ellbogen, der weisse kräftige Arm auf ihrem Rücken hält die Decke über ihr fest. Er liegt an sie gepresst, sein Gesicht an ihrer Schulter, seine Beine an ihren, ab und zu seufzt sie oder räuspert sich, dann hebt Alain den Kopf, rückt am Leintuch, zieht es über sie, oder verschiebt das Kissen und hebt ihr dabei den Kopf. Wenn er von ihr abrückt, gibt es ein schmatzendes Geräusch, sie kleben aneinander.
Seine Augen leuchten schmal ins Halbdunkel des Zimmers, er horcht auf den Wind. Dann taucht er wieder ab, aber sein Schlaf ist wachsam, sein Schlaf ist getrübt von seiner Wachsamkeit. Er hat oft versucht, ihr seinen unruhigen Schlaf zu erklären, ohne dabei Mahan zu erwähnen, wo er sich selbst bewachen musste, und wo sein Wach-Schlaf entstand, der seiner Natur nach gar kein eigentlicher Schlaf mehr ist, sondern eine lose Folge von kleinen Einbrüchen des Bewusstseins, aus denen ihn das kleinste Geräusch

wieder weckt. Ganz selten gelingt ihm ein richtiger Schlaf, dann schnarcht er und weckt sich selbst mit seinem Schnarchen oder er zuckt so heftig zusammen, dass ihn Darja weckt, nachdem sie ihn lange forschend beobachtet hat.
Er wird wohl nie wieder so schlafen können wie andere. Wie Darja, die wunderbar schlafen kann. Sie schläft, als entzücke es sie zu schlafen. Sie schläft inbrünstig, geniesserisch, nur am Tag macht der Schlaf sie jäh und böse und unruhig.
Die Zeit ist sanft vorgerückt. Hinter den Läden wartet ein strahlender Morgen.
Alain dreht sich und es schmatzt, er streichelt ihren Arm in kleinen Kreisen, er muss pissen und fühlt schon wieder das quälende Verlangen, jetzt gleich wieder in sie hineinzufahren, sie von hinten zu überraschen, ihr ein Stöhnen abzuringen, dabei brennt ihm der Schwanz wie Feuer, und wenn der Urin kommt, fährt ihm ein Schmerz bis in den Rücken, er hat fast aufgeschrien auf dem Klo in der Nacht, Darja tastet mit der Hand nach hinten zu ihm, er hat zu ihr gesagt, *wenn ich ein neues Leben beginnen könnte, ganz für mich alleine,* und sie hat gelacht und gefragt, was er denn könne ausser kochen und herumlungern und Autos stehlen, ob er denn etwas könne, er hat ihr die Hand auf den Mund gelegt, sie hat die Zähne hinter seinen Fingern gebleckt wie ein Pferd –

Sie richtet sich auf und blinzelt ins Zimmer, dann zu ihm, alles Haar fällt nach vorne in ihr langes Gesicht, das Weiss der Augen zwischen den Strähnen bewegt sich schnell. Sie fragt nach der Zeit, fährt ihm durchs Haar, fällt wieder zurück. Sie fährt sich mit der Hand über das Gesicht, über die wunden Stellen und über die rauhen trockenen Krusten auf den Beinen, über die glänzende Spur zwischen den Brüsten, den feuchten Bauch, das Geschlecht, sie fährt erstaunt mit dem Finger den Umrissen der blutigen Flecke auf dem Leintuch entlang, sie hat irgendwann angefangen, aus der Scheide zu bluten wie aus einer frischen Wunde –

Die Zunge liegt so dick im Mund, meine Lippen sind geschwollen, die oberen und die unteren, alles ist geschwollen und ein bisschen ruiniert, ich möchte Zucker essen, einen ganzen Schwall Zucker in mich hineingeben, reinen Zucker, ich ahne, wie scheusslich ich jetzt aussehe, er hat zu mir gesagt, *wenn ich nur ein neues Leben beginnen könnte, ganz für mich alleine*, und ich wollte antworten, *geh jetzt nicht weg von mir*, und habe aber nur gelacht, er war dann sehr gekränkt, und mir hat sich alles gedreht, ich habe ein unglaubliches Verlangen nach einem eisgekühlten Weisswein, dabei sollte ich heute Orphelin sehen, ich darf nichts trinken –

Sie tragen das Geschirr nach unten und bewegen sich ungeschickt. Sie stossen aneinander, schubsen einander weg, stehen sich ein bisschen im Weg und schweigen eisern. Alain schneidet Brot und röstet es. Er wirft das Brot in die Pfanne mit dem Öl und gibt Speck und Eier dazu. Sie reisst das Fenster auf. Er drängt sich an sie, sie stützt ihre Arme auf den hohen Sims und jault künstlich auf, Alains Hand schiesst an ihre Kehle, er drückt sie an die Wand und murmelt eine Entschuldigung –

Er wird mir das Haar aus der Stirn streichen, er wird mich trösten, er wird mir prüfend in die Augen sehen, er wird mir die Tränen weglecken, er wird mir die Hand halten und er wird mich trösten und mir das Haar aus der Stirn streichen, er wird mich zu sich hinauf oder zu sich hinunter ziehen, er wird mir den Mund verschliessen –

Der Wind bläst stark an diesem Morgen, heftiger als sonst um diese Jahreszeit, er fährt in Böen durch die Stadt, in alle Häuser, und auf diesen morgendlichen Wind hat Haijl Djuber gewartet, in der Ecke des Zimmers, in dem er mit Bashwa und der Kleinen schläft, er hat die ganze Nacht in der Hocke verbracht, mit den Händen die Ohren verschlossen und nur auf das Zeichen des morgendlich sich verstärkenden Windes geachtet, der das Blechdach seines Hauses leise sirren lässt, und jetzt steht er auf und sucht seine Bashwa, die sich zu ihrem Schwager geflüchtet hat mit den Kindern, weil Haijl aufschreit, wenn sie ihm ins Gesicht schauen will.
Haijl ist immer sonderbarer geworden, seit er nicht mehr in die Montadour kann. Sein Bruder erzählt überall, Haijl sei krank und er sollte in eine Klinik. Er wird alles von Haijl übernehmen: die Ideen, die Farben, die Entwürfe auf

durchscheinendem Brotpapier – streichen kann einer seiner Leute. Haijls Bruder wird auch Bashwa ein bisschen übernehmen, wenn Haijl endlich weg ist. Haijl schreit durchs ganze Haus, er ruft um Hilfe, weil er Angst hat vor den Augen seiner Frau. Er hat seine Hände jetzt wieder neu verbunden, obwohl schon lange eine rote dünne Haut nachgewachsen ist, und er hört Stimmen. Sie kommen alle aus der Montadour und sie meinen ihn. Er muss in die Montadour, wenn ihm der Wind das Zeichen gibt.

Er wird auf dem Weg ein paar Blumen für Sévérine pflücken. Ihren Sohn wird er am Hals aufheben und ihn der Savary zeigen:

Wollen Sie, dass so etwas aus ihm wird? wird er sie fragen, und der Junge wird alles verstehen, aber die Savary nicht:

Haben Sie die Ratte mit den toten Jungen gesehen? wird er sie fragen, *wie die Finger einer Hand? Warum wollen Sie mich nicht mehr, warum wollen Sie nicht mehr, dass ich für Sie arbeite? Was ist nicht in Ordnung mit Ihrem Kopf? Wenn ich meine schöne Bashwa umarmen will, werden ihre Pupillen schmal und lang wie die einer Katze. Die ganze Nacht haben mich Bashwas Pupillen angeleuchtet, und ich habe die ganze Nacht geweint um meine Bashwa, um meine schöne Frau –*

(Alain)

Ich mag es nicht, wenn die Frauen das Regiment übernehmen. Das ist nicht gesund, es ist nicht schön. Ich habe ihr Sandwiches gemacht, eines mit zerstampftem rohen frischen Thun, mit Zitrone und Ingwer, und eines mit Salat und Kresse, Tomaten und Auberginen, das hat meine Mutter für uns gemacht, wenn wir sonntags ans Meer fuhren. Am Samstag hat sie den Thun mariniert und die Auberginen gesalzen und gebraten. Am Sonntag waren die Sandwiches fertig, wenn wir an den Tisch kamen und unsern Kaffee tranken. Sie blieb meistens zu Hause, sie wollte fast nie mitkommen. Wenn sie mitkam, hat der Alte sie ins Meer gezwungen, bis sie nicht mehr stehen konnte, und sie an seinem Arm schwimmen lassen, zuerst haben sie noch beide gelacht, dann hat sie Angst bekommen, wenn die erste Welle über ihr Gesicht ging, hat sie geschrien. Sie hat am Strand oft noch lange gehustet und gespuckt und die Tränen runtergeschluckt, und er wollte ihr an die Wäsche, weil er so guter Laune war. Er war immer guter Laune, wenn er sie ins Wasser zwingen und sich darüber amüsieren konnte. Meine Mutter war ein bisschen feige, sie hat sich vor jeder Welle gefürchtet. Wenn wir dann ihre Sandwiches auspackten und assen und schmatzten, sass sie ein wenig abseits auf ihrem Klappstuhl mit ihrem riesigen Hintern und lachte zu uns herüber, aber ihre Augen waren noch immer so starr, als wenn sie gerade ertrunken wäre. Sie freute sich, als ich schwimmen lernte. Sie rief hundertmal *Bravo*. Sie nahm den Alten an die Hand und sie schauten zusammen, wie wir schwammen. Da waren sie beide zufrieden, sie waren stolz auf uns. Wenn ich Brot sehe, irgendwo, dann sehe ich meine Mutter, wie sie unsere Brote macht. Ihren riesigen Hintern, die Blumen auf dem Kleid, ihre blauen Waden.

Darja hat wortlos ihre Sandwiches eingepackt und ist gegangen.

Ich werde duschen und die Nägel schneiden und mich rasieren und mich anziehen, ich will an die Sonne, ich will aus diesem Haus und mir auf der Strasse eine Zigarette anzünden und irgendwo einen Kaffee trinken und Leute sehen. Ich will die Leute anschauen, wie sie vorbeigehen und wie sie unwichtig sind, ich brauche Geld. Sie hat mir schon lange kein Geld mehr gegeben und sie fragt auch nicht, ob ich noch welches habe. Sie will mich nicht bezahlen. Ich stelle mir vor, wie sie meine Brote isst, wenn sie mit diesem Orphelin redet, und ob sie wirklich reden, oder ob er sie fickt, und sie sich aufführt, als wäre sie alleine in einem grossen Nebel. Sie führt sich auf wie ein toller Hund im Nebel und der Nebel bin ich, ich weiss nicht, ob sie merken würde, wenn da plötzlich ein anderer wäre, sie macht mich grob, ich habe immer öfter Lust, ihr weh zu tun

In der ersten Nacht waren wir scheu, wir haben uns benommen wie Fremde, wir haben uns angefasst, wie ganz Fremde sich anfassen

(Alain)

am Anfang waren wir scheu, wir haben uns ganz behutsam bewegt, wir waren vorsichtig und leise, das war schön, ich habe das noch nie erlebt.

Sie hat keinen Respekt. Vielleicht, weil sie so gross ist, sie ist so gross wie ich. Bald werde ich wieder sein wie früher, ein normaler Kerl. Sie wird nie normal, sie wird alt werden und nie normal, nie wie die andern. In Mahan hätte sie keine Chance gehabt, sie hätte dort kein Jahr überlebt. Zola hätte sie in ein paar Monaten zerstört, er hätte ihr ihre Nebel ausgetrieben, und dann irgendeine Kur mit ihr angefangen und nicht mehr aufgehört, irgendwann im Herbst,

wenn das Schiff mit dem Arzt nicht anlegen kann, er hat ein paar auf diese Weise getötet, es war jedesmal wie aus Versehen, aber ich glaube, er wollte es jedesmal so.
Wir waren gar keine Menschen für ihn. Er war der schlimmste von uns allen. Ich weiss nicht, ob ich für Darja ein normaler Mensch bin. Gestern haben wir gesungen, wir haben ein deutsches Lied gelernt, es heisst *Muss i denn, muss i denn zum Steppele hinaus, zum Steppele hinaus, oder Stettele hinaus, und du mein Schatz bleibst hier,* wir haben das zur Disc gesungen und auf englisch, Elvis sagt zu seiner Braut, sie soll ihm gut sein, sie soll ihn ziehen lassen, weil er kein hölzernes Herz hat, so hat sie es mir übersetzt, sie hat gesagt, er sage zu seinem Mädchen, sein Herz sei nicht aus Holz. Sie war ganz ernst, sie hat ernst und leise gesprochen, sie hat sich für einmal nicht lustig gemacht, das hat mir gefallen, ich mag es viel lieber, wenn sie ernst ist und leise oder scheu. Wenn sie schläft, sieht man nur den schwarzen Wall von Wimpern, dann sieht sie aus wie ein ganz junger Mensch. Ich schaue ihr gerne zu, wenn sie schläft, ich rauche, trinke einen Schluck, streiche ihr das Haar aus der Stirn, und sie lächelt. Manchmal, wenn sie im Schlaf den Kopf auf meine Schulter oder auf meinen Bauch legt, sind wir eins. Manchmal, wenn wir liegen wie ein Kreuz, weil sie sich im Schlaf einfach über mich legt und mich als Kissen nimmt und die Beine anzieht, dann sind wir eins. Aber wir sind kein Paar. Sie nimmt mich nirgendwohin mehr mit, ihre Freunde sieht sie ohne mich, aber eigentlich geht sie kaum noch aus. Sie schämt sich für mich. Sie ist älter. Sie wird mir keine Kinder mehr machen. Ihr Körper kann keine Kinder mehr machen, ich kann sie vögeln wie ich will.

Grégoire hat angerufen, kaum war ich in meinem Büro und hatte gerade die Jacke über den Stuhl gehängt und Hervé zu mir bestellt und Sévérine, da rief Grégoire an und überfiel mich mit seinem Reden, man müsse die Unterschiede sehen und achten, man dürfe sich den Unterschieden nicht verschliessen, es sei eine Torheit, das Wesen anderer Leute zu verkennen, es sei gefährlich, die Unterschiede geringzuachten, wenn man sich mit jemandem einlasse und einschliesse, der einem nicht freundlich gesonnen sei, sondern ganz und gar feindlich, bis ins Mark feindlich, *dieser Mann ist dein Feind,* hat Grégoire gesagt, und ich habe ihm nichts darauf geantwortet. Grégoire wollte nicht aufgeben, wie immer: *Er kann dich vögeln wie er will, er bleibt dein Feind, er wird immer mehr dein Feind sein, in allem –*

Sein Sohnesproblem, nicht meines. Ich habe ihn reden lassen wie eine gute Mutter, *vis a tergo,* das ist die Kraft von hinten, die gute Kraft, die uns vorwärtsbringt, nicht wahr, die gute Mutter. Ich bin die gute Mutter, und ich habe ihm nichts zu sagen über Alain, der jetzt zu Hause das Haus und sich selber putzt. Immerzu muss er sich waschen und putzen und reinigen. Immerzu will er sich heilen vom Dreck der Welt. Noch nie hat jemand mir so feine Sandwiches zubereitet und auf eine beinahe feierliche Weise überreicht

(Blanchard)

Wie kann sie es wagen, so etwas zu behaupten. Ich habe ihr gezeigt, wie man Wachteln zubereitet, auf vier verschiedene Arten, ich habe ganze Hasen für sie zerlegt, alle Fische des Meeres für sie zubereitet, ich habe mit ihr Austern gegessen im Zypressengarten unten am Hafen mit mitgebrachtem Champagner in der Kühlbox, obwohl es mich geschaudert hat unter den Blicken des Gesindels, das um unsere Bank gestrichen ist, und ich habe ihr dazu Anaïs Nin, diese notorische dumme Bekennerin, vorgelesen, vorlesen müssen, verzeihen Sie, aber derlei Bekenntnisse haben mit Literatur überhaupt nichts zu tun, Darja hat immer so furchtbar lachen müssen bei Anaïs Nin und ich habe versucht, leise zu lesen, was nicht möglich war, ihres Gelächters wegen, sie hat dann gefragt, wo denn mein schöner Bass geblieben sei, und eigentlich war ich froh, wenn dieser Übermut über sie kam und sie nicht mehr nur schweigend aufs Meer starrte, wie die ganzen Jahre vorher, vor mir, ich habe stundenlang Fonds gekocht für sie und sie dann in portionierten Würfeln in ihren Tiefkühler gefüllt, wo sie vergessen wurden, weil die dumme Gerland ihren tiefgekühlten Schrott darüberbreitete wie ein Leichentuch, aus reiner Bosheit natürlich, um mich zu kränken und zurückzustossen. Ich habe ihr meinen Schneider ins Haus geschickt, und er hat sich die Zeit genommen und ihre Sachen geflickt unter den bösen Augen der Gerland, ich habe alles getan, um ihr das Leben zu erleichtern, alles, auch das Schwerste, Schwierigste, sie konnte von mir haben, was sie wollte

ich gehe hinaus in die böse Welt mit diesen Sandwiches. Ich werde sie essen, wenn Orphelin kommt, ich werde sie auspacken, die beiden Hälften auseinandernehmen, es wird ausschauen wie eine tropische Frucht, die man aufgeschnitten hat, rot und grün und gelb, und dann zubeissen, während mir Orphelin die Leviten liest.

Mitten auf ihrem alten Tisch liegt das hundertsechzigseitige Betriebskonzept für die Montadour von Orphelin, ein Konzept mit Schwerpunkten, mit einem besonders schönen Kapitel: «Visionen und Ziele».
Darja blättert in dem dicken Buch, das in den Farben der Montadour blau und gelb gebunden ist, und streut den marinierten Thunfisch und die in Butter gerösteten Brotbrösel darüber, sie blätterte schnell, bleibt da und dort hängen und verschmiert Seite um Seite, in atemloser Hast und Beklemmung. Sie hat das alles schon einmal gelesen und auch schon einmal gehört, aber das Herz klopft ihr bis zum Hals, als stünde zwischen den Zeilen der endgültige Bericht ihres Lebens, ein Urteil über ihr Leben. Die fälligen Zahlungen sind aufgeführt und viel höher als erwartet.
Sie öffnet die Fenster. Von überall her tönt Musik, aus vier oder fünf Apparaten jeweils andere. Ein trauriges kapverdisches Lied gegen einen verzerrten Rap, dahinter die helle Stimme von Hervé und das sonore kurze Lachen von Belle, die auf einen ihrer Fahrschüler einredet. Darja steht auf und schaut aus dem Fenster, durch das Glas des Motoshops schimmert es schwarz und glänzend, ein ganzer Motorradclub drängt sich zwischen den Gestellen und den roten Tanksäulen, und weit hinten im Dunst der weisse Schaum des Meeres, der heute in einer einzigen Linie auf die Stadt zurollt, in einer einzigen geraden ununterbrochenen Linie gleichförmig eine Gischtreihe nach der andern. Darüber der in Schlieren verhangene Himmel. Es riecht nach Ginster. Sie isst weiter, am Fenster stehend, langsam Bissen für Bissen kauend, die Augen wandern weiter zum Fuhrpark, wo die kleinen Busse noch stehen, dazwischen die Wohnmobil- und Camperabteilung, die Orphelin auch ganz dringend und schnell weghaben will, und schon fast im Dunst das grosse, von jungen Linden eingesäumte Feld mit den Neuoccasionen, und sie erinnert sich, wie verzweifelt sie Orphelin versucht hatte zu erklären, dass hier unten kaum mehr jemand ein neues Auto kaufe und schon gar niemand dieses neue Auto dann auch gleich bezahle, so wie vor zehn, fünfzehn Jahren, weil gar niemand mehr das Geld dazu hat, und wie er nickte und schwieg und sie selbst das Urteil sprechen liess –

Das hätten wir uns nicht träumen lassen damals, dass die Leute wieder ärmer werden, und dass das hingenommen wird –

Sie zündet sich eine Zigarette an und zwingt sich weiterzulesen in Orphelins Bericht, den sie schon kennt, bis auf die Zahlen, und der einer Ordnung folgt, die irgendwo in dieser Art und Weise gelehrt wird, die Worte stehen vernünftig auf dem Papier, aber der Sinn der Worte ergibt eine grosse Zerstörung, die Zerstörung der Montadour Cyclo Comp.
Orphelins Stimme tönt im Gang.
Er kommt nicht alleine, er bringt zwei Herren von der Versicherung mit, ganz junge gutfrisierte Männer mit dünnen Hälsen und einem höflich erstaunten Ausdruck in den Augen. Sie mustern Darja, den gläsernen Schreibtisch, den hohen, grob geweisselten Raum mit den Insignien ihrer Motorenleidenschaft, Bildern, Fotografien – *das ist sehr feminin*, sagt der eine, *es gefällt mir*, der andere schweigt und nickt, er weiss ja schon alles über sie und die Montadour, sie legen alle ihre Mäppchen vor sich hin.
Orphelin begrüsst sie, er tritt schwungvoll an den Tisch und fängt an zu reden, noch bevor er sich mit den anderen setzt, sein Mund ist kleiner denn je, er sagt

(Orphelin)

> Aus meinem Mund kommen die immergleichen Formeln, man hat sie mir so beigebracht und sie geben mir Halt, ich sage eigentlich immer wieder das gleiche, und die anderen sagen es mir nach, wir hangeln uns so durch unser Vokabular, das machen alle so, jede Berufsgruppe hat ihr Vokabular, man muss mit diesem Vokabular hantieren, wenn man gehört werden will, das gilt auch für Sie!

er sagt, die Herren würden ihr nun die bereinigte Fassung, die massgeschneiderte Lösung vortragen, die er ihnen abgerungen habe und die verkraftbar sei, denn das alles, fügt er hinzu und atmet heftig durch die Nase, müsse ja bezahlt werden und also bezahlbar sein, worauf alle lachen, auf eine schwer beschreibbare Weise lachen, als seien sie ihres Lachens eigentlich überdrüssig –

Die Zahl der versicherten Arbeitnehmer ist von fünfunddreissig auf vierzehn gekürzt worden, Orphelin denkt sich seine Forderungen verwirklicht, er rechnet nicht mehr mit Fragen, er rechnet nicht mehr mit mir. Das ist das Ende der Montadour.

Sie können ja, sagt Orphelin irgendwann, und schliesst die Türe hinter den Herren von der Versicherung, *immer noch versuchen, private Investoren zu finden,* und er sagt es leise, beinahe treuherzig und ohne Hohn in ihr eisernes Schweigen, dann steht er auf und bittet sie um eine Zigarette, die er mit ihr am offenen Fenster raucht wie ein Verbündeter, während die beiden Buben unten im Gleichschritt durch den leeren Hof spazieren, ohne den Blick nochmals zu heben.

Orphelin redet von allem möglichen, von seinen Sorgen mit seinem Sohn, der ihm immer unsympathischer werde, immer fremder, der sich vor ihm versteckt und neidisch auf die kleine Schwester sei und voller Boshaftigkeit, von seiner schönen Frau, die keine Freundin fände hier unten, *keine adäquate Freundin,* er redet und erzählt, als seien sonst keine Fragen mehr offen und als sei das Geschäftliche zwischen ihnen erledigt, und sein ausführliches Lamento über die lotterige Gangschaltung seines Mountainbike und seine überlangen Schilderungen aller möglichen Missgeschicke und Stürze wecken in Darja ganz unabwendbar den Verdacht, hier beruhige der Sieger den Verlierer, als finde ein Ritual zu ihrer Beruhigung statt, solange sie noch im gleichen Raum zusammen sind, soll sie nicht in ein beschämtes Schweigen fallen.

Sie sagt, *ich könnte meinen Freund Gabriel Sandmann anrufen,* und Orphelin nickt bedächtig, sie hat ihm das schon vor ein paar Wochen versprochen. Sie hat es nicht getan, sie hat sich tagelang mit Alain eingesperrt und alle Fristen verstreichen lassen, ein Wind reisst die Papiere zu Boden, sie bükken sich im selben Moment. Orphelin legt die Blätter auf ihren Tisch, sein Blick fällt auf die farbige Packung der Wachsstreifen und sein Gesicht überzieht sich mit einem dunklen Rot

(Orphelin)

> Das kann man doch gar niemandem erzählen, dass sich die hier die Haare von den Beinen reisst, während ihr Laden eingeht, und dann schmollt wie ein kleines Mädchen, schmollt und schweigt und heiser Namen von sich gibt, mit

denen sie Eindruck schinden will. In ihren Augen sieht man den Alkohol, wenn man sich auskennt.
Sie hat wohl darauf gewartet, dass noch einmal etwas Grosses geschehe in ihrem Leben, dass etwas Überwältigendes sie herausreissen werde aus dem trägen öden Niedergang der Montadour. Viele warten heimlich auf etwas Grosses, das geschehen soll und dann aber nicht geschieht. Man steht beispielsweise vor der Waschmaschine und schaut zu, wie die Wäsche sich im Schaum dreht und wartet auf das Grosse, das gleich geschehen wird. Aber dem Wartenden geschieht ja nichts. Nichts wird ihm geschehen, alles wird ihm im Gegenteil genommen. Als erstes verlässt ihn die Zeit und der Sinn für die Zeit. Alles was geschieht und was man sich wünscht ereilt einen aus etwas anderem heraus.
Mitten in diesem Satz werden wir unterbrochen. Meist fällt man sich ja selbst ins Wort

Die Papiere liegen wieder geordnet auf dem Tisch, die Sonne leuchtet schräg und rot durch die hohen Fenster. Im Hof ist es still. Orphelin steht an Darjas Tisch und schaut ruhig auf sie hinunter. Er lächelt. Er hat jetzt noch ein privates Anliegen. Er möchte sie zu einem kleinen Abendessen einladen, bei sich zu Hause. Er bittet sie, ihm in ihrer Agenda einen Abend freizuhalten, wann immer sie wolle. Es sei eben auch wegen seiner Frau, seine Frau sei sehr begierig, «die Savary» kennenzulernen. Seine Frau sei einsam hier unten. An den Abenden laufe sie ins Leere. Die Provinz sei grausam, seine Frau neige dazu, sich abzukapseln, sich zu verfinstern, seine Frau habe schon vor Jahren ihre Assistentenstelle am Institut für serielle Algebra aufgegeben, um sich ganz den Kindern zu widmen. Orphelin findet das bewundernswert. Der Computer verbinde sie wohl mit ihrer alten Welt, sie könne sich über allerlei informieren, aber nirgendwo mehr mittun –
Sie drängt nach draussen, Orphelin redet ohne Pause weiter.
Das Konzept der Versicherungsleute macht nur Sinn, wenn Orphelins Betriebsplan umgesetzt wird.
Die Herren erwarten eine Antwort, aber es eilt nicht.
Der Wind schlägt den weissen Kragen ihrer Jacke an ihren Hals, er reisst an Orphelins Krawatte.
Sie stehen im Hof, Orphelin hat seinen Wagen wie immer neben ihrem parkiert, mit einem Griff in die Tasche holt er den Schlüssel und hält ihn vor

sich hin wie eine winzige Pistole, sie sucht ihren Schlüssel, hält den Kopf seitwärts, hört schon lange nicht mehr zu und lächelt ihm ins Gesicht, während sie in allen Taschen nach dem Schlüssel tastet, sie findet ihn nicht. Sie will, dass Orphelin geht. Sie reicht ihm die Hand. Er bleibt stehen, redet weiter, ruhiger als sonst, er will sie nicht drängen, er weiss, dass sie sich auch anders entscheiden kann, er weiss, dass es schwer ist für sie und für die Leute von der Montadour, und er habe die Montadour gerne bekommen, die Zukunft liege oft in schwer erkennbaren Weiten, und man müsse sich ihr geradezu gewaltsam nähern.

Er will geduldig bleiben, aber er weiss, was richtig ist. Dann schweigt er. Mustert sie lange und nachdenklich. Sagt den Rest in sich hinein und Darja hört ihn gegen ihren Willen: Darja hat ihre Rechte an der Montadour an ihn verloren, sie hat die Zeichen der Zeit nicht erkannt, sie hat die Zahlen zu leicht genommen, sie hat den Niedergang verpasst mit Träumereien.

(Blanchard)

Dein Überdruss, liebe Freundin, ist alt, man hat bis jetzt noch nichts Nennenswertes zur Rettung von Menschen aus der Not ihres Alltags gefunden, ich habe dir doch etwas vorgelesen, was dich sehr beeindruckt hat damals, von den Berufen der alten Ägypter:

ich sah einen schmied bei seinen arbeiten am ofenloche. seine finger sind runzelig wie krokodilshaut, er stinkt ärger als fischlaich. hat etwa der metallarbeiter mehr ruhe als der bauer? in der nacht, wenn man meint, er sei frei, muss er noch arbeiten, nach all den leistungen seiner arme am tage, nachts wacht er bei der lampe –

der barbier rasiert bis zur nacht, nur wenn er sich zum essen setzt, stützt er sich auf seine ellenbogen, um sich auszuruhen, er geht von haus zu haus, um die kunden zu suchen, er zerbricht sich die arme, um seinen bauch zu füllen wie die bienen, die das erzeugnis ihrer arbeit verzehren –

der schiffer fährt bis nach Natho hinunter, um seinen lohn zu bekommen. hat er arbeit auf arbeit gehäuft, gänse und flamingos getötet, hat er sich halbtot gerakkert – kaum kommt er zu seinem garten, so muss er wieder fort.

soll ich dir sagen, wie elend der maurer dran ist? er ist den windstössen ausgesetzt, wenn er, unbekleidet bis auf seinen schurz, bauen muss. seine beiden arme verbrauchen sich bei der arbeit, sein essen ist mit kot vermischt, er nagt an sich selbst, seine finger dienen ihm als brot, er wird schlaff und elend. ist die arbeit fertig, und hat er sein brot, so geht er nach hause und prügelt seine kinder halbtot.

der weber im inneren des hauses ist elender dran als ein weib, seine knie stossen an den magen, frische luft geniesst er nicht.

Am Ende wird der Beruf des Schreibers gelobt, aber auch diese Schilderung ist nicht ermutigend, ich habe dich immer gewarnt, immer.

Alain hat das Haus aufgeräumt und alles, was ich ihm geschenkt habe, in einen alten Seesack gepackt, den Rest in den Regalen versorgt, er ist auf irgendeine Weise reisefertig, er weicht meinen Blicken aus.

Er hat den Telefonbeantworter wieder hergerichtet, jetzt sagt eine hohe spitze elektronische Stimme allen, ich sei verreist und man könne keinen Text auf das Band sprechen.

(Alain)

Das gefällt mir nicht, dass sie heimkommt und gleich wieder zu kommandieren anfängt, sie wollte das Feuer untersuchen, in dem ich den Abfall verbrannt habe, den wir wochenlang nicht weggeräumt haben, sie hat in diesem Feuer herumgestochert, sie hat meinen Seesack ausgeräumt und wieder eingeräumt, sie hat den Telefonbeantworter erst ausgesteckt, dann wieder eingeschaltet, abgehört, zurückgespult, den Text gewechselt, sie ist wahnsinnig nervös

als ich ankam, sah ich ihn im Garten ein Feuer machen und irgendwelche Fetzen verbrennen, er behauptet, es sei nur Abfall, der Rauch war blau und gelb, er sah mich erst im letzten Moment und lief mir schnell entgegen und umarmte und küsste mich und liess mich keinen Schritt mehr weiter und drängte mich ins Haus, fing an mich auszuziehen, gekünstelt und grob, ich schrie ihn an, *wem eigentlich denkst du gehört dieses Haus? Wie kommst du dazu, in mein Leben hineinzupfuschen, mit telefonischen Durchsagen an die Freunde, die noch anrufen. Was willst du eigentlich?*

Warum weisst du nicht mehr, wie du mich anfassen sollst, wo du mich anfassen sollst, warum willst du weg? Warum willst du auf diese Weise weg?

Über ihr eine Fotografie von Grégoire als Baby, fett und haarlos, strahlend, die Augen schon mit dem gleichen Untergrund an Freude und Grausamkeit wie heute, er hat unzählige Male angerufen in den letzten Tagen, jetzt hören

sie sein Motorrad, Alain reicht ihr die Kleider, vor dem Kiesplatz hält Grégoire an und lässt die Maschine unter dem immer offenen eisernen Tor, Darja fängt ihn am Eingang ab und bittet ihn zu gehen, sie umarmt ihn und flüstert es ihm ins Ohr, er nickt, er dreht sich noch einmal um und sagt, *mein alter Freund Daryll kennt deinen Freund Alain, er nennt ihn den «Würger». Etwas stimmt nicht mit Alain, auch wenn Daryll eine Ratte ist, und ich will wissen, woher er kommt. Niemand weiss, wer er ist.*
Alain steht im dunklen Teil des Vorplatzes und hört Grégoire lachen und seiner Mutter sagen, *die Schöne und das Biest, was geht dich das denn jetzt noch an,* und er hört die beiden nach ein paar geflüsterten Sätzen lachen, durch die geschlossenen Lippen lachen.
Die Tränen schiessen ihm in die Augen, er bohrt sich die Finger in die Schläfen, das Blut schiesst ihm in den Kopf, er zittert am ganzen Leib.

Im Gang folgt Darja dem Schatten, der bei ihrer Rückkehr ins Haus in der Küche verschwunden ist. Sie läuft durch den Salon und wirft einen Blick in den riesigen Spiegel, in dessen silberner Fläche eine Bewegung am äussersten Ende abgebildet scheint, ein fliehendes Geschöpf: sie selbst –

Sie setzt sich auf das flaschengrüne Sofa und legt den Kopf zurück, der alle Bilder speichert, der lederne Bezug ist prall und saftig in der Farbe wie vor zwanzig Jahren, unempfindlich für die Erinnerung.

(Mathias)

Ich habe auf so einem riesigen Möbel die mit Gift getränkte Zigarette geraucht, die mich ins Wasser tänzeln liess, so leicht bin ich noch nie jemandem entgegengelaufen wie damals den Wellen, die sich von Mal zu Mal vergrösserten und in meinen letzten Momenten wie glänzende Mauern aus der weissen Gischt wuchsen und mich aufnahmen, ich habe erst gejauchzt und dann gebrüllt.
Ich war zurückgekommen, ich hatte mich aufgerafft, ich war aus meinem kleinen Zimmer zu ihr an den Strand gekommen, ich sass den ganzen Nachmittag alleine vor dem Haus, die anderen waren weg und Darja war in ihrem Zimmer, sie schaute nur einmal zu mir herunter und schüttelte den Kopf, ich wollte, dass sie zu mir kommt, dass sie mich wieder anfasst, dass sie wieder mit mir spricht, aber sie war voll kaltem Hass, abends kam sie nach unten, um ein

Bier zu trinken, sie funkelte mich spöttisch an, sie rauchte, sie bot mir auch eine ihrer Zigaretten an, gab mir Feuer und verschwand wieder, und als ich zu ihr hinaufrief, ich wolle ins Meer, da hörte ich sie lachen, und mit diesem Lachen im Leib bin ich in den Atlantik gelaufen, ich konnte kaum mehr gehen, ich fiel immer wieder hin, mir war schwindlig, das Wasser war kalt, ich dachte, ich würde schwimmen und dann zurück zu ihr, ich drehte mich um und war ganz weit draussen, ich sah ihre Silhouette hinter dem hellen Fenster im oberen Stock, ich hiess damals Mathias Staritz, ich war ihr Student, ihr privater Student für ein paar Wochen, ihr privates deutsches Nachkriegskind, das die falschen Sätze sagte

Sie hat sich ihren Weisswein alleine aufgemacht und kühlt die Stirn am beschlagenen Glas.
Vor den Fenstern der Gartendschungel, die lange ungeschnittenen Sträucher, der Wacholder wächst schon bald ins Haus, unempfindlich für die Erinnerung an die, die sich in seinem Schatten durch die Sommer brachten. Sie denkt nur noch daran, was empfindlich ist und was nicht, was eine Niederlage ist und was nicht, was eine Schande ist und was nicht.
Sie fragt sich, was sie an Grégoire manchmal so abstösst und befremdet, und seit wann sie nicht mehr richtig mit ihm reden kann, wo sie einander doch auch schon viel näher waren, und ob sie es je dahin gebracht habe, einen andern wirklich zu verstehen, eines ihrer Kinder wirklich zu verstehen, und was das sei, das Verstehen. Sie trinkt. Im oberen Stock fällt eine Türe ins Schloss

(Alain)

Ich bereite mich vor, ich muss versuchen, ausser Landes zu kommen, ich muss weg aus Europa. Sie suchen mich nicht öffentlich, weil sie nicht zugeben wollen, dass aus Mahan jemand hat flüchten können, auf einem ganz gewöhnlichen Versorgungsschiff, einem stumpfen, beinahe zwanzig Meter langen Kahn mit riesigen Aufbauten, in das ich ganz unbemerkt einfach hineinspaziert bin, es war ganz leicht, es wird wieder ganz leicht sein.
Ich werde wieder nachts unterwegs sein und tagsüber irgendwo schlafen und ich werde nicht stehlen müssen, weil ich Brot und rote Wildschweinwurst und Sardinen einpacke und Orangen gegen den Durst.
In den Läden am Ende der Dörfer oder in den Aussenbezirken der Städte zwi-

schen den Tankstellen und den Lagerschuppen werde ich nach Abfall fragen oder um Arbeit bitten und die Frauen anlächeln, und sie werden mir allerlei einpacken, Zigaretten, Schokolade, ein Bein, eine Brust – Frauen lieben das Geheimnis und sie wollen nicht feige sein, wenn ein Fremder in Not ist, und ich werde ein neues Leben haben, ein freies Leben unter einem neuen Himmel, weiter: Ich werde mich nicht mehr schlagen lassen, von niemandem, ich werde eine Arbeit haben, zuerst wird es eine schlechtbezahlte schmutzige Arbeit sein, dann immer bessere, immer freundlichere Arbeit, vielleicht als Hilfskoch oder so, und wenn ich zurückkomme, und ich werde zurückkommen in zwanzig Jahren, in dreissig Jahren, und das was dann kommt, habe ich schon in einem Film gesehen, so wird es sein:
Ich werde durch meine alte Strasse gehen, in meiner Vorstadt, und auf den zerbrochenen Platten, mit knallenden Schritten wie damals, im langen Schatten der Wohnblöcke auf den einen weissen Block zugehen, in dem ich aufgewachsen bin, es wird ein Abend sein wie dieser hier, ein lauer, von sanftem Licht umrahmter Abend, nach einem stürmischen, sonnigen Tag, an dem der Mistral den Himmel gefegt hat, und die Sterne schimmern und leuchten, und ich werde in die Wohnungen meiner alten Freunde gehen, und sie werden mich nicht erkennen, dann aber, wenn sie mich erkennen, werden sie staunen und fragen, und ich werde mich zurücklehnen und ihre Kinder auf meinen Schoss ziehen, ich werde erzählen, ich werde alles erzählen und nicht mehr allein sein

die Grillen zirpen, die Stimmen aus den Nachbarhäusern sind heute sehr gedämpft, niemand lacht oder ruft einen Scherz zum nächsten Balkon, der Wind hat gedreht, sie sitzen alle auf ihren mit Wäsche verhängten Balkons und braten ihre Fische und trinken ihren Wein und schneiden sich die Gewürze vom Stock, und wenn der Geruch der gebratenen Fische in die trocknenden Kleider geht, dann sagen sie hier nur, dies sei eben das Aroma des Sommers, aber sie sind fast nicht zu hören, niemand

(Viktor)

Wenn unsereins nach Hause kam, waren da nicht so viele Worte um fliehende Schatten und Sofas und unbeschnittene Büsche! Ich möchte nur klarstellen: Sie wird hier ungenügend beschrieben! Sie hat nach Tagen der Raserei mit diesem widerlichen Alain Noiret heute zum ersten Mal wieder ein bisschen gearbeitet und ist nun halt ein wenig müde und verdriesslich! Für unsereins war das das

Leben, nämlich die tägliche Mühsal und Plackerei, und nachher die Abende, an denen wir müde waren und es nicht sein durften! Und niemand hat so viele Worte darum gemacht und jedes Blatt mit Namen aufgerufen, das sich im Wind bewegt, und jedes Tier, das in ihrer Nähe flieht, gar niemand!

Darja steht auf und setzt sich auf die Veranda. Alain ruft mit falscher Fröhlichkeit in der Stimme, er werde gleich nach unten kommen und ein kleines Abendessen kochen, weil sie nicht antwortet, wiederholt er seinen Vorsatz, doch dieses zweite Mal klingt seine Stimme angestrengt und trübe.
Eine Formation kanadischer Enten fliegt dicht über dem Haus den Hügel hinauf, scheinbar nur knapp über den Wipfeln der Kiefern, zu den Seen im Norden.

Victoire hat auf den Beantworter gesprochen, sie sei jetzt noch in Odensee, sie komme nach Hause. Sie sehnt sich nach ihr, jetzt sehnt sie sich genüsslich, jetzt da sie weiss, dass sie kommt, nach ihren lauten Schritten und der heiseren Stimme, die auf dem Beantworter nach einem kräftigen Fluch zu Darja gesagt hat, sie käme Anfang der nächsten Woche nach Hause, und sie käme alleine

(Victoire)

Von meinem Leben wird nichts bleiben als ein Ankommen und ein Fortgehen, ich bin in ständiger Bewegung, ich reise ohne Rast durch die Männerriege, die mich aufhält, die mich verzögert, ich bin in einen Lebensverzug geraten durch die vielen Männer, die ich jahrein, jahraus aushalte, denen ich mich verschreibe, die ich dann wieder verlassen muss, weil so eine Unruhe ist in mir, eine Unrast, die mich weitertreibt, aber immer wieder schiebt sich störend die Männerriege dazwischen, das Organ ihrer Macht, ich sehne den Tag herbei, an dem ich ankomme und nicht mehr wieder gehen muss und endlich wählen kann, was ich will, nämlich mehr als dieses Ankommen und wieder Fortgehen, eine Schmach, Mamma sagt Verluderung und Vertrotzung – und lacht und sagt wahrscheinlich ihr altes *Lange nicht mehr gesehen, meine Kleine, so wird man zum heulenden Wolf*

Darja prallt auf der Treppe gegen Alain, er kann gerade noch die Arme ausstrecken und sie im Fall umarmen und zurückziehen, zu sich heraufziehen, sie zittert am ganzen Leib, sie stockt, lehnt sich an die Wand, sie sagt, ihr sei

gar nie bewusst geworden, wie schwer er sei, er sei so schwer wie ein Stein, und während er sie tröstend umarmt, sagt sie noch, ganze Teile seines Körpers seien aus Stein, aus totem Holz.
Sie stehen dort, wo sie sich zum ersten Mal umarmten, in jener Nacht vor fast einem Jahr, sie versuchen sich scheu zu küssen, sich zu küssen wie damals am Anfang, als Anfänger, die einen Kuss versuchen, die Zunge soll sich fürchten, wenn sie in die Fremde geht, sie soll zittern, Alain zieht sie nach oben, Stufe für Stufe, während er sie küsst, sie wankt, sie ist betrunken, in ihrer ersten Nacht war sie nüchtern, sie hat ihn nach oben gezogen, sie ist einfach vor ihm hergelaufen und hat ihn mitgerissen, ohne ihn zu berühren, er würde sie gerne noch einmal so lieben wie in dieser allerersten Nacht, als er sich fürchtete. Aber ihr Blick hat schon die leichte Starre und ihre Hände greifen ein erstes Mal ins Leere und tasten sich weiter die Knopfreihe entlang, sie setzt sich auf ihr Bett und schaut zu ihm hinüber, sie schaut ihn an, während er sich das Hemd aufknöpft, mit einem sonderbaren Ausdruck in den Augen, als wisse sie, woran er jetzt denke, sie schaut reglos in sein Raubtiergähnen, dann steht sie auf und sagt, sie habe Hunger, sie wolle essen.

Ich bin mit einem Mal so fragil, ich bin plötzlich so zerbrechlich, oder mürbe, nach der Niederlage gegen Orphelin jetzt noch die Niederlage gegen ihn, die Niederlage, dass ich zuviel getrunken habe und dass ich alt und müde bin und nicht mit ihm schlafen will, dass es mich nicht mehr zu ihm zieht, ich muss mir etwas eingestehen und zögere es hinaus, ich habe ein Gefühl äusserster Niederlage und Zerbrechlichkeit, ich habe ihm das gesagt und er hat gelacht und mich gefragt, was ich denn essen wolle.
Er ist unruhig, er will seine Diebestouren wiederhaben, er will in sein altes Leben zurück, in die alten Lokale, zu den alten Mädchen, zu den alten Freunden, er kann mir jetzt zeigen, wer er ist, der Alte, der, der er war, bevor wir uns kannten, und er will mich verlassen. Ich werde ihm einen Krieg bereiten. Ich will ihn jetzt nicht gehen lassen, ich werde ihn nicht ziehen lassen, er soll gehen, wenn ich es will, ich werde ihn zu Orphelin mitnehmen, damit die Kälte, die ihm dort entgegenschlägt, seinen Vorsatz besiegt, er soll wissen, dass er fremd ist in der Welt und hilflos ohne mich, ohne meinen Schutz, meine Hand

(Victoire)

Mamma, ich habe dich so um eine Antwort gebeten, nur ein paar Zeilen, du seist da, du seist zu Hause, wenn ich komme, ich komme früher. Ich will dich dringend sehen, ich habe dir nichts zu erzählen, ich will mit dir auf der Veranda sitzen und dir zuschauen, wie du in der Hocke sitzt und vor dich hin redest, du irres Huhn, ich will mit dir alleine sein –

Ein Gruss aus Deutschland. Dort brennt sich da und dort wieder eine Schrift in die Wand und alles starrt auf dieses Flackern

(Hanna Staritz)

Wir ernten jetzt Kirschen, ich darf auf der langen Leiter so weit hinauf, bis ich unter den Blättern verschwinde, ich bin so leicht wie ein Kind. Ich lebe jetzt unter diesem grossen Himmel, weit hinter Berlin. Meine Freundinnen wollen nicht, dass ich mit meinem Sohn spreche. Meine Freundinnen achten auf meinen Umgang, jeden Abend bringt mich eine von ihnen ins Bett und streicht mir die Laken glatt, und wenn sie gegangen ist, rede ich mit meinem Sohn über Deutschland. Aus einer alten sozialdemokratischen Tradition heraus, er –

Er rückt mir einen Teller hin mit kleinen gebratenen Sardinen, er setzt sich nicht, er lehnt am Herd und raucht und lässt mich essen unter seinen Blicken, ich gebe mich gleichgültig, ich esse gleichgültig und langsam, ich suche seinen Blick, ich denke, ich bin jetzt wie ein Hund, der auf die Absichten seines Meisters lauert und sie erraten will, indem er ihn nicht aus den Augen lässt und lauernd und still auf ein erstes Zeichen wartet, das er lesen kann, ich habe Hund gedacht, immer öfter denke ich an mich als einen Hund, es wäre jetzt viel schöner, mit der BMW zum Hafen zu fahren und dort auf dem Kahn von Ferlinghetti Wein zu trinken, statt hier herumzusitzen, wenn er sich bewegt, geht ein Zimtgeruch von ihm aus, er riecht nach Zimt, ich sage es ihm, er lächelt auf mich herab, er sagt, *das ist dein Geruch, das ist der Geruch deiner Haut, du hast mich angesteckt*

(Alain)

Sie isst jetzt mit gesenktem Kopf, beide Ellbogen auf den Tisch gestützt, das habe ich noch nie bei ihr gesehen, sie führt die Gabel zum Mund, ohne die Ellbogen zu heben, sie isst, ohne den Kopf zu heben, und schaut nur auf Messer und Teller.

Zu Hause haben wir auch so gegessen, ich habe ihr das immer wieder erzählen müssen, und niemand hat den Kopf gehoben, weil er sonst genau in die Augen meines Vaters geschaut hätte, wo auch immer man sass und wann auch immer man den Kopf hob, man schaute dann genau in seine kleinen bösen Augen, und das wollte niemand, wir haben meinen Vater nicht gerne angeschaut, weil es ihn wütend machte, er konnte sehr zornig werden, ich habe diese Wut von ihm, die Psychologin in Mahan sagte mir, ich müsse das übersetzen, ich müsse meine Wut in etwas anderes übersetzen, in eine andere Sprache, in eine Sprache, die nicht tödlich ist

Schau nicht auf den leeren Teller, hat Rudolphe immer gesagt, *schau nicht zu lange auf die verschmierten Reste deiner Mahlzeit*, hat er gesagt, das mache melancholisch, dieses ungeheuer schnelle Verstreichen der Zeit, während man isst, sei erschreckend.

Ich schaue auf den leeren Teller, rechts in meinem Augenwinkel das tiefe Blau seiner Trainerhose, links die weisse Wand.

Selten so eine klare Ordnung gehabt im Leben, wie jetzt durch diesen Ausschnitt, möchte gerne so bleiben, die Hände an den Schläfen, bewegungslos, ich weiss ja auch schon, was er als nächstes tun wird, nämlich die Küche makellos aufräumen, so wie er das Leintuch makellos unter die Kante zieht und messerscharf dreieckförmig aufschlägt, wenn er in Laune ist. Sobald er sicherer wurde, hier an meiner Seite, hat er sein Regime aufgenommen, und jetzt beherrscht er das Leben im Haus mit diesem Regime, seit die Gerland nicht mehr kommen will und nur noch als Gespenst erscheint und glotzt und flieht, bin ich ganz diesem Regime unterworfen, mit dem er mir hinterherfährt und alles wegräumt, und mich damit fortwährend wieder aus den Zimmern entfernt, durch die ich gegangen bin, so wie er sich immerzu putzt und wäscht und mich von seinem Leib entfernt und sich von meinem, er wird sich nicht mit Victoire verstehen, jetzt hat er gesagt, *ich gehe, ich muss gehen* –

(Haijl)

Madame, meine kleine Tochter verzieht jetzt oft das Gesicht in einer Weise, die ich ihr nicht erlaube, weil sie schlecht ist für ein Mädchen, ich nehme sie dann sanft in den Arm und spreche mit ihr und Bashwa steht mit beiden Händen Mund und Nase versteckend da und ihre Augen sind ganz weit offen und gegen mich gerichtet, ich spüre ihre Blicke wie feine Einstiche auf der Haut, aber dafür kann sie nichts.

Vier Männer haben mich von ihr weggerissen, als sie so dastand, sie haben mich unter die Arme gefasst und mir die Schultern verdreht und mich in ein Spital gebracht, sehr seltsam, dass sie nicht absperren, ich bin einfach aus dem Haus gelaufen, ich habe mich auf den Weg zu Ihnen gemacht, ich hatte einen Traum, den ich Ihnen erzählen muss, ich habe diesen Traum gezeichnet, in ein Muster gebracht, und werde es Ihnen vorführen, um Sie zu warnen! Wollen Sie so krank werden wie Bashwa?

Oder so krank wie mein Bruder, der an der Türe stand und rauchte, als sie mich wegzerrten?

Lassen Sie mich arbeiten, und ich werde Ihnen helfen, ich werde alles machen, wo immer Sie mich brauchen, in der Garage, im Café, bei den Bussen, ich habe Sie sehr gemocht, bis Sie krank wurden, ich stehe vor Ihrem mächtigen eisernen Tor, das offensteht, ein weisser Mond leuchtet durch das Gestrüpp des Rondells, das Knirschen meiner Schritte auf dem Kies schmerzt im Ohr wie die Blicke von Bashwa auf der Haut, ich stehe vor Ihrer Eingangstüre mit dem farbigem Glas, ich öffne sie, ich trete ein –

Wir hörten die kräftigen Schritte auf dem Vorplatz, ich dachte, es sei Grégoire, aber es war Haijl Djuber, und er kam in die Küche mit einer grossen Papierrolle in der Hand, die er vor sich her trug wie eine Standarte, er schien grösser denn je, sein schweres, halblanges Haar schien den Türrahmen zu streifen, sein Kopf zitterte ein wenig und sein Gesicht war gedunsen, er schwieg lange und hielt das Papier vor sich hin, und wir sahen, dass auch seine Hände leise zitterten. Er folgte unseren Blicken und besah sich seine Hände, dann hob er den Kopf und lächelte, das Zittern rühre von den Medikamenten her, erklärte er, zu jedem Essen würden Tabletten verteilt, die man sofort, unter den Augen der Pfleger einnehmen müsse, sonst dürfe man die Klinik nicht mehr verlassen, auch sei er verbotenerweise unterwegs, aber nur, um mir den Plan zu bringen, den er in der Klinik gezeichnet hat, und er öffnete die grosse Papierrolle und enthüllte seinen Plan, Alain rauchte nervös, Haijl warf ihm einen langen Blick zu –
In einem feingeäderten Manifest halte ich alle Gefahren fest, die uns umgeben, vorab diese böse Kraft hier oben, sehen Sie, was Ihnen droht, erkennen Sie es? sagte er und zeigte auf eine linke obere Stelle des Geflechts von Zeichen und Symbolen, das das ganze Papier in winzigen Tuschelinien überzog, und an einigen Stellen grellbunt in fliessende Formen überging, an anderen schwarzweiss und geometrisch wurde wie der Plan eines alten Parks, *manche Leute lachen,* sagte Haijl, *weil sie nicht verstehen oder nicht verstehen wollen.*
Bitte gehen Sie, Haijl, Sie sollten jetzt gehen, sagte ich, *es ist kein guter Moment für Ihren Plan, Sie sehen es vielleicht, es ist wirklich nicht der richtige Augenblick*

(Haijl)

Das hat mich sehr verletzt. Sie stand auf und schaute mir gerade in die Augen, was sehr schmerzhaft ist für mich, der Mann blieb sitzen, ich stiess sie zurück auf ihren Sitz. Es hilft nichts, der Mensch muss hören – aber da stand dieser Mann auf und ging auf mich zu und schlug mich vor die Brust, ich hörte sofort das Rauschen meines Herzens und dann ein Knistern, er schlug und schlug, nicht ins Gesicht, aber auf die Brust, und ich wich zurück, und er sagte, ich solle gehen, sofort, und sie rief dazwischen, er solle mich in Ruhe lassen, sie werde die Polizei rufen, sie werde jetzt die Polizei rufen, da drehte er sich um und schrie sie an, ich lief so schnell ich konnte, und ich warf mich in das Gestrüpp des Rondells, weil ich warten wollte, bis der Mann weg war, ich habe ihn einmal vor unserem Haus gesehen, als er blutete und sich eine Hand vors Gesicht hielt, und ich habe gleich gewusst, dass er ein Mörder ist, ein Stück vom hinteren Teil der Welt, vom bösen Teil, ich weiss es nicht mehr, ich weiss nicht mehr, wie man es nennt, ich lag im Gebüsch und versuchte den Plan so zu halten, dass er nicht schmutzig wurde vom dicken Staub, der auf den Blättern liegt, und Fledermäuse sausten über das Gestrüpp, ich hörte für lange Zeit auf zu atmen und drückte mein Gesicht in die Erde, wie ich es gelernt habe bei meinem Vater, ich hörte sie wütend schreien, ich hörte ihn wütend schreien, dann wieder sie, aber ihre Stimme brach ab mitten im Laut

ich hörte meine Stimme brechen mitten im Laut, ich kann es jetzt nicht mehr so genau sagen, ich habe es wahrscheinlich schon einmal gesagt, es war das Wort *Polizei*, das war nicht so ernst gemeint, ich habe einen Spass gemacht, ich wollte Haijl erschrecken, er sollte ein andermal kommen, nicht nachts und nicht auf diese Weise, jetzt stört mich vor allem diese rasende Rundumfahrt in meinem Kopf, dieser tanzende Schwindel, dieses Zähneknirschen, ich will es jetzt nicht wiederholen, ich möchte wissen, wo er jetzt ist

(Alain)

Du wolltest die Polizei rufen, dabei hatte ich ihn schon fast draussen, deine Augen wurden schmal, als du meine Panik sahst bei diesem Wort, und du hast dich umgedreht und bist auf das Telefon zu

ich lehne aber schon sehr lange nicht mehr im Türrahmen, ich lehne mit dem Rücken an der Wand, Alain hat mir die Beine nachgerückt und ein wenig in den Knien gebeugt, er hat mir ein Kissen ins Genick gerollt, aber er ist jetzt nicht mehr da, sein Gesicht war nur sehr schnell ganz dicht vor meinem und er sagte es dann selber: *Polizei*, er hat selber *Polizei* gesagt, er ist ganz auf meiner Seite, er ist eigentlich der einzige, der auf meiner Seite ist, die andern sind von mir abgerückt, beispielsweise wegen des Trinkens der Guérisson, mein alter Freund, und Starkowski, immer wieder sagt jemand *Polizei*, das war vorher, jetzt sagt er es wieder selbst

(Alain)

ich habe versucht, es ihr zu erklären, aber sie hört mich nicht mehr ein Missverständnis zwischen uns beiden, die wir Tage und Nächte beieinander gelegen sind und uns geliebt haben, manchmal sanft und manchmal grob, weniger im Dunkeln, weniger gesprochen, viel weniger, viel zu wenig heftig

(Alain)

ich habe versucht, ihr zu erklären, dass ihr Kopf an die Wand geschlagen ist, weil ich sie an den Schultern gepackt und an die Wand gedrückt habe, als sie in die Küche zurückdrängte, als sie zum Telefon wollte, es sah plötzlich aus, als nicke sie mir zu, als hätte ich ihr den Kopf nicht ein einziges, sondern gleich hundertmal an die Wand geschlagen, es tut mir leid, ich stehe kurz vor Arraciol, ein kalter Wind weht durchs Fenster, der Himmel wird langsam hell, er wird gelb und rosa

sehr schöne reiche Zeit, schöne reich bebilderte Zeit, jagende Wolken und wir zu dritt in glänzenden Mänteln, Mantillen, farbigen Umhängen, draussen bei den Dünen, Tag, wo Nacht war, Sand, wo Stein war, die See reich bebildert, und wir drei im sanften Juniregen, der über die See schräg herüberstreicht, die Sonne hinter grauen Wolkentürmen, so schön, man sollte sich Ruhe gönnen, ein paar geruhsame Stunden, vielleicht auch etwas anderes, ich kann mich nicht gut konzentrieren heute abend, es scheint alles sehr weit entfernt, und ich weiss nicht, welches Bild das richtige ist für jetzt, ich weiss nicht genau, wo ich bin

(Alain)

höre: Ich habe Wasser neben dich gestellt, aber kein Glas, nur die kleine Vittelflasche mit dem Deckel drauf, wenn sie umkippt, läuft das Wasser nicht aus, und Brot, kleine runde Brotstücke, und ein paar Scheiben Gurken, wenn du aufwachst, fängst du einfach an, zu trinken und zu essen, ich habe dir ein anderes Hemd angezogen, ein frisches, weisses, du schnarchst wie ein Mann, aber mit offenen Augen

ich höre nichts mehr, ich höre nicht mehr, ob es Tag ist oder Nacht, weil es in der rechten Seite meines Kopfes Sturm läutet, so ein Kribbeln, fast Lachen! und fast gewaltig breite ich meine Flügel aus, meine Arme, ich stosse mich weg von dieser ekelhaften Wand, ich falle

(Alain)

ich bin nicht mehr wütend, es tut mir leid, ich lasse dich nicht gerne so liegen. Wenn du aufwachst, musst du gleich etwas trinken, und hier noch etwas zum Lachen: Ich habe noch nie eine Frau so schnarchen gehört wie dich, es war abstossend, ich hoffe, sie finden dich bald

schwierig zu sagen, wann es angefangen hat, es hat nämlich sehr übermütig angefangen, mit einem rasenden Übermut, damals in jener Nacht, als ich ihn mit nach Hause nahm, ich war für ihn «die Polizei», in diesem kurzen Moment, als ich ihm die Taschenlampe langsam aus dem Mund nahm und ihn mit dem Schein dieser Lampe auf den Nebensitz verwies, ich war die *Polizei,* dieses schwierige Wort! Ich habe ihn als Polizistin mit in mein Haus genommen, als aufgekratzte Polizistin, und er war matt und wie betäubt, ich sehe ihn jetzt in der Küche stehen, im schwachen kahlen Schein der Lampe, und die Wände betrachten mit seinem unguten Staunen, als sehe er zum ersten Mal die gewöhnlichen Wände einer ganz gewöhnlichen Küche, und zum ersten Mal so eine Unzahl von hässlichen Ansichtskarten und eingerollten Polaroids, immer ein Kopf an einen anderen gelegt oder an eine Schulter oder drei weisse Köpfe mit roten aufgerissenen Augen, die sich ins Bild recken, immer Victoire und ich oder andere und Viviane, Simone und ich oder Ferlinghetti und Skipiarski auf Blanchards Yacht oder ich im Wasser mit Viviane im Arm oder andere, viele andere, und nochmals andere, viele, viele, die in dieser Küche gesessen sind, eigensinniges Beharren auf den einfachsten Zusammenkünften, die das Bild an der Wand nachträglich in sonderbar tiefer Erinnerung festhält, eigensinniges Beharren auf der Elternschaft, eigensinnige Angeberei und Beschwörung, ich nenne es die *vis a tergo,* die gute Kraft von hinten, das kann man ja auch ganz neu verstehen, an den Polaroids hat Alain gleich in der ersten Woche die Ecken sorgfältig zurückgebogen und sie mit Nadeln befestigt, aufgespiesst wie tote Schmetterlinge hingen sie dann dort, durch die Ordnung, durch den Versuch, sie in Ordnung zu bringen, wurden sie monströs, merkwürdig, woran man denkt –

(Alain)

im Radio läuft gerade *the sun will miss your eye, the wind will miss your hair,* ich übersetze das für dich, die Psychologin in Mahan sagte immer, ich müsse lernen, meinen Zorn zu übersetzen, aber heute war ich gar nicht wirklich zornig, ich wollte dich nur vom Telefon wegbringen, dir würde es hier gefallen, die Häuser sind vielleicht ein bisschen schäbiger gebaut, aber frisch geweisselt, sie kämpfen gegen die Armut, hier klingt die Musik schon etwas anders, die Sprecher näseln, ich lache mich tot, der Wind fährt mir ins Haar, also sie singen das, *the wind will miss your hair,* blabla, *the sun will miss your shadow,* wie findest du das

(Haijl)

Das war ein Morgen, wie die Morgen sonst nur bei uns sind, ein afrikanischer Morgen, mächtig und schon heiss, bevor die Sonne ganz am Himmel steht, mit einem goldenen Glanz in der Luft, und seidenen Fäden, die aus den Olivenbäumen auf das Rost der Erde fallen, und einem fahlen Wind, ein schwerer süsser Geruch von Jasmin hat mich geweckt und die heisere Stimme einer Frau, eine grosse helle schöne, mit kurzen stacheligen Haaren und mit Stiefeln, eine aus dem Norden mit einer viel zu warmen Jacke, an die sie einen winzigen Koffer drückte, einen Kinderkoffer, sie hat sich über meine Beine gewundert, mich aus ihren grossen Augen angestarrt, ich lag noch immer im Rondell und hatte die Beine verkehrt herum auf dem Kies und den Kopf im Gestrüpp, ich erwache jeden Morgen mit dem Kopf am unteren Ende des Betts, und Bashwa hatte früher, als sie noch bei mir schlief, oft meine Füsse am Kinn und umfasste sie mit beiden Händen, auch jetzt in der Klinik dreht es mich jede Nacht einmal um für Bashwa, und diese Frau stand vor meinen Beinen und schüttelte den Kopf und sagte etwas, das ich nicht verstand, und lief dann sehr ruhig und lässig weiter und ging in das Haus, wie ich gestern abend, ohne zu klingeln und anzuklopfen, ich habe sie lange nicht mehr gesehen und kaum erkannt, es war Victoire, eigentlich war sie ja wie immer, aber die Haare hat sie abgeschnitten, wie eine Hexe, ich habe sie schreien gehört wie eine Hexe, ganz kurz und dann wieder und wieder

(Alain)

ich habe den Wagen einfach stehenlassen, am Rande eines kleinen Gehöfts, ein winziger weisser Hund kläfft sich die Seele aus dem Leib und pisst dann winselnd an das schiefe Tor, und ich pisse genau synchron an ein kleines Zitronenbäumchen an der Mauer, der Ast krümmt sich und wedelt unter dem Strahl, ich singe, *ich wollte, du wärest da,* und dann wieder *the sun will miss your shadow,* ich übersetze das für dich: die Sonne wird mir das kalte Herz verbrennen oder so ähnlich oder – nein: Ich bin drauf und dran, zurückzufahren und dich zu holen, ich habe mich zu sehr an dich gewöhnt, an deine Hände, an deinen Körper, es ist schwer ohne dich, sehr schwer

(Haijl)

ich musste meinen Plan retten, und bin so schnell ich nur konnte durch das Tor und die schmale Strasse runtergerannt, ich habe eine Lichtspur hinter mir hergezogen, das müssen sie gesehen haben, ich habe geleuchtet wie ein Komet, dann weiter nach rechts zum Hafen, da riss es mir das Bein weg und ich fiel hin, und von dort hat mich ein Mann in seinem Wagen mitgenommen, aber nicht in die Klinik, sie haben mich nicht in die Klinik gefahren, sie haben mir meinen Plan weggenommen, und sie sagen, ich, Haijl Djuber, hätte Darja Savary getötet, sie sagen, in dieser Nacht vom 12. auf den 13. August hätte ich, Haijl Djuber, Darja Savary in ihrem Haus überfallen und getötet, sie setzen mir zu, sie wollen, dass ich es zugebe, wenn ich die Augen schliessen will, fangen sie sofort an zu reden, dabei könnten sie mit ein bisschen Respekt alles nachlesen auf dem Plan, auf dem Plan Djuber, Djuber-Savary, ich könnte es ihnen erklären, wie oft ich versucht habe, sie zu warnen, ich habe es ihr so oft gesagt, ich habe es ihr so oft aufgeschrieben, es steht sogar auf dem Plan, es ist ja nicht von mir, das war ja gar nicht ich

(Frau Gerland)

In diesem Haus wird jetzt wieder normal gekocht, ich habe alle Gewürze von diesem Kerl entfernt, alle. Endlich sitzen die Kinder wieder einmal auf dieser Treppe und halten ihre Köpfe zusammen, endlich halten sie sich wieder einmal in den Armen, endlich ist hier Ruhe eingekehrt, auch wenn es eine traurige Ruhe ist, nur die Lessing steht im Garten und redet laut vor sich hin, vielleicht ein Gedicht, sie hat ja gar nicht mitbekommen, wie es hier zugegangen ist in den letzten Wochen, hier hat niemand Gedichte gesprochen

(Viviane)

Es heisst: *Wie dir das merkwürdig vorkommen wird, wenn ich nicht mehr da bin, dieses Leben, durch das du gegangen bist. Wenn du meine Arme nicht mehr unter deinem Hals hast, noch mein Herz, um dich auszuruhen, noch meinen Mund auf deinen Augen*

(Frau Gerland)

nicht einmal waschen hat man sie dürfen, nicht kämmen, nichts, ich durfte sie nicht anfassen, sie haben Victoire zu dritt von ihr weggerissen und sie in einen Plastiksack gepackt und weggeschleppt, aber ich kenne Leute, die mir helfen werden, und ich habe die Kleider schon bereit, und ich werde sie waschen und schminken, sie müssen es mir erlauben.

Ich koche jetzt wieder, was die Kinder sich wünschen, Kartoffelküchlein mit Salbei und Apfelmus, Kirschengratin mit Soufflée, Holunderblüten im Teig, so wie wir hier immer gegessen haben.

Und wenn Victoire mit ihrem Kleinen wirklich hier bleibt und hier wohnen will, dann wird es wieder so schön sein wie früher, und ich werde ihr helfen, nur wird man versuchen, es ihr auszureden, vor allem die Lessing, die sie in den Arm genommen und gesagt hat, das sei Kitsch, reinster Kitsch, sie solle schauen, dass sie hier wegkomme, weit weg

(Alain)

hier unten kommt aus jedem Lokal, aus jeder Tankstelle, aus jedem Haus Musik, ich habe die Berge hinter mir gelassen, ich bin jetzt eine Nacht und einen Tag durchs Gebirge gefahren, du hast immer gesagt: das Bergzeugs, und wie es dich niederdrückt, wie du das Meer brauchst und die Weite eines Himmels, die Stimmung hier ist anders, ich kann es dir nicht beschreiben, es scheint mir hier alles eine Spur heller, vielleicht nur, weil ich jetzt frei bin, ich singe während des Fahrens, *the sky will miss your eye* – ich übersetze das jetzt noch einmal für dich, es heisst so ungefähr, *der Himmel bewacht dir das Auge.*

Du kannst dir die Lieder ja nicht aussuchen, die aus dem Radio kommen in diesem oder jenem Moment deines Lebens, du kannst dir die Leute ja nicht aussuchen, es wird nicht einfach sein ohne dich, aber wir werden uns wiedersehen, in vielen Jahren

Katharina Faber, 1952 geboren, lebt in Zürich.
Der Titel ist einem Gedicht von Arthur Rimbaud entnommen.

1. Auflage 2002

www.bilgerverlag.ch

Gestaltung und Illustrationen: Karla Rockmaster K.
Herstellung: Tatiana Wagenbach-Stephan, Die Buchherstellung, Zürich
Lektorat und Korrektorat: Franziska Schwarzenbach
Schriften: Walbaum
Druck: fgb · freiburger graphische betriebe, Freiburg

ISBN 3.908010.56.X

MANCHMAL
SEHE ICH AM
HIMMEL
EINEN END-
LOS WEITEN